The Surrender of Miss Fairbourne
by Madeline Hunter

愛に降伏の口づけを

マデリン・ハンター
桐谷美由記[訳]

ライムブックス

THE SURRENDER OF MISS FAIRBOURNE
by Madeline Hunter

This edition published by arrangement with The Berkley Publishing Group,
a member of Penguin Group (USA) LLC, A Penguin Random House Company
through Tuttle-Mori Agency, Inc., Tokyo

愛に降伏の口づけを

主要登場人物

エマ・フェアボーン……………………オークションハウス〈フェアボーンズ〉の経営者
サウスウェイト伯爵ダリウス・アルフレトン……………〈フェアボーンズ〉の共同経営者
モーリス・フェアボーン……………………エマの父親。故人
ロバート・フェアボーン……………………エマの兄
カサンドラ・バーナム……………………エマの親友
オバデヤ・リグルズ……………………〈フェアボーンズ〉の従業員
ナイチンゲール……………………〈フェアボーンズ〉の従業員
アンベリー子爵イェーツ・エリストン……………ダリウスの親友
ケンデール子爵ギャビン・ノーウッド……………ダリウスの親友
リディア……………………ダリウスの妹
マリエール・リヨン……………………謎のフランス人女性
タリントン……………………密輸商人

1

一七九八年　五月

〈フェアボーンズ〉最後のオークションだというのにこれはひどい。食指が動くような魅力的な作品がほとんど見当たらないではないか。だいたい、たいして価値のないものばかり並べておいて、オークションと呼ぶことさえおこがましい。やはり、〈フェアボーンズ〉はモーリスがいないと成り立たないようだ。だが不幸なことに、このオークションハウスの経営者であるモーリス・フェアボーンはつい最近、ケント州の海岸沿いの崖を散歩中に転落死してしまった。

そういう事情もあってか、お悔やみを言いに駆けつけた人や、フランス軍が侵攻してくるのではないかといった不安を抱える日々からいっときでも逃れたい一心で足を運んだ人などで、とりあえず会場はにぎわってはいる。中には、モーリス・フェアボーン亡き今、かつては一流とうたわれたオークションハウスの凋落《ちょうらく》ぶりをひと目見ようと、嬉々《きき》として飛んできた者もいる。まるで、隙あらばおこぼれにあずかろうと虎視眈々《こしたんたん》と狙っているカラスと同じだ。

きっとそういった連中は、知識の乏しい従業員の目をすり抜けた逸品を探そうと、絵画や書物を食い入るように見つめているに違いない。作品の鑑定を間違えれば、売り手は多大な不利益を被るが、逆に買い手は思いもかけない掘り出し物に当たることになり、その勝利の美酒はことさらおいしいはずだ。

サウスウェイト伯爵ダリウス・アルフレトンもまた、品定めするような目で作品を見ていた。もっとも彼の場合は、自身も収集家のひとりとはいえ、オークションの目録にホントホルスト作として間違って掲載されたカラヴァッジョの絵画を盗もうとしていたわけではない。むしろ〈フェアボーンズ〉の信用を地に落とそうとしている従業員の無能ぶりにあきれながら、出品作品を眺めていたのだ。

ダリウスは来場者たちにひとわたり視線を走らせ、準備された演壇を見つめた。幅が狭くて背の高い演壇は、牧師の説教壇によく似ている。〈フェアボーンズ〉のようなオークションハウスは、オークションの一、二日前に多くの顧客を招待して下見会を開くのがふつうだ。しかし〈フェアボーンズ〉は今日、その下見会とオークションを同時に開催している。そろそろ競売人《オークショニア》が壇上に登場する時間が近づいてきた。これから番号順に出品作品のオークションが進んでいき、最高落札価格が提示されるとオークショニアがハンマーを打ちおろし、競りは終了となる。

ダリウスは、がらくたの寄せ集めでしかないこんな下見会は来るだけ無駄だったと内心で思っていた。そもそも、オークションが開催されることも今日新聞で知ったのだ。

灰色の高い壁にかかっている絵画のまわりには、今ではもう、ひと握りの客たちしか残っていなかった。人混みの隙間から、来場者の視線をひとり占めにしている姿が見えた。エマ・フェアボーンだ。モーリスの娘である彼女が左側の壁際に立ち、顧客と挨拶を交わし、お悔やみの言葉に応えている。

黒いドレスを身にまとっているせいか、ただでさえ白い肌がいっそう白く見えた。栗色の髪は結いあげ、飾り気のない黒い帽子を気取った感じにかぶっている。強い光をたたえた青い目は、話しかけてくるひとりひとりにじっと注がれている。きっと客たちは自分のまわりに誰もいないかのような錯覚に陥っていることだろう。

「彼女がここにいるなんて、なんだか場違いな感じだな」アンベリー子爵イェーツ・エリストンが口を開いた。彼はいらだたしげにダリウスと並んで立っている。ふたりはともに乗馬服を着ており、別の共通の友人と会う前にここへ立ち寄ったのだ。

「フェアボーン家にはもう彼女しかいないから来たのさ」ダリウスは言った。「自分が姿を見せれば、顧客たちも安心すると思ったんだろう。まったく考えが甘いよ。そんなふうに思っているやつなんて、ひとりもいないのに。この出品作品を見れば、経営者の死がいかに大きいかは誰の目にも明らかじゃないか」

「きみは以前にも彼女に会ったことがあるんだろう？　まあ、父親とは親しかったんだから、それも当然か。彼女はこれからどうするんだろうな。二〇代もなかばを過ぎているだろうし、おそらく結婚はもう無理だ。父親が生きていて、一流オークションハウスのひとり娘だったときでさえ結婚しなかったんだから、今ではなおさらできないだろう」

「ああ、会ったことはある」ダリウスがエマ・フェアボーンにはじめて会ったのは一年ほど前だ。モーリスとは長い付き合いだったが、なぜかそれまで一度も娘を紹介されなかった。

ミス・フェアボーンとはそのときに話したきり、つい最近まで言葉を交わすことはなかった。だから彼女に対しては、派手好きで陽気な父親のうしろにひっそり隠れた、内気なごくふつうの女性という印象しかない。

「なんというか……」アンベリーが上目づかいでミス・フェアボーンを眺めている。「とびきりの美人ではないが、彼女はどこか違うな……うまく言葉では言い表せないが……」

ああ、そのとおりだ。確かにエマ・フェアボーンはほかの女性にはない何かを持っている。まったく、アンベリーの洞察力には脱帽だ。いとも簡単に見抜いている。しかもアンベリーはことさら女性にやさしい男で、女性を欲望の対象程度にしか見ていないダリウスとは違う。

「そういえば彼女を見かけたことがあったな」頭上にかかっている風景画に目を向けて、アンベリーが言った。「街で一度会ったんだ。バロモアの妹と一緒だったよ。レディ・カサンドラとね。なるほど、そういうことか。これでミス・フェアボーンがいまだ独身なのも合点がいったぞ。きっと独立心旺盛だからだな。まさしく〝類は友を呼ぶ〟だよ」

レディ・カサンドラと一緒だった？　それはなんとも興味深い。思っていた以上に、エマ・フェアボーンには驚かされる面がたくさんありそうだ。

ここに来てからというもの、彼女はあえてダリウスとは視線を合わせないようにしている。あの様子では、こちらから挨拶に行かなければ、最後まで気づかないふりを続ける気だろう。ダリウスもこのオークションの成り行きにおおいに関心があるとは、露ほども思っていないらしい。

アンベリーはオークションハウスの従業員からもらった目録に目を通している。

「サウスウェイト、ぼくはきみほど美術に詳しいわけではないが、この目録には美術学生が描いたような絵がずいぶん載っているな。なんだかこれを見ていると、大陸を旅行中にイタリアで売りつけられそうになった絵を思いだすよ」

「従業員では、深い専門知識を持っていたモーリスのようにはいかないさ。本物と偽物の区別もつかないのだから」ダリウスは頭上にかかっている風景画を指さした。「モーリスが生きていたら、この絵はファン・ロイスダール作にしただろう。ロイスダールの複製画ではなくてね。きっとオークション業界もモーリスのその判断を支持したと思う。少し前に、ペンサーストがこの絵を穴が開くほどじっと眺めていた。微妙な色加減がいかにもロイスダールらしいよ。あいつも気に入っているようだったから、おそらく高い入札額を提示してくるはずだ」

「ペンサーストが落札するぐらいなら、いっそのこと贋作《がんさく》であってほしいよ。あんな男、大損すればいいんだ」アンベリーはエマ・フェアボーンに視線を戻した。「まあ、こういう追悼式も悪くないな。葬儀に参列しなかった社交界の有名人も来ていることだし」

もちろんダリウスは一カ月前に執り行われた葬儀に参列したが、彼以外に貴族は誰ひとり出席していなかった。これまでさんざんモーリス・フェアボーンの鑑識眼に頼ってきたというのに。だが商人の葬儀に行かないのは、上流階級の人間にとってはふつうのことだし、とりわけ社交シーズンがはじまればなおさらだ。だからアンベリーの言うとおり、〈フェアボーンズ〉の顧客にとっても、このオークションはいわばモーリスをしのぶ追悼式なのだろう。

「みんなで高い値をつけるんだろうな。父親を亡くしてひとりになってしまった娘を助けたい一心でね」アンベリーが言った。その口調や口元に浮かんでいるかすかな笑みに、彼の人当たりのよさがにじみでている。それがあだとなって、ときに面倒を起こしてしまうのだが。

「同情心で落札金額もつりあがるというわけだ。今、演壇の隣に立っている男は見ものだぞ」

「あの白髪頭の小男か？　冗談を言うなよ。どこからどう見ても、競りあいの相手にはなりそうもないじゃないか」

「ああ、驚くほど風采のあがらない男に見えるだろう？　おまけに、いつ会っても謙虚で温厚で礼儀正しい」ダリウスはひと呼吸置いて続けた。「あれがあの男の武器なんだ。どういうわけか、あの物腰が功を奏して、望みのものを手に入れる。モーリスはあの小男がオークションに来たときは、有能なオバデヤ・リグルズにオークショニアをまかせていたよ」

「あそこにいるのが、そのオークショニアだろう？　あの男にこの目録をもらったんだ」

アンベリーは、顧客たちを椅子に座るよう促している端整な顔立ちの若い男を見て言った。

「あの男はナイチンゲールだ。ここのホールマネージャーだよ。来場者を迎え入れ、椅子に座らせて、出品作品についての質問にやさしい笑みを浮かべて答えるのが彼の仕事だ。そしてオークションがはじまれば、作品のそばには必ず彼が立っている」

黒髪で長身の、一分の隙もない身なりをしたナイチンゲールが、店内を滑るように動きまわっていた。魅力的な笑顔を振りまいて客たちを歓迎し、おだて、ときには女性客に気のあるそぶりを見せている。そうこうするうちに、椅子があっという間に埋まっていった。

「なんでも手際よくこなす男だな」アンベリーがいたく感心している。

「ああ」

「なんといっても女性受けがいい。あの様子では入札も増えそうだ」

「そうだな」

アンベリーはしばらくナイチンゲールを眺めていた。「男受けもいいようだ。彼に熱い視線を向けている男も結構いるぞ」

「きみは気づくと思ったよ」

アンベリーが声をあげて笑った。「ミスター・ナイチンゲールもわずらわしいだろうな。ただ彼に会いたくて来ている男たちもいるんじゃないか？　客をおだてたり、冷たくあしらったり、彼も大変だ。でも、どうやったらそのふたつを同時にやってのけられるんだ？」

ナイチンゲールは野心の塊のような男だ。そういう男は決して客を冷たくあしらったりはしない。「きみの鋭い観察力でそれを解明してくれ。まかせたぞ。さあ、そうと決まったらさっそく調査開始だ。これでようやく、無理やりここへ連れてこられたときみに文句を言われずにすむよ」

「そんなこと、あちこち調べまわってわかるものでもないだろう。そもそも、ぼくはきみにだまされてここに来たんだぞ。オークションといえば、ふつうは馬のオークションを連想するんじゃないのか？　ぼくがそう思うのをきみはわかっていたはずだ。絵画などより馬に大金を注ぎこむきみを見ているほうが、ずっとおもしろいのに」

客たちは席に着き、店内は徐々に静けさに包まれていった。オバデヤが演壇のうしろに置かれた踏み台にのぼった。これで彼も背が高く見えるというわけだ。それからナイチンゲールが壁にかかっている最初の出品作品のところへ向かった。その非の打ちどころのない容姿は、彼が指し示しているぼやけた色彩の油絵よりも注目を集めているかもしれない。

エマ・フェアボーンは少し離れたところに立っていた。本人は目立たないようにしているつもりなのだろうが、じゅうぶんに人目を引いている。〝お願いだから、高値で落札して〟そう頼みこんでいる彼女の心の声が聞こえてきそうだ。〝父の思い出のために、わたしの将来のために、どんどん落札価格がつりあがりますように〟

エマはオバデヤしか見ていなかったが、客たちの視線が自分に向けられていることには気づいていた。とりわけ、ある男の視線は誰よりも強く感じた。

サウスウェイト伯爵だ。彼がロンドンを離れているかもしれないという淡い期待は、もろくも崩れ去ってしまった。カサンドラから、彼はしょっちゅうケント州にあるカントリーハウスに行くと聞いていた。だから、今日のオークションもそのときと重なればいいとずっと祈っていた。でも、結局その願いは叶《かな》わなかった。

サウスウェイト卿は乗馬服姿で、ずらりと並んだ座席のうしろに立っている。あんな格好をしているということは、郊外にでも出かけるつもりだったのだろう。だが新聞を見て、その前に様子を見に来たに違いない。彼は何ひとつ見逃すまいとしているみたいに、背筋をまっすぐ伸ばして立っている。そっと横目でうかがうと、彼がこちらを見つめていた。彫りの深い端整な顔に、ここで何をしているんだと咎《とが》めるような険しい表情を浮かべている。隣にいる連れの男性のほうがよほどとっつきやすそうで、驚くほど青い瞳が、にらみをきかせている伯爵の黒い瞳とは違って明るく輝いていた。

きっとサウスウェイト卿は邪魔者扱いされた気分だろう。なんといっても、〈フェアボーンズ〉で開かれる催しはすべて把握していて当然と思っている人だ。それなのに今日のオークションのことは何も知らなかったのだから、内心おだやかではないはず。今の彼は見るからに妨害したくてたまらないといった感じだ。でも、そんなことはさせない。

オバデヤが最初の作品を競りにかけはじめた。客たちの反応は鈍いが、エマはそれほど気にしていなかった。オークションはいつもゆっくりとしたペースではじまる。だから、まだ今は客たちが場の雰囲気に慣れ、徐々に気持ちを高めていく時間だと思っていた。

オバデヤが落ち着いた態度で、テンポよく競りを進めていく。彼は扇をあげた年配の女性にやさしくほほ笑みかけた。すぐに若い貴族の男性が価格を二倍につりあげて、落札者は彼に決まった。激しい競りあいもなく、なごやかな雰囲気で最初の競りが終了した。

〈フェアボーンズ〉のオークションでは芝居がかった演出はいっさいしない。入札価格をあげようと、言葉巧みに客たちの心を刺激するような手法も決して採らない。オバデヤはイングランドで最も見ぶりが控えめなオークショニアと言われているが、作品の価値をより高く引きだす能力は一流だ。顧客たちも彼に全幅の信頼を寄せている。

エマは壁際の同じ場所にずっと立っていた。ミスター・ナイチンゲールが、彼女のすぐそばにある絵画や美術品のところに来てもそこから動かなかった。この場所はオークションの様子を眺めるときの父の定位置だった。きっとそのことを覚えている顧客もいるだろう。生きていたら、父は今ここに立っていたのだ。

オークションも終わりに近づいてきた。ミスター・ナイチンゲールが持ち場を離れ、エマの隣に立った。そばに来るなんて妙だと思ったが、今日一日、彼はいろいろと気づかってくれた。ミスター・ナイチンゲールも心を痛めているのだろう。オークション前の下見会で、顧客からお悔やみの言葉をかけられるたびに、彼は何度も取り乱して泣いていた。その姿はまるで自分の父親が転落死したかのようで、実際そう思った人もいるかもしれない。

最後の出品作品が落札された。オバデヤが打ちおろしたハンマーの音が鳴り響いた瞬間、エマの口から安堵《あんど》の吐息がもれた。望んでいた以上にうまくいき、なんとか終わらせることができた。

あちこちから椅子が板張りの床をこする音や話し声が聞こえてきて、天井の高い店内が一気に騒々しくなった。隣でミスター・ナイチンゲールが別れの挨拶をしている。彼を気に入っている上流階級の婦人たちはなまめかしい笑みを浮かべ、紳士たちはわざとらしく親しげな笑みを顔に張りつけていた。

「ミス・フェアボーン」通りかかる客たちに笑みを振りまきながら、ミスター・ナイチンゲールが声をかけてきた。「あまり疲れていないなら、お客がみな帰ってから、ふたりだけで少し話がしたいんだが」

とたんにエマの心は沈んだ。ミスター・ナイチンゲールは辞めるつもりなのだ。まだ若く、おまけに野心家の彼のことだ、こんな先の見えないところでは働きたくないと言うに違いない。ひょっとしたら、店を閉めると思っているのかもしれない。たとえ閉めなくても、父のいないオークションハウスには、やはり残りたくないだろう。

エマは演壇に目を向けた。オバデヤが壇上からおりようとしている。確かにミスター・ナイチンゲールを失うのは痛いけれど、それでもどうにかやっていけるかもしれない。だが、もしオバデヤにも辞められたらどうしよう？　彼がいなくなれば〈フェアボーンズ〉は完全に終わりだ。

「ええ、いいわよ、ミスター・ナイチンゲール。もしよければ今、倉庫で話しましょうか」

エマはミスター・ナイチンゲールと並んで倉庫に向かって歩きだした。途中で足を止め、オバデヤに感謝の言葉をかけると、彼は頬を赤く染め、はにかんだ笑みを見せた。

「オバデヤ、明日、ここで話ができるかしら？　重要な件で、あなたのアドバイスが欲しいの」

オバデヤが落胆した表情を浮かべた。〈フェアボーンズ〉を閉める話だと思っているのかもしれない。「わかりました、ミス・フェアボーン。一一時でどうですか？」

「いいわよ。じゃあ、また明日会いましょう」そう言い終えたところで、まだ店内に残っている男性客の姿が目に入った。サウスウェイト卿と連れの男性だ。ふたりは従業員が壁から絵画をはずし、落札者のもとへ運ぶ準備をしている様子をのんびりと眺めている。

サウスウェイト卿と目が合った。彼の表情が〝そこから動くな〟と言っている。彼が近づいてきた。エマはそしらぬ顔で、ミスター・ナイチンゲールを急き立てるようにして足早に倉庫へ向かった。

2

「きみのお父さんが突然亡くなって、状況は一変した。それはわかっているよね」ミスター・ナイチンゲールが話しはじめた。彼はフロックコートに首巻き《クラバット》を合わせた、非の打ちどころのない格好でエマのそばに立っている。いつもミスター・ナイチンゲールの着こなしは一分の隙もない。いったい彼は毎朝何時間かけて、これほど完全無欠な姿を作りあげるのだろう？　黒髪、長身、細身の引きしまった体。何もかもが完璧だ。

でも、ミスター・ナイチンゲールのことはどうしても好きになれない。彼のすることはすべてが計算ずくで、あまりにも手際がよく、洗練されすぎていて、そつがなさすぎる。こんなふうに何ごとも度がすぎると、かえって彼の一挙手一投足が鼻につくようになった。

店の奥にあるこの倉庫にはオークションに出す品々が保管されており、ここで目録作りや鑑定をする。中はかなり広く、壁の一面は絵画用の収納棚になっていて、ほかにも書棚や大きなテーブルがいくつも置いてある。今、エマが座っているのは仕事用の机の椅子で、そのすぐ横にミスター・ナイチンゲールは立っていた。わたしのそばから離れてくれないかしら？　机の向こう側に行ってくれたらいいのに。

状況が一変したことぐらい、わたしだって、わざわざ言われなくてもよくわかっている。今がどういう状態なのか気づいているのは、何も彼だけではないのだ。わかりきっていることをいちいち言われると本当に腹が立つ。男の人って、どうしていつもこうなのかしら？

エマはただうなずいて、ミスター・ナイチンゲールが先を続けるのを待った。前置きはいいから、早く本題に入ってと言いたくてたまらない。ここを辞める話がしたいのはわかっているのだから、無駄話などせずにはっきり言ってほしい。

ミスター・ナイチンゲールはまだ話をしない。始末の悪いことに、いつの間にかエマはサウスウェイト卿のことを考えていた。今、彼は店の中で何をしているのだろう？　倉庫を出て店に戻ったときには、もういないだろうか？　まだ帰らずに残っているかしら……。

「ミス・フェアボーン、とうとうひとりになってしまったね。守ってくれる家族がいないなんて、きみもつらいと思う。それに〈フェアボーンズ〉も柱を失ってしまった。きみはこれからもオークションを開こうと考えているのかな？　今日は顧客たちが気前よく落札してくれたが、出品作品がよくなければ、あっという間に客の信用を失ってしまうよ」

物思いにふけっていたエマの耳にミスター・ナイチンゲールの声が飛びこんできた。彼のことはいつも、歩くファッションプレート（ファッションイラストの版画）程度にしか思っていなかった。自分の外見ばかり気にしている、中身のない人だと決めつけていた。

わたしが〈フェアボーンズ〉を閉める気がないことを、ミスター・ナイチンゲールはわかっているのだろうか？　もしそうだとしたら、彼には洞察力があるということだ。ミスター・ナイチンゲールにこんな一面があったとは、まったく想像もしていなかった。

「顧客たちはみな、ぼくのことを知っている」彼が話を続けた。「ありがたいことに、一目置かれてもいる。ぼくに鑑識眼があるのは、これまでの下見会でもう何度も証明ずみだからね」

「でも、父ほどの鑑識眼は持っていないでしょう」

「もちろん、きみのお父さんにはかなわないよ。だが、ぼくだって悪くはない」

あいにく、〝悪くはない〟程度ではだめなのよ。

「ミス・フェアボーン、ぼくはずっときみのことをすてきな女性だと思っていたんだ」

ミスター・ナイチンゲールが、お得意の魅惑的な笑みを向けてきた。彼にこんなふうにほほ笑まれたのははじめてだ。でも、まったく心は動かない。わたしは、うれしそうな顔をして彼から絵画の説明を受けている上流階級の女性たちとは違う。

ミスター・ナイチンゲールがハンサムなのは認める。それも恐ろしくハンサムだ。もちろん、それは彼自身が一番よくわかっている。だけどあまりにも整いすぎていて、彼の人間性や人柄がまったく伝わってこない。まるで肖像画家が、実物より何倍も美しく描きすぎた顔を見ているみたいなのだ。

「ぼくたちには共通点がたくさんある」ミスター・ナイチンゲールが話しつづけている。「〈フェアボーンズ〉。きみのお父さん。それに家柄や身分も似ている。ぼくたちはうまくいくと思うんだよ。どうだろう、ぼくとの結婚を考えてみてくれないかな」

エマは啞然《あぜん》としてミスター・ナイチンゲールの顔を見あげた。どう応えていいのか、まったく言葉が思い浮かばない。まさか、こんな話になるなんて。

彼が大きく息を吸いこんだ。なんだか気持ちを奮い立たせて、いやな仕事をさっさと終わらせたがっているように見える。「突然こんなことを言われたら驚くよね。でも、ぼくがいつもきみの美しさに見とれていたのを、今まで一度も気づかなかったかい？　まあ、気づかなくてもしかたがないか。ぼくは愛する女性の前に出ると、とたんにうまく話せなくなってしまうからね。ぼくの心は完全にきみに奪われてしまったんだ。もう何カ月も、きみがぼくのものになってくれる日を夢見ながら過ごしてきた。ぼくたちは結ばれる運命なんだとずっと思っていた。それにぼくは今、誰とも――」

「ミスター・ナイチンゲール、ちょっといいかしら。お互い正直に本当のことを言いましょう。わたしが美人でないのは、わたしたちふたりともわかっているはずよ。それに、あなたとわたしは結ばれる運命などではないわ。それから、あなたが自分の気持ちをうまく伝えられないのは、もともとその女性のことなんてなんとも思っていないからよ。たった今〝愛する女性〟と言ったときだって、言葉に詰まりそうになっていたじゃない。話を途中でさえぎって、ごめんなさいね。せっかく結婚を申しこんでくれたのに。どうぞ先を続けて。でも、わたしのことをずっとひそかに愛していたなんて言わないでね」

ミスター・ナイチンゲールは柄にもなくしばらく黙りこんでいた。「きみほど思ったことをなんでもはっきり口にする女性はいないよ、ミス・フェアボーン」声がこわばっている。

「それがきみの性格なんだろうな。まあ、それはそれでいいけどね。ここのことだが、きみのお父さんは〈フェアボーンズ〉をきみに残してくれたから、店をこれからも続けていくことはできる。だが、経営者は男でないとだめなことはきみもわかっているはずだ。女性が経営者だと顧客に知られたら、みんな〈フェアボーンズ〉から離れていくよ。きみに結婚を申しこんだのは、ぼくが経営者になればここを続けられると思ったからなんだ。これからはぼくが〈フェアボーンズ〉を経営していく。この店があれば、きみはこれまでどおり何不自由なく暮らしていけるからね。それに、きみはもうひとりで生きていかなくてもよくなる」

口を開いたら怒鳴り散らしてしまいそうで、エマは今言われたことを考えているふりをした。「わたしを守ろうとしてくれるなんて、あなたは親切な人ね、ミスター・ナイチンゲール。でも残念だけど、わたしたちは結婚してもうまくいかないわ」

エマは立ちあがろうとしたが、彼はその場から動こうとしなかった。こちらを見おろしている彼の顔は、少しもハンサムではなかった。魅力のかけらも感じなかった。

「ミス・フェアボーン、軽はずみなことは言わないほうがいい。もっとよく考えるんだ。きみの考えは現実的ではないよ。そもそも、きみが〈フェアボーンズ〉を相続したところで、いったいどうする気なんだ？　きみだって、今日の利益だけでこれから一生食べていけるわけでもない。結婚相手にしても、もっといい男が見つかるかもしれないと思っているのかもしれないが、その考えは捨てたほうがいい。もしそんな相手がいるなら、とっくの昔に見つかっていたはずだ」

「ひょっとしたら、もう見つかっているのかもしれないわ」

「はっきり言わせてもらうよ。きみは自分でも認めているように美人ではない。それに、なんでも率直に言えばいいというものではないんだ。男はそういう女性を敬遠するからね。恋愛対象にはならないんだよ。おまけにきみは頑固だし、口うるさい。つまり早い話が、きみは売れ残りなんだよ。しかもそうなった原因はひとつだけではなく、たくさんある。そのすべてにぼくは目をつぶるつもりだ。正直に言って、財産はさほどないが、ぼくには〈フェアボーンズ〉を続けていく商才がある。幸か不幸か、運命がぼくたちを結びつけたんだよ、ミス・フェアボーン。たとえ、ふたりのあいだに愛はなくても」

エマの顔が怒りで紅潮してきた。頑固なのは認めてもいい。でも、口うるさいなんてあんまりだ。

「ミスター・ナイチンゲール、あなたに文句を言うつもりはないわ。女性としての魅力がないのは自分でもよくわかっているもの。こんなわたしと一緒になってもいいと言ってくれるあなたには感謝するべきなんでしょうね。でも、あなたはひとつ大きな間違いをしているわ。これから話すことを聞いたら、わたしとの結婚は運命だと豪語したことをきっと後悔するでしょうね。だって、あなたが結婚を切りだした理由はこれしかないんですもの。思惑がはずれて申し訳ないけれど、父の遺産相続人はわたしではないのよ。〈フェアボーンズ〉を相続するのは兄なの。だからわたしと結婚しても、ここはあなたのものにはならないわ。少なくともしばらくはならないでしょうね」

ミスター・ナイチンゲールがいらだたしげに言い返してきた。「死んだ人間がどうやって相続するんだ？」

「兄は死んでいないわ」

「まいったな、きみのお父さんは希望を捨てきれずにいたが、まさかきみもそうだとは思わなかったよ。乗っていた船が沈没したんだ。生きているわけがないだろう」

「でも、遺体は見つかっていない」

「海のど真ん中で沈没したんだぞ。見つかりっこないさ」ミスター・ナイチンゲールが落ち着きを取り戻し、声をひそめて続けた。「弁護士に相談してみたんだ。そうしたら、海難事故で生死不明の場合は、一定期間の経過を待たなくても遺産相続の手続きができると教えてくれた。だからきみが裁判所に行けば――」

あきれた。このうぬぼれ男ときたら、ごていねいにも弁護士にまで相談して、相続のことを調べあげていたなんて。彼は自らの野望を叶えるために、兄のロバートは亡くなったと、わたしがあきらめるのを待ち構えているのだ。「いいえ、行くつもりはないわ。兄は戻ってくるもの。戻ってきて〈フェアボーンズ〉を継ぐの。だからここを続けていくとすれば、それは兄のためよ」

ミスター・ナイチンゲールが背筋をぴんと伸ばした。「そんな悠長なことを言っていたら、きみは路頭に迷うことになるだろうな」もったいぶった口調で言う。「きみのために〈フェアボーンズ〉を続けていきたいと思っていたが、結婚するのはいやだときみが言うなら、もうぼくは明日からここには来ないよ。ましてや、きみのお兄さんを待つためにここに来るなんて、まっぴらごめんだ」

ミスター・ナイチンゲールがにらみつけてきた。自分がいなくなったら〈フェアボーンズ〉を維持していくのは無理だと脅しをかけているのだ。エマはにらみ返した。実際、彼が辞めたらどのくらい困るだろう？　困るのは間違いない。それも、かなり。

「今日の給金はオバデヤが計算を終えたら、あとであなたのところへ届けるわ。では、もう話は終わりよ。さようなら、ミスター・ナイチンゲール」

ミスター・ナイチンゲールは向きを変え、荒々しい足取りで倉庫から出ていった。エマは両手で頭を抱えこんだ。今日のオークションの成功で、自分の思い描いていた〈フェアボーンズ〉の将来像に一歩近づいたと思ったのに、ホールマネージャーを失い、また振りだしに戻ってしまった。

一気に疲れが押し寄せてきた。そして屈辱感も。ミスター・ナイチンゲールにあれほどあからさまに欠点を並べ立てられると、みじめな気分になる。彼はまだ言いたそうだったし、もっと悪い欠点があるような口ぶりだった。

〝きみは売れ残りなんだよ〟まったくそのとおりで反論の余地もない。今までも何度か結婚を申しこまれたことはあるけれど、彼らの魂胆もミスター・ナイチンゲールと同じだった。そしてその結果、今の売れ残ったわたしがいる。〝きみにはまったく魅力は感じないが、〈フェアボーンズ〉をもらえるなら我慢して結婚するよ〟

こんなことを言われても、気にしないようにしていた。気にするだけ無駄だと思ったからだ。でも、本当は傷ついていた。

扉を叩《たた》く音が聞こえた。きしんだ音をたてて扉が開き、オバデヤが顔をのぞかせた。

「お客様です、ミス・フェアボーン」

誰が来たのか訊こうと口を開きかけた瞬間、扉が勢いよく開いて、サウスウェイト卿が大股で近づいてきた。突然、室内が不穏な空気に包まれる。

ハンサムなうぬぼれ男が出ていったと思ったら、また別の、似たような男が入ってきた。あれだけ避けられれば、こちらが会いたがっていないのを気づいてもよさそうなのに。気を張りっぱなしだった一日が終わり、精根尽き果てた今、サウスウェイト卿と話をする気分ではない。

エマは思わずもれそうになったうめき声を押し殺して立ちあがり、軽く膝を曲げてお辞儀をした。顔に笑みを張りつけ、無理やり明るい声音を作る。

「こんにちは、サウスウェイト卿。今日は〈フェアボーンズ〉のオークションに来ていただいてありがとうございます。お会いできてうれしいですわ」

エマ・フェアボーンは大きな机のうしろに立ち、にこやかな笑みを浮かべている。実に堂々としていて、虚をつかれたそぶりなどみじんも見せていない。まるで、ダリウスが来ていることに今はじめて気づいたかのような態度だ。

「うれしい？　それはきみの本心か？　会えてうれしい相手なら、ふつうは無視しないと思うがね、ミス・フェアボーン」

「わたしがあなたを無視したと思っていらっしゃるんですか？　それは誤解です。オークションがはじまるまで、ずっとお客様たちから励ましやお悔やみの言葉をかけられていたので、あなたに気づかなかったんでしょうね」彼女は椅子に腰をおろした。「それでも、無視というのは大げさですわ。わたしたちは日頃からお付き合いはないのだから、あなたに気づかなかったとしても、それを無視とは言わないと思いますけれど――」

ダリウスは片手をあげて彼女の言葉をさえぎった。「無視しようがしまいが、そんなことはどうでもいい。今、きみはわたしに会っているんだから」

「そうですね。わたしにも目はついているので、あなたは見えています」

「前回会ったときに、〈フェアボーンズ〉をこれからどうするのか、一カ月以内にきみに会って、わたしの考えを話すとはっきり言ったはずだが」

「そのような話を聞いた気もしますけれど、よく覚えていないんです。あのときは少し取り乱していたので」

「それは無理もない」確かにミス・フェアボーンは取り乱していた。殺気さえ感じ、いつ襲いかかってくるかと思ったほどだ。それに、かなり怒ってもいた。すぐに話しあいをしなかったのも、彼女があまりに情緒不安定だったからだ。だが、明らかにその判断は間違っていたらしい。

「心にもないことを言わなくてもいいです。でも、どうぞ続けてください。お説教を受ける覚悟はできていますから。それとも叱られるのかしら。どちらでも、お好きにどうぞ」

まったく、癪《しゃく》に障る女だ。ミス・フェアボーンはいぶかしげな表情を浮かべ、椅子に座っている。倉庫から飛びだしていったナイチンゲールの様子からして、彼女は今日すでにあの男と喧嘩《けんか》を楽しんだようだ。ひと勝負終えて、今また新たな敵の出現で戦闘態勢に入っている。

「そのどちらもする気はない。わたしは、あの日弁護士事務所で話したことをはっきりさせたいだけだ。きみは聞いていなかったかもしれないがね」

「重要な部分はちゃんと聞こえていました。三年前にあなたが〈フェアボーンズ〉の共同経営者になった話は、しっかり耳に入ってきましたから。それを知ってがく然としたことは、忘れたくても忘れられませんもの。とにかく、わたしはあのときその事実を受け入れたのだから、もうほかには何もはっきりさせることはないと思いますが」

ダリウスは机の前を行ったり来たりしていた。一方の壁は絵画で埋もれ、もう一方には銀製品がのったテーブルが置いてあるせいで、狭い空間を歩きまわるしかなかった。そのあいだずっと、ミス・フェアボーンが身につけている黒いドレスが視界の隅に映っていた。彼女は喪に服しているのだ。そう自分に言い聞かせて、ダリウスは今にも爆発しそうな怒りを必死に抑えこんでいた。

まあ、必死というのは少し大げさだが。やはりアンベリーの言ったとおりだ。ミス・フェアボーンはとびきりの美人ではないものの、特別な何かを持っている。弁護士事務所で会ったときもなんとなく気づいていたが、今ははっきりわかる。それはなんといっても彼女の率直さだろう。これほどずけずけとものを言う女性はまずいない。何ごとにも真正面から立ち向かっていきそうな態度は、女性にしてはかなり変わっているし……興味をそそられる。

「きみは今日のオークションをわたしに知らせなかった」ダリウスはようやく口を開いた。

「忘れたとは言わないでくれよ。あの日、〈フェアボーンズ〉で行うことはすべて知らせるよう、きみに言ったはずだからね」

「気を悪くされたのならお詫びします。オークション前の下見会を開催するのをやめたので、上得意の顧客の方々にも招待状は送らないことにしたんです。そのとき、あなただけには送らなければならないとは思いつきませんでした」

「わたしはただの上得意の顧客のひとりではない。経営者でもあるんだ」

「でも、そのことはてっきりまわりに知られたくないのだと思っていましたわ。なんだか取引のにおいがぷんぷんするんですもの。従業員のあなたを見る目も変わるでしょうし。だから、わたしがあなたを特別扱いしなかったことを、心の中ではほっとしているんじゃないかしら」

癪に障るが、的を射たことを言っている。まったくもっていまいましい。なんて頭の回転の速い女なんだ。

「ミス・フェアボーン、これからはもう、その極秘事項は気にしなくていい。最後のオークションも終わったことだし、別に隠す必要もなくなる。それにしても、無断でオークションを開催するとはね」

彼女は〝無断で〟という言葉に目をしばたたいたが、何も言い返してこなかった。

「うまくいったようだな」ダリウスは立ち止まり、皮肉めいた口調にならないように気をつけて言葉を継いだ。「店が売れるまで、じゅうぶん食べていけるぐらいは利益が出たんじゃないか？　従業員も立派な目録を作ったよ。作品の時代や作者名も大きな誤りは見当たらなかったからね。ナイチンゲールのおかげかな？」

ミス・フェアボーンの表情がかすかに変わった。「ミスター・ナイチンゲールというより、オバデヤのおかげですね。オバデヤはよく目録を作る父を手伝っていましたから。それにミスター・ナイチンゲールとは比べものにならないほど、作品を見極める目を持っているんです。でも本当のことを言うと、目録は父が亡くなる前にほぼできあがっていました。準備はほとんどできていたので、オークションを開催したんです」

彼女はダリウスの目をまっすぐ見据えた。ふたりの視線がからみあった瞬間、その強いまなざしに心をかき乱され、彼はまともに頭が働かなくなった。

ミス・フェアボーンが一年前とは違う女性に見える。窓から差しこむ光を受けた白い肌は磁器のように美しい。胸の下で幅広のリボンの切り替えが入っただけの、ハイウエストの黒いドレス姿の彼女はとても優美で、女らしかった。

「すばらしい仕事をしてくれるオバデヤもいますからね。商品を所有者のもとに戻してしまうより、オークションを開いたほうが、お客様にも喜ばれるのではないかと思ったんです」

「それはそうだ」自分でも気づかぬうちに言葉が口から出ていた。「きみの言っていることもわかる」

「それを聞いてほっとしました、サウスウェイト卿。だって、ここに入ってきたときは、怒っていらっしゃるように見えたんですもの。何か不愉快なことでもあったのかと思っていました」

「いいや、そんなことはない。まったく怒ってなどいないさ」

「そうですか。よかったわ」

ダリウスは懸命に心を落ち着かせ、自分を取り戻そうとした。

「ミス・フェアボーン、しばらくわたしはロンドンを離れる。戻ってきたら、きみを訪ねるから……その件について話しあおう」

とはいえ、自分でも〝その件〟とはなんだったのか思いだせなかった。いったいなんの話をするためにここへ来たんだ？

「わかりました、サウスウェイト卿」

ダリウスは店に戻り、アンベリーと並んで外に出た。

「ようやく本来の目的地に出かけられるな」アンベリーが言った。「ケンデールとの待ちあわせ時間に、もう一時間も遅刻しているんだぞ。時間を守らなかったらあいつがどうなるか、きみもわかっているだろう」

「ああ、わかっている。さあ、急ごう」

「ミス・フェアボーンとは、きみの望みどおりにしっかり話はできたのか？」

そう、確かに倉庫へ乗りこむ前は、きっちり話をつけてくると息巻いていたのだ。それが何も言えずに戻ってくるはめになるとは。

「もちろんだ、アンベリー。決然とした態度で話をすれば、簡単にけりはつく。女性が相手ならなおさらだ」

ダリウスは馬の背にまたがった。えらそうなことを言ったが、まったくそうならなかったのはよくわかっている。どういうわけか形勢が逆転して、いつの間にか彼女にやりこめられていたのだから。威勢よく吠えていたライオンが、気づいたら弱々しく鳴いている羊に変わっていた。それが今の自分だ。

口にするのも腹立たしいが、ミス・フェアボーンにまんまともてあそばれた気分だ。

「別に嘘をつこうと言っているわけじゃないのよ。ただ人がそう思っているなら、そのまま思わせておけばいいだけなの。あなただけが頼みの綱なのよ。ちゃんとオークショニアのライセンスを持っているんだもの。でも、わたしは持っていない。この先も協会は絶対わたしには持たせてくれないでしょうね」

まったくオバデヤときたら、演壇に立っているときはあんなに有能で頼もしく見えるのに、手からハンマーが離れると、たちまち色白の小柄なおとなしい男性に変身してしまう。いつも驚いているみたいな大きな目が、今は不安げにあちこち泳いでいる。エマとしては、ちょっとしたたくらみを披露しただけなのだが。

3

倉庫の中は水を打ったように静まり返っていた。オバデヤは突飛な話を聞いた衝撃から、まだ立ち直れていない。エマは壁に立てかけてある、小さな額に入った油絵を手に取った。「所有者がね、これはアンゲリカ・カウフマンの作品だと言い張るの」エマは光がよく当たるように絵を傾けた。「預かろうと思っているのよ。父ならそうしたと思うから。なかなかいい絵よね。いかにもカウフマンが描いた絵という感じだし。あなたもこれはカウフマンの作品だと思う？」

「思うも思わないも、ぼくには絵を見る目なんてありませんよ、ミス・フェアボーン。だから、あなたの計画は絶対にうまくいきっこありません。ぼくはティティアンとレンブラントの区別もつけられないんですよ。たとえあなたに銃をこめかみに突きつけられても、無理なものは無理なんです。巨匠たちの絵も見分けられないこのぼくに、アンゲリカ・カウフマンの描いた絵なんかわかると思いますか？」

「わたしはティティアンとレンブラントの違いを見分けられるわ。それに、ここにある絵画はすべて父が鑑定したものだから大丈夫よ。わけのわからないものは交ざっていないから安心して」

オバデヤは今にも逃げだしそうな雰囲気だ。完全に狼狽《ろうばい》している。

「本当に、またオークションを開催するつもりなんですか？　てっきりあなたは価値のある作品とない作品を分けているだけだと思っていました。ぼくはここにある商品をすべて所有者に返すつもりだったんですよ」

「わたしが作品をより分けていたのは最高のオークションを開くためよ。だって、もしかしたら次が〈フェアボーンズ〉最後のオークションになってしまうかもしれないもの。昨日のような三流作品を交ぜるわけにはいかないわ」

オバデヤのあとについて、エマは店に戻った。壁にかかっていた絵はすべて取り払われている。今頃は新しい持ち主のもとへ向かっているのだろう。

「こんなおかしなことはありえないですよ。昨日が最後だったのに、また最後があるなんて。最後といったら、ふつう一回きりじゃないですか」オバデヤがぶつぶつ言っている。

「実はね、昨日はオークションの前半で、次が後半部分なの。昨日落札された作品と同じ頃に預かった作品がたくさんあるから、二回に分けたのよ」

「それじゃあ、次が本当の最後ということですか？」オバデヤは、ややこしいことを言われるのが大の苦手だ。今もわけがわからず、しきりに頭をひねっている。

正直に言うと、次のオークションが成功しても最後にするつもりはない。わたしの心はもう決まっている。絶対に〈フェアボーンズ〉を続けていくつもりだ。行方不明になっている兄のために。そして、亡き父の思い出のためにも。でも、今でさえ相当困惑しているオバデヤには、まだ本当のことは言わないほうがいいだろう。

「ミス・フェアボーン、ぼくはオークショニアの仕事しかできません。だから、やれと言われれば豚だって競りにかけられます。でも、ほかのことはやっぱりぼくには無理ですよ。あなたのお父さんは美術品の鑑定だけでなく、お金や書類の管理まですべてやっていました。そんなことがぼくにできるわけがありません。あなたの希望に応えられなくて申し訳ないですが」

「そういうことはわたしがするわ、オバデヤ。わたしはあなたが知っている以上に父を手伝っていたのよ。兄と同じように、隣でずっと父の仕事を見て覚えたの」

エマは内心かすかに動揺していた。オバデヤがこんなに手ごわいとは思ってもいなかった。

「だから、あなたはこれまでどおりオークショニアの仕事を続けて。でも表向きは、あなたが〈フェアボーンズ〉を取り仕切っていることにしてほしいの。わたしがお願いしているのはこれだけよ。ちょっぴり偽装工作をするだけ。だって、経営者が女性だとだめなんですもの。誰も〈フェアボーンズ〉を信用してくれなくなるのよ」思わず懇願する口調になった。「お願いよ、オバデヤ、せめて少しのあいだだけでもいいの。父もきっと〈フェアボーンズ〉を続けることを望んでいると思うわ」

エマは天井、壁、そして店内をぐるりと指し示した。このすべてに父の思いが詰まっている。それなのに、もうやめてしまうなんてつらすぎる。考えただけで胸が苦しくなってきた。父がここまで築きあげた事業を、意地でも終わらせるわけにはいかない。それに兄のロバートのこともある。家に戻ってきたときに、父から受け継いだ大切なものが跡形もなく消え失せていたら悲しむはずだ。そんな思いを兄にさせられない。

三年前にここの土地付き建物を購入したとき、父がこの場所こそ〈フェアボーンズ〉にふさわしいと言ったのを覚えている。ピカデリー通りにほど近いここなら、上流階級の人々が下見会やオークションに大勢来てくれるという確信を持っていた。そして父の言ったとおり、ここに場所を移してからは、いい作品にめぐりあうことが多くなり、それに伴い落札金額もあがり、〈フェアボーンズ〉の名は広く知れ渡るようになった。

建物の二階部分を取り払い、天井を高くする工事を兄とふたりでわくわくしながら見ていたことは、今でも忘れられない思い出だ。兄に毎日のように馬車でここへ連れてこられて、建物ができあがっていく様子を眺めていた。道すがら、兄はよく自分の夢を話してくれた。〈フェアボーンズ〉をどういうオークションハウスにしたいのかを熱く語ってくれた。その頃、父はまだ書物や安い作品などのオークションも開いていた。まさに昨日のオークションの出品作品と同じたぐいのものだ。だが兄の目標は高く、〈フェアボーンズ〉を〈クリスティーズ〉に匹敵するくらいの一流オークションハウスにするのが夢だった。

その夢のとおりに、〈フェアボーンズ〉は着実にオークションハウスとしての揺るぎない地位を築いていった。ここに移転してきた最初の年はすべてが順調に運び、喜びに満ちあふれた最高の一年だったと心に深く刻まれている。そしてその翌年、兄が行方不明になったのだ。

ふと、父と兄の姿が目の前に浮かんできた。その瞬間、突然すべてが読め、今ようやく父がサウスウェイト卿を共同経営者にした理由がわかった。父は彼に経営権の半分を売って、そのお金を〈フェアボーンズ〉に注ぎこんだのだ。

弁護士事務所で、よそ者のサウスウェイト卿が共同経営者だったことを知ったときは、父に腹が立ってしかたがなかった。これからは、あのすばらしい一年を思いだすたびに心が痛むだろう。

エマはオバデヤと向きあった。「あなたはどう思う、オバデヤ？　ふたりで力を合わせて続けていくか、昨日のみじめなオークションを最後に〈フェアボーンズ〉を閉めるか、あなたはどちらがいいと思う？」

オバデヤが涙ぐんでいる。彼も過去に思いを馳《は》せていたのだろう。

「あなたの決意が固いのなら、とりあえず続けてみてもいいと思います。ぼくがライセンスを取るときは、あなたのお父さんがお金を出してくれたんですよね？　あなたが予定していたとおり、最後のオークションの後半部分もやりましょう」彼はかすかに笑みを見せた。「ぼくなりに精一杯やるつもりです。でも、きっと誰かに本当のことを気づかれますよ」

「大丈夫よ、オバデヤ。勘ぐる人なんて誰もいないわ」

オバデヤは納得しているふうには見えなかったが、反論はしてこなかった。

「これからぼくは、あなたがより分けた銀製品の目録作りをします」そう言って、彼は倉庫に戻っていった。

エマは帰り支度をはじめた。オバデヤが辞めると言わなくて本当によかった。おまけに彼は新たな役割も引き受けてくれた。オバデヤが一流のオークショニアなのは誰もが認めている。その彼が〈フェアボーンズ〉を仕切っていても不思議には思われないだろう。だから、真の経営者や鑑定士の正体に気づく者は誰もいないはずだ。

けれど、ひとりだけ例外がいる。エマは顔をしかめた。サウスウェイト卿は要注意だ。彼に偽装を見破られたら、すべてが終わってしまう。

もう二度と、サウスウェイト卿を〈フェアボーンズ〉に来させないようにしなければ。だけど、そんなことができるだろうか？　ケント州にある彼のカントリーハウスで何か大きな問題が起きればいいのに。それで帰ってこられなくなれば、どんなにいいだろう。

「ミスター・ナイチンゲールに結婚を申しこまれたわ」

オークション後の彼との会話は、思いだすだけで不愉快になる。エマはその日の夕方、親友のカサンドラと会っていた。ふたりは今、エマの家の食堂にいる。

カサンドラは青い目を見開いた。ふっくらした赤い唇をわずかに開き、黒いまつげに縁取られた大きな目をしばたたく。

驚いたときのカサンドラのとっておきの表情だ。この表情に男性はころりとだまされる。なぜか彼らの目には純真で内気な女性に映るらしい。

「彼に愛していると言われたの？」カサンドラは興味津々の様子で近づいてきた。

「言おうと頑張っていたわ。ねえ、想像してみて。ハエがうなるような声だったんだから。それがまた、やたらと熱をこめて話すの。でも、ありきたりの言葉しか並べないから、次に何を言うのかすべてわかってしまうのよね。もう面倒だから、話の途中でさえぎって、お互い正直に本当のことを言いましょうと言ってやったわ」

エマは話しながら、テーブルの上のベルベットの布に置かれたネックレスを手に取り、じっくりと眺めた。「まったく、ひどいったらなかったわ。あれほど感動しない求婚はないでしょうね。しまいには彼、なんて言ったと思う？　結婚しないなら〈フェアボーンズ〉を辞める、と脅してきたのよ」

カサンドラが慰めるような温かいまなざしを向けてきた。「ミスター・ナイチンゲールはとてもハンサムよね。着こなしも完璧だし、人当たりもいいわ。きっと彼は、あなたが喜んで首を縦に振ると思ったんでしょうね」

「冗談じゃないわ。うぬぼれの塊みたいな人なのよ。だからオールドミスのわたしなら、きっと結婚話に飛びつくはずだと思いこんでいたんでしょうけど、わたしは一度も彼をすてきだと思ったことはないし、色目を使ったこともないわ」

「ミスター・ナイチンゲールのことなんてどうでもいいような口ぶりにしては、ずいぶん腹を立てているわね。ほかにも何か言われたの？」

エマは繊細なネックレスの小さな留め具に触れた。「彼はわたしが〈フェアボーンズ〉を相続したと思っていたの」正直に打ち明けた。「だから結婚を申しこんできたのよ。父の遺産相続人は兄だと教えたら、今度は兄の死をなんとしてでもわたしに認めさせようとしてきたの。信じられないくらい血も涙もない人だわ」

カサンドラは唇をきつく引き結んでいる。言葉が口からこぼれでないように我慢しているのだ。

「何か言いたいことがあるんでしょう？　いいわよ、言ってちょうだい。わたしはかまわないから」

「別に何もないわ。ただ、沈没した船に乗っていたのよ。それなら助かるわけがないと思う人もいるんじゃないかしら。でも、そういう人を相手に怒るだけ無駄よ。気にしないほうがいいわ」

「わたし、彼に言ってやったの——あなたにも、もう何度も言っているけど、兄は絶対に生きているって。だって兄は生きているのよ！」

「落ち着いて、エマ。ねえ、さっきの話の続きを聞かせて」

「もうあれで終わりよ。ミスター・ナイチンゲールは仕事とお金持ちの婚約者を失い、わたしは未来の夫とホールマネージャーを失ったというわけ。これがわたしたちの結婚話の結末よ。わたしとしては、未来の夫よりもホールマネージャーを失ったことのほうがはるかに痛手ね」

カサンドラは同情しているようには見えなかった。「エマ、せめて次回のオークションが終わるまで、彼にいてもらうことはできなかったの？　結婚の返事は少し考えてから伝えるとか言えなかった？」

「あっさり手放しすぎだと言いたいのね」

「もうちょっと彼に希望を持たせてもよかったかなと思っただけよ。そのあいだ、あなたもいろいろ考えられたわけだし」

「考えるまでもないわ。わたしの気持ちはとっくに決まっていたもの。結婚できるかもしれないと思わせておくなんて、そんなのは詐欺師のすることよ」

「あなたが駆け引きを嫌っているのは知っているわ。でも、返事はもう少し待ってと言ったら、ミスター・ナイチンゲールはしぶしぶながらもわかってくれたと思うの。いい返事が聞ける可能性があるなら、彼も仕事を辞めるとは言わなかったんじゃないかしら」

「まさか、彼に気のあるふりをしなかったわたしを責めているんじゃないわよね？」

カサンドラが声をたてて笑いだした。「まるでわたしが悪者みたいな言い方ね。はっきり言うのがあなたの信条なのは知っているけれど、ちょっとじらしてみるくらい、悪いことでもなんでもないのよ。いつか試してみたらいいわ。意外と効果があるのがわかるから。まあ、それはともかく、ミスター・ナイチンゲールは女性を喜ばせるのがとてもうまいそうじゃない？　あなたにも、その技が効いてもよかったのに」

いつものことだが、カサンドラが何を言っているのかさっぱりわからない。彼女とは同年代なのに、自分の経験不足がときに腹立たしく感じる。

「あの口先だけのお世辞のこと？」

「お世辞であれ、褒め言葉であれ、相手がうれしく思えばそれでいいのよ」

「ミスター・ナイチンゲールにお世辞を言われてもちっともうれしくないわよ。それに、わたしは彼に何ひとつ褒められなかったわ。たっぷり侮辱はされたけど。お願いだから、何を言われたかは訊かないでちょうだい」

茶目っ気たっぷりにカサンドラの瞳が輝いた。「あなたに新しい男性を見つけなくちゃ。あなたの気を惹きたいなら、侮辱するなんてばかなことをしない人をね」

「やめてよ、カサンドラ。そんなことしなくていいわ。わたしには男の人にうつつを抜かしている暇なんてないんだから。もう、こんな話は終わりよ。それより、あなたのすばらしい宝石の話をしましょう」

「わかったわ。でも、うつつを抜かすのも悪くないって、あなたが気づく日を楽しみにしてる」

「もう、カサンドラったら！」

「あら、動揺したわね。さあ、今度は退屈な話をしましょう。無一文のわたしがお金を手にする話なんておもしろくもなんともないけれど、しかたがないわ」カサンドラは、花壇に咲き乱れた花のようにテーブルを覆いつくしている宝石の数々に視線を落とした。「手放すのは涙が出るほど悲しいけど、こうするしかないのよ。だって、兄の屋敷には戻りたくないんだもの。あんな牢獄に閉じこめられたも同然の生活は絶対にいやよ」

「おば様からもらった宝石もこの中にあるのよね。売ったことを知ったら怒るんじゃない？」

「おばもわたしの計画は知っているの。どの宝石を売ったら一番お金になるか教えてくれたわ。あなたのお父様が言っていたように、二〇〇〇ポンドにはなってほしいんだけど」

「次回のオークションに出品するわね。これが昨日だったら、高い落札金額は望めなかっただろうけど、次のオークションでは少なくともその希望額には届くと思うわよ。これだけすばらしい宝石類なら、必ず注目を集めるわ」

　カサンドラが疑わしげな視線を投げかけてきた。「本当にオークションが開けるの？　ミスター・ナイチンゲールはもういないのよ？」

「もちろんオークションは開催するわ。オバデヤは〈フェアボーンズ〉に残ってくれたの。そろそろ本格的に準備に取りかかるつもりよ。出品する商品の選別はもうはじめているし、ほかにもまだいろいろ集めているの。あなたが喜んでくれる結果になるように、できることはなんでもするわ」

エマは正直に自分の気持ちをカサンドラに打ち明けた。これからの数週間は目がまわるほど忙しくなるだろう。オークションを盛りあげるには、もっと出品点数を増やし、顧客たちを引きつける希少品も見つける必要がある。そのすべてを上流階級の人々がロンドンに集まっている社交シーズン中にすませて、なおかつオークション開催にこぎつけなければならないのだ。

「カサンドラ、この宝石類はオークションの開催日が近づくまで手元に置いておきたい？」

エマはひとつひとつていねいに布で包みながら訊いた。

「持って帰らないほうがいいと思うの。手元に置いていたら、売ると決めた覚悟が揺らいでしまいそうだもの」

「じゃあ、わたしについてきてくれる？　これを安全にしまっておく場所を教えるわ」

包み終えた宝石を入れた箱を持ち、エマは階段をのぼって父の部屋へ向かった。扉が近づくにつれ、足取りが重くなる。部屋に入るたびに、父はもういないのだと思い知らされて、胸が切り裂かれるような深い悲しみに襲われる。

部屋に入るとエマは立ち止まり、気持ちを落ち着かせた。

壁一面が本棚になった仕事部屋は小さな図書館のようでもあり、父はよく大判の書物を床に何冊も広げていた。

その広げた本のあいだを四つん這《ば》いになって動きまわりながら、所有者から委託された美術品について調べていたのだ。そんな父の姿がまざまざと目に浮かんできた。本棚とは反対側の壁には小型の書き物机があり、顧客たちに手紙を書くときに使っていた羽根ペンが今ものっている。

兄のロバートが乗った船が沈没したと聞かされたのも、この部屋だ。絶望的な状況にもかかわらず、父はいつか必ずロバートは帰ってくると力強く言ってくれた。

カサンドラの腕がそっと体にまわされて、あの日も同じように父に抱きしめられたことを思いだした。数々の記憶がよみがえり、胸が張り裂けそうになる。親友のやさしい腕の中でしばらく悲しみに浸っていると、次第に心も落ち着きを取り戻し、エマは宝石箱を持って隣の寝室に入っていった。

寝室の壁には古めかしい羽目板が張られている。新しく壁を張り替えなかったのには理由があり、それは壁の一部に隠し金庫が埋めこまれているからだ。

金庫の鍵は長い鎖に通して、肌身離さず首にかけている。エマは胸元からそれを引っ張りだし、金庫の鍵を開けて宝石箱をしまいこんだ。

「ほらね、秘密の隠し場所にしまったから、もう安全よ」振り向くと、考え深げな表情でこちらを見ているカサンドラと目が合った。

「エマ、あなたは強いわね。それに度胸もある。だって、ふつうならおじけづくようなことをやり抜こうとしているんだから。オバデヤが残ってくれてよかったわ。さすがのあなたでもオークショニアはできないもの。でもね、エマ、ミスター・ナイチンゲールが欠けたのは大きな痛手ではないとしても、お父様がいない今、彼は〈フェアボーンズ〉に必要な人だったんじゃないかしら」

「彼を過大評価しすぎよ」

「エマ、作品を見るふりをして、彼を見ていた女性はたくさんいたわ。家柄も悪くないハンサムな男性に胸がときめく言葉をかけられるのがうれしくて、〈フェアボーンズ〉に来る女性もね」

「もうその話はいいわ」

「これだけは言わせて。ミスター・ナイチンゲールがいないのは、演壇にオバデヤが立っていないのと同じことなのよ。確かに、彼があなたに結婚を申しこんだ理由は褒められたものではないわ。それでも彼を引き止めるべきだったと思うの」

「ミスター・ナイチンゲールに戻ってきてもらう気なんてないわ」

「それなら彼の代わりに、家柄も悪くないハンサムな若い男性を雇わなくてはね」カサンドラが言った。「階下《した》に戻って、ホールマネージャーの募集広告の文面を考えましょう」

三〇分後、エマは図書室の書き物机から立ちあがり、作った広告文をカサンドラに見せた。

「〈フェアボーンズ〉の名前は出したくないから、店名も職種も入れないで、応募条件しか書かなかったの。でも、これでいいわよね？」

カサンドラは文面を読んだ。「牧師の募集なら、この広告に一〇〇点満点をあげるわ」

エマは親友の手から紙を取りあげた。「頑張って書いたのに」

「エマ、おもしろそうだから応募してみようと思わせるような文面じゃないとだめよ」カサンドラはエマの手から紙を取り戻し、書き物机に向かった。椅子に腰かけ、カールした長い黒髪を肩から払い、インク壺《つぼ》にペン先を浸す。「まず、〝体力がある〟は削除ね。あなたは肉体労働者を探しているの？」

「わたしはただ――」

「言いたいことはわかるわ。一日じゅう忙しい仕事だからよね」カサンドラは〝体力がある〟に線を引いて消した。「それから〝まともな精神の持ち主〟もいらない。〝物静かな〟も必要ない」彼女は舌打ちした。「エマ、わたしがここにいてよかったわね。あなたひとりで考えていたら、まじめで地味な男性しか応募してこない募集広告になっていたわよ。それではミスター・ナイチンゲールの代わりは務まらないわ」

「この〝美術の専門知識がある人〟なんだけど、入れようかどうか迷っているの。もちろん入れたほうがいいのよ。でも、〈フェアボーンズ〉をいっさい連想させない募集広告にしたいのよ」

「どうして？」

ある伯爵にわたしの計画を知られたくないからよ。でも、カサンドラはサウスウェイト卿が〈フェアボーンズ〉の共同経営者だとは知らないので、このことは黙っていたほうがいいだろう。それに共同経営者の件は、父も伯爵も内緒にしていた。昨日、彼に嫌味をこめて言ってやったように、取引のにおいがぷんぷんするからだ。

正直なところ、サウスウェイト卿に計画を知られたときの善後策はまだ考えていない。だけどもしかしたら、取引のにおいがする彼の秘密を逆に利用できるかもしれない。案外、それで風向きが変わるかも。

「〈フェアボーンズ〉だと気づかれたら、応募者が殺到するからよ」エマは答えた。「それにこちらの窮状につけこんでくる人もいるわ」

「〝美術〟という言葉は入れないほうがいいわね。これは面接のときに訊けばいいわ」カサンドラはまたひとつ線を引いて消した。「いい？　いよいよ肝心な部分よ。いくら若い男性でも、雑貨店向きの人ではだめなんだから」彼女は羽根ペンで顎をとんとん叩き、やがて書きはじめた。

エマはうしろからのぞきこんだ。「人を喜ばせる仕事、ですって？」

「そうよ。この男性はさっそく下見会で上流階級の人たちを相手にするのよ。紳士たちと楽しく話しながらお酒が飲めて、良家のレディたちと親密な友人関係を築ける人でないとだめなの」

「ちょっと待って、親密な友人というのは――」

「だったら〝親密な〟じゃなくて、レディが自分の秘密を打ち明けられる男友だちになれる人、に言い直すわ。この募集で重要なのは、いかに魅力的な男性が応募してきてくれるかなのよ」

「この男性には給金を支払わなくてもいいような気がしてきたわ。たくさんのレディと話せる機会を与えたお礼に、こちらのほうが彼からお金をもらいたいくらいよ」

カサンドラはひとしきり声をあげて笑い、また何か書き足した。

「できたわよ」そう言って、羽根ペンを置く。「どうかしら?」

エマは、ほとんど原形をとどめていないくらい書き直された文面に目を通した。悔しいけれど、ミスター・ナイチンゲールの後任探しとしては完璧な募集広告ができあがっていた。応募条件の人物像が、ミスター・ナイチンゲールそのものだったのだ。

「あとで、あいだに入ってくれる弁護士の名前を教えるわね。その人にまかせておけば、いかがわしい応募者が紛れこまないようにしてくれるわ」

「カサンドラ、面接するときはあなたも一緒にいてくれない?　オバデヤにもいてもらおうと思っているの」

「オバデヤはいないほうがいいと思うわ、エマ。別に面接で嘘を並べろと言っているわけではないのよ。でもね、彼はわたしたちとうまく話を合わせられないような気がするの」

「たとえば、わたしが〈フェアボーンズ〉の未来は前途洋々だと言ったら、オバデヤの目が泳ぐとか?」

「そういうことよ。もしわたしたちが、お金と名声を手に入れられるとでも言いたげな口ぶりで話したら、彼はおどおどするんじゃないかしら」

エマは面接をしているオバデヤを思い浮かべてみた。カサンドラの言うとおりだ。彼には明るい未来しか待っていないかのような演技を要求するのは酷だろう。

「来週早々に広告を出すわ。だから、一週間後にまたここへ来てくれる？　応募条件に合う男性がいるかどうか、一緒に面接してほしいの」

「きっと大勢押し寄せてくるわよ。あなたにふさわしい男性が来るといいわね。もちろん、応募条件に合っていないとだめだけど」

「それを言うなら、〈フェアボーンズ〉にふさわしい、でしょう？」

カサンドラはぼんやりと、カールした長い髪に指を絡めている。

「あら、そうだったわね。〈フェアボーンズ〉にふさわしい、だったわ」

4

ダリウスはソーホー・スクエアのコンプトン通りにある屋敷の前で馬から降りて、玄関に向かった。まったくいやな役まわりだが、もはやこれ以上先延ばしにすることはできない。今日こそ、エマ・フェアボーンにオークションハウスを売却する理由を伝え、けりをつけるつもりだ。

だからといって、すべてを包み隠さずに話すわけではないが。先週ケント州に滞在していたあいだに、モーリス・フェアボーンが死亡した現場を見に行ってきた。モーリスの死にはずっと疑念を抱いていたが、実際に転落場所に立ってみて、彼が夜の散歩にあの道を選んだ理由が自分の推測と合致した。その場所が場所だけに、事故の噂が広まるのも時間の問題だと思い、急いでロンドンに戻ってきたのだ。

真相が明るみに出ないうちに、〈フェアボーンズ〉を閉めるか売却するかしてしまえば、噂は噂のままで終わり、厄介なことにはならないだろう。そうすれば、モーリス・フェアボーンの名誉も、彼が築きあげたオークションハウスの名声も守れるはずだ。

ミス・フェアボーンと最後に会った日のことが頭をよぎり、ダリウスは扉の前でしばし佇《たたず》んでいた。あの日はまんまと彼女にしてやられたが、今回はこちらが主導権を握るつもりだ。だが、高圧的に出てもうまくはいかないだろう。毅然《きぜん》とした態度で、なおかつやさしく話をする。そう、元気のいい馬を相手にするときと同じように接するのだ。それでも彼女は反抗するに違いない。しかも猛然と。その闘いがいよいよはじまる。

戦闘態勢に入っているにもかかわらず、ダリウスの頭の中ではばかげた妄想が駆けめぐっていた。あの日〈フェアボーンズ〉の倉庫で彼女と会って以来、妄想はふくらみつづけ、やがて彼女の一糸まとわぬ姿が頭に焼きついて離れなくなった。その姿が、この期に及んでも目の前に浮かびあがってくる。

それにしても、なぜよりによってミス・フェアボーンなのだろう？　それがさっぱりわからず、我ながら理解に苦しむ。

彼女はどう見ても、男が愛人にしたくなるような女性ではない。それに彼女自身も男女の交わりについては保守的だろう。夫以外の男性と関係を持とうとは、これっぽちも思っていないはずだ。

自分にとってもミス・フェアボーンは理想の女性像から大きくかけ離れている。素直でやさしい女が好みだが、彼女にはそんなところはみじんも見当たらない。

やはり、ミス・フェアボーンは愛人向きではない。

無意味なことを考えて、すっかり時間を無駄にしてしまった。

ふと通りに目をやると、二〇歳そこそこにしか見えない若い男が屋敷の前で馬から降り、ダリウスの馬の隣に自分の馬をつないだ。若者は石段をのぼってきた。玄関先で立ち止まり、刺繍《ししゅう》をほどこした茶色のフロックコートのほこりを軽く両手で払うと、片足を石段の最上段にのせてブーツのつま先を拭いた。

若者がダリウスに鋭い一瞥《いちべつ》を投げ、生意気そうな笑みを浮かべた。彼はダリウスの隣に立ち、扉のノッカーを三度強く叩いた。

どこの若造だか知らないが、いきなり出鼻をくじかれ、ダリウスは顔をしかめた。

扉を開けたのはフェアボーン家の執事、メイトランドではなかった。なんとオークショニアのオバデヤ・リグルズではないか。

オバデヤもそこにダリウスがいるのを見て、驚いた表情を浮かべている。

「メイトランドは辞めたのか？」ダリウスはオバデヤに帽子と名刺を渡し、淡々と訊いた。

若者は髪を整えるのに夢中で、ふたりには無関心だ。

「いいえ、辞めていません。今日だけ、ミス・フェアボーンに執事役を頼まれたんです。あやしい人は追い払うように言われています」

どうやら、世の中にはミス・フェアボーンにご執心の男もいるようだ。彼女がひとり暮らしなのを知っている泥棒かもしれないが。だいたい、どうやってその〝あやしい人〟を見分けるのだ？　会おうと思えば訪問の理由などいくらでも作れるし、あやしく見えても、お悔やみを伝えに立ち寄った父親の仕事仲間かもしれないだろうに。

「面会者は応接間に通すように言われています」オバデヤが先を続ける。「ですが、あなたは居間でお待ちいただいたほうがいいかと思います。今、ミス・フェアボーンにあなたがいらしたことを伝えてきますので」

「ミス・フェアボーンが客と応接間で会うのなら、わたしもそこへ案内してくれ、リグルズ。何もわたしだけ別室に連れていく必要はない。わたしの名刺を彼女に渡してくれないか。客が全員帰ったら、ふたりで話がしたいんでね」

オバデヤがためらっている。若者がいらだたしげに咳払いをした。

「応接間はどこだ？」ダリウスは急き立てた。

オバデヤは銀のトレイに名刺を二枚のせ、先に立って階段をのぼっていった。応接間の扉を開けて脇へ寄る。

ダリウスは異様な光景を目の当たりにした。ミス・フェアボーンはまだ来ていなかったが、室内は若い男だらけだった。

男たちは新たに来た客ふたりにすばやく視線を走らせ、すぐに顔をそむけた。ダリウスは一〇人もの男を集めて何をするつもりなのか訊こうと振り返ったが、すでに扉は閉じていて、オバデヤはいなかった。

ダリウスは暖炉の前に立ち、男たちを眺めた。全員、同じに見える。若く、しゃれていて、ハンサムだ。ミス・フェアボーンに結婚を申しこみに来た連中なのだろうか？　今の彼女は遺産を相続した金持ちの独身女性だ。この男たちは、これから一列に並んで彼女に求婚するのか？

彼らが順番に熱をこめて求婚するさまを思い浮かべてみた。きっと耳まで赤くして、思いのたけを打ち明けるに違いない。できるなら、最後のひとりまで楽しく見物させてもらいたいところだ。きっと見ものだろう。

ダリウスは長椅子に向かって歩いていき、金髪の若者の隣に座った。その男は赤と青の縞《しま》模様のベストを着ている。かなり値の張る代物なのだろうが、いかんせん悪趣味だ。金髪男は一瞬笑みを浮かべたが、すぐに探るような目でダリウスを見た。

「あなたはちょっと年を取っているんじゃないかな?」

「すでによぼよぼだ」ダリウスはにこりともせずに言った。大学を出たか出ないかくらいの年齢の若者には、三三歳は老人に見えるのだろう。自分もそのくらいの年の頃はそうだった。冗談めかした言葉が若者から返ってくるかと思ったが、どうやら思い直したらしい。

「失礼しました。悪気はなかったんです。ただ、若い男を探していると思っていたので。でも、違ったんですね。あなたみたいな大人の男性に来られたら、ぼくらみんな不利ですよ」

彼は話をしやすいように体を傾けた。「はじめまして、ジョン・ロートンです」

礼儀正しく接するべきなのは百も承知だが、あいにくダリウスはそんなことにこだわる人間ではない。「サウスウェイトだ」

ロートンが困惑した表情を浮かべた。「えっ?」室内を見まわす。「あなたは部屋を間違っています——あの、言うまでもないですが、あなたはライバルじゃありません」彼はいきなり笑いだした。「いやあ、正直に言って、ほっとしましたよ」

確かに自分はおまえのライバルではない、とロートンに言ってやろうとしたとき、応接間の奥の扉が開いて、隣の図書室から女性が出てきた。

ミス・フェアボーンではなかった。レディ・カサンドラ・バーナムの登場だ。バロモア伯爵の悪名高い妹が、すぐに男たちの視線を釘づけにした。

彼女は黒髪を白いレースの帽子の下にまとめ、カールしたほつれ毛が顔と首筋にかかっている。チュールレースをほどこした淡緑色のドレスは見事な胸の下で白いリボンが結ばれ、裾に向かってゆるやかに広がっていた。きつく引き結ばれた大きな赤い唇は、どきりとするほど官能的だ。レディ・カサンドラは手帳を開き、ページをのぞきこんだ。

「ミスター・ロートン」

ロートンは弾《はじ》かれたように立ちあがり、上着のしわを伸ばすと、レディ・カサンドラのうしろについて図書室の中へ消えた。

若者は新聞を椅子に忘れていった。開いたままの紙面に丸く囲った印がついている。ダリウスは新聞を手に取り、ジョン・ロートンの目を引いた広告を読みはじめた。

求人情報：人を喜ばせることが得意な方必見。極めて特殊な仕事。社交的で話し上手、なおかつ容姿端麗な若い男性を求む。必須条件――礼儀正しく、教養があり、口が堅いこと。おしゃれであること。引きしまった体形であること。女性を楽しませられること。自他ともに認める魅力の持ち主であること。問いあわせ先：グリーン通り、〈ミスタ

なんだ、このふざけた募集内容は？　どんな仕事なのか見当もつかないが、従僕や秘書でないのは明らかだ。

ダリウスは、室内でくつろいでいる、めかしこんだ若い男たちを見まわした。なるほど。どうやらここにいるのは、ミスター・ウェザビーに問いあわせた連中のようだ。

やはり、ミス・フェアボーンには驚かされる一面があるのは間違いない。だが、いったい何を考えているのやら。モーリスもかわいそうに。これでは安らかに眠ってもいられないだろう。

ダリウスは応接間を出て、オバデヤを探しに行った。階段の踊り場に差しかかったところで声が聞こえ、足を止めた。すぐ近くで女性が話をしている。

「今のところ、彼が一番いいわ。条件にぴったりよ、エマ」

「ちゃんと服を着ていてくれたらね」

「わたしはただ上着を脱いでと言っただけよ。上着で体形を隠しているかもしれないでしょう？　たくましい肩だと思っていたのに、シャツ姿になったら肩幅が狭くてびっくりすることもあるのよ」

「別に肩幅が狭くてもかまわないわ。上着をずっと脱がなければわからないんだから」

話し声がぴたりとやんだ。しばらく沈黙が続き、ふたりは図書室に戻ったのだろうと思いかけたとき、また声が聞こえてきた。

「エマ、わかっていないわね」カサンドラ・バーナムが言う。「ずっと上着を着ていて、女性たちが喜ぶと思う？　そんなことを言っていたら、希望どおりの男性は見つからないわよ」

ダリウスは応接間に引き返した。戸口に立ち、自分の順番を待っている男たちを眺める。これからこの若者たちはミス・フェアボーンに気に入られようと、精一杯魅力を振りまくのだろう。

「さっきも言ったように、ミスター・ロートンにして、ほかの人はもう帰ってもらったらどうかしら」カサンドラが言った。「彼で決まりよ。やっぱり一番いいわ」

「そう？　みんな大差ないわよ。ロンドンには頭が空っぽの、うぬぼれ男しか住んでいないのかしら。確かに求人広告は予想以上の反響だったわ。だけど集まった人がこれではね。がっかりよ」

これまで面接した男性は、ほとんどが必要条件どおりの人物を演じているだけに見えた。最悪なのは、自分にしか興味がないことだ。いくら違う話題を振っても、結局は自分のことしか話さない。だから口を開いたとたんに、不採用が決まったも同然になる。

おまけにこちらの気を惹こうとする彼らの態度ときたら、見るに堪えなかった。面接しているのが女性なら、言い寄ればどうにかなるとでも思っているらしい。その点、少なくともミスター・ロートンはそれほど露骨ではなかったし、美術についてもいくらか知識がある。だが、彼以外は有名画家の名前さえも知らなかった。

「エマ、あの人たちはまだ若いから。こんなことは言いたくないけれど、上流階級の若い男性と比べたらまだましよ。とりあえず、あの人たちは目的意識を持っているじゃない。そういう男性は上の階級にはほとんどいないわ。魅力のかけらもないいんだから。それなのにみんなして、わたしに早く結婚しろと言うのよ。誰がそんな退屈な男性と結婚するものですか」

カサンドラは腕組みをした。「それで、ミスター・ロートンに決定？」

エマはしばし考えた。「そうね、彼が恥ずかしがらずに堂々と上着を脱いだら、考えてもいいわ」

「恥ずかしがってなどいなかったじゃない。彼、楽しんでいたわよ」

カサンドラ、そういうあなたも楽しんでいたわね。図書室で、恥ずかしくて顔から火が出そうだったのは、わたしだけだったわ。

ばかげた要求をされても、ミスター・ロートンは顔色ひとつ変えなかった。あの落ち着きぶりからして、面接で上着を脱いで体形を調べられるのは、もしかしたらよくあることなのかも……。

「とりあえず明日まで待とうと思うの。広告を見て、まだ来る人がいるかもしれないから。それで最終的にミスター・ロートン以上の人が現れなくて、オバデヤも賛成してくれたら、彼に決めるわ」

「それがいいわね」カサンドラが言った。「持ち時間はひとり五分にしましょう。ミスター・ロートンよりいいと思った人以外は時間内で終わりよ」

カサンドラは手帳を手に取った。その手帳には、室内の使用人通用口の脇にあるテーブルにオバデヤが置いた名刺の名前が書いてある。カサンドラは応接間に通じる扉を開けたとたん、すぐにまた閉め、唖然とした表情でこちらに向き直った。

「みんな帰ったわ」

「帰った？」

「影も形もない。ミスター・ロートンを呼びに行ったときは一〇人くらいいたのよ。それなのに消えているわ」

「応接間は空っぽなの？」

「厳密に言えばひとり残っているけれど、彼は面接に来た人ではないもの」

「どうしてわかるの？　オバデヤがその人の名刺をテーブルに置き忘れたのかもしれないでしょう？」

カサンドラは、まだ数枚の名刺が残っているテーブルに向かった。

「彼の名刺があるわ。まったくオバデヤったら、ひとこと言ってくれたらよかったのに。エマ、どうしてメイトランドにいてもらわなかったの？　彼なら、こんなへまはしなかったでしょう」

「直接面接するのはだめでも、やっぱりオバデヤにも彼らを見てもらいたかったの。だから執事役を頼んだのよ」エマは名刺を受け取ろうと手を差しだした。「それで、誰なの？」

カサンドラが名刺を手渡してくれた。

エマの表情が険しくなる。「よりによってサウスウェイト伯爵だなんて。最悪のタイミングね」

「あなたが彼を知っているなんて、はじめて聞いたわ」

「父の知りあいなのよ。きっと、わたしが元気にしているのか様子を見に来たんだわ」

「でも、彼……なんだか怒っているみたいだけど……」

「長いあいだ待たされていらいらしているのよ。気が進まないけれど、会うしかないわね」

エマは黒いドレスのしわを伸ばし、糸くずを払った。「カサンドラ、一緒に来てくれる？　わたし、サウスウェイト伯爵のことはまったくと言っていいほど知らないのよ。でも、あなたは彼を少しは知っているでしょう？」

「悪いけど遠慮しておくわ」カサンドラがにべもなく言う。「サウスウェイトとはそりが合わないのよ。わたしがそばにいても、なんの役にも立たないわ」

「彼はあなたが罪人で、自分のことは聖人だと思っているわけ？」

「彼は聖人などではないわよ。どちらにしろ、あの人はわたしが罪人であろうがなかろうが気にも留めていないわ。わたしに関する噂話に花を咲かせている社交界のことは、くだらないと思っているみたいだけどね。とにかく、彼にとってわたしはたちの悪い女で、わたしにとって彼は傲慢な男なのよ」

カサンドラはエマの頬にキスをすると、手さげ袋《レティキュール》を持って通用口へ向かった。

「明日の朝、また来るわ。この壮大な計画の続きはそれまでお預けね」

5

応接間にいると実際より小さく見える男性が多いのに、サウスウェイト卿は違った。広い肩幅に、長身で引きしまった体。その等身大の彼が空間を支配している。あの上着の下にも、きっとたくましい肩が隠れているのだろう。彼に限って、肩幅が狭くてびっくりすることはないはずだ。

それほど怒っているふうには見えない。険しい顔はしているけれど。エマは胸のうちでそうつぶやきながら、伯爵に近づいていった。サウスウェイト卿は暖炉の脇に立ち、腕組みをして、壁にかかったテル・ブルッヘンの絵画を見あげている。彫りの深い横顔には、堂々とした風格が漂っていた。短い黒髪から、青いフロックコートに淡黄褐色の膝丈ズボン《ブリーチ》とブーツを合わせた非の打ちどころのない服装まで、どこをとっても家柄のよい男だけが持つ自信にあふれている。

エマがそばに行っても、サウスウェイト卿は腕組みをしたままだった。そんな彼の姿を見ると、悪さをして家庭教師に呼びだされた子どもになった気分になる。

ようやくサウスウェイト卿が腕組みをほどき、黒い瞳でエマの顔を見据えたまま、お辞儀をした。不機嫌そうな表情をしているのは、さんざん待たせたからだろうか？　それとも、服喪期間なのに髪をベールで覆っていないから？　あるいは単におなかの調子が悪いだけで、わたしのせいではないのかもしれない。

「わざわざ来てくださるとは夢にも思っていませんでしたわ」エマは椅子に座り、サウスウエイト卿はすぐそばの長椅子に腰をおろした。

彼は長椅子の右隣にあるテーブルに新聞を置いた。それを見て、すぐに求人広告を載せた新聞だと気づいたエマの視線をたどり、彼は当てつけがましく片方の眉をあげた。

「なんというか……きみはめげないな」サウスウェイト卿が口を開いた。「最初はオークション、そしてこれだ……その不屈の精神には恐れ入るよ」

彼が本当に怒っていたのなら、今はもう怒りがおさまったか、うまく隠しているかのどちらかだろう。おだやかな口調で静かに話す低い声が、心にしみこんでくる。

「ひとつずつ乗り越えて、日ごとに強くなっています」

「そういうときは慰めも求めたくなるだろう。もちろん、きみは大人の女性だから、わたしの助言など必要ないかもしれないがね」

サウスウェイト卿が笑みを見せた。満面の笑みではないが、唇の端をわずかにあげてほほ笑んでいる彼は、とても魅力的に見える。ミスター・ナイチンゲールも太刀打ちできないほどすてきな笑顔だ。そう思うのは、目もやさしく笑っているからかもしれないし、温かいまなざしを向けられているせいかもしれない。こんなふうに見つめられると、今の会話でふたりのあいだに共通の絆が芽生えた気さえしてくる。

サウスウェイト卿の笑顔に気持ちが明るくなり、ふたりの思惑や家柄の違いさえも乗り越えられそうに思えた。これまで見たこともない気さくな雰囲気に、思わずエマの警戒心もゆるみそうになった。

「あなたがいらしたとき、ここにはほかにもお客様がいましたか？」

「ああ、大勢いた」

「それなのに、どうして今はもう誰もいないのかしら」

「わたしが帰るように言ったからだ」

「長いあいだ待たせてしまって気分を害されたのならあやまります。ただ、わたしのほうもオバデヤから何も聞いていなかったので、あなたがいらしているとは知らなかったんです」

「わたしがリグルズに特別扱いするなと言ったのだから、彼が悪いわけではない。それにしても、まさかこの応接間が若い男であふれ返っているとは思いもしなかったがね」サウスウェイト卿はテーブルから新聞を取りあげて、まじまじと見つめた。「いったいなんの集団なのか見当もつかなかったが、この広告を見てわかったというわけだ」

エマは一気に気持ちが沈みこんだ。よりによって一番知られたくない人に、従業員を募集したことを知られてしまうとは。新聞を置き忘れた人がいたなんて、まったくついていないとしか言いようがない。サウスウェイト卿に知られる前に次のオークションの準備を整えておくつもりだったのに、求人広告が見つかって、こちらの計画に気づかれてしまった。

「きっとあなたは気に入らないんでしょうね」

「さあ、どうかな。もっと控えめな文面でもよかったとは思うが」

「こちらの求めているものをはっきり載せただけです」エマは新聞を指さした。「もっといい文面もあったとは思いますけれど、急いでいたので、これが精一杯でした。一刻も早く行動を起こしたかったので」

サウスウェイト卿は長椅子の肘掛けに腕をのせて頬杖をつき、エマに目を向けた。

「なるほど、その気持ちもわからなくはない」

「わかっていただけてうれしいですわ。人探しが一段落ついたら、この先は楽になると思っています」〈フェアボーンズ〉を続けることに彼が文句を言わなかったので、エマはほっとしていた。「でも、わかってくださったのなら、なぜ彼らを帰したんですか?」

サウスウェイト卿はすぐには応えず、彼女をじっと見つめていた。

沈黙が続き、いたたまれなくなる。怒っているふうには見えないけれど、彼が怒りと同じくらい強い感情を抱いているのが目から伝わってくる。射るような強い視線にさらされているうちに息苦しくなり、心の中で何かが動いた。決して不快ではなく——何かぞくぞくするような不思議な感覚にとらわれていた。そのせいで、なおさらこの沈黙が気まずい。

「あの男たちを帰したのは、きみの求める条件に合っていなかったからだ。まだひげも生えていないような子どもばかりだったぞ」

「わたしの心配をしてくださるのはありがたいですが、あなたの手をわずらわせたくありません。それに、わたしは自分のことは自分で決められますし、手伝ってくれる友人もいるので大丈夫です」

「ほう、友人ね。それはレディ・カサンドラのことかな。確かに彼女の得意分野だ」ずいぶんと皮肉めいた言い方だ。「だから彼女が手伝ってくれるわけか」

いったい何が言いたいのかわからないけれど、その口調を聞けば、彼が快く思っていないのは明らかだ。カサンドラが言っていたように、やはりサウスウェイト卿は彼女が嫌いなのだろう。

「男たちを帰した理由はほかにもあってね。わたし自身がこの募集広告に応募しようと思っているんだ」今度はやけに楽しそうな口調だ。好き勝手なことを言って、ひとりでおもしろがっている。

「何をばかなことを。冗談はやめてください」

「冗談ではない。わけのわからない求人内容だが、この条件に合う男が世の中にいることは保証する」

なんておかしなことを言う人かしら。特権階級の人間がこういう仕事をするなんて聞いたことがない。これはそこには属さない者の仕事だ。でも、この人はオークションハウスに出資している。美術に詳しいし、所有しているのもすばらしい作品ばかり。ひょっとして、ミスター・ナイチンゲールの代わりを務めてもいいと本気で思っているのかもしれない。領地で羊の毛刈りを手伝うのと同じような感覚で、おもしろそうだと思っているのかも。

そうだとしても、サウスウェイト卿が〈フェアボーンズ〉で働くようになれば、頭痛の種になるのは間違いない。すべてにおいて、彼は主導権を握ろうとするだろう。そして何かにつけて邪魔をしてくるはず。オバデヤだって、びくびくしてまた弱気になってしまう。わたしたちの偽装工作を、サウスウェイト卿なら見破りそうだもの。いったんあやしまれたら、とことん追及されそうだ。

「サウスウェイト卿、興味がおありなのかもしれませんが、あなたがこういうことをできないのは、わたしたちふたりともよくわかっていますよね。悪い噂が立つでしょうし、そうなればあなたの品位を傷つけることになります」

「人目につかないように行動すれば醜聞は避けられるさ。ミス・フェアボーン、約束するよ。これはわたしの得意分野だ。それに金もいらない。きみはわたしに一ペニーも支払う必要はないんだ。わたしは従業員ではないからね。だから、わたしの品位が傷つくことはない」

「わたしとあなたとでは考え方が違うようですね。それでは、あなたを雇うわけにはいきません。従業員でないのなら、きっとあなたは仕事をおろそかにするでしょう。口笛を吹きながらいい加減な仕事しかしない人を、採用するつもりはありませんから。それに、人目につかずにどうやって仕事をするんです？　できるわけがありませんよね」

「何も心配することはないから安心してくれ。わたしたちはうまくやっていけると思うんだ。気づいたら仲よくふたりで口笛を吹いているよ。きみもじきにわかる」

「そんなことはありえません」

「それは口笛を吹いたことがないからか？　まあ、練習あるのみだな」

おもしろい冗談ねとばかりに、エマはふっと笑い声をもらした。

「サウスウェイト卿、やはりあなたはこの仕事には向いていないと思います」

サウスウェイト卿は驚いているみたいだ。侮辱されたと感じているのかもしれない。

「わたしは条件を満たしていないということか？　年を取りすぎているから？　顔が不細工だから？」

「あなたはそれほど年を取ってはいないでしょう。それに顔も……許容範囲です」本当のことを言うと、彼が貴族でなければ文句なしに雇うだろう。美術の専門知識もあるし、彼ほどうってつけの男性はいない。

「では、なぜだめなんだ？　ここにいた坊やたちより、よほどましだと思うが？」

冗談で言っているふうには見えない。この人は本気なのだろうか？　時間が経つにつれて、どんどん会話が気まずくなっていく。

「まさかとは思うが、ひょっとして上着を脱いで、体形の条件を満たしているかどうか見せたほうがいいのかな」

ああ、なんてこと。カサンドラとの会話をしっかり聞かれていたんだわ。

「そんなことはやめてください。もうわかっていますから。いえ、つまり……外見からでもわかるという意味です。疑う人など誰もいないでしょうね。ですから体形を披露しなくても結構です」

「それを聞いて安心したよ。やれやれだな。では、わたしも同じ要求をきみにするのはやめておこう。それはいずれまたということで」

いったい何を言っているの？

エマは呆然《ぼうぜん》とサウスウェイト卿の顔を見つめた。彼がほほ笑みかけてきた。とてもやさしく。


ミス・フェアボーンはまばたきするのも忘れている。かなりの衝撃だったらしい。これでよし。今、彼女はあんなばかげた広告を出したことを後悔しているに違いない。

彼女は愛人を従業員にして自分が主導権を握る心づもりなのだろうが、情事に溺れた女性というのは男の言いなりになってしまうものだ。金を支払っているのは自分なのに、やがて立場は逆転する。そもそもドレスを脱ぐことをほのめかしただけで、口を開けてぽかんとしている彼女と、青二才の愛人がいったいどんな情事ができるというのだ？　寝室で何をするのかもわからないだろうに。

呆然とした表情を浮かべていると、ミス・フェアボーンはとてもはかなげに見える。それにかわいらしい。夜ごと悩まされる、あの厄介な夢の中に出てくる彼女の姿そのままだ。今日は〈フェアボーンズ〉の名声を守るために、店を売却するよう彼女を説得するつもりでここへ来た。それなのに体の一部が、ミス・フェアボーンを自分のものにしてみろと叫んでいる。

欲望に駆られたよこしまな声が叫んでいる。

「きみがこの広告を作っていたときは、わたしのことなど眼中になかったのはわかっている。しかしさっきも言ったように、わたしたちはきっとうまくいく。わたしはきみの大胆なところが気に入っているしね。その大胆さが、わたしに刺激的な歓びを与えてくれるはずだ」

ミス・フェアボーンは口をつぐんだままだ。びっくりしすぎて言葉も出ないのか？　今にも目が飛びだしそうじゃないか。ますますいいぞ。

「ミス・フェアボーン、きみは若い男を雇うという当初の計画を変更したら、自分が不利になると思っているのかな？　それとも、わたしたちの身分の違いを気にしているのか？　きみに悪い思いはさせないと約束する。必ずきみを満足させるよ」

彼女が眉をひそめた。「サウスウェイト卿、お言葉を返すようですが、あなたはなんの話をしているのです？」

本当にわけがわからず困惑しているようだ。その表情にダリウスも戸惑った。彼は新聞を手に取った。「もちろん、この話だ。少なくとも下品な文面にならないよう、気をつけたようだな」

彼女は手を伸ばして新聞を受け取り、印がついた箇所を見た。

「広告を出して愛人を探す女性は何もきみだけではない、ミス・フェアボーン。しかもきみの作った広告文は品があり、それでいて求める条件はきちんと書いてある。きっとロンドンじゅうの男たちが頬をゆるめて楽しく読んだだろうな」

ミス・フェアボーンの顔がみるみる赤く染まっていく。両手で口元を押さえてダリウスを見つめ、そしてふたたび新聞に視線を戻した。その瞳に怒りの炎が灯っている。

「まったく、なんてずうずうしい人なんでしょう。信じられないわ」

「わたしがずうずうしいだって？」それは聞き捨てならない。恥知らずな愛人募集広告を出しておいて、よくもぼくをそんなふうになじれるものだ。

「許しがたいほどずうずうしいわ」

「自分としては極めて高潔な人間だと思っているんだがね」実際、そのとおりではないか。適当なところで手を打って、男を金で買おうとしている彼女に、寛大にも自分が愛人になると申し入れたのだ。

「ええ、そうでしょうね。そう思っているんでしょう。だけどわたしに言わせれば、あなたは自分が見えていないのだと思いますわ」

「ほう。それなら、わたしのどこがどんなふうにずうずうしいのか聞かせてもらおうか？口を慎むということを知らないきみなら、言えないはずはないだろう」

こちらの声の調子が変わったのはわかったはずだ。だが、ミス・フェアボーンはこのまま引きさがりはしないだろう。実際、今にも辛辣な言葉を並べ立てそうな雰囲気だ。

「まず」さっそく彼女が口を開いた。「仮に女性が愛人募集の広告を出したとして、条件を満たしていない男性でも喜んで受け入れると思っているところがずうずうしいわ。でも、これは違いますからね。ふつうに従業員を募集する広告なのに、愛人を募集しているだなんて、考え方が短絡的すぎます」

「しかし女性が愛人を探すのなら、自分と金のことしか頭にない若い男ではなく、経験豊富で思いやりがあり、家柄もいい男を当然選ぶだろう」ダリウスは先を続けた。「こう言ってはなんだが、そんな未熟な男に女性を満足させられるわけがない」

「次に」ミス・フェアボーンがすかさず口をはさむ。こちらの言うことなど完全に無視だ。

「自分が申しでれば、無条件でわたしがあなたを愛人にすると思いこんでいるところがずうずうしいんです。わたしがまったく望んでいないとは考えもしないなんて、厚かましいとしか言いようがありません」

ミス・フェアボーンが立ちあがった。頬を紅潮させ、瞳には火花が散っている。槍《やり》を手に持ち、雄叫びをあげて敵に飛びかかろうとしている戦士さながらの表情だ。

「それから、サウスウェイト卿、あなたはこれがなんの広告なのか最初から知っていましたよね。文面を読めば、愛人募集でないことくらいわかりますもの」彼女が新聞を力一杯投げ返してきた。

ダリウスも反射的に立ちあがり、新聞を受け止めて広告を見つめた。

「そんなことはない。どう見ても愛人募集だろう」

いきなり窮地に追いこまれた気分になった。まったく。自分が情けなくてしかたがない。それにしても、人をいらだたせることにかけては、ミス・フェアボーンの右に出る者はいないだろう。

「はっきり言わせてもらいますけれど、完全にあなたの勘違いです」

「もしそうなら、この広告の文面にもおおいに問題がある。こんな紛らわしい言葉を並べていたら、これを見てわたしと同じように思った男もいるはずだ」

「そう思うのは下心のある男性だけでしょうね」ミス・フェアボーンは澄ました顔で、臆することなく言い切った。

どんなに癪に障ろうとも、これにはダリウスも返す言葉がなかった。

まったくいまいましい。彼は広告を見直した。事実がわかった今でも、やはり愛人募集としか思えなかった。

まさかこんな展開になるとは。穴があったら入りたいぐらいだ。誓って自分に下心はなかったと言ったところで、ばつの悪さはぬぐえない。だが、そもそも本当に誓えるのか？

「あやまるべきなんだろうが、今日来た坊やたちも愛人の募集だと思っていただろうな。何しろ扉から出てきたのはレディ・カサンドラだ。彼女の色恋沙汰がしょっちゅう新聞をにぎわしていることは誰でも知っている」ミス・フェアボーンが浅はかなまねをしたせいで、こうして言い訳を並べるはめになったのだと思うと、はらわたが煮えくり返りそうだ。これではまるで愚か者丸出しではないか。「向こうの部屋で男たちが妙に気を惹こうとする態度を見せていたとしたら、きみにもそのわけが今ならわかるだろう」

一瞬、ミス・フェアボーンがたじろいだ。だが、すぐに語気を強めて言い返してきた。

「誰ひとり、そんな不埒《ふらち》な態度は見せていません。みんな、どんな仕事かわかっていましたから。あなただけです。その広告を見て……あれだと思ったのは！」

「やはり気を惹こうとしてきたんだな。それで、あれでないのなら、どういう仕事なんだ？実に変わった条件がついた、人を喜ばせる極めて特殊な仕事とは？」

ミス・フェアボーンは黙りこんでいる。どうやら強気に出ようと勇気をかき集めているらしい。

「オバデヤが新しいホールマネージャーを募集することにしたので、わたしはその手伝いをしていました。辞めたミスター・ナイチンゲールの穴を埋めるには、どうしてもまたハンサムな男性が必要ですから。それで今日、オバデヤはわたしの家に来ているんです」そう言って、彼女は新聞を指さした。「もうこれで、どうしてオバデヤがそういう条件にしたのか、はっきりわかったと思います」

この突然の話はダリウスの怒りに油を注いだ。あまりの憤怒《ふんぬ》に愚か者気分も一気に吹き飛んだ。「ナイチンゲールの代わりなど必要ない。それはきみもわかっているはずだぞ、ミス・フェアボーン」

彼女はまた椅子に腰をおろし、悪びれることなくにらみつけてきた。

「わたしが何をわかっているというのでしょう、サウスウェイト卿？」

「ナイチンゲールは、〈フェアボーンズ〉はもう閉めると思ったから辞めたのだろう。きみの父上がいなければ事業は続けられないからな。だから、今さらナイチンゲールの代わりを見つける必要はないんだ」

「あなたは共同経営者かもしれませんが、〈フェアボーンズ〉の業務にはいっさい関与していませんよね。店を動かしているのはオバデヤなんです。金銭管理も、目録作りも、すべて彼がしているんですよ。それにオークショニアのライセンスも持っています。だからオバデヤがいる限り、〈フェアボーンズ〉はこれまでどおり続けられます。実際、今彼は次のオークションの準備をしていますしね」

「リグルズが店を取り仕切っているとは初耳だな。きみの父上は、そんなことはひとことも言っていなかったぞ」

「オバデヤは自分のことをぺらぺら話されるのが嫌いですから。だから父も言わなかったのでしょう。オバデヤだって、あなたには特に知られたくなかったのではないかしら。彼は専門知識も豊富ですし、鑑識眼もあります。これで財産があれば、父はきっとオバデヤを共同経営者にしたと思います。あなたではなく」

「しかし、わたしが共同経営者になった。そういうわけで、次のオークションはあきらめてもらおう。そんなことをしている場合ではない」

「それは無理です。今度のオークションは前回の続きなんですもの。これはもう前から決まっていたことで、オバデヤはオークションを二回に分けて、いい作品を後半に出品することにしたんです」

ミス・フェアボーンの落ち着き払った態度が神経に障り、いらだちが募ってくる。あのオークションの日もそうだった。あのときも彼女と話をしているうちに、気づいたらいらいらと絵画や銀製品で埋もれた狭苦しい倉庫の中を行ったり来たりしていたのだ。

あげくの果てに、なんの話をしに彼女に会いに行ったのかも思いだせなくなっていた。あの倉庫でのふたりの姿が目の前に浮かんできた。

なるほど、そういうことか。あそこにあった品々は次のオークションに出品するものだったのだ。ミス・フェアボーンは反対されるのがわかっていたから、わざと自分には何も言わず、この一週間ひそかに準備を進めていたのだ。

今ここで〈フェアボーンズ〉は売却するとはっきり伝えるべきなのは百も承知だ。今日、けりをつけなければいけないのはよくわかっている。しかし情けないことに、言いだしづらくなってしまった。それもこれも愛人募集の広告だと勘違いして、自分の間抜けさをさらしてしまったせいだ。

尻尾を巻いて逃げるような姿を見せずに、どう辞去しようか考えていると、西の窓から差しこむ光にふと目が吸い寄せられた。その光を受けて、ミス・フェアボーンの栗色の巻き毛が金色にきらめき、肌もつややかに輝いている。

光が織りなす美しい姿を、ダリウスはしばし眺めた。透き通るような白い肌が、飾り気のないハイウエストの黒いドレスの胸元まで続いている。そのドレスの下に隠れている胸が目に浮かんできた。肌はどこまでも白く、豊満で、張りがあり……バラ色の頂は……。

妄想が暴走しないうちに帰ったほうがよさそうだ。

「ミス・フェアボーン、今日は勘違いからはじまって、とんでもない午後になってしまった。

オークションの件は日を改めて話しあうとしよう。リグルズとは〈フェアボーンズ〉に行って話をするつもりだ。そのときに、彼がオークションハウスをどう動かしているのかじっくり見させてもらう」

「わたしも話しあいは日を改めたほうがいいと思いますわ。ですが、はっきり言っておきます。〈フェアボーンズ〉は決して手放しません」ミス・フェアボーンは肩をいからせ、顎をつんとあげた。「売るわけにはいかないんです。絶対にそんなことはさせませんから」

今の彼女のように強い口調で歯向かってくる女性に、ダリウスは慣れていなかった。こんなふうに怒りをあらわにした目を女性から向けられたのもはじめてだ。明らかに戦闘態勢に入っているミス・フェアボーンにひとこと言ってやれ、と心の声がせっついている。

ダリウスはポケットから懐中時計を取りだして時間を確かめた。

「きみの間違った考えを正したいのはやまやまだが、もう帰らなければならない。その話はまたの機会にしよう」

「わたしの考えは変わりませんから、時間を無駄にするだけです」

彼はお辞儀をした。「ミス・フェアボーン、今日はこれで帰る。広告のことは勘違いをしてすまなかった」

「サウスウェイト卿、その話はこれで終わりにしましょう。明日の朝になれば、何ごともなかったかのようにすべて忘れているはずです」

6

翌朝、午前九時三〇分。エマは居間として使っている小さな部屋で、庭を見渡せる裏窓のそばに座り、カサンドラと朝食をとっていた。今日もミスター・ウェザビーのもとから面接希望者が来ることになっている。〈フェアボーンズ〉の新たな幕開けにふさわしい人はいるだろうか？　その面接が一〇時からはじまる。

エマはカサンドラがテーブルに置いた時計に目をやった。時間を確認するたびに求人広告文が目の前にちらつき、昨日のサウスウェイト卿との会話を思いだした。ミスター・勘違い男。彼に、若い愛人を探している女だと思われた……。

カサンドラがフォークを置いた音で、エマは物思いから我に返った。

「もう、エマったら、さっきからこちらに注意を向けさせようとしているのに、全然気づいてくれないんだもの。どうしたの、ずっと黙りこんで？　わたしは早く昨日のことが聞きたくてうずうずしているのよ。ねえ、サウスウェイトは何を言いに来たの？」

「ただ顔を見せただけで、すぐに帰ったの。だから特に何も言われなかったわ」

「あなたの男の子たちを追い払ったんだから、しっかり文句は言った？」

「もちろんよ、きっぱり言ったわ。ところでカサンドラ、彼らはわたしの男の子たちじゃないわよ。そういう言い方はやめてくれる？　わたしはただ〈フェアボーンズ〉を代表して従業員を探しているだけで、あの広告はわたし個人とはなんの関係もないわ」

「あらあら、今日はずいぶんいらいらしているのね。面接がはじまるまでには機嫌を直さないとだめよ。しかめっ面をしていたら、うまくいくものもいかなくなるわ」

「別にしかめっ面でもかまわないでしょう？　わたしのダンスの相手を探すわけではないもの」エマはカサンドラに冷ややかな視線を投げた。「広告の内容を勘違いされるのは、もうまっぴらよ。〝女性を楽しませられること〟の一文はなかったほうがよかったんじゃないかしら。昨日来た男性たちは露骨に気を惹こうとしてきたでしょう？」

カサンドラは肩をすくめた。「わたしは別に露骨だとは思わなかったわ。〝自他ともに認める魅力の持ち主であること〟をアピールしているぐらいにしか感じなかったもの」

「その一文もまずかったかもしれないわ」

「ふたつとも、わたしがつけ足した条件ね。どうして今になって文句を言うの？　今朝は虫の居所が悪いのかもしれないけれど、だからといって、わたしに八つ当たりしないで」

エマはうつむき、気持ちを落ち着かせようとした。ミスター・勘違い男に自尊心を傷つけられたからといって、カサンドラに当たるのは間違っている。彼女だって、わざと勘違いさせるような文章を作ったわけではないのだから。

まさかそうなの、カサンドラ？　そういえば少し前に、ちょっと相手をじらしてみるくらい悪いことではないと言われたとき、わたしに新しい男性を見つけると張りきっていた。
いいえ、考えすぎよ。サウスウェイト卿のせいだわ。彼がカサンドラを悪く言うから、親友をこんなふうに疑ってしまうのよ。

昨日、サウスウェイト卿との別れ際に、明日の朝になれば何ごともなかったかのようにすべて忘れているはずだと言ったけれど、結局そうはならなかった。昨夜はなかなか寝つけず、どうして誤解を与えてしまったのか考えているうちに、気づけば朝になっていた。

今はサウスウェイト卿が勘違いしてしまったのもわかる。それにしても、昨日のふたりの会話は喜劇さながらで笑ってしまう。お互いまったく違うことを考えていたのに、妙に話がかみあっていたから、なおさら彼もおかしいとは思わなかったのだろう。それでも紳士なら、自分が口説けば喜んで愛人になるはずだと決めつける前に、まずわたしにその気があるのか確認するのが先ではないかしら。やはり、あのずうずうしさは許せない。

そもそも、なぜわたしなのだろう？　それも愛人にしたいだなんて。眠れぬ夜を過ごしながら、いくら考えても答えは見つからなかった。サウスウェイト卿が、自分よりもずっと身分の低い女性が好みなら話は別だけど。

けれど、そういう女性に興味を持っても、彼のためにはならないだろうに。そんなことをぼんやり考えて、いつしか身分の高い男性の愛人になるのはどんな気分なのか、あれこれ思いをめぐらせていた。そのうち、さらに想像はふくらみ、組み敷かれる自分の姿が目に浮かんだ瞬間、あわてて現実に戻った。でも一度見えた姿は消えず、なぜか体が心地よい疼《うず》きに包まれていて、戸惑ってしまった。

　今思うと、まったくばかげている。あんなふうに空想の世界にさまよいこんでしまったのも、すべてミスター・勘違い男のせいだ。彼との不愉快な会話で唯一よかったのは、またしても時間を稼げたことだけ。

　サウスウェイト卿が〈フェアボーンズ〉を売却すると言いに来たのはわかっていた。いずれまた、その話をしにやってくるだろう。昨日の勘違いでかなり恥ずかしい思いをしたはずだから、できればしばらく自己嫌悪に浸っていてほしい。そうしてくれれば、すぐに会わなくてすむ。

「カサンドラ、男性が女性の気を惹こうとするのは、息をするのと同じくらいふつうのことだとあなたが思っているのは知ってるわ。そういうこともできない男性は魅力も半減だと思っているのもわかってる。でも、昨夜ふと思ったんだけど、あの求人広告を見て勘違いしていた男性も結構いたような気がするの」

「勘違い？　どういうこと？」

「〝人を喜ばせることが得意な方必見。極めて特殊な仕事〟というのが個人的な意味に取られたんじゃないかしら。個人がその人を雇う、というような」

　カサンドラは完全におもしろがっている。必死に笑いをこらえているようだ。

「それは読む人次第よ。あなたはかなり切羽詰まっているんだなと思った人は、個人的な意味に取るでしょうね。エマ、なんだかそんなことを言われると、あの求人広告はわたしのためにあなたが出してくれたみたいな気がするわ。本当は、わたしがあなたを助けるために作ったのに」カサンドラはにっこりして、エマの手を叩いた。「深く考えることはないのよ。女性が個人的な広告を出すときは、もっとはっきり書いてあるんだから。控えめな表現なんて、いっさいしないの。わたしたちの広告を見て〝秘密の恋人〟を探していると思いこむのは愚かな男性だけよ」彼女は時計を手に取った。「そろそろ時間だわ。今日も長い一日になりそうね」

図書室に向かいながら、カサンドラが従僕を探していた女性の個人広告を見た話を聞かせてくれた。〝たくましい背中に、温かく大きな手をしていて、何よりもふたりきりの時間をおおいに満足させてくれる男性を求む〟確かに控えめな表現とは言えない。

でも、わたしたちの広告の中にある〝引きしまった体形であること〟という条件も、かなりきわどい表現のような気がする。

どうしてもカサンドラを疑ってしまう。従業員が顧客と親密な関係になるなんてもってのほかだけれど、ミスター・ナイチンゲールが女性客に人気があったのは彼女たちとそういう関係にあったからだと、カサンドラは思いこんでいる。そう考えると、わたしが最初に作った文章をほとんど書き直されたのもうなずける。カサンドラは〈フェアボーンズ〉に来る女性客を喜ばせるために、わざと個人的な広告だと思わせるような文面にしたんじゃないかしら？

もしこの仮説が当たっていたら、サウスウェイト卿をミスター・勘違い男と呼ぶのは少しかわいそうかもしれない。

だからといって、彼を許すわけではないけれど。


午後二時。エマは馬車を用意させた。黒い手袋と黒いボンネットを身につけ、黒いパラソルを持って階下におりていった。念のため、応接間をのぞいてみる。室内は空っぽだった。一〇時になっても、今日来る予定だった面接希望者はひとりも来なかった。カサンドラとふたりで、ミスター・ロートン以上の男性が現れるかと待ち構えていたのに、結局午前中を無駄に過ごすはめになった。

午後二時三〇分、エマはグリーン通りにあるミスター・ウェザビーの事務所にいた。

彼女は午前中の出来事を彼に話して聞かせた。「面接希望者はひとりもいなかったのですか？」

ミスター・ウェザビーはカサンドラが紹介してくれた弁護士で、エマと求職者たちの仲介役をしている。彼にとってはかなり割のいい副業だ。ミスター・ウェザビーは背が低く痩せていて、鼻も、耳も、眉もすべてとがっていた。なんだかシャツの襟も妙にとがって見えてくる。

彼はこともなげに答えた。「それはよくあることなんですよ。問いあわせは求人広告が新聞に載った日に集中するんです」

「でも、集中するだけですよね。それ以降はひとりも問いあわせがないわけではなく」

「わたしの仕事は応募者を集めることではありません、ミス・フェアボーン。あなたがわたしに何を期待されているのかわかりませんが、これ以上はお役に立てませんな」ミスター・ウェザビーは机の上の書類に視線を落とした。「では、事務員があなたを玄関までお送りします」

まるで一刻も早く追い払いたがっているみたい。じゅうぶんな説明もなく、この態度はあまりにも失礼すぎる。

エマは負けじと椅子に座っていた。ミスター・ウェザビーは無視を決めこんでいる。しばらくして彼女は立ちあがり、パラソルを思いきり机に叩きつけた。

インク壺が跳ねあがった。同時にミスター・ウェザビーも。彼はすぐ目の前にパラソルの先端があることに気づき、あわててあとずさりした。目を大きく見開き、口をぽかんと開けている。

「ミスター・ウェザビー、わたしたちがはじめて会った日に、あなたは自分にまかせてくれれば何も心配はないと言ってくださいましたよね。それはもう、とても親切でした。でしたら今日もあのときと同じように、親切に対応してくれてもいいのではないでしょうか。仲介役を突然辞める理由を、ぜひ教えていただきたいですわ。それにわたしは、ロンドンじゅうで新聞が読まれているのに、たった一日しか問いあわせが来なかったなどという話をうのみにするほど世間知らずではありません」

ミスター・ウェザビーは呆然として、彼女とパラソルを交互に見ている。

エマは机の上にパラソルを立てて柄を握った。「あの広告を見て、今日ここに来た人はいましたか？」

弁護士はうなずいた。

「何人ですか？」

絶句したまま、彼は指を五本立てた。

「なぜわたしの家に来なかったのです？」

今度はためらっている。エマはパラソルの柄を握り直した。ミスター・ウェザビーは咳払《せきばら》いをして、ようやく口を開いた。

「ここですよ、お嬢様」御者のディロンが言った。「これが〈ホワイト・スワン〉の主人が教えてくれた屋敷です」

エマはセントジェームズ・スクエアに面した大邸宅の正面玄関を見つめた。こんなに大きいなんて、さすがは伯爵様のお屋敷ね。〈ホワイト・スワン〉の主人が言っていたとおりだわ。

彼女は馬車を降りた。レティキュールから名刺を取りだし、ボンネットをまっすぐにかぶり直す。激しい怒りに突き動かされてここまで来たのに、今になって引き返したくなってきた。不安を必死に抑えこみ、玄関へと向かう。

昨日、サウスウェイト卿がオバデヤの働きぶりを見るために〈フェアボーンズ〉へ行くと言ったとき、心は大きく動揺した。夜になっても、その言葉が頭から離れなかった。あのとき、彼はわたしの話を疑っていた。オバデヤがオークションハウスを仕切っているとは、はなから信じていないのだ。サウスウェイト卿に店内をうろうろされたら、わたしは完全に身動きが取れなくなる。彼がいたら、表向きはオバデヤがしていることになっている業務に、いっさい手をつけられないだろう。

どうしたらいいか考えつづけ、夜が明けたときには、サウスウェイト卿はせいぜい一、二度顔を見せる程度だろうから、それほど気に病むことはないと自分に言い聞かせていた。

でも、今はそんなふうに思っていない。

エマは応接間に通された。足を踏み入れたとたん、あまりの広さに目を見張った。自分の家の応接間の三倍はあるだろう。壁には絵画がずらりと並び、〈フェアボーンズ〉のオークションで落札した作品もあった。

まもなく、サウスウェイト卿が部屋に入ってきた。乗馬服に身を包んだ彼はふだんと違い、とてもくつろいでいるように見える。ひょっとして、これから出かけるところだったのかしら？　彼の交際仲間なら訪問してもいい日を知っているのだろうけれど、あいにくわたしはその仲間ではない。

「ミス・フェアボーン、来てくれてうれしいよ。さあ、こちらへどうぞ」サウスウェイト卿が腕を差しだした。

ふたりは暖炉があるほうへ向かい、エマは優美な長椅子に、彼は大きな布張りの肘掛け椅子に腰をおろした。

「今ちょうどコーヒーを飲もうと思っていたんだ。ぜひ、きみも一緒に」

　この男性には言いたいことが山ほどありすぎて、いったん口を開いたら、辛辣な言葉があふれでそうだった。それでも、できるなら言い争いはしたくない。エマはコーヒーが運ばれてくるまで、ただじっと座っていた。

　彼女はコーヒーをひと口飲み、相手が話しはじめるのを待った。

「訪ねてきてくれて本当にうれしいよ。昨日は最終的に友好的な雰囲気で別れられたから、きみとはもう対立することはないと思っていたんだ。これからは言い争うのはやめて、互いに協力していこう。きみが知性的な女性でよかった」

「それはどうもありがとうございます。知性を褒められることはめったにありませんから」

「そんなことはないだろう。わたしは知性的な女性をたくさん知っているよ。確かに、女性に知性は必要ないと決めつけている男は多いがね。だが、わたしは違う」

「あなたの見識の高さには感服しますわ。実は今日うかがったのは、昨日の友好的な雰囲気で終わった会話には、まだ続きがあるからです」

「なるほど。わたしが勘違いしたことを、まだ許せないのだろう。今日はぜひ謝罪を受け入れてもらえるといいのだが」

「そのことはほとんど忘れていましたわ」

「ならば、話の続きというのは？　あと思い浮かぶのは〈フェアボーンズ〉の扱いについてしかないが。今日はこの話をするためにわざわざ来てくれたのかな？　一度じっくり考えてくれたら、どうすれば一番いいのか、きみなら必ずわかってくれると思っていたよ。わたしにすべてをまかせてくれれば大丈夫だ」

「わたしは〈フェアボーンズ〉の扱いについて話をするために来たわけではありません、サウスウェイト卿。その件はすでに話がついているはずです。今さらこの話題が出るとは考えてもいませんでした」

サウスウェイト卿は顔をそむけたが、その瞳に一瞬よぎったいらだちをエマは見逃さなかった。彼は硬い笑みを浮かべ、ふたたびこちらに向き直った。表情を見れば、腹を立てているのは一目瞭然だ。「ミス・フェアボーン、その話でないのなら、今日はどんな用件でここへ？　ああ、そうか――わたしとしたことが、愛人契約の詳しい取り決めをするのを忘れていたな。その話をするために来てくれたんだろう？　わざわざ出向いてもらって悪かった」

信じられない。またださわ。さっきも勘違いしたことをあやまっていたわよね？　二度も謝罪しておきながら、本当はこれっぽっちも悪かったとは思っていない。その場しのぎで適当にあやまっただけ。何が愛人契約よ。

サウスウェイト卿はからかうような笑みを浮かべている。彼はわたしに気があるわけではない。絶対に。けれど、じっと見つめている。こちらの反応が知りたくてたまらないという感じだ。きっと、わたしがうろたえるのを待っているのだろう。勝利は目前だと思っているはず。

それでも、サウスウェイト卿の瞳にもう怒りはうかがえなかった。内心の動揺を顔に出すまいとしているのに、射るようなまなざしで見つめられると、思わずそれに反応してしまいそうになる。嫌悪感やいらだちとはまったく違う感情が胸にわきあがってきた。ぞくぞくする感覚が体じゅうを駆けめぐり、心がかき乱される。肌の上で目に見えない光が楽しげにダンスを踊り、頭の中ではくすくす笑う声が聞こえる。昨夜と同じだ。またあのひそやかな空想の世界に紛れこんでしまいそう……。

サウスウェイト卿は〈フェアボーンズ〉を売却したがっている人なのよ。エマはそう自分に言い聞かせた。それなのに、ふたたび怒りを呼び起こすことも、彼を無視することもできずにいた。サウスウェイト卿を男性として意識している自分に戸惑いを覚え、こうしてそばにいると落ち着かなかった。

「今日、ミスター・ウェザビーと話をしました」心の葛藤を押しこめて、厳しい口調で言った。「昨日あなたがわたしの家から帰ったあと、ミスター・ウェザビーに仲介役を辞めるよう言いに行ったことはわかっています」

サウスウェイト卿は平然とした顔でコーヒーを飲んでいる。「そのとおりだが、それが何か？　あの広告が誤解を招くだけなのはすでに証明ずみだ。それがわかっていて、ミスター・ウェザビーに面接希望者をきみのもとへ送らせつづけるわけにはいかないだろう。モーリス・フェアボーンの娘があいった広告を出したことを、世間に知られるような危険は冒したくないからな」

「わたしの評判に傷がつかないようにするためだったと?」

「今の危うい状況を考えれば、できるだけのことをしたつもりだ」

「それは出すぎた気づかいだとは思いませんか、サウスウェイト卿?」

彼は一瞬考えこむそぶりをして、首を横に振った。「出すぎたことをしたとは思っていない。もし昨日、わたしたちのあいだで契約が成立していても、きみに関する醜聞が立たないようにやはり同じことをしていた。わたしはきみを全力で守るつもりだったよ」

またはじまったわ!

「これを聞いたらさらに安心してくれると思うが、ミスター・ウェザビーを訪ねたとき、そこにいた若い男たちにも、誰のところへ面接に行くつもりだったかは口外しないよう釘を刺しておいた。念には念を入れて金を渡しておいたから、大丈夫だとは思うが」

ずいぶんと口がなめらかだこと。サウスウェイト卿はまだ話しつづけている。

「わたしがきみの家へ行く前に、すでに面接を終えていた男たちの口も堅いといいがね。万が一のことを考えたら、きみが坊やたちの上着を脱がせなかったことを祈るばかりだ」

嫌味を言っているんだわ。それも遠まわしに。だけど嫌味には変わりない。自分には言う権利があると思っている態度が本当に腹立たしい。

「サウスウェイト卿、今日わたしがこちらにうかがったのは、あなたには〈フェアボーンズ〉のことに口を出してほしくないと言うためです。実際、あなたがここまで余計なことをしていたとは知りませんでした。あなたには面接希望者を追う払う権限などいっさいありません。ましてや、賄賂を渡して、口外しないように釘を刺しておいたですって？　それではまるで、わたしが覆い隠さなければならない罪を犯したみたいではありませんか！」

「安心してくれ、ミス・フェアボーン、きみは無罪だ。かろうじてね」

「失礼ですが、これだけは――」

「本当に失礼だと言ったら、きみは口をつぐむのか？　無理だろう？　絶対に自分の意志を通すはずだ」サウスウェイト卿がふっとため息をもらした。「どうぞ続けてくれ」

そんなふうに言われたら続けにくくなる。でも、ここに来た目的はしっかり伝えるつもりだ。「はっきり言って、ありがた迷惑なんです。あなたの助けはいりません。父の共同経営者になってからも、あなたはずっと表には出てきませんでしたよね。これからも、ぜひそのままでいてください」

「ミス・フェアボーン、きみの父上が亡くなって、状況は大きく変わったんだよ。わたしは共同経営者として、当然口出しする権利がある。あいにくだが、これからも必要とあらば、いつでもその権利は行使させてもらう」

これぞ貴族の口調だ。悪びれた様子などかけらもない。その傲慢な態度に非難の言葉を浴びせてやりたかった。それでいて、どこか別の部分では――愚かな女の部分は、堂々とした姿や揺るぎない自信に魅せられている。

ハンサムな顔にゆっくりと笑みが広がった。まぶしい笑顔だ。でも、計算しつくされている。激怒しているわたしをなだめるために、うっとりと見とれているもうひとりの愚かなわたしを満足させるために、サウスウェイト卿はほほ笑んでいる。まるで今、そのふたりがわたしの中で闘っているのを見抜いているかのように。それがわかっているのに、心を奪われずにはいられない。あっという間に怒りは消え去り、彼の顔から目をそらすことができなかった。

「ミス・フェアボーン、きみに多くを求めるつもりはない。慎重にふるまってくれれば、それでいいんだ。わたしが日々していることと同じだよ。わたしたちの関係が世間に知れたら、どちらの評判も地に落ちるだろう。そんな最悪の結果だけは招きたくない」また笑みを見せる。「きみにもじゅうぶんわかっていると思うが」

「あなたは何か勘違いされているのではないかしら。わたしはごく平凡な女です。社交界の有名人でもないわたしが何をしようと、あなたの評判に影響を与えるわけがありません。わたしなど、あまりにちっぽけすぎて、噂にものぼりませんわ。そもそも、世間から叩かれるような関係をあなたと結ぼうとも思っていません。実はある伯爵様からも、愛人にならないかと何度もお誘いを受けたんです。もちろん、そのたびにお断りしましたけどね。そうそう、その方も人目につかないように行動してくれと言っていました」

サウスウェイト卿は頰杖をついて、エマを見つめている。「その伯爵がそう言ったのは、たぶんレディ・カサンドラがきみの友人だとわかったからじゃないのかな。それならなおさら、人目につかないように行動してくれと言われても無理はないだろう」

またしても彼女はサウスウェイト卿にうっとりと見とれていた。なんてハンサムなの。こんなふうに静かに話していると、いっそうすてきに見える。惚れぼれと眺めていて、話をちゃんと聞いていなかった。全身に心地よい疼きが走っていることを顔に出すわけにはいかない。エマはあわてて顔をしかめてみせた。

「わざと友人を侮辱するようなことを言って、わたしを怒らせようとしているのでしょうけれど、そんな挑発に乗るつもりはありません。それからもう一度言いますが、〈フェアボーンズ〉のことに口出しは無用です。共同経営者だとまたおっしゃるつもりなら、これまでのように陰に隠れていてください」

エマは椅子から立ちあがった。

「それでは失礼します、サウスウェイト卿。今日は会ってくださってありがとうございます。おかげで、わたしの立場を明確に伝えることができました」


「遅かったな。いつまで待たせる気だ？」

ミス・フェアボーンのことを考えながら図書室の扉を開けたダリウスを、いらだたしげな声が迎えた。

友人のケンデール子爵ギャビン・ノーウッドは彼の返事も待たず、すぐにでも部屋から出ていこうとしている。

「五分ですむと言ったはずだぞ」ケンデールは黒髪をかきあげ、手袋に手を伸ばした。「大幅に遅れてしまったじゃないか」

「話がこじれてね、思っていたより時間がかかった」ダリウスは言った。「女性というのは難しいな。言っていることがなかなか理解できなかったよ」

結局、話は今もこじれたままなのだが。ダリウスは内心でそうつぶやいた。ケンデールを待たせてまでミス・フェアボーンと会うことにしたのは、彼女がようやくあきらめる気になったと思ったからだ。ところがなんと彼女は降伏するどころか、さらに歯向かってきた。

世の中にあんな女性がいたとは驚きだ。すねてその気のないそぶりをする女性はいても、ミス・フェアボーンのように正面切って文句を言ったりはしない。

それでも今回は、彼女に言いたいことを言わせはしても、気づいたら形勢が逆転していたという結果にはならなかった。こちらだって、ちゃんと学んでいるのだ。今ではミス・フェアボーンのことを少しはわかっている。しかめっ面でいるより、笑顔で接したほうが彼女を落ち着かない気分にさせられるし、脅し文句を並べるより、傲慢な態度に出たほうが強く反抗してくる。

この飴《あめ》と鞭《むち》作戦で、もっとミス・フェアボーンの反応を眺めてみたかったところだ。なぜか今日は、あの態度に、なおさら意地でも足元にひれ伏せさせたい衝動に駆られた。向きあって椅子に座っているあいだも、頭の中では彼女を服従させるさまざまな方法を考えていた。ほとんどが白昼堂々とできるものではなかったが。その残像が今でもまぶたの裏に焼きついている。確かに彼女のほうにも、そこかしこに変化のきざしが見えた——赤く染まった頰、突然の沈黙、熱い視線。ミス・フェアボーンが降伏するのも、あながちありえないことではないかもしれない。

「女性だって？」訪問客が女性と知って、ケンデールがついに怒りを爆発させた。「さんざん待たされたあげくに、客は女だったと聞かされるとはな。この緊急事態に愛人といちゃついていたのか？」いまいましげに声を張りあげる。「明日の朝、タリントンと会うと言っていたよな？」

「ああ、予定どおり会うつもりだ。三〇分ほど出発が遅れただけだ。まだ時間はたっぷりある。ついでに言っておくが、その女性客は愛人ではない。頼むから変な噂を広めないでくれよ」

「名前も知らないのにどうやって噂を広めるんだ？　こちらもついでに言わせてもらうが、一〇分も遅れていないのに死んだ男をぼくは何度も見たことがあるぞ」

ダリウスは部屋の扉を開け、先に出るように友人を促して玄関へ向かった。明日の朝は重要な予定が入っている。もっともケンデールが言うほど、どれも絶対にはずせないものでもないが。だが、夜の会合は違う。明日の夜になれば、長きにわたって練ってきた作戦が実を結ぶかどうかがわかるのだ。

ケンデールが交渉よりも戦闘を好むのはじゅうぶん承知している。なんといっても、軍隊に所属していたのだから。それでも長い目で見れば、交渉のテーブルについたほうが、この作戦はうまくいくだろう。

「ケンデール、ぼくたちは個人で海岸の動きを監視しているだけだ。軍事作戦とは違うんだぞ。たとえ二日遅れても、誰も死にはしない。ましてや、たったの三〇分だ。死人なんてひとりも出ないから、そうかりかりするな」

ケンデールは眉をひそめ、まっすぐ前を見据えて歩いている。「軍隊であろうとなかろうと、いくら綿密に作戦を立てても、たったひとつ小さなミスを犯しただけで、何人もの人間が死ぬこともあるんだ」

7

オークションハウスで仕事をするときは、細心の注意を怠らないようにしなければならなくなった。これもすべて、オバデヤが〈フェアボーンズ〉を仕切っていると、サウスウェイト卿に嘘をついたせいだ。けれども店の扉を開けたとたん、彼の姿を見てあわてるよりは、面倒でも用心するに越したことはない。

いくら虚勢を張ってみても、計画どおりに事が運んでいないのはよくわかっている。結局サウスウェイト卿の口から、〈フェアボーンズ〉のことには口出しをしないという言葉は聞けなかった。それどころかこちらが強く出たことで、かえって彼の神経を逆撫でしてしまった感じもする。彼のことだ、もしそうなら、これまで以上に邪魔をしてくるに違いない。

さらに始末が悪いことに、瞳を輝かせてうっとり見とれていたのを、サウスウェイト卿に気づかれたのではないだろうか。口元に浮かんだ笑みや妙にやさしかった口調を思いだすたび、こちらに向けられた強いまなざしが目に浮かんできて、ますますそんな気がしてくる。

この三日間は、毎朝フェアボーン家の従僕を使いにやって、サウスウェイト卿が来ていないかオバデヤに確かめてから店に行っている。ありがたいことに、三日間とも彼は姿を見せていない。それでも店の扉を開ける前には、必ず入口の横の窓を確認している。そこにはオバデヤと決めた秘密の合図があり、サウスウェイト卿が店内にいたら、アンゲリカ・カウフマンの絵を置くことになっているのだ。

今、〈フェアボーンズ〉ではオークションに向けて準備が着々と進んでいた。結局、オバデヤには共同経営者の件を正直に打ち明けた。彼は冷静に受け止めてくれた。

銀製品の目録作りは順調に進み、従業員たちも店内の掃除を終え、倉庫に保管してあった絵画を壁にかけはじめている。ぜひとも顧客たちを満足させられるオークションにしたい。せめて、〈フェアボーンズ〉はこれからも続けていくと自信を持って言えるようなオークションにしなければならない。

気がかりなのは、どれだけ魅力的な商品を出品できるかだ。いざとなったら、フェアボーン家のコレクションの中からも提供することを考えておいたほうがいいかもしれない。だが、価値の高い絵画はすべて、ロンドンの自宅ではなくケント州の海辺の別荘に置いてある。それでも本当に出品するとなれば、別荘まで取りに行かなくてはならないだろう。

三日目の仕事を終えて自宅に戻ると、メイトランドが待ち構えていた。黒髪で背が高く、恰幅《かっぷく》のいいフェアボーン家の執事は、女ひとりで暮らすようになった今、そばにいるだけで安心感を与えてくれる。おまけに彼は顔もいかつくて、街の荒くれ者さえも逃げだしそうなすごみがあった。

「お客様がお待ちです」家に入るとすぐにメイトランドが話しかけてきた。「でも、名刺は持っていないんですよ」

「名前は名乗ったの？」

「それが名前も言わないんです」

「名刺はないし、名前も言わないのに、どうして家に入れたの？」

「その女性がオークションに出す商品を持ってきたと言うので、お嬢様の帰りを待っていてもらったほうがいいと思いまして」

「本当に商品を持ってきたのなら、あなたの判断は間違っていないわ。女性に多いんだけど、所有物を競売にかけるのを誰にも知られたくなくて、個人的に話をしたがる人もいるのよ」

実際、持ち主の希望で、目録に〝所有者・匿名希望〟と記載するのはよくあることだ。「その女性はどこで待っているの？」

「庭です。外で待つほうがいいと言うので」

エマは居間に入っていき、裏庭に通じるフレンチドアへ向かった。手延べガラス（古い建物でよく見られる、窓の外がゆがんで見える窓）越しでも、女性が石のベンチに座っているのがわかった。

灰色のゆったりとした長袖のドレスを着ていて、胸の下で幅広の赤いサッシュベルトを結んでいる。赤い模様が入った灰色のショールを肩にかけ、頭には同じく赤い模様入りの灰色のターバンを巻いていた。今風に垂らした長い髪はとび色だ。

その女性はまさにエマの憧れの格好をしていた。異国情緒が漂う雰囲気が好きで、彼女もターバンを巻くことはあるけれど、どう見てもふざけた衣装を着て舞台に立っているみたいにしか見えなかった。

フレンチドアを開けると、ガラス越しにぼんやりとゆがんでいた姿がはっきりと見えた。女性がこちらに顔を向けた。とても美しい繊細な顔立ちで、魅惑的なこげ茶色の瞳をしている。

相手の名前は知らないとはいえ、できるだけていねいに話しかけた。

「オークションに出品したい商品があるそうですね。レティキュールから出して見せてくれますか？ どんな品か確かめたいので」

「レティキュールには入っていません」女性は言葉を一語一語確かめるように、ゆっくりと話した。少し鼻にかかった話し方からして、フランス人のようだ。だが、イギリスに来たばかりというわけではないらしい。きっと革命から逃れてきた亡命者に違いない。今日はそのときに持ちだした貴重品を持ってきたのだろう。

「あそこに置いてあります」女性がしなやかな長い指で庭の奥を指さした。手袋はしていない。よく見ると、せっかくの美しい手が汚れている。

女性は立ちあがり、そちらに向かって歩きだした。第一印象のとおり、ほっそりとした優雅な女性だが、ほかのことにも気づいた。ドレスの裾はほころびを繕ってあり、模様に紛れて目立たないがショールも汚れている。靴に至っては、今ではもう誰も履いていない流行遅れの代物だ。

ふたりで裏庭の門を抜け、小道に出たところで、女性が馬車置き場の隣に止めてある荷車をぼんやりと指さした。汚れた手が力なく上下に揺れている。

エマは荷車に近づいていき、防水布をめくった。中身をひととおり眺め、また布をかけ直した。

イギリス海峡を渡ったフランス人の亡命者が、古書や銀製品のたぐいを持ってくるのは特に珍しいことではないだろう。だが、荷車の中身はほとんどがワインで、それも箱に税関印は押されていなかった。

「このまま持って帰ってください。〈フェアボーンズ〉で密輸品を扱うわけにはいきませんので」

「無理です。ロバがいません」女性は汚れた指で、はずれた引き具をのろのろと指さした。

「連れていってしまいました」

「誰がロバを連れていったの？」

「一緒にここへ来た男の人です。わたしに四シリングくれました。ここの家の人に荷車を運んできたと伝えるように言われたんです。そう伝えればわかると。あなたが喜ぶご褒美だと話してました。でも、違ったみたいですね？」そう言って肩をすくめる。こちらが困ろうがどうしようが自分には関係ないといった感じだ。女性はショールを肩にかけ直して、小道を歩きだした。

「待って」エマは女性を呼び止めた。「どうしてわたしがこれを受け取ったら喜ぶの？　ご褒美と言われても、なんのことかさっぱりわからないわ。その人の名前を教えてくれる？どこにいるの？」

「わたしはここまで荷車を引いてきただけで、何も知りません。変なことを頼まれたとは思いましたけど、それだけで四シリングもらえるんですから、引き受けたんです。わたし、もう行きます」

「でも、わたしはその男性と話がしたいのよ」

「わたしはその人のことを何も知りません。ごめんなさい」

「英国人だった？　それともフランス人？」

「英国人です」女性はまた歩きだした。

「お願い、待って。もしまたその男性に会ったら、わたしが話をしたいと言っていたと伝えてほしいの。いいかしら？」

女性は少し考えてから口を開いた。「もし会ったら伝えます」

歩み去る女性の姿が小さくなるまで、エマはその場に立ちつくしていた。やがて向きを変えて荷車に引き返し、ふたたび防水布をめくった。銀製品と古書とワインをじっと見つめる。特にワインを。一五箱もある。箱の中には絹とレースも入っていた。

やはりこのワインはイングランドに持ちこまれた密輸品に違いない。生地類も同じだろう。密輸品だから人目を忍んでここへ運んできたのだ。どうやら〈フェアボーンズ〉はいかがわしい品も進んで受け入れると思っている人がいるらしい。

なぜそう思われているのかは深く考えたくなかった。エマの胸にやるせない悲しみが広がっていった。

いったい、これまでどれだけこういう品々がこっそり持ちこまれてきたのだろう？

彼女は防水布をもとに戻して中身を覆い隠した。それから家の中に戻り、メイトランドを探した。

「メイトランド、さっきの女性のことなんだけど、今までにもこういうことはあったの？知らない人が馬車置き場の隣に荷車を止めて、裏庭から父を訪ねてきたことはあった？」

「しょっちゅうではないですが、ここ数年、何人かいましたね」メイトランドはいったん言葉を切り、申し訳なさそうに言い添えた。「旦那様は、いつ商品が届くか知っているようでした。だから、お嬢様もご存じだと思ったんです。あの女性を家に入れたことでお嬢様を困らせてしまったのなら、なんとお詫びをしたらいいのか――」

「あやまらないで。会っておいてよかったと思っているの」

打ちひしがれた表情を見せてしまう前に、エマは急いで寝室へ向かった。きっとほかの使用人たちも知っていたのだろう。この家で知らなかったのは自分だけだったのだ。わたしだけが、モーリス・フェアボーンの名声は密輸品で勝ち得たことを知らなかった。

ダリウスは帳簿を指でたどり、向かい側に座っているオバデヤ・リグルズをちらりと見やった。オバデヤは激しくまばたきを繰り返している。必死に平静を装おうとしていても、これでは心の中が丸見えだ。

「やりかけの仕事がありますので、サウスウェイト卿、もしよろしければこのへんで……」

「まだだ、リグルズ」

オバデヤがどんな大事な仕事を中断してきたのかは知らないが、なぜこんなに逃げだしたがっているのかさっぱりわからない。どういうわけか、事務室に入ってくるのもいやがっていたのだ。

「過去何年間も所有者名のない作品が出品されているが」ダリウスは言った。「その所有者に頼まれたら、帳簿にも名前を書かないのか？」

オバデヤの顔が真っ赤になった。「ときどきは。いえ、あの、つまり……それはミスター・フェアボーンがそうしていました」

「だが、ミス・フェアボーンはおまえが帳簿をつけていると言っていたぞ。ということは、ミスター・フェアボーンに名前を書かないように指示されたのか？」

オバデヤがうなずいたように見えた。

ダリウスは共同経営者として受け取った最後の報酬が書かれている箇所を見つけた。金額から見当をつけただけで、そこにも名前は記載されていなかった。

彼は椅子に背を預けて、目の前の男をしげしげと眺めた。オバデヤは何も知らないのだろう。帳簿のあいまいな部分を確かめようとしたら、そわそわしはじめたのもこれで納得だ。今も笑顔を見せてはいるが、目に浮かぶ不安は隠しきれていない。

「次のオークションでは、どのくらいの売上げを見こんでいるんだ？」ダリウスは訊いた。

オバデヤが背筋を伸ばして座り直した。動揺しているのがありありとわかる。

「次のオークションですか、サウスウェイト卿？」

「ミス・フェアボーンが次のオークションの準備中だと言っていたぞ」

「ミス・フェアボーンが？」

「従業員たちも今日、壁に絵をかけていただろう。あれを見たら準備中だとわかる」

「ああ、ええ、そうでした。あれを見たらわかりますよね。売上げは……かなりの額を期待しています。宝石があるので、何千ポンドにもなるでしょう」

「宝石？」

「レディ・カサンドラ・バーナムの宝石です。ミスター・フェアボーンが鑑定――いえ、ミスター・フェアボーンとぼくが鑑定したんですが、大変価値のあるものばかりですから、あの宝石だけで二〇〇〇ポンドにはなると思います」

ダリウスは帳簿を閉じて立ちあがった。オバデヤも跳びあがるように椅子から立った。

「疑問点はもう解決しましたね」オバデヤが力をこめて言う。

「まだ解決したとは言えないな」だが、そうではないかという推測はついている。やはり〈フェアボーンズ〉は違法行為に手を染めていたのかもしれない。それで手に入れた商品をオークションにかけていたから、所有者が記載されていないのだ。そう考えれば、帳簿の中身があいまいなのもうなずける。

フランスとの戦争で無法地帯と化している海岸を利用して金もうけをしていたのではないかという疑念は、モーリスが転落死してからというもの、頭から離れたことはなかった。ケント州でアンベリーとケンデールとともに、ドーバー近くで訓練をしている市民警備隊のリーダーたちと三日間の会議をしていたあいだも、ずっと頭の片隅に引っかかっていた。

だから今回も、モーリスが転落した現場に行ってきたのだ。あいかわらず壮大な海の眺めはすばらしかったが、結局は人も寄りつかない荒涼としたあの場所なら、関税局の監視船のいない隙を狙って、密輸商人に合図を送るのはたやすいと再確認しただけだった。

ダリウスはオバデヤと事務室を出て店に戻り、壁にかけられた絵画を見まわした。従業員のひとりがオバデヤに目配せして、奇妙なしぐさをした。

今日ここへ来たときに目に留まった油絵を、ダリウスは指さした。

「アンドレア・デル・サルトか？」

オバデヤが目をしばたたいた。「はい？」

「あの油絵だ。わたしはアンドレア・デル・サルトだと思うんだが」

「ええと……そうです、そのとおりです」

「中心の聖母に比べて、両脇の聖人は少し印象が薄いな」ダリウスは前かがみになって、絵をじっくりと眺めた。

オバデヤも同じ姿勢になった。「はい、まったくおっしゃるとおりです。ぼくもそう思います」

絵画がかけられていない壁に目をやる。「ずいぶんと寂しいな。ここにかける絵もまだあるのか？」

「それは……ええ、あります」オバデヤは口ごもった。「すぐに……すぐにかけるつもりです」

「所有者を教えてくれるか、リグルズ？」

オバデヤは入口の横の窓に目を向けていて、質問を聞いていなかった。

「はい？」

「すぐに絵をかけると言ったが、その所有者は誰なんだ？」

オバデヤは一瞬考えこんで、それから口を開いた。

「もちろん、お得意様です」

なんとも疑わしい返事だ。モーリスがいない今、誰が好きこのんで〈フェアボーンズ〉をひいきにしたがる？　ミス・フェアボーンはオバデヤがここを全面的に仕切っていると言ったが、これでは船長のいない船に乗っているようなものだ。

すぐにでも〈フェアボーンズ〉は売却するべきだ。オークション前の今なら、まだ間に合う。モーリスが海岸沿いの崖を散歩していた目的を、今なら誰にも気づかれずにすむ。

ここは一流のオークションハウスだ。中途半端な競りなど開催しないで今すぐに売却すれば、密輸の噂をささやかれる危険もなくなり、〈フェアボーンズ〉の名声は後世まで語り継がれるだろう。

「絵画のほかにはどんな商品があるんだ、リグルズ？」

「なぜですか？」

「オークションを開催するんじゃないのか？　それならもっと商品があるはずだ」

「いつもと同じ感じです。美術品や銀製品、それから宝石も競売にかけます。宝石は金庫に保管されていますし、ほかは裏の倉庫に置いてあります」

　ダリウスは倉庫へ通じる扉に向かって歩きだした。オバデヤがあわてて引き止めようとする。

「サウスウェイト卿！　いけません、倉庫の中にある商品は細心の注意を払って保管されているので、従業員以外は入れないんです。ですからお客様は――」

「わたしは客ではないぞ、リグルズ。それに倉庫には前にも行ったことがある。次のオークションにどんながらくたを出すのか見せてくれ」


　エマはぼんやりと宙を見つめていた。目の前に並んでいる銀製品のホールマーク（銀製品の品質保証を示す刻印）を目録と照らしあわせなければならないのに、昨日運ばれてきた荷車のことが頭から離れなかった。

　昨夜は、あの女性が言った〝ご褒美〟という言葉の意味をひと晩じゅう考えつづけた。結局眠れぬまま、まだ暗いうちからベッドを出て窓辺の椅子に座り、夜が明けるのを待った。今もその言葉が頭の中を駆けめぐっている。

それにしても、なぜ父はこっそり運ばれてくる品々を受け取っていたのだろう？　道徳に縛られる生き方を忌み嫌っていた父は、〈フェアボーンズ〉を月並みなオークションハウスにはしたくないといつも言っていた。だからいかがわしい品も受け入れていたと考えれば、わからなくもないけれど……。

たとえそうだとしても、なぜそこまでする必要があったの？　思いつく理由はひとつだけ。父には〈フェアボーンズ〉の名声や、自分自身の名誉さえ捨ててもかまわないほど守り抜きたいものがあったということだ。

それはわたしだったのかしら？

それとも兄だったの？

エマは目の前の磨きあげられた銀のトレイに映った自分の顔を見つめた。父は、必ず兄は戻ってくると言いつづけてくれた。もちろんわたしも、それを疑ったことなど一度もない。そんなわたしたちを、まわりの人たちは頭がどうかしていると笑っていたけれど、わたしと父は一点の曇りもなく兄は生きていると信じていた。たとえ船の沈没した場所が大海の真ん中だったとしても。

父は本当に兄が生きているのを知っていたから、あれほど確信をこめて言っていたのだろうか？

〝ご褒美〟というのは兄なの？

今日は朝からずっと、このことばかり考えている。店に来たときも、頭の中を整理したくてしばらくひとりになりたかった。だから今朝に限っては、店内にオバデヤの姿が見えなくてほっとしたのだ。けれども結局、何ひとつ整理はつかず、ばかげた推測ばかりが頭の中をぐるぐるまわっている。

恐怖にのみこまれそうになりながら、胸の奥底には希望の光も灯りはじめていた。おぼろげに見えはじめた真相に、期待しすぎてはいけないと自分に言い聞かせた。でも、喜びの涙があふれてくる。兄は〈フェアボーンズ〉に密輸品を流している誰かに、人質としてとらわれているのではないかしら？

もし父が兄を救うために密輸を手伝っていたとしたら、いつからだろう？　きっとわたしが兄に最後に会った日からだ。沈没事故は偶然そのときに起きただけで、父はその悲劇を利用した。そして兄の不在を取り繕うため、船に乗っていたという話を作りあげたのかもしれない。

エマは父の犯した罪を正当化しようとした。こういう状況では、あやしい商品だとわかっていても、オークションにかけざるをえなかったのではないかと。密輸は今にはじまったことでもなく、珍しいことでもなんでもない。実際、ケント州の海岸地帯は、何世紀にもわたって密輸商人の温床になっている。そして、そのことは誰もが知っている。だから国民の半分が、商品を持ちこんでロンドンやほかの街に運んでいてもおかしくはない。何も父だけではないはずだ。

もしかしたら中には、父が私腹を肥やすために〈フェアボーンズ〉を開業したと思っている人もいるかもしれない。

　でも、そうでないことはわたしが一番よく知っている。父は誇り高く正直な人間だ。その性格は仕事ぶりにも表れていた。それなのに自分をおとしめるようなことを強要されて、きっとつらかっただろう。だけど、わたしも父と同じことをしたと思う。たとえ一度しか叶わなくても、また兄に会えるなら、兄が帰ってきて父の跡を継いでくれるなら、また一緒に笑いあえるなら、きっと同じことをした。

　今朝は出かける前に、荷車の品々をもう一度よく見てきた。すべてが――ワインでさえも、正統な商品として出品できそうだった。それも高値がつきそうなものばかりだ。でも、誰に落札代金を渡せばいいのかわからない。

　荷車を店に持ってきて、オバデヤに事のいきさつを教えたほうがいいかしら？　どう話そうか考えていると、いきなり倉庫の扉が開き、エマの思考はさえぎられた。

　戸口にサウスウェイト卿が現れ、驚いた顔でこちらを見た。彼の肩越しにオバデヤの頭がちょこんとのぞいている。

　もう、オバデヤったら、どうしてカウフマンの絵を置き忘れたの？　エマはオバデヤの頭をにらみつけ、すぐに表情を変えて、サウスウェイト卿に笑みを向けた。

「お会いできてうれしいですわ、サウスウェイト卿。通りがかったついでに立ち寄ってくださったの？」

「もう何時間もわたしはここにいるし、ついでに立ち寄ったわけでもない」

「ということは、結局口出しをすることにしたのですか。このあいだお会いしたとき、あれほど頼んだのに、聞く耳は持ってくださらなかったのね」

「わたしは〈フェアボーンズ〉の状況を把握することにしたんだ。このあいだ会ったときに、そう話したはずだが」彼が中に入ってきて、壺と磁器を並べた奥の棚に目を向けた。その隙に、エマは目録を銀のトレイの下に隠した。

「サウスウェイト卿は開店早々にお見えになって、事務室に直行されたんです、ミス・フェアボーン」オバデヤはサウスウェイト卿の背後で、警戒と不安の入り混じった表情を浮かべている。「訊きたいことがあると言われて、すぐにぼくも事務室へ行きました」

そういうことだったの。だからカウフマンの絵を置けなかったのね。でも、何を訊きたかったのかしら？

「何をお知りになりたかったのですか？」エマはサウスウェイト卿の顔を見あげて、ほほ笑んだ。

その質問を無視して、彼はテーブルに視線を落とした。「きみは銀が好きなのか？」

「ええ、大好きです。オークションが開催される前はいつも見に来るんですよ。本当にうっとりしてしまうわ」頭の軽い女になった気分だ。だけど、こんなばかげた質問にほかにどう答えればいいというの？

サウスウェイト卿が右手を横に突きだした。オバデヤはすぐその意味を理解して、そそくさと倉庫から出ていった。

テーブルの上にずらりと並んだ銀製品に視線を注ぎながら、サウスウェイト卿が近づいてきた。「ほう、すばらしいものも交ざっているじゃないか」そう言って、ずっしりと重い枝付き燭台《しょくだい》を手に取り、ホールマークを確かめた。「まだほかにもあるのか？　それともここにあるものだけかな？」

「今のところはこれだけです。ですが、オバデヤは来週も見事な製品が一〇点ほど届くと言っていました」

彼は燭台を戻し、驚いたことにテーブルの縁に腰かけた。何気なく座ったつもりなのかもしれないが、不安を覚えるほどそばにいる。

「なるほど。だが、銀製品だけではオークションは無理だろう。それではあまりにも貧相だと思わないか、ミス・フェアボーン？　やめるなら今のうちだぞ。落ちぶれた姿などさらさずに、一流のまま幕を閉じたほうがいい。それが〈フェアボーンズ〉のためだ」

「来週届くのは銀製品だけではありません。絵画や古書も届く予定です。それから年代物の最高級ワインも」嘘が驚くほど簡単に口からこぼれでる。絶対にここでやめるわけにはいかない。なんと言われようと、このオークションは開催するつもりだ。

「ワインだって？」

「そう聞いています。所有者は特権階級に属する方だとか」エマはできるだけさりげない口調で言った。「借金返済のためにお金が必要だそうです」

サウスウェイト卿が彼女の顔に視線を据えた。エマは心のうちを読まれまいと無表情を装った。けれども見つめられるだけで体に震えが走り、顔がほてってくる。このあいだと同じように体が反応し、この男性を目の前にすると自分が無力に思えた。

「今日は喪服ではないんだな」彼はエマの全身に視線を走らせ、ふたたび顔を見つめた。

エマはためらいがちに、薄紅色のドレスの肩先に触れた。

「今日は人前に出るつもりはありませんので。それに誰かが訪ねてくる予定もありません」

「だが、きみは今、わたしと会っている」

ええ、確かにそのとおりね。サウスウェイト卿にじっと見つめられ、彼女は思わずその瞳に吸いこまれそうになった。

「喪も明けていないのに、こんな色のドレスを着るなんてと非難したいのですか？」語気も荒く言い放とうとしたが、ぎこちない声しか出なかった。

サウスウェイト卿はほほ笑んでいる。温かい笑みだ。こちらの敵意を骨抜きにしてしまうような笑顔。この人は知っている、わたしがこの笑顔に弱いことを。

「非難するわけがないだろう。きみにとてもよく似合っているよ。そうか、誰とも会う予定はないのか。まあ、わたしは別として。このふたりだけの空間で、きみが何色のドレスを着ていようが、わたしはいっこうにかまわない」

ふたりだけの空間。オバデヤは扉を少し開けておいてくれた。でも、ほんの少しだけだ。従業員たちの声はかすかにしか聞こえない。

「しばらくはロンドンにいらっしゃるのですか、サウスウェイト卿？　カントリーハウスによく行かれるそうですね。社交シーズン中もそちらに滞在することがおありだと聞いています」ふいに静けさが怖くなり、エマは勢いこんで話しはじめた。彼の魅力に溺れないようにするには、自分の声でもいいから何か音をたてて気を紛らわせたかった。

「ケント州には行ってきたばかりだ。数日滞在していたよ。しばらくはロンドンにいようと思っている」

最悪だわ。「ケント州のカントリーハウスでは何ごともなくお過ごしだったのですか？」

「平穏だったよ、とりあえずは。市民警備隊は日々訓練を重ねて、目を光らせていた。それでも密輸はあとを絶たないがね。海軍はフランス軍の侵攻を阻止するために出払っているから、海岸は隙だらけだ。今は密輸商人たちのやりたい放題で、まさにやつらの天国だよ」

話題がいきなり変わり、エマは必死に平静を装った。「それでもフランスと比べたら、脅威ではありませんよね」

「海を渡ってくるのがワインやレースだけだったら、それほど神経をとがらせることはないだろう。きみの言うとおり、たいした脅威ではない。だが、諜報員《ちょうほういん》が潜入する恐れがあるとなれば話は別だ」どこか心ここにあらずといった口調だ。

それに引きかえ、エマの心の中では警報音が鳴り響いていた。ワインとレース……。彼はあの荷車のことを知っているのだろうか？

エマはサウスウェイト卿の出方を待った。しかし彼は口をつぐんだまま、身じろぎひとつしない。ただテーブルの縁に腰かけ、黙ってエマの目を見つめている。

彼女の心臓が早鐘を打ちはじめた。サウスウェイト卿と視線を絡ませ、沈黙に身をゆだねた。静かに時間は流れ、一秒過ぎるごとに鼓動が速くなっていく。愚かな女ね、とエマは内心で自分を叱りつけた。それでも胸の高鳴りを抑えることはできなかった。

サウスウェイト卿が動こうとしている気配を感じた。手がゆっくりと持ちあがり、すぐに動きが止まる。ふたたび強いまなざしで見据えられ、やがて彼は視線を引きはがした。その瞬間、彼は心の扉を閉め、エマは魔法が解けたような気がした。

自由の身になり、自分を取り戻したというのに、喜びはわいてこなかった。気まずさだけが残り、彼女は話の糸口を見つけようとした。

「さっきオバデヤが、あなたは訊きたいことがあって店にいらしたと言っていましたが」

オバデヤが倉庫から出る直前に無言で顔をゆがめたのを思いだし、この話を振ることにした。

「帳簿を見たいと思ったんだ。きみは見たことがあるのか？」

「そういうことはいっさいオバデヤにまかせていますので。どうしてわたしに帳簿のことを訊くんです？」

「何も問題がなければ訊かないさ。だが残念ながら、穴だらけの帳簿でね。所有者の名前がまともに記載されていないんだ」

サウスウェイト卿が何を言いたいのかはすぐにわかった。お粗末な帳簿になった言い訳はたくさん思いつくけれど、すでに彼はいろいろ思いをめぐらしているだろう。父がしていたことに気づいた今、サウスウェイト卿には深く掘りさげて考えてほしくない。

「名前を伏せたい所有者もいますから」エマは言った。

「あんなに多く？」

「父は記憶力がよかったので、頭の中にすべて入っていたのだと思います」

「きっとそうなのだろう」サウスウェイト卿は立ちあがり、上着を直した。「もう少し考えてみることにする」

「お持ち帰りになってもいいですよ。そうすればお暇なときに調べられるでしょうから」

彼は一瞬考えたあとで言った。「いや、ここで調べるよ。オークションに向けてのリグルズの仕事ぶりも見たいからね。まあ、オークションができるかどうかはわからないが」

最後にもう一度エマを見つめ、サウスウェイト卿は倉庫から出ていった。ふたりの視線がぶつかったのはほんの一瞬だったが、それでも彼女は目をそらすことも、動くことも、息をすることさえもできなかった。


「本を読んでいるの、お兄様？　それならお邪魔かしら？」

ダリウスは本から目をあげた。一行も読んでいなかった。ただぼんやりと、オバデヤのそわそわした態度や、うさんくさい帳簿の中身、そして薄紅色のドレスをまとい、見事な銀製品に囲まれて座っていた美しい女性のことを考えていた。

今日、エマ・フェアボーンにもう少しで触れそうになった。あれは魔が差しただけだと思いたい。だが、違うのはわかっている。本当は彼女にキスをするつもりだった。あのとき、自分は冷静だった。それも完全に。決して衝動に突き動かされたわけではない。ただじっとそのタイミングを狙っていたのだ。

そして、その瞬間が来たとき、すんでのところで理性が勝った。それだけのことだ。これでよかったのだろう。たぶん。自分でも、ミス・フェアボーンとの関係をこのままにしておきたいのか、深めたいのか、まだわからない。だが、別に急いで結論を出す必要はない。じきにわかるはずだ。

「ああ、リディアか。そんなことはない。さあ、入ってくれ」妹が近くの椅子に座るのを見て、ダリウスは本を脇に置いた。「きれいなドレスだ」

リディアは関心なさげにドレスの膝のあたりをつまみ、肩をすくめた。つややかな黒髪は、メイドの手によってうなじでシニヨンにまとめられている。妹はこういう簡素な髪型が好みなのだ。

どういうわけか、リディアは自分の美しさに無頓着だ。気づいていないのではないかと思うときもある。彼女は去年あたりから急に口数が減り、屋敷に引きこもって暮らしている。体の具合が悪いのではないかと心配になることもしょっちゅうだった。

今日はいつにも増してうつろな顔をしている。そう感じるのは、闘志みなぎる生き生きとした女性と会っていたせいかもしれない。ミス・フェアボーンの瞳には活発でまっすぐな性格を表す強い光が見えるが、リディアの瞳の中には……何も見えない。

「お兄様ったら、ケント州のカントリーハウスに行っていたのね」リディアが言った。「約束していたのに、どうしてわたしを連れていってくれなかったの？」

咎めるような口調だ。それでもダリウスは、少しでも感情のある妹の声が聞けてうれしかった。「友人と一緒だったんだ。だから、おまえを連れていくのはやめたんだよ」

リディアは何も言わない。黙りこんでしまった。ただ焦点の合わない目でこちらを見ている。「わたし、向こうで暮らしたいの」

「だめだ」兄妹《きょうだい》のあいだでこの話になると、いつも押し問答になる。そして必ず妹は頑として自分の意見を譲らない。なぜリディアがこれほどまでに他人との接触を避け、ひとりになりたがるのか、ダリウスにはわからなかった。

「話し相手《コンパニオン》の女性を探すわ。だから、ひとりで暮らすわけではないのよ」

「だめだ」

「どうしていつも〝だめだ〟しか言わないの？　なぜわたしをロンドンに縛りつけておこうとするの？」

「リディア、もうその質問は聞き飽きたよ。黙って言われたとおりにするんだ」ダリウスはいらだたしげに言い放った。妹に腹が立ったからではなく、いくらこの会話を続けたところで堂々めぐりにしかならないからだ。彼は怒りをのみこみ、落ち着いた口調で先を続けた。

「おまえは長いあいだ、社交界からも、友人や親戚からも遠ざかっている……」そしてぼくからも。「リディア、もうこれでじゅうぶんだろう。おまえはすでに自分のまわりの世界を遮断している。これ以上、ひとりにさせるわけにはいかない」

彼女は絨毯《じゅうたん》の染みをじっと見ている。言い返してほしかった。罵られてもかまわない。ほんの少しでいいから、心のうちを吐きだしてほしい。それなのに、何も言わず無表情で染みを見つめたままだ。

そんな妹の姿を見ていると、ダリウスの胸にやりきれなさがこみあげてきた。

「もしわたしが妹ではなく弟なら、お兄様はわたしが何をしようと反対しないでしょうね」

リディアが小さな声でぽつりと言った。そして静かに立ちあがり、図書室から出ていった。

そのはかなげなうしろ姿を、ダリウスはただ見送るしかなかった。

ミス・フェアボーンのうしろ姿を見ても〝はかなげ〟という言葉は思い浮かばないだろう。そもそもあの気性なら、小さな声でつぶやいたりもしないはずだ。

8

「こぢんまりとした夕食会なんですって、エマ。ミセス・マーカスが、ぜひあなたも来てほしいと言っているのよ」翌日の午後、ボンド通りを歩きながら、カサンドラが言った。

「何人くらい集まるの？」

「せいぜい二〇人くらいじゃないかしら」

「今はまだ、そういう会には出席しないほうがいいと思うの」エマは地味な灰色のドレスをさっと撫でるようなしぐさをした。

「ミセス・マーカスはまったく気にしていないわ。だからあなたも招待したいと言っているの。わたしも小さなパーティなら服喪期間でも気にすることはないと思うし、ほかの出席者たちも同じ意見だと思うわよ。とはいえ、無理強いはしないわ。でも出席すると決まったら、わたしもいろいろ計画を立てないと。あなたに会わせたい人がたくさんいるのよ」

そんな計画なんて立ててほしくない。エマはもうこりごりだった。パーティにはこれまでも何度かカサンドラに連れられて出席したことがある。でも楽しめたことは一度もなく、場違いな思いしかしなかった。

もちろんカサンドラとの友情は大切だ。彼女と親友になれて本当によかったと思っている。ふたりが出会ったのは二年前。王立芸術院の展覧会で、偶然同じ絵画の前に立っていたときだった。エマが〝ただの自己満足の絵ね〟とつぶやいたのを聞いて、隣にいたカサンドラが腹を立てたことがきっかけで友情がはじまった。友人の描いた絵を侮辱されて怒り心頭のカサンドラとしばらく言い争いになり、やがて気づけば仲よくおしゃべりをしていた。そのときだ、カサンドラが伯爵の妹だと知ったのは。

「わたしは忙しいのよ、カサンドラ。人に会っている時間なんてないわ」エマは言った。「オークションハウスの仕事があるのは、あなたも知っているでしょう？」

「仕事にしか興味のない男性みたいなことを言わないで。あなたには、そんなふうになってもらいたくないわ。わたしとパーティに行くのを避けているのはちゃんとわかっているのよ、エマ」

「だって、あなたのお友だちはわたしみたいな身分の人間を見くだすでしょう。わたしは場違いなのよ。溶けこめるわけがないわ。あなたにとっては二〇人でもこぢんまりした集まりなんでしょうけど、わたしの住む世界では違うのよ。二〇人は大人数なの。カサンドラ、わたしたちの世界が交わることはないのよ」ふたりは生地店の前で立ち止まり、しばらく無言で、窓から見えるイタリア製の生地をうっとりと眺めた。「仕事のことしか考えていないと言われたけれど、そうならないようにするつもりよ。残念ながら、今は仕事で頭がいっぱいだけど。でもね、二日前に訪ねてきてくれた女性が救いの女神になるかもしれないの。だから少しほっとしているところなのよ」

「わたしの知っている女性？」

ふたりはまた歩きだした。「どうかしら。フランス人よ。だけど、あまり訛《なま》りのない英語を話していたわ。服装はみすぼらしかったんだけど、とてもきれいな人だった」

「フランス人だったら、きっとわたしの知らない人ね。ジャックへの熱が冷めてからは、もうフランスからの亡命者とは付き合いがないから」

「でも、彼とはいい思い出もたくさんあるでしょう？」

「あいにく、わたしは過去を引きずらないの」

「彼女は画家かもしれないわ」エマは言った。「手についていた汚れが絵の具みたいに見えたのよ。もし絵の具でなくても、何か落ちにくいものなんだと思うわ」

カサンドラがエマに向き直った。がぜん興味を持ったようだ。

「インクの染みだったという可能性はない？」

「どうかしら。そうね、言われてみるとそんな気もするわね。でも、手紙を書いていてうっかりついたような汚れではなかったわ。見てすぐに気がつくぐらい、汚れていたもの」

「やっぱりわたし、彼女を知っているかもしれないわ。一度も会ったことはないけれど、きっとその謎のフランス人女性はマリエール・リヨンよ。彼女はあなたになんて言ったの？」

「オークションに出す商品を持ってきたと言ったわ」嘘ではない。これは本当のこと。少し省いているだけだ。「実は、オークションに出す品物がもっと必要なのよ。だから彼女に会えたら、フランス人の知りあいを紹介してほしいと頼もうと思っていたの」

「確か彼女はギロチンで処刑された伯爵の姪のはずよ。家族がどうなったのかは知らないわ。ひとりでイギリス海峡を渡ってきたの」

「大変な思いをしたのね」

「それがね、この話を信じていないフランス人もいて、彼女は嘘をついているという噂もあるのよ。ジャックは彼女のことを商人の娘だと言っていたわ」

「あなたが言うように謎に満ちた女性ね。でもイギリスに逃れてきたフランス人全員が、作り話だと思っているわけではないんでしょう？」

「思っているのはほんの数人よ。ほかの人たちは彼女をお姫様扱いしているわ。彼女なら、同じ亡命者の中で宝物をお金に換えたい人を知っているんじゃないかしら」

それはエマも期待していたが、謎の女性にまた会いたい理由はほかにもあった。

「彼女がどこに住んでいるのかわかる？」

「わからないわ。でも、見つけ方なら教えられると思う」

ほどなくして、ふたりは版画店に入っていった。カサンドラが木箱から大きなメゾチント版画を取りだして、下に記されたサインを指さした。「これは彼女の工房からの眺めを描いたものなの。この名前を見て。〝M・J・リヨン〟とサインされているでしょう？〝M・J〟にしたのは女性だと知られたくなかったからじゃないかしら」

エマはその版画をしげしげと見つめた。リッチモンドの街の近くを流れるテムズ川の風景で、作者の名前と住所が記されている。「じゃあ、あの手についていた汚れは印刷に使うインクだったんだわ。彼女は誰かの使用人ではなく、版画家だったのね」

「偽名を使って、ほかにもまだ作品があるそうよ。作風は……こういう風景とはまったく違うみたいだけど」カサンドラは版画を店主のところへ持っていき、レティキュールから金を取りだした。

「扇情的な作品なの？」エマは友人の耳元でささやいた。一度も見たことはないけれど、露骨なものがひそかに出まわっているのは知っている。

カサンドラは筒状に巻かれた版画をエマに手渡した。「風刺画よ。社会の欠点や偽善をおもしろおかしく批判したものや、政府指導者を皮肉った作品もあるんですって。ジャックはその絵を見たことがあって、彼女の作品だと知っていたわ。でも彼は、風刺画に彼女が使っている名前をわたしには教えてくれなかったの」

「どうして？」

「わたしの兄を風刺した絵もあったみたいなのよ。ロバの耳と尻尾がついていたんですって。ジャックもばかよね。そんなことをわたしが気にするわけないのに」カサンドラはエマと腕を組んで店を出た。「ねえ、エマ、彼女に会いに行くときに、誰かを連れていこうと思ってる？　もしそうなら、わたしが一緒に行ってもいいかしら？」

エマが答えようと口を開きかけた瞬間、すぐそばで立派な馬車が急停止した。扉が勢いよく開き、姿を見せたのはサウスウェイト卿だった。彼はふたりの前に立ちはだかり、エマにお辞儀をした。

「ミス・フェアボーン、なんとうれしい偶然だ。これからきみを訪問するところだったんだよ」今度はカサンドラにお辞儀をする。「レディ・カサンドラ」

カサンドラはこわばった笑みを浮かべている。「いつものことながら、会えてうれしいわ、サウスウェイト卿。リディアは元気にしている？」

サウスウェイト卿は愛想よくほほ笑んでいるが、目は笑っていなかった。

「おかげさまで元気にしているよ。とてもね。きみのおば様は、レディ・カサンドラ？　あいかわらず外出することが多いのかな？」

「最近はよそに出かけるよりも、自宅でくつろぐほうが気に入っているみたい」

「きっとおば様も、きみといるのが楽しいのだろう」

「そうかもしれないわね」

エマは思わずうめき声をあげそうになった。なんとくだらない。カサンドラといると、こういうどうでもいい話に付き合わされることがしょっちゅうある。サウスウェイト卿もかなりのひねくれ者だ。わざわざ馬車から飛びだしてまで、嫌いな相手と会話することもないだろうに。

「レディ・カサンドラ、ここでミス・フェアボーンをわたしに引き渡してもらえないだろうか」サウスウェイト卿がにこやかな笑みを浮かべて言う。「ふたりで早急に話しあわなければならないことがあるのでね」

カサンドラが興味津々の目でエマを見た。エマはさりげなさを装い、親友にだけわかるように小さく肩をすくめてみせた。

「きみの父上の不動産のことだ」サウスウェイト卿がエマに向かって言う。

「あら」カサンドラが口をはさんだ。「サウスウェイト卿、あなたはそういうことにまで関与しているの？　はじめて聞いたわ」彼女は好奇心に満ちた目をエマに向けたが、少し傷ついたような表情を浮かべている。

「サウスウェイト卿は話をするのを明日まで待ってくださると思うわ」エマはカサンドラに言った。

「いや、今日、話がしたい」彼はにべもなく打ち消した。すでに馬車の扉を開けている。

カサンドラが眉をわずかにあげた。「サウスウェイト卿、わたしの親友をあなたの手に預けるわ。言っておきますけど、エマが醜聞にさらされることがないよう気をつけてちょうだい。あなたのことだから、じゅうぶんわかっているでしょうけれど」

サウスウェイト卿が顔を赤らめている。怒りのせいというより、動揺して赤面しているようだ。こういう彼を見るのははじめてだ。

「一緒にいて、カサンドラ」エマは言った。

「今、彼の心の声は、それだけは勘弁してくれと叫んでいるわよ。そうでしょう、サウスウェイト卿？」

「じゃあ、明日まで待ってもらうわ」

「だめだ」サウスウェイト卿がきっぱりと言う。「レディ・カサンドラ、こういうのはどうだろう？　きみがミス・フェアボーンを公園に連れていき、わたしはそのあとをついていく。そして三人で園内を散歩しながら話をするというのは？」

カサンドラはしばし考えたあと、公園で散歩などしたくもないと小声で文句を言いはじめた。さらに、貴族は傲慢だ、世界は自分を中心にまわってると思っている人しかいないと文句は続き、ひとしきりぶつぶつ言い終えたところで、ようやくサウスウェイト卿の提案を受け入れた。

カサンドラの馬車に乗りこむなり、エマは友人に詰め寄った。

「どうして彼の言うことを聞いたりしたの？」

カサンドラが大きな青い目でエマを見た。「あなたが怒るのもわかるわ。でもね、伯爵が話があると言えば、あとまわしにはできないものなの。聞くしかないのよ。サウスウェイトは弁護士に何か言われたんだと思うわ。それであなたに話があるんじゃないかしら」

「そのとおりよ、だからあなたに助けてもらいたかったの。それなのに、彼の味方になるなんてひどいわ」

「エマ、わたしはサウスウェイトが嫌いよ。でも、彼は伯爵なの。伯爵がわざわざ時間を割いて女性に会いたいというときは、少なくとも会ってその理由を聞かないとだめよ」

彼がわたしに会いたい理由ならわかっている。また〈フェアボーンズ〉売却の話をする気なのだ。

「思うんだけど」カサンドラが考えこみながら言う。「サウスウェイトはあなたに言い寄ろうとしているんじゃないかしら」

「そんなばかな。どこからそんな考えが出てくるの？　あなた、今言ったばかりでしょう？　彼は伯爵なのよ！」

「今、彼には愛人がいないわ。だったら、あなたに狙いをつけたとしても不思議ではないでしょう？」

　男性が、その男性が伯爵ならなおのこと、わたしに言い寄ってくるわけがない。その理由なら何十個でもあげられる。

「もし、わたしの考えが当たっていたら、これほどおもしろいことはないわ。ああ、わくわくする」カサンドラはひとりで心を躍らせている。「当たっているといいのに。エマ、あなたは自分がサウスウェイトに耐えられると思う？　無理よね。だから、いくら彼があなたを追いかけても無駄な努力なのよ。いい気味だわ。そうなっても、わたしの良心はちっとも痛まないわね。あなたにきっぱり拒絶されたときの彼の顔が早く見てみたいわ。でも、エマ、その前に気のあるそぶりをする練習をしっかりしないとだめよ。もともとあなたはサウスウェイトを好きではないから、言い寄られても無視できるでしょうけれど、彼のほうは無視されるたびにいらいらが募るでしょうね」

　エマの脳裏に、サウスウェイト卿を目の前にしたときの自分の姿が浮かんできた。たちまち頬が熱くなるのがわかり、あわてて話をそらした。

「カサンドラ、前にサウスウェイト卿とはそりが合わないと言っていたわよね」

「サウスウェイトは、わたしが彼の妹と仲よくなったのが許せないのよ。リディアはすてきな女性なんだけど、少し変わっているの。ほら、わたしも少し変わっているでしょう。変わり者同士だから、わたしたちはすごく気が合ったのよ。それがサウスウェイトの逆鱗《げきりん》に触れて、彼はわたしたちの友情を引き裂いたの」カサンドラは顔をしかめた。「今、リディアには友人がひとりもいないわ」

「なんてひどいことを」

「そういういきさつがあるから、サウスウェイトに天罰がくだるのを心待ちにしているのよ。エマ、あなたも彼を知れば知るほど嫌いになるわよ。これは自信を持って言えるわね」

「がっかりさせて悪いんだけど、あなたの望みを叶えてあげられそうにないわ。彼がわたしに言い寄ってくることはないもの」

カサンドラは声をあげて笑い、母親のようにエマの手をやさしく叩いた。

9

すでにサウスウェイト卿は公園に来ていた。園内の乗馬用道路《ロットン・ロウ》に馬車を止め、いかにも不機嫌そうにその脇に立っている。これから女性に言い寄ろうとしている男性が、あんな苦虫をかみつぶしたような顔をするものだろうか。まったくそうは思えない。

エマはサウスウェイト卿と並んで歩きはじめた。彼と歩調を合わせようと、早足でついていく。カサンドラはふたりから一五メートルほど離れて歩いていたが、脇道に入っていった。

「もうあとまわしにするのはやめよう。そうは思わないか、ミス・フェアボーン？　きみはことあるごとに話をはぐらかしてきたが、このままではいつまで経っても埒が明かない。わたしだってきみの落胆する顔を見るのはつらいし、何も好きこのんで、きみが用意周到に練った計画を阻止したいわけではない。だが、もう待てない。できるだけ早く〈フェアボーンズ〉を売却することにした。これもすべてきみのためだということをわかってほしい」

わずか数秒で、あっという間に結論が出てしまった。言いよどむこともなく、すらすらとサウスウェイト卿の口から言葉が吐きだされた。まるで話すときの表情や口調を、何度も鏡の前で練習してきたかのようだ。

「わたしのためですって？　よくもそんな恩着せがましいことが言えますね。お金持ちのサウスウェイト卿は何を言っても許されるものなのかしら？　それとも、恥をかいた恨みを晴らそうとしているんですか？　でもあれは確か、ご自分でまいた種ですよね」

「あの広告の件を持ちだして話をそらそうとしても無駄だ。その手にはのらないぞ」

「この話は今度のオークションが終わってからにしませんか？」

「わたしをばかにするのもいい加減にしろ、ミス・フェアボーン。きみのたくらみなど、すべてお見通しなんだ。そのオークションが終われば、またきみは何か策を練る。そしてそのあとも同じことを繰り返す腹積もりなんだろう？　そんなことを続けていたら、〈フェアボーンズ〉の名声が地に落ちるのがわからないのか。リグルズが店を仕切っていると言ったのも嘘だろう。わたしにはまったくそうは見えないぞ」

「嘘ではありません。オバデヤはとても有能です」

「ほう？　リグルズは何を訊いても、まともに答えられなかったがね。アンドレア・デル・サルトもあの様子では知らなかったな。まあ、今さらこんな話はどうでもいい。わたしの心はもう決まっている。ただちに買い手を見つけて、さっさと手放す。きみもそのつもりでいてくれ」

本当に売る気なのだ。口調でわかる。これぞ貴族の口調だ。

「この先も金の心配はいらない。売却金で、きみは楽に暮らしていける」

ミス・フェアボーンの顔色が変わった。澄んだ青い瞳に冷たい光を宿し、染みひとつない白い肌は、まだらにピンク色に染まっている。表情を見れば、攻撃に出てくるのは火を見るより明らかだ。

「ご自分の持ち分だけお売りになったらいかがですか？　そして共同経営から手を引けばいいんです」ミス・フェアボーンが切り返してきた。「ええ、ぜひそうしてください。わたしのために。だって、あなたは疫病神そのものなんですもの」

真っ向から屈辱的な言葉を投げつけられ、ダリウスは足を止めた。疫病神だと？　よくも平然と言い切ったものだ。ミス・フェアボーンは、憎まれ口に磨きをかけることに日々余念がないに違いない。

「面倒を見てくれる人がいるだけでもありがたいとは思えないのか？」

「信じられないわ。わたしの人生も、大切な思い出も、責任も、すべて奪おうとしている人が、よくそんなことを言えますね。もう放っておいてくれませんか？　庇護者《ひごしゃ》ぶるのはやめてください。それに、わたしの将来をあなたが真剣に考えてくれているとは思えません。そんなことを信じるほど、わたしは愚かではありませんわ。見くびらないでください」

今、ダリウスはおおいに後悔していた。通りでミス・フェアボーンの姿を見かけてしまったのが、そもそもの間違いのはじまりだ。気づかなければ、人目の多い公園でこんなふうに話したりしていなかったのに。まったく彼女ときたら、まわりに人がいてもおかまいなしだ。感情を高ぶらせて、ずけずけと言いたいことを言っている。だが、自分は違う。誰が見ているかわからないこんな公衆の面前で、いらだちを吐きだすつもりはない。

ダリウスは無理やり笑みを張りつけ、楽しく会話をしているように見えるふりをした。

「ミス・フェアボーン、きみはあのオークションハウスに亡き父上の魂が宿っていると思っているのだろう。しかし、現実を見るんだ。父上の財産はこの事業と不動産しかない。きみはこれからも生きていかなければならないんだぞ。そのためには金が必要だ。この先、路頭に迷わないようにするには売るしかないんだ」

「その考えが間違っているんです。わたしは生きていくために〈フェアボーンズ〉を続けます。これが唯一無二の選択肢です。ほかはいっさい考えていません。売るという選択肢なんて、頭の片隅にも浮かんだことはありませんわ」ミス・フェアボーンがさらに先を続ける。「それに、父はわたしに〈フェアボーンズ〉を遺したのではありません。長男に遺したんです。ですから、あなたの持ち分ではないもう半分の所有権は、兄のロバートが持っていることになりますね」

まったく、なんと強情なのだ。屁理屈もいいところではないか。

「きみの父上が、ロバートは帰ってくると強く信じていたのはわたしも知っている。だが、ロバートはもう戻ってこない。そんなことぐらい、きみもわかっているだろう」

「わたしがわかっているのは――〈フェアボーンズ〉は兄が相続したということだけです。それを兄が戻ってくる日まで責任を持って守るのがわたしの役目です」

もう限界だった。爆発しそうな怒りをなんとか抑えていたものの、ミス・フェアボーンがひとこと言うたびに、それが難しくなっている。この話に決着をつけたいのはやまやまだが、ここでダリウスは少し話の矛先を変えることにした。

「ミス・フェアボーン、きみはわざとそんなふうに歯に衣《きぬ》着せぬ辛辣な話し方をしているのか？」

「これがわたしです。わたしはいつも、思ったことははっきり言うようにしています。何もあなただけに対してそうなのではありません」

「ならば、わたしもはっきり言わせてもらおう。きみの兄上は絶対にもう戻ってこない。すぐに裁判所へ行き、ロバートの死亡を伝えて遺産相続の手続きに入るんだ。そうすれば〈フェアボーンズ〉を売却できる。その売却金で債券を購入したまえ。そうすれば継続的な収入が確保できるだろう。債券購入も、そのための銀行口座の開設も、わたしの弁護士がすべてやるから、きみは何も心配することはない」

ダリウスの話を聞くうちに、ミス・フェアボーンの厳しい表情が徐々にやわらいでいった。そして話し終える頃には、途方に暮れた悲しげな表情に変わっていた。怒気をはらんでいた青い瞳が突然きらめきだした。まっすぐに見つめ返してくる彼女のまなざしにダリウスは心を奪われ、一瞬にして怒りは消え去り、頭の中も真っ白になった。

ミス・フェアボーンは泣いているのだ。

それでも感情に流されまいと、涙を押しとどめようとしている。その姿にダリウスは感動すると同時に安堵を覚えたが、なぜかまたしても彼女にしてやられたような気がしてならなかった。こんな気分にさせられるのは、いったいこれで何度目だろう？　女性というのは、涙を武器にして男を手玉に取ろうとするものだ。涙を浮かべるぐらい朝飯前だろう。実際、そういう女を今まで数知れず見てきた。だがミス・フェアボーンは本当に涙をこらえ、必死で気持ちを落ち着かせようとしているように見える。ダリウスはひねくれた見方をした自分を心の中で罵った。

ミス・フェアボーンがはなをすすった。「父は兄が生きていると信じていました。わたしもそうです。今もそれは変わりません。兄は絶対に生きています。心で感じるんです。ずっとそうでした。ばかげているのはわかっています。親友のカサンドラも、そう思っていますから。でも、感じるものは感じるんです。ですから裁判所に行くつもりはありません」

なぜわかってくれないのだ？　自分の立場がどれだけ危ういのか、ミス・フェアボーンはまったく気づいていない。こんなきついことは言わずにすむなら言いたくない。しかしダリウスは、できるだけやさしい表情を作って話しはじめた。

「わたしは今すぐ〈フェアボーンズ〉を売却することもできるんだぞ。そうなれば、きみの父上の取り分は、きみではなく正規の相続人、つまり兄上のものだ。きみは一文なしになる。それでもいいのか？」

ミス・フェアボーンが涙に潤んだ青い瞳をダリウスに向けた。はっきりと狼狽の色が浮かんでいる。「なんて冷酷な人なんでしょう。あなたは自分のせいで誰かが路頭に迷うようなことをしても良心の呵責を感じないんですか？」

彼はその悲しげな瞳をのぞきこんだ。次の瞬間、腹立たしいことに風向きは一気に変わった。

ダリウスはミス・フェアボーンの頭を手で包みこみ、口づけで涙をぬぐい去りたい衝動に駆られた。「今、〈フェアボーンズ〉は事業が成り立っていない。リグルズでは、きみの父上の代わりは無理だ。リグルズだけではない。父上の代わりができる者など誰もいないんだ。こんな状況でオークションをさせるわけにはいかない。うまくいくわけがないだろう。もしきみがまだ売らないと言い張るのなら、これだけは言わせてもらう。〈フェアボーンズ〉は一年もしないうちに、誰にも見向きもされなくなってしまうぞ。そんなオークションハウスを続けて、きみにとっても、きみの兄上にとっても、なんの意味がある？　たとえロバートが本当に戻ってきたとしてもだ」

ミス・フェアボーンがまたはなをすすった。血も涙もない男だと思いながら聞いているのだろうか？「お話は一言一句もらさずに聞きました、サウスウェイト卿。心配してくださっているのはよくわかりました。そのお心づかいをありがたく思っています。ですが、今度のオークションは予定どおり開催します。オバデヤは最高のオークションにしてくれるでしょう。そうしてわたしたちは、あなたは間違っていると必ずや証明してみせます」

どうなっているのだ？　オークションをさせるわけにはいかないと言ったはずだぞ。これで本当に一言一句もらさずに聞いていたのか？　それとも、あくまでも無視を決めこむ気なのだろうか？

　男女のふたり連れが小道を通ってこちらに向かってきた。もっと近づけば、ミス・フェアボーンの涙に濡れた瞳に気づくだろう。ダリウスは急いで彼女にハンカチを渡した。サウスウェイト伯爵が真っ昼間のハイド・パークで女を泣かせていた、などと噂を流されてはたまらない。

　ミス・フェアボーンは目をぬぐったが、涙は消えなかった。潤んだ瞳でダリウスを見据え、彼の返事を待っている。

　まったく。

「リグルズはいつ頃オークションを開催する予定だ？」

「三週間後くらいだと思います」彼女がいかにもほっとしたような笑顔を見せた。「ああ、よかった。ありがとうございます、サウスウェイト卿。賛成してくださるなんて、あなたは本当にやさしい方ですね。オークションで〈フェアボーンズ〉のすばらしい姿をお見せできると思います。オバデヤなら必ず成功させるでしょう。わたしは心からそう信じています。あなたもきっと、オバデヤを信じるようになるはずです」

　賛成した覚えはない。自分はただ――。

「カサンドラを探してきます」ミス・フェアボーンは歩きだした。さっそうと。あの涙はどこへ行ったのだ？　「ああ、いたわ」彼女はこちらに向かってくる馬車に気づいて言った。「カサンドラは自分の予想がはずれたことを知ったら、がっかりするわね」

「どういうことだ？」

「カサンドラは、あなたが〈フェアボーンズ〉の共同経営者だということにまだ気づいていません。あなたは知られたくないだろうと思ったので、わたしも彼女には言っていないんです。だから今日、わたしたちが公園で話をするのをおもしろがっていて――あなたはわたしに言い寄ろうとしているんだと思ってるんですよ」

「それはまたすごい想像力だな」

「やはりそう思います？　本当に突拍子もないことを言いますよね」ふたりで馬車に向かって歩きながら、ミス・フェアボーンはおかしそうにくすくす笑っている。

「きみはレディ・カサンドラに間違いを教えてやったほうがいい」

「もちろんです。でもわたしのことを鈍感だと思っているから、素直に聞いてくれるかどうか」

「彼女は男女の駆け引きを楽しむ女性だからな。世界じゅうが自分の暇つぶしに付き合ってくれると信じきっているんだ。前にも言ったが、きみたちが友人同士だと知っている者は、きみも彼女と同類だと思うだろう」

ミス・フェアボーンが鋭い視線を投げつけてきた。「助言のつもりなのでしょうが、サウスウェイト卿、それではカサンドラに近づかないよう警告しているみたいにしか聞こえません。心配はご無用です。どうか保護者ぶるのはやめてください。わたしはあなたの妹ではないので」

なるほど。レディ・カサンドラはリディアのことを話したんだな。だからといって、別に怒るつもりもないが。ミス・フェアボーンの言うとおりだ。彼女は妹ではない。誰と付き合おうが、それで悪い噂が立とうが、自分には関係のないことだ。

ダリウスはミス・フェアボーンをレディ・カサンドラのもとへ連れていった。レディ・カサンドラは、話の一部始終を聞きたくて一刻も早くふたりきりになりたいといった様子だ。ミス・フェアボーンは馬車の窓から明るく手を振り、満足げな笑みを浮かべて走り去った。

ダリウスも自分の馬車に乗りこんだ。またしても話しあいは失敗に終わった。どういうわけか、いつも空まわりだ。きつい口調も彼女にはまったく役に立たなかった。すべてが着々とミス・フェアボーンの計画どおりに進んでいる気がしてならない。なぜ彼女が相手だと、こうもうまくいかないのだろう?

どうやら戦術を変えるしかなさそうだ。そうでもしなければ本当に彼女の思う壺になりかねない。この数週間で、ミス・フェアボーンのことは少しわかってきた。説得作戦は通用しなかったが、もっといい方法がある。今度こそ、エマ・フェアボーンの首を縦に振らせてみせる。

10

ダリウスはゆっくりと葉巻をくゆらせながら、アンベリーの話を聞いていた。テーブルをはさんだ向かいでは、ケンデールがいらだたしげに葉巻の煙を吐きだし、ブランデーを一気にあおった。

「ずいぶんと気楽なものだな」ケンデールがつぶやき、アンベリーの話の腰を折った。怒りをたぎらせた緑色の目で友人をにらみつけ、黒髪をかきあげる。いらついているときのケンデールの癖だ。最近は特によく、このしぐさをする。

「さっさと海岸へ出かけて馬を乗りまわしたらどうだ？　警備に行ってくれ、ケンデール。そのほうがぼくもよく眠れるよ」アンベリーが言い返した。

皮肉を言われて、ケンデールはいっそうにらみをきかせている。厄介な状況でも、のんきに笑っているアンベリーの態度が気に入らないのだ。三人はこの四カ月間、ケント州の海岸の警備態勢を整えてきたが、思うようにいっていなかった。これだけでもケンデールの機嫌はじゅうぶん悪いというのに、フランスが侵攻してくるのは時間の問題ではないかと国じゅうが落ち着かない空気に包まれているこの期に及んでも楽観的に構えているアンベリーに、ケンデールはいらだっている。とりあえずは、アンベリーも警戒を怠らないという点についてはダリウスやケンデールと同じ意見なのだが。

ケンデールとアンベリーは今にも喧嘩をはじめそうな雰囲気だ。会員制の紳士クラブ〈ブルックス〉で一触即発状態の親友ふたりのあいだに、ダリウスは割って入った。

「ケンデール、少し落ち着け。ぼくたちはできるだけの手は尽くしているだろう。今は辛抱のときだ」

警備をする仲間がこの数カ月でひとり減り、ふたり減りと減少の一途をたどっていた。そのため、態勢を強化しようにも人員が足りないのが現状だ。三人とも口には出さないが、この問題に悩まされているのは互いの目を見ればわかった。

「こんな状況のときに女とベッドでのんびり寝ていられるか。ぼくは誰かさんとは違うんだ」ケンデールがその誰かさんを見ずに言う。

「ぼくはどんな状況のときでも女性とベッドで寝ていたいな。残念ながら、最近はそういう機会もめったにないがね」アンベリーが言い返した。「ケンデール、きみも誰かと寝たら、もう少しおもしろみのある男になれるかもしれないぞ。冗談のひとつくらい言えるようになれよ。だが、その前にまずきみは作法というものを身につけないといけないな。なんなら、ぼくたちが教えてやってもいいぞ。そうしたら、きみも聖ミカエル祭までには少しはまともになっているかもしれない」

ケンデールが人目もはばからず悪態をついた。近くの席でアイルランドの暴動について意見を闘わせていたふたり組がぴたりと口をつぐみ、眉をつりあげた。

「場所をわきまえろ、ケンデール。ここは士官食堂ではないんだぞ」そのひとりがケンデールをたしなめた。

ケンデールがふてぶてしく言い放つ。「それがどうした」

アンベリーは無視を決めこみ、またもとの話に戻った。「それで、そのレディのためにぼくも少し調べてみたんだよ。これが思わぬ成果をあげて、彼女の夫と管財人が共謀していたことがわかったんだ。まったく、どうしようもない男だよ。自分の妻が相続した土地を勝手に売り払おうとしているんだから。今、彼女はしっかりその証拠を握っているというわけだ」

「その女性が、大法官庁裁判所に友人がいる弁護士を知っているといいな」ダリウスは言った。

「そういう弁護士を何人か紹介しておいたよ」

「そしてきみはたっぷりお礼をしてもらうんだろう？　ところで、きみの父上は息子が探偵まがいのことをしているのは知っているのか？」

「たっぷりお礼はしてもらうし、ついでに言えば、父は知らない」

そのまま話が途切れ、アンベリーは黙りこんだ。ケンデールも物思いにふけっているようだ。

ダリウスはぼんやりと〈フェアボーンズ〉のことを考えていた。なぜか最近はいつもそうだ。オークションや帳簿のことに思いをめぐらせているうちに、いつしか気づけば、薄紅色のドレスを着た女性の姿を思い浮かべている。ほこりが舞う光の中で、きらめく銀製品に囲まれて座っていた、あの姿が忘れられなかった。

「どうしたんだ、ぼんやりして？」

アンベリーの声にはっとして我に返ると、友人はブランデーのお代わりを頼むところだった。

「考えごとをしていたんだ。作法について、じっくり考えていたのさ」

ケンデールが皮肉たっぷりに鼻先で笑った。「爵位を押しつけられたぼくに言わせれば、作法なんて面倒の極み以外の何物でもないな。まったく、あの転落事故さえなければ、こんなことにはならなかったんだ。なぜ兄貴も首の骨など折ってしまったのか」

「文句を言うなよ。それではまるで兄上が、きみにわざとみじめな思いをさせるために財産と爵位を遺したみたいじゃないか。軍隊のほうが、ずっと礼儀作法には厳しいだろう？　だからきみは非常識なんだな」アンベリーがからかった。

「軍隊では無理やり押しつけられるわけではないからな」

「ということは、兵士は戦場でろくでなしになることもあるのか？　詳しい話は、またの機会に聞かせてくれ」アンベリーはそう言って、ダリウスに目を向けた。「サウスウェイト、ぼくはきみほど完璧なふるまいができる男はいないと思っている。そんなきみが作法についてじっくり考える必要もないだろうに」

「女のことを考えていたのさ」

「だったら、ケンデールは役に立たないな。きみに助言できるのはぼくだけだ」

ケンデールは何も言わない。椅子に背を預けて葉巻をふかし、会話の輪から完全にはずれている。

我ながらばからしいと思いながらも、ダリウスはアンベリーに訊いた。

「喪に服している女性を口説いてもいいものかな？　実は最近、もう少しでキスをしそうになったんだよ」

「正喪期間なのか？　それとも半喪か？」

「正喪だ。しかし……」ダリウスは思い直し、かいつまんで話すことにした。「もう悲しみから立ち直っていると思うんだ。どんなときでも、くじけない女性なんだよ。喪に服していても、気を強く持っている」

「慎重にいったほうがいいと言うやつもいるだろうが、ぼくは違うな。彼女にキスしてみろよ。気に入ってくれるかもしれないぞ」

ケンデールも話に加わってきた。「サウスウェイト、本当は自分でもふさわしい時期ではないとわかっているんだろう？　わかっているくせに、今のきみはその恥ずべき行動を必死に正当化しようとしているんじゃないか？」

融通のきかないことを言う友人に、アンベリーが大きなため息をついた。

「ケンデール、キスぐらいどうってことないだろう。軍隊というのは性格を変えてしまうところなのか？　なんだか前よりつまらない男になってしまったぞ。だが――」

「つまらない男だと思われても、ぼくはまったくかまわない。どうぞ勝手に思っていてくれ。そんなことより、そのキスと同じぐらいどうでもいい話だが、最後に本当に好きな女性とキスしたのはいつだ？　おい、もう子どもじゃないんだから、恥ずかしがらずに――」ふいにケンデールが背筋を伸ばして座り直し、前方へ目を向けた。「あのろくでなし、ロンドンを離れていると思っていたのに」

ケンデールが誰を見て悪態をついたのか、ダリウスにはもうわかっていた。振り向くと、男は部屋の入口近くにいる集団の輪に加わるところだった。背が高く、品があり、紋織りの絹のベストをわざと昔風に着こなしている。男はこちらをちらりと見やり、ダリウスと目を合わせた。向こうも自分たちがここにいることはとっくに気づいていたのだ。

「ペンサーストか？」アンベリーが入口方向を見ずに訊いた。誰も何も言わないが、答えはわかっていた。

ケンデールの目から今にも短剣が飛びだしてきそうだった。そのくらい、友人の目は鋭くぎらついている。「ふと思ったんだが――」

「やめておけ」アンベリーがさえぎった。「違うことを考えろ、ケンデール。サウスウェイトのようにするんだ。ぼくはその技を身につけたぞ」

「あれは決闘だったんだ、ケンデール」ダリウスはきっぱりと言った。自分の声がやけにおだやかに聞こえた。だが、胸のうちでは黒い感情が渦巻いていた。「ぼくがあいつの介添人だった。だから、そうだとわかっているんだ」

「あれは殺人だ」

「レイクウッドのほうが決闘を申しこんだんだよ」アンベリーがぶっきらぼうに言う。こんな話は退屈だと、ケンデールだけでなく自分にも無理やり言い聞かせているような口ぶりだ。

「確かに悲劇だ。しかしあのとき、レイクウッドが女のために命を落とすとは誰も想像しなかっただろう」

そう、誰もあんなことが起きるとは思ってもいなかった。レイクウッド男爵は、女にすぐ夢中になるような男ではなかった。そんな男が女に自分の命をかけるなんて、誰が想像できる？　だが、レイクウッドは女のために戦った。そしてぼくたちは親友をひとり失い、その悲しみはまだ癒えていない。

正確に言えば、あのとき親友をふたり失ったのだ。

ペンサーストは、まだ部屋の反対側で男たちと話をしている。なぜかその場所だけ暗い影が差しているように見えた。

〝なぜやつを止めなかった？〟ペンサーストの声が聞こえた気がした。きっと向こうの耳にも同じ言葉が届いているだろう。決して口には出さないが、あの悲劇の朝から、ダリウスとペンサーストは互いにこの言葉を投げつけあっていた。

そう、我々はレイクウッドを止めるべきだったのだ。

「まったく」アンベリーが腹立たしげにつぶやいた。「あいつとまた話がしたいな」

その〝あいつ〟がどちらの親友のことなのかはわからなかった。

御者のディロンは油断なくまわりに目を配り、エマに手を貸して馬車から降ろした。ロンドン・ウォール近くの狭い路地は人でひしめきあい、怒号が飛び交っている。行き交う者たちはみな、みすぼらしい服を着ていた。

「おれも一緒に行きますよ、お嬢様」ディロンは名残惜しげに馬を見た。まるで今生の別れでもあるかのように馬の尻を叩く。

「でも、すぐそこなのよ、ディロン。あの扉が紺色の建物だもの。窓も開いているし、人も見えるから大丈夫。あなたはここにいて。何かあったら大声で叫ぶわ。そのときは助けに来てね」

ディロンは疑わしげな表情を浮かべている。馬を盗まれるわけにはいかないと、エマはなんとか彼を説き伏せようとした。それでもディロンはまだ納得していなかったが、彼女はすでに紺色の扉へ向かって歩きだしていた。

がっしりした体格の女性が扉を開けた。白い帽子をかぶり、淡い黄褐色のドレスにエプロンをつけている。エマはM・J・リヨンと話がしたいと伝えた。

エマの名刺も受け取らず、女性は踵《きびす》を返して歩きだした。一瞬どうしたらいいのか迷ったものの、エマは時代遅れのゆったりしたドレスを着た女性のうしろをついていった。

以前は食堂だったのだろうが、今は作業場として使われている部屋に女性は入っていった。

形も大きさも違うテーブルが雑然と置かれ、本棚は紙で埋もれている。白い帽子とエプロンをつけた女性たちが、テーブルにかがみこんで版木に色をつけていた。

室内は話し声でざわめき、聞こえてくるのはすべてフランス語だった。高価なドレスや、かつらを身につけている女性もいる。きっと全員が亡命者で、身の危険を感じてフランスから逃げだしてきた貴族か良家の出身者なのだろう。

エマは部屋の奥に通された。近くのテーブルでも、女性がふたり話しながら作業をしている。そのひとりが顔をあげた。マリエール・リヨン。あの荷車の女性がこちらに視線を向けた。

彼女がエマのもとへ来た。「どうやって見つけたの?」

エマはレティキュールからたたんだメゾチント版画を取りだし、広げてみせた。

「友人にあなたの手がインクで汚れていたと話したら、この版画の作者かもしれないと教えてくれたの」

マリエールが顔をしかめた。「わたしのことが世間に知れ渡っているとは思わなかったわ。新しい偽名を考えなければならないわね」

「そのわたしの友人は、あなたと同じ国の人と知りあいだったのよ。だからあなたのことがわかったの。別に世間に知れ渡っているわけではないわ」

「ひとりでも知っている人がいたらだめなのよ。噂が広まる可能性もあるもの。そうしたら、版画店はフランス人の作品を扱ってくれなくなるわ」近くで作業している女性から色についての質問をされて、マリエールは版画を見に行った。丹念に眺めて指をさす。「ここに色を足して」

マリエールがエマのところへ戻ってきた。

「丸めた布を使うと、色をむらなくきれいに塗れるのね」エマは言った。「こういうふうに使うとは知らなかったわ」

「わたしたちのやり方なの。この丸めた布はプペーというのよ」マリエールは少し考えて、言い直した。「小さな人形という意味なの」

丸めた布をさらに布でくるみ、首の部分にひもを結んだ形は確かに小さな人形みたいだ。エマはしばらくその使い方を眺めていた。マリエールはこうして風刺画も作っているのだろうか？

「それで、ここに来たのは」マリエールが口を開いた。「あの男の人のことを訊くため？それなら会ったわよ。でも、会いに行くだけ無駄だと思うわ。あの人は――ただの使い走りだもの。わたしと同じで、誰かに言いつけられたのよ」

「彼から何か聞いている？」

「何も。あなたが会いたがっていることは伝えたわ。それに、お金もたくさんもらえるって」マリエールは茶目っ気たっぷりにほほ笑んだ。少女のような笑みを浮かべている彼女はとても若く見える。「あなたの家はとても立派よね。お金持ちなんでしょう？」

「いいえ、全然」エマはレティキュールの中を探り、硬貨を数枚取りだした。三シリング。

これでマリエールも、わたしがお金持ちではないとわかっただろう。「いろいろ親切に教えてくれてありがとう。またその男の人に会ったら、もう一度わたしが詳しいことを知りたがっていたと伝えてくれるかしら。それでもし彼がわたしに会いたいと言ってきたら、手紙で知らせてほしいの」

マリエールは何も言わずに硬貨を受け取り、仕事に戻ろうとした。

「あの男があなたに会うと言ったら知らせるわ。また会うと思うから。ときどき、あのあたりで見かけるのよ」そう言って、通りのほうを指さす。

「実はほかにも頼みがあるの」エマの言葉に、マリエールが足を止めた。

フランス人の知りあいで絵画を売りたい人がいたら紹介してほしい、とエマは告げた。

「お礼に紹介手数料として一〇パーセントを支払うわ」

マリエールはしばらく考えていた。「二〇パーセントなら引き受けるわ。わたしがいないと、あなたは絵画を手に入れられないのよ」

この女性は貴族の血を引いているのかもしれないけれど、行商人にも負けないほど交渉術に長《た》けているようだ。「わかったわ。じゃあ、二〇パーセントにしましょう」

「絶対に誰にも言わないと約束して。誇り高い人たちだから、食べるために財産を売るなんて知られたくないのよ」

「決して秘密は口外しないわ」

「今夜、海を渡って何人か到着するの。その人たちが持ってくる絵画には、書類のたぐいはいっさいついていないわ。荷車の中身と同じよ」

不快感がわきあがってきた。だけど、それを口に出しても自分が滑稽に見えるだけだろう。マリエールに鼻で笑われるのが落ちだ。もう〈フェアボーンズ〉はあの荷車を受け取ってしまったのだから。でも、それでいいの？　本当に書類がなくてもいいと思ってる？

「高額で取引される絵画には来歴書類がついているものよ」エマは言った。「一流の収集家は歴代所有者の来歴を知りたがるわ。だから書類は必要よ。それがないとあやしい作品だと思われるもの」

「なんだか人間と同じね」マリエールは肩をすくめた。「難しいけれど、できるだけのことはやってみるわ」

エマは工房をあとにした。いい取引ができたと思いたい。それにしても、マリエールはいったいどういう女性なのかしら？　カサンドラの言っていたとおりだ。彼女の出自は謎に包まれている。

マリエールが価値のある絵画を見つけてきてくれるといいのだけれど。希望は捨てたくないが、正直どうなるかわからない。彼女とは、もう二度と会えない可能性だってある。そのときは、ほかの方法で作品を集めなければならなくなるだろう。それも収集家のお眼鏡にかなう作品を。オークションの日は刻一刻と近づいている。もうあまり時間は残されていない。

11

二日間、エマはオークションハウスへ行くことができなかった。オバデヤからサウスウェイト卿が来ているという手紙を受け取ったからだ。二日間とも彼の手紙には、伯爵の前で新しい役割を演じる自信がないという不安がつづられていた。どうやらサウスウェイト卿は、壁にかかっている絵画について、オバデヤの知識を試そうとするらしい。

目録作りが中断しているだけでもいらいらしているのに、ほかにも頭の痛い問題があった。荷車の品々をオークションに出品するかどうかだ。できることなら、危ない橋を渡る前に、もっと詳しく父がどういう取引をしていたのか知りたかった。とりわけ〝ご褒美〟のことを。自分の推測が当たっているのか、どうしても知りたい。だがなんの情報も得られなければ、難しい選択に直面するのは間違いない。

もし荷車の品々を出品することにすれば、サウスウェイト卿にあやしまれないように何か策を練る必要がある。彼は必ず出品する商品をすべて確認するはずだ。下見会の準備がはじまるまでに、うまく切り抜けられる手段を見つけださなければ。

「〈フェアボーンズ〉の新しい後援者になってくれそうな人がいるの」カサンドラが言った。

オークションハウスで仕事ができず、家で悶々《もんもん》と過ごしていた二日目の午後、エマはカサンドラと帽子店へ出かけた。今のふたりには高級店で帽子を作る余裕はないけれど、伯爵の妹であるカサンドラは、今日もいつもと変わらず両腕を広げて歓迎された。エマもカサンドラのおこぼれをもらい、店員たちからひれ伏さんばかりの対応を受けている。とはいえ、おまけみたいなものだが。

「すばらしい美術品を所有している人だといいけれど」エマは美しいリボンが入ったバスケットの中を引っかきまわしていた。「誰なの？」

カサンドラは、異国風のターバンが描かれたファッションプレートを熱心に眺めている。

「バイエルンのアレクシス・フォン・カルステット伯爵よ」

とたんにエマは、リボンなどどうでもよくなった。「嘘でしょう？　彼と知りあいなの？　確か、今度イングランドでコレクションを売りに出すのよね。新聞に、フランスでいい待遇を受けなくなったからだと書いてあったわ。でも〈クリスティーズ〉が――」

「今、アレクシスの代理人がおばの屋敷に滞在しているの。もう何カ月もいるわ。彼はイングランドに到着してすぐにおばを訪ねてきたの。それが、わたしもおばと旅行へ行ったときに会っている人だったのよ。彼もわたしを覚えていてくれたわ。だからこのちょっとした偶然を利用して、彼に〈フェアボーンズ〉を勧めたの。〈クリスティーズ〉が有力候補だと思われているけれど、うまく説得できれば〈フェアボーンズ〉にコレクションを委託してくれるかもしれないわよ」カサンドラはちらりとエマに目を向けた。「紹介手数料として一〇パーセントもらうわ、いい？」

「もちろんよ」

カサンドラはボンネットを脱いで脇に放った。鏡の前でほつれた髪を整えながら言う。

「残念だけど、オークションにひとつ出品できなくなったの。小さな真珠でまわりを囲ったルビーのネックレスよ」

「一番高値のつきそうな宝石じゃない。どうして急にやめることにしたの？」

「おばに頼まれたのよ。アレクシスに返してほしいと言われているの。彼は家宝をおばに贈ってしまったんですって。そういうわけで、わたしもあのネックレスをおばに返さなければならなくなったというわけ」カサンドラは光沢のある赤と青の柄入りの絹の布を手に取り、ターバン風に頭に巻こうとしている。店員が急いでこちらに向かってきた。

　店員が手際よく巻き終えて立ち去ってから、エマは口を開いた。

「それはつまり……おば様と伯爵は……親しい間柄だったの？」

「そうみたい」

「でも、おば様よりずいぶん若いでしょう？　確か、伯爵は結婚したばかりよね」

「衝動的な情熱に流されて贈った家宝の宝石は今、その若い花嫁に必要になったということね」カサンドラは頭を左右に振り、複雑に巻かれたターバンを惚れぼれと眺めている。

「なんだか都合のいい話ね」

「おばは心の広い、やさしい女性なの。それに、わたしもおばの頼みは断れないわ。あの屋敷に一緒に住まわせてもらっているんだもの。だからルビーのネックレスはあきらめるしかないのよ。あなたがわたしの宝石より、はるかに魅力的な品を手に入れられるといいけれど」カサンドラは頭に巻いた絹の布をうっとりした表情で撫でた。「これを買おうかしら」

「今はそんな余裕はないでしょう」

「明日、アレクシスの代理人が〈フェアボーンズ〉を訪れるから、頑張って彼を説得するのよ。どんなすばらしいコレクションを委託してくれるのか期待しているわ」

「明日ですって！」

「明日の午前中に、ミスター・リグルズという人が会うと彼に伝えてあるわ。早ければ早いほどいいと思ったの。ミスター・クリスティーに先を越されたくないでしょう？」

もちろんそうだけれど……。オバデヤには伯爵の代理人を説得するのは無理だ。絶対に。商談に女の自分が同席してもいいものなのだろうか？　でも間違ったことをして、相手に不快感を与えてしまったら終わりだ。どうしたらいいのかしら？

　今はじめて、〈フェアボーンズ〉を続けていけるのか自信がなくなった。父が亡くなり、〈フェアボーンズ〉から離れていった人は多い。これまで築きあげてきた名声も失いつつある。この現実はもう無視できない。父なら、魅力的な人柄で伯爵の代理人を引きつけ、なごやかな雰囲気で商談を進めるだろう。父の深い経験と自信にあふれた物腰に、相手は感銘を受けるはずだ。わたしには父のまねはできない。

　誰にも父のまねはできないのだ。エマの心は重く沈んだ。ミスター・ナイチンゲールでも、明日の商談は荷が重いだろう。若いミスター・ロートンならどうかしら？　使いをやって、もし彼が来てくれたらの話だけれど——いいえ、論外ね。交渉の席に子どもが紛れこんだようにしか見えないわ。

先を考えると絶望的な気分になった。〈フェアボーンズ〉を続けると覚悟を決めていたはずなのに、もうここまでなのかもしれない。所詮はただの夢物語だったのかしら？　明日の商談が失敗すれば万事休すだ。自分のせいで兄の財産を失うことになる。たぶんそのとき、兄も同時に失ってしまうのだろう。

ようやく戻ってきた兄を、わたしは悲しませることしかできないんだわ。〈フェアボーンズ〉がなくなっているのを知ったときの、落胆した兄の表情を見るのはつらい。すべてはわたしの力不足のせいとなれば、なおさらだ。たとえオークションの売上げ金がたっぷりあったとしても、事業をまた一からはじめて軌道に乗せるには何年もかかる。

それでも、兄妹の強い絆があればそれも乗り越えられるのではないだろうか？　兄とはずっと仲がよかった。子どもの頃はいつも兄のうしろを追いかけて、よく一緒にいたずらをしたものだ。そして大人になってからは、つらい現実に直面するたびに慰めあってきた。はじめての恋に破れて傷ついたわたしは、兄のやさしさに救われた。女優との恋愛を父に禁じられ、悲嘆に暮れていた兄をわたしが元気づけたこともある。父は上流社会に溶けこみ、いつも堂々としていた。けれどもわたしたち兄妹は、見くだした態度を取る上流階級の人たちとのあいだに大きな隔たりを感じていた。

兄は生きているという証拠がなんとしてでも欲しい。何もわからない状況で、わたしは悪い道に足を踏み入れようとしている。それが怖くてたまらない。だけど今は、明日のことを考えよう。〈フェアボーンズ〉の存続がかかっているのだ。うまくいく可能性がわずかでもあるのなら、それに賭けてみるしかない。

でも……。

突然、ある考えがひらめいた。カサンドラの頭に巻いたターバンに、店員がピンを刺していくのを眺めているときだった。暗く沈んだ心に、かすかに明かりが灯った。

無謀なのはよくわかっている。きっとうまくいかないだろう。だがこれ以外に、今は思いつかない。

サウスウェイト卿

今日、わたしたち共通の関心事項に関して緊急を要することが起きました。わたしの兄のオークションハウスの共同経営者であるあなたにはお知らせしたほうがいいと思い、こうしてお手紙を差しあげた次第です。明朝、アレクシス・フォン・カルステット伯爵の代理人である、ミスター・ルートヴィヒ・ウェルナーが〈フェアボーンズ〉を訪れます。ミスター・ウェルナーとは伯爵のコレクションの委託について話しあう予定です。

商談が成立したあかつきには、次回のオークションは多大な注目を集め、〈フェアボーンズ〉の名声はさらに高まるものと確信しております。

本来であれば、あなたのような地位の高い方がいらっしゃったほうが、ミスター・ウェルナーとの交渉もしやすくなるでしょう。ですが、あなたが共同経営者の立場を公にしたくないことはよく承知しております。

そこでこの件に関しては、すべてわたしにまかせていただきたいと思いますので、あらかじめご了承願います。ですから、明日は〈フェアボーンズ〉にお見えになるのはお控えください。そのほうが、共同経営者であることが公になるという厄介な問題も起きないでしょう。

父の名に恥じないよう、必ずや商談を成立させ、次回のオークションを成功に導きたいと思っております。

明日の商談結果は改めてお知らせいたします。

ミスター・リグルズから、あなたは最近ケント州の領地へお出かけになる機会が多いと聞いています。明日もそちらに行かれる予定になっているのかもしれませんが、まずは取り急ぎ、ご通知申しあげます。

エマ・フェアボーン

手紙はケント州からの報告書とともに、その日の夕方にダリウスのもとへ届いた。彼はまず監視報告書に目を通し、ミス・フェアボーンからの手紙は最後にまわした。

封蠟《ふうろう》をはがし、彼女からの来店禁止を告げる手紙を読み終えると、ダリウスは筆跡をじっくり眺めた。気取った飾り文字はいっさい使わず、とてもすっきりしている。きれいで読みやすい字だが、どの文字も角度がほとんどついていない。とりわけ、HとTはまっすぐ直立して書かれている。

いかにもミス・フェアボーンらしい筆跡だ。

しかし、共同経営者の件が公になることを気にかけているくだりは彼女らしくない。まるで取ってつけたような一文だ。手紙の内容ははっきりしている。商談の席に立ちあうなと言っているのだ。

それにしても妙だ。〈フェアボーンズ〉を本当に続ける気があるのなら、なぜ商談に同席してくれと頼まない？　どんな理由があろうと、伯爵がいたほうが交渉もしやすくなるだろうに。アレクシス・フォン・カルステット伯爵の代理人を説き伏せるには、〈フェアボーンズ〉の後援者にはほかにも伯爵がいることを前面に出したほうが得策だと思うのだが。

考えれば考えるほど、手紙があやしく思えてきた。

もしかしたら伯爵の代理人というのは嘘で、〈フェアボーンズ〉に来るのはモーリスの陰の協力者なのかもしれない。ミス・フェアボーンが父親と同じことをしているとは思いたくないが、歴史は繰り返すものだ。過去に密輸品を扱っていたのなら、この先も扱う可能性はある。

あいにくだが、ミス・フェアボーンのオークションハウス接近禁止命令に黙って従う気はない。絶対に様子を見に行くつもりだ。まったく、彼女ほど大胆不敵な女性はいないだろう。ときには愚かでもあるが。こちらの力を甘く見ているのは明らかだ。そろそろ彼女の考えを正してやったほうがいい。

そう意気ごんではみたものの、翌朝になると迷いが出てきた。それでも馬に乗ってしまうと気持ちは固まり、ダリウスはアルベマール通りにあるオークションハウスへ向かった。

行く気になったのは、本当に伯爵の代理人が来るのか興味があったからだ。もし商談が嘘だとしたら、自分のいない隙を狙ってオバデヤとミス・フェアボーンが何をたくらんでいるのか確かめたい。

しかし一番の理由は、手紙の内容が気に入らなかったからだ。ミス・フェアボーンは自分が主導権を握っていると思っているらしい。しかしこちらは、彼女の手のひらの上で踊るつもりはさらさらない。

ダリウスは一一時に〈フェアボーンズ〉に到着した。店内に入るとすぐに、絵画のかけ方が変わっていることに気づいた。額を汗で濡らしている従業員たちの様子からして、かけ直したばかりなのだろう。

絵画は適度な間隔を空けて、壁の中央にまとめてかけられていた。なかなか賢い解決法だ。あのあたりにかなり目立つ穴が数箇所、開いていたのだ。

ダリウスに気づいたオバデヤが、一瞬うろたえた表情を見せた。

「閣下、驚きました。ミス・フェアボーンが今日はいらっしゃらないと言っていたので」

「よそへ出かける途中に立ち寄っただけだ。迷惑だったかな？」

オバデヤの笑顔が凍りついている。言葉に窮しているということは、かなりまずい状況らしい。

「邪魔なら姿を消したほうがいいか？」軽い口調で言った。「事務室に引っこんで、帳簿をもう一度調べてくる」

「申し訳ありませんが、これからすぐに事務室を使うんです」

「それなら倉庫をのぞいてこよう。何か新しい商品が届いているか見に行ってくるよ。いいのがあれば落札したいんでね」

「すみません。倉庫は今、商品があふれていて、下見はできない状態なんです」

そのとき倉庫に通じる扉がいきなり開き、ミス・フェアボーンが出てきた。今日は喪服姿だ。それも高級なドレスを身につけている。栗色の長い髪は流行りの垂らした髪型で、ふんわりしたカールが胸にかかっていた。彼女はオバデヤと話しているダリウスを見て一瞬足を止めたが、すぐに近づいてきた。

「準備はすべて整ったわよ、オバデヤ」彼女は話しかけた。

「ぼくはまだだめみたいだ、ミス・フェアボーン」オバデヤは落ち着かなげに体を揺らしている。

ミス・フェアボーンが冗談めかして笑った。「あいかわらず謙虚ね、あなたは。確かにこれほど逸品ぞろいのコレクションを扱うのは、はじめてかもしれないわ。さすがに有名人は持っているものが違うわね。でも大丈夫よ、今まで何度も同じような取引をしてきたでしょう。あなたは百戦錬磨じゃない」

オバデヤが顔を赤らめ、ぎこちなくうなずいた。なんだかこの男は彼女に何か言われるたびに、老けこんで体が縮んでいくようだ。これでは印象が悪すぎる。どう見ても、伯爵の代理人がこの姿に好感を持つとは思えない。

オバデヤはふらふらとどこかへ消えた。熱弁を振るう練習でもしに行ったのだろう。ミス・フェアボーンは新たにかけ直された絵画を眺めている。

「結局いらしたのね。でしたら、その干渉好きな性格を有効に使っていただきましょう」その口調は落ち着いていたが、目にはいらだちが浮かび、〝干渉好き〟という言葉だけは吐き捨てるように言った。「よく顔を見せる後援者というのはどうかしら？　今日もたまたま立ち寄ったということにしましょうか？」

「それでいいだろう」

「でもそれより、やはり経営者のほうがいいですよね」

「そのままじゃないか」

ミス・フェアボーンは壁に近づいて、曲がっている絵をかけ直した。

「そうですね。ですが本当のことを言ったほうが、あなたも話がしやすいのではないかしら？」

　ダリウスは彼女の隣に立った。「わたしはきみの父上の代理をするためにここへ来たわけではない。それはリグルズの仕事だろう。なんといっても、彼は百戦錬磨の交渉の達人だ。そうではなかったかな？」

「オバデヤはひとりで交渉に当たったことはありません。ミスター・ナイチンゲールがいつも補佐を務めていましたから」

「ならば、ナイチンゲールの代わりを見つけるんだな」

「そうしました。もうお忘れですか？　ミスター・ロートンという男性にほぼ決まっていました。ですが残念ながら、どなたかが彼にお金を握らせて、追い払ってしまったんです」

「ロートンは子どもだ。伯爵の代理人と対等に渡りあえるわけがない」

「でも、あなたならできる、ですよね？」ミス・フェアボーンが振り返り、入口に目を向けた。馬車が通りに止まった。「さあ、腕前を披露する時間が来ました。次回のオークションは契約が成立してもしなくても開催します。ですから、ご自分の利益を優先して考えてください。〈フェアボーンズ〉でいい買い物ができるかどうかを」

　ダリウスは、ただの一度もオークション開催を認めた覚えはないと話しはじめた。ミス・フェアボーンはまったく聞いていない。ただ入口を見つめている。扉が開き、ひも飾りとボタンをあしらった外套《がいとう》姿の伯爵の代理人が入ってきた。

　ミスター・ウェルナーは中肉中背の男だった。決して大柄ではないが、全身から傲慢さがにじみでている。金髪はカールしていて、すっきりとした品のある身なりをしていた。彼は戸口で立ち止まった。自分の価値を見せつけるかのように立っている。ここにいる人間をにおいで評価しようとでもいうのか、鼻をひくつかせた。

伯爵の代理人は店内をさっと見渡し、淡い青色の目でダリウスを見据えた。品定めをするように全身に視線を走らせる。オバデヤがどこからともなく現れて代理人に近づき、自己紹介した。

ミスター・ウェルナーはダリウスから視線をはずさなかった。

オバデヤはさらに言葉を継いだ。「ご紹介させていただきます。こちらが〈フェアボーンズ〉の最も尊敬すべき後援者、サウスウェイト伯爵でございます」

12

エマは〈フェアボーンズ〉の裏庭にいた。なんとか気を紛らわそうとして、小道を歩いたり、下見会までにしなければならないことをノートに書きだしたりしていた。

今、事務室でオバデヤは偽の経営者を演じ、サウスウェイト卿は気乗りのしない後援者を演じている。だが、商談をしている姿は想像しないようにしていた。エマはひたすら祈りつづけた。ふたりが役を演じきり、ミスター・ウェルナーを口説き落とすことを。

このままここにいたほうがいいのだろうか？　商談に同席したほうがいいの？　エマの心は千々に乱れた。ミスター・ウェルナーはこちらをろくに見ようともしなかった。店内に足を踏み入れた瞬間から、サウスウェイト卿しか見ていなかった。モーリス・フェアボーンの娘など、はなから相手にしていないのだ。金のことも、芸術のことも、何もわからないただの女がそこに立っているぐらいにしか思っていなかったのだろう。

気がかりなのは、サウスウェイト卿が何を話すかだ。ありのままの現状を話してしまう恐れがある。正直、今はオークションを開催できるほど価値のある商品はほとんど集まっていない。だからこそ、フォン・カルステット伯爵のコレクションがぜひとも必要なのだ。サウスウェイト卿は、それを包み隠さず言ってしまうかもしれない。ミスター・ウェルナーに、〈フェアボーンズ〉はやめておけとはっきり言ってしまうことだってありうる。でも、きっとそれがサウスウェイト卿の本心だろう。そうすればオークション開催は阻止できるし、〈フェアボーンズ〉も売却できる。

ひとりで考えていても不安が募るばかりだ。待つのはつらい。この時間が永遠に続くかのように思える。

足元の植え込みからふと顔をあげると、五メートルも離れていないところにサウスウェイト卿が立っていた。

木に寄りかかり、腕組みをしてこちらを見つめている。エマはその場から動かなかった。いい知らせを持ってきてくれたのだろうか？　期待に鼓動が速まった。

彼の射るようなまなざしに、心臓がさらに激しく打ちはじめた。あの日のことがよみがえる。あの日、倉庫でも胸の高鳴りを抑えられなかった。誰からもこんなふうに見つめられたことはない。そんなわたしにハンサムな男性が強い視線を投げかけている。それが怖くもあり、刺激的でもあった。

互いに無言のまま、気まずい時間が流れていく。エマは心を落ち着かせ、ゆっくりと足を踏みだした。一歩ごとに顔が熱くなる。そんな自分が情けない。彼に気づかれていませんようにと。エマは心の中でそう祈った。

「何を見ているのですか？　あの手入れのされていない植え込みのほうですか、それともバラの生け垣ですか？」彼女はほったらかしになっている庭の一角をちらりと見やった。「きみを見ていた。気づいていないふりをするのはよせ」

「なぜそんなふうに思うのでしょう。わたしを見ていたとはまったく気づきませんでした」

サウスウェイト卿が背中をゆったりと木に預けた。「なぜそう思うのか理由をすべてあげてもいいが、すでにきみもわかっているものばかりだ。それにしても、思っていたとおり、きみはなかなかずる賢いな」

「ずる賢いと言われたことは一度もありませんわ。それはあなたの思い違いでしょう」

「ほう？」彼は体を起こして近づいてきた。どこかおもしろがっているような表情でエマを見おろす。「きみは〈フェアボーンズ〉に来るなと書いた手紙をよこしたが、あれは作戦だったんだろう？　わたしをおびき寄せるには、この方法が一番だからな。たいした策略家だよ、きみは」

「頭が切れると褒めていただいて、これほどうれしいことはありません」

「ああ、確かにきみは頭が切れるよ、ミス・フェアボーン。とうに気づいていたがね」

「頭が切れるから、あなたはわたしのお願いと逆のことをするとわかっていたとでも？　サウスウェイト卿、わたしはあなたがどんな人かほとんど知らないんですよ。そんな予測を立てられるわけがありません」

「たぶん、きみはわたしのことをよくわかっているんだろう。あるいは、きみの考えは他人に受け入れられないのをよくわかっているかのどちらかだ」

エマは店の建物に目を向けた。「それで、どうなりました？　まだ結果を聞いていませんが」

「ミスター・ウェルナーは、収集家の目から見た〈フェアボーンズ〉に対する率直な評価を知りたがっていた。実際、彼が重要視していたのはこの一点だけだった」

エマはサウスウェイト卿と並んで庭の小道を歩きだした。

「きみが何をたくらんでいたにせよ、結果的にはわたしが来てよかったよ。リグルズはまったく仕事をしなかったからな。あれで百戦錬磨だとは信じられない。本当にそうなのか？」

彼は返事を待っている。エマは無視を決めこんだ。「コレクションは噂どおりにすばらしいものでしたか？」

「逸品ぞろいだ。ティティアンは何点もある。それに、ルーベンス、プッサン、ヴェロネーゼ――保存状態がよければ、まさに天井知らずの高値がつくだろう」

「ラファエロは？」

「なかった」

残念だわ。ラファエロは収集家のあいだで一番人気があるのに。

「ミスター・ウェルナーは、壁にかかっている絵が一流でないことを見抜いていたよ」サウスウェイト卿が言った。「今はリグルズと手数料の交渉をしている。しっかり足元を見ているようだったな。きみが喉から手が出るほど契約を成立したがっているのを、ちゃんとわかっているんだ」

エマは頭の中ですばやく金の計算をした。カサンドラに紹介手数料として一〇パーセント支払わなければならない。もしミスター・ウェルナーが委託手数料を値切ってきたら、〈フェアボーンズ〉に入る報酬は当てにしていたほどの金額ではなくなる。

「ミスター・ウェルナーに、ほかにもまだ絵が届くことは言いましたか?」彼女は訊いた。

「まだ届くのか?」

「ええ」この瞬間、エマは決断した。家にあるラファエロを出品しようと。「ラファエロが届きます。品質は極めて高く、来歴も確かです」

「リグルズはラファエロのことは何も言っていなかったぞ」

ふいに腕をつかまれて、エマは立ち止まった。自分の腕に触れている男らしい長い指を見おろし、顔をあげてこちらを見つめている黒い瞳と視線を合わせた。

「ミスター・ウェルナーと契約が成立したら、次はコレクションの鑑定をすることになる」サウスウェイト卿が言った。「特にティティアンは模写や贋作が広く出まわっている。必ずすべての作品を熟練した鑑定士に見てもらう必要があるな。わたしとしても、詐欺の片棒は担ぎたくないのでね」

「もちろん鑑定はします。オバデヤが詳細に――」

「それはやめろ。リグルズには無理だ」サウスウェイト卿はエマの腕を放し、彼女の前に立ちふさがった。「きみは感心するほど頭が切れる。だが、わたしをだますようなまねはしないほうがいい」

今はまったく自分が賢い女には思えないけれど、とエマは心の中で思った。

彼の顔が近づいてきた。「はっきり答えてくれ、ミス・フェアボーン。今、オークションハウスに父上の代わりができるほど豊富な知識のある従業員はいるのか？」

サウスウェイト卿はなれなれしいほどすぐ目の前に立っている。彼のにおいがした。清潔で男らしい、独特の香りが鼻腔《びこう》をくすぐる。かすかに革と馬とウールのにおいもした。エマは彼の存在を痛いほど意識していた。

「ええ、います」言葉が反射的に口から滑りでた。サウスウェイト卿の目を見れば、信じていないのがわかる。エマは頭がうまくまわらなくなり、うまい嘘をつけそうになかった。

彼がさらに顔を寄せてきた。その黒い瞳から目をそらせない。

「だが、リグルズではない」

「ええ、オバデヤではありません」

「きみだな」有無を言わせぬ口調だ。

声が出てこない。彼女は小さくうなずくことしかできなかった。胸も喉も締めつけられ、頬がしびれている。

「嘘をつかれるのは気分が悪いものだ」サウスウェイト卿の口調に怒りは感じられない。むしろその静かな声が、暖かいそよ風のように耳に届いた。

「わたしは……その……本当は——」

彼がエマの唇に人差し指を当ててさえぎった。「もういい。嘘に嘘を重ねるのはやめるんだ」

サウスウェイト卿のまなざしは、この話はこれで終わりだと言っている。温かい指は、まだエマの口を封じていた。唇が震えだした。彼は指先で震える唇をそっと撫でた。

彼はキスをしようとしている。そう思った瞬間、唇に触れている指が離れた。すぐにサウスウェイト卿は顔を寄せ、唇を重ねてきた。

エマはその口づけに酔いしれた。永遠とも思える時間の中に身をゆだね、抗《あらが》うことさえ忘れた。サウスウェイト卿は彼女の頭に手を添えて、さらにキスを深めた。

彼に抱き寄せられた。愚かなまねをしていると頭ではわかっていた。彼を突き放すべきだとわかっているのに、温かくて力強い腕の中で男らしい香りに包まれているうちに体から力が抜け、思わずため息がもれそうになった。

サウスウェイト卿の腕の中にいると、もう強がる必要はないように思えた。唇に、頬に、首筋に、甘いキスが降り注いでいるあいだは悲しみを忘れられた。不安も、たくらみも、すべて頭から消えていた。その刹那、長い冬の終わりを告げる春風が吹き抜けた気がした。かつて経験したことのない感覚に、エマはただ身をまかせた。

キスを返すことも、抱擁を返すこともせずに、ただひたすら歓びに浸っていた。やがてゆっくりとサウスウェイト卿の手が動き、やさしく背中を撫でられた瞬間、エマははっと我に返り、彼の意のままになっている自分に気づいた。

それでも身を引きはがすことはできなかった。心地よい彼の腕の中に、このままずっと閉じこめられていたかった。

頭上で木の葉が風にそよいでいる。いつ木陰に来たのかも、エマは覚えていなかった。秘めやかなふたりだけの空間で、たくましい腕に抱かれて熱い口づけを受けながら、ふたたび彼女は忘我の世界へ引きずりこまれそうになる。

サウスウェイト卿にさらに強く抱き寄せられた。首筋に触れる彼の唇が熱い。両手がそっと這いあがり、胸を包みこんだ。彼の巧みな指使いに体が震え、たまらずエマの唇からあえぎ声がもれた。頭の中は真っ白になり、甘美な快感が一気に全身を駆け抜けた。

この時間がずっと続けばいいのに。今この瞬間を永遠にとどめておきたい。彼を求める思いが強くなり、エマは身も心も激しい欲求にとらわれていた。

危険な領域に足を踏み入れようとしているのはわかっている。でも、その先が知りたくてたまらない。どこかで自分を呼んでいる声が聞こえてきた。その声が徐々に大きくなり、ぼんやりした頭に染みこんできた。

オバデヤの声だった。彼はエマを探している。その声にふたりは弾かれたように唇を離し、あわてて息を整えようとした。

最後にもう一度、そっとやさしいキスを落として、サウスウェイト卿はエマの体から腕をほどいた。彼女の瞳をじっとのぞきこみ、それからゆっくりと体に視線を走らせる。その表情はこわばっていた。

彼は指先で黒いドレスの首元にあしらわれたフリルに触れた。

エマの体はまだ熱くほてっていた。彼女はサウスウェイト卿から離れ、日差しが降り注ぐ小道を歩いて、オバデヤのもとへ向かった。「オバデヤ、ミスター・ウェルナーと何を話したのか、すべて聞かせて」

おまえはいったい何をやっているんだ？　ダリウスの頭の中で自分を咎める声が鳴り響いた。オバデヤがミス・フェアボーンの矢継ぎ早の質問に答えながら、ふたりが店内に入っていくのを見つめているあいだも、ずっと同じ言葉が響いていた。

ダリウスも満たされぬ欲望を抱えたまま店内に戻り、オバデヤに話しかけているミス・フェアボーンの姿を目で追った。彼女から目が離せなかった。

おまえはなんという愚か者なのだ。彼女のために、〈フェアボーンズ〉を売却すると決めていたのではなかったのか？　その決意はずっと揺るがなかったはず。それなのに、不安そうにしていたミス・フェアボーンの救世主を買って出て、ミスター・ウェルナーとの交渉の場に同席し、契約まで成立させているありさまだ。おまけに庭にひとり佇む彼女の姿を見たとたん、嫌味のひとつでも言ってやるつもりが、それも忘れて誘惑したい衝動に駆られてしまうとは。まったく、どこまでどうしようもない男なのだろう。そして今でもまだ、ミス・フェアボーンとふたりきりになりたいと思っている。

庭での出来事が頭をよぎった。ミス・フェアボーンは経験が豊富には思えなかった。彼女にはあやまらなければならないだろう。それもまったく悪いことをしたとは思ってもいないのに、あやまらなければならないのだ。

木の下で、自分の腕の中にいた彼女の姿が目に浮かんできた。しなやかで温かい体の感触が、まだこの手に残っている。そして、あの切ない声。歓びに打ち震えた声に欲望をかき立てられ……。そのときミス・フェアボーンの話し声が聞こえて、ダリウスは物思いから覚めた。

「ミスター・ウェルナーに手紙を書きましょう」彼女がオバデヤに言っている。「委託手数料がこちらの希望より低くてもしかたがないわ。慎重に検討した結果、彼の提示額をのむことにしたと伝えるのよ。でも、この件に関しては絶対に口外しないようにとはっきり書いてね。べらべらしゃべられて噂が広まったら大変だもの。ほかの人たちにも手数料をさげろと言われたら、〈フェアボーンズ〉はつぶれてしまうわ」

ミス・フェアボーンは、オバデヤが店を仕切っているふりをするのはもうやめていた。秘密がばれたことを知ってか知らずか、オバデヤも腑《ふ》に落ちない表情はしていない。ごくふつうに彼女の話に耳を傾け、手紙を書きに事務室へ向かった。

ミス・フェアボーンが店の奥に向かって歩きだした。きっと倉庫に行くのだろう。ダリウスもあとをついていった。気に入らないが、ここはやはりあやまるしかない。だが本心を言えば、庭ではじめたことの続きをしたくてたまらなかった。

彼女は壁のフックからエプロンを取って身につけた。

「サウスウェイト卿、正直なところ、わたしは嘘がばれてほっとしているんです。これからしばらく目がまわるほど忙しくなりますもの。あなたがここに来ているからといって、いつも逃げまわっていたら仕事になりませんから」

「今までも父上の仕事を手伝っていたのか?」ダリウスは尋ねた。これは分別のある自分が発した言葉だ。もうひとりの自分は、頭の中でミス・フェアボーンの喪服をはぎ取っていた。テーブルの上に裸で横たわる彼女が、欲望に潤んだ瞳でこちらを見あげている姿を思い描いていた。

「規模の大きなオークションを開催するときは目録作りを手伝っていました。わたしが担当するのは銀製品と小さな美術品が多かったです。絵画のほうは、父のそばについて勉強しました。わたしは優秀な生徒だったんですよ。自分の能力を買いかぶるなと思っているかもしれませんが、鑑定を間違えたことはありません」

「店の経営は? 帳簿をつけるのも手伝っていたのか?」

「それは父の仕事です。特に商品管理や商談は父がひとりでやっていました。たとえそうしたくても、わたしは商談の場には出られません」ミス・フェアボーンはいらだたしげな表情を浮かべてダリウスを見た。「わたしは確かにあなたをだましました。あなただけではありません。世間の目もだますつもりでした。誰もわたしの能力を認めようとはしてくれませんから。でも、それが現実なんです。女が前面に出ることは許されません。経営者が女だと知ったら、顧客たちは〈フェアボーンズ〉から離れていくでしょう。新しい後援者もつきません。とりわけ商品の鑑定をしているのが女のわたしだと世間にばれたら、〈フェアボーンズ〉をひいきにしてくれる人は誰もいなくなります」

ミス・フェアボーンが商品管理をしていなかったことを知って、ダリウスはほっとした。これで彼女は、過去に扱っていたあやしげな商品には気づいていなかったということになる。

「女性でも優秀な鑑定士になれるだろう。別に、女性は何もするなと決めた法律はないのだから」

ミス・フェアボーンはテーブルにのった銀製品をずらし、トレイの下から書類を取りだした。「そんなのは戯言《たわごと》です。あなたも同じですよ。あなただって、女性の話には真剣に耳を傾けないでしょう。あの弁護士事務所での会話を思いだしてください。〈フェアボーンズ〉は売却しないことを、あなたはすぐには同意してくれませんでした。次回のオークション開催だけは認めてくれましたけど」

「そのどちらも、わたしは認めた覚えはないがね。わたしはリグルズの働きぶりを見てから判断すると言っただけだ」

ミス・フェアボーンが身をこわばらせ、にらみつけてきた。「それで、オバデヤには店を仕切る能力はないと判断したのですか？　そういうことですか？」

彼女の瞳には絶望の色がありありと浮かんでいる。もしキスをしていなければ、この悲しげな瞳を見ても、まったく心を動かされなかっただろう。だが今は、彼女の望みはなんでも叶えてやりたいと思ってしまう。

ダリウスは、所狭しと置かれている美術品の数々を興味深げに眺めているふりをした。しかし実際はミス・フェアボーンしか見ていなかった。彼女の存在しか意識していなかった。欲しいのは彼女だけだった。「ラファエロが届くと言っていたな」

ミス・フェアボーンの表情がやわらいだ。彼女は美しい。

「最高傑作が届きます」

「そういう作品を持っているということは、所有者は相当高名な人物なのだろう」

「ええ、名だたる方です」ミス・フェアボーンが秘密めいた笑みを浮かべた。その輝くようなほほ笑みに、ダリウスの血が熱くなった。彼女に触れたくてしかたがない。

彼は扉の取っ手に手を伸ばした。「本当に最高傑作なら、わたしが買おう」

ダリウスは倉庫をあとにした。ただでさえ長居をしてしまったのだ。馬に乗ったところで、庭での出来事をあやまらなかったのを思いだした。

まあ、いいだろう。心にもないことは言えない。もともと悪いと思っていないのに謝罪しても、空々しく聞こえるだけだ。もうあんなまねは二度としないと誓えるだろうか？　いや、無理だ。そんな約束はできそうにない。

13

「伯爵のコレクションを〈フェアボーンズ〉に委託してもらえそうなの」エマはカサンドラに言った。

「エマ、それを言うために朝の九時にわたしを誘いだしたの？　それも、よりによって水たまりだらけの公園に。この小道を見て。一歩も歩きたくないわ。スカートの裾が濡れてしまうじゃない」

　カサンドラはエマに付き合ってくれたのだが、雨あがりのハイド・パークは散歩には向かなかった。これではカサンドラが不機嫌になるのも無理はない。ふたりはサーペンタイン・レイクに沿って、ひとけのない小道を歩いていた。この時間だと人もまばらで、それも男性の姿しか見当たらない。彼らの大半は散歩よりも、乗馬を楽しんでいる。広々とした空間で馬を走らせるのは気分も爽快だろう。栗の木の近くには制服姿の男性たちが集まっていた。きっと正午に予定されている志願兵の閲兵式の準備をしているのだろう。後方にあるロットン・ロウのスタート地点には騎手が集結している。どうやらこれからレースがはじまるようだ。

その集団の中にいる白馬に乗った騎手に目が留まった。サウスウェイト卿だろうか？　そんな気もするけれど、この距離からではっきりわからない。それなのに、彼かもしれないと思っただけでよろけそうになった。

まったく、癪に障るわ。なぜこんなにうろたえてしまうの？　もしかしたら顔も赤くなっているかもしれない。カサンドラに気づかれないといいけれど。もし気づかれたら、風が冷たいせいにしよう。それもこれも全部、庭でのあの出来事のせいだ。どうしてあんなことになったのかしら？

いまだに謎のままだ。すてきなキスだった。それだけはわかる。でも、サウスウェイト卿はどう思ったのだろう？　彼も同じように感じていたの？　歓喜の渦にのみこまれそうになったの？　けれど、彼は経験豊富なはず。今さら誰かの体のぬくもりに幸せを感じたり、天にものぼるような感覚に陥ったりはしないだろう。なぜキスされたのか、わかる日が来るのかしら？　なんとなく、この謎は永遠に謎のまま終わりそうな気がする。

しばらくは彼に会わないほうがいいかもしれない。

「ごめんなさい、エマ。わたしだってうれしいのよ。でも、風が冷たくて。こんなに寒いとは思わなかったわ。わたしもミスター・ウェルナーとの交渉がうまくいけばいいとずっと祈っていたの。だけど、オバデヤが話をまとめたなんて意外だわ」

「補佐役がいたのよ」

カサンドラが上目づかいでエマを見た。「あなたが同席したの？　じゃあ、ミスター・ウエルナーはあなたがオークションハウスを仕切っていることを知ったのね。わたしはてっきり、そのことはずっと秘密にしておくんだと思っていたわ」

「補佐役はわたしではないの。サウスウェイト伯爵なのよ。たまたまあの日、店に来たの。彼がうまくミスター・ウェルナーを説得してくれたんだと思うわ」

「ミスター・ウェルナーはそう簡単に説得できる人ではないわよ。サウスウェイトでは無理ね。できるわけがないわ」

カサンドラの口調にはとげがあった。エマはあの日のことをもっと親友に打ち明けたくてたまらなかった。でも、恥ずかしい。好きでもない男性なのに、抵抗のひとつもしないで屈服してしまったのだから。あまりにばつが悪すぎる。それにカサンドラのことだ、教えたら、〝サウスウェイトに天罰を与えよ作戦〟を練りはじめるかもしれない。

「あなたは本当にサウスウェイト卿が嫌いなのね」エマは言った。

「それはあなたも同じでしょう。あの男は偽善者よ。男なんて、そんなものだけど。ねえ、知ってる？　サウスウェイトは次から次へと愛人を変えるって噂よ。おまけに誰とも長続きしないの。すぐに飽きて捨てるのよ。それなのに他人の醜聞はえらそうに批判するのよね。自分のしていることだって、たいして変わらないくせに」

カサンドラも批判されたひとりだ。カサンドラには一〇代の頃、彼女の体面を傷つけた男性との結婚を拒んだ過去がある。それ以来、彼女は恋の相手に上流階級の男性を選ばなくなった。

カサンドラがサウスウェイト卿を切り捨てたくなる気持ちもわかる。前に彼は、醜聞を避けるのは得意だと豪語していた。けれど、醜聞を招くような行為はいっさいしていないとは言わなかった。実際、わたしに誘いをかけてきた。そんな彼がわたしとカサンドラの友情に眉をひそめているのだ。それなのに、なぜか彼をかばいたいと思ってしまう。

「カサンドラ、なんだかいらいらしているみたいね。何かいやなことでもあったの？　あなたもそういう批判を避けるには、お兄様の屋敷に戻るしかないのはわかっているわよね。そうすれば、もう傷つかずにすむのよ」

「戻るなんて絶対にいやよ。戻ったら、わたしは兄夫婦に四六時中監視されるわ。牢獄生活を強いられるのよ。それにきっと、兄はわたしをつまらない男と結婚させようとするでしょうね。そんなのはいや。わたしはおばと一緒にいるわ」

それも悪評が立つ原因になっているのに。カサンドラのおばも、なかなか華やかな遍歴を持つ女性なのだ。確かにあの屋敷にいれば、カサンドラはのびのび暮らせるだろう。

ふたりはしばらく無言で散歩を続けた。やがてカサンドラがまた話しはじめた。

「最近、サウスウェイトは海岸の警備を強化しようとしているみたいね。海軍にもそれを要請したそうよ。サウスウェイトはケント州に領地があるから、今の海岸地帯の危うさをよくわかっているんでしょう」

ケント州と聞いて、エマはフェアボーン家の別荘を思い浮かべた。近いうちに絵を取りに行かなければならないだろう。

オークションの開催日が刻一刻と近づいてきた。今日は午前中に、荷車の中身を家から運びだすことになっている。古書や銀製品はほかの商品と一緒くたに置かれ、ワインは倉庫の隅に隠される。正午にはすべて終わっているはずだ。

突然、小道の前方に人が現れた。この距離からだと茶色いドレスがまわりの景色と同化して見え、顔もはっきりしないが、しなやかな体つきからエマにはそれが誰かわかった。

「誰かしら？」カサンドラがいぶかしげに訊いた。

ふたりは、立ち止まっているその女性に近づいていった。

「あの人がマリエール・リヨンよ。たぶん、わたしに話があるんだと思うわ」

「あら、不思議ね。どうしてここにいるのがわかったのかしら」茶化すようにカサンドラが言う。散歩に誘われた理由を悟ったらしい。「さあ、行って。オークションに出す商品のことを話しに来たんでしょう？　この密会のために寒さに耐えて散歩したんだから、いい話が聞けるといいわね。わたしはここで待っているわ。それにしても、二〇年以上も前に流行《は》ったさえないドレスを着ているのに、どうしてあの人はあんなにきれいなの？　なんだか妬《や》けるわね」

マリエールは小道に覆いかぶさるように枝を伸ばしている木の陰で待っていた。

「約束どおりね」エマの姿を見て言う。マリエールはちらりとカサンドラに鋭い視線を投げかけた。「オークションに出す商品を見つけたわ。素描画よ。どれもイングランドで人気のある作者の作品だと言っていたわ」

「どこにあるの？　実物が見たいわ。オークションに出す価値のある作品かどうか、確かめたいから」

「所有者は、あなたがその絵を本当に欲しいのなら直接持っていくと言っていたわよ」マリエールはつま先で地面を蹴っている。「二〇パーセントもらえるんでしょう?」

「それを支払うのはオークションが終わってからよ。そんなに自信のあるいい作品なら欲しいわ。明日の朝、家へ持ってくるように、その所有者に伝えてちょうだい」

カサンドラが興味津々の様子でこちらを見ている。エマは彼女のところへ戻ろうとした。

「ほかはもういいの？」マリエールが訊いてきた。

「まだあるの？　それも素描画？」

「絵の話ではないわ。あの男の人のことよ。荷車の人。あなたに会うそうよ」

エマの鼓動が速まった。荷車の件は何も知らないカサンドラのほうを横目でうかがう。

「いつ？」

「木曜日の午後。セント・ポール大聖堂の東側の入口よ。お金を持っていってね。たくさんもらえると彼に言ってあるから」

今の言葉に含まれた意味を、エマは聞き逃さなかった。彼女はレティキュールから二シリング取りだした。「彼に会いに行くわ。どうもありがとう」

マリエールは金をしまいこむと、エマの背後を鋭く見やり、いらだたしげに舌打ちした。

「もう行くわ。つけられているから。それにあなたも、どうしてわたしたちが会っているのか知られたくないでしょう」

エマはうしろを振り返った。馬がゆっくりとカサンドラのほうへ近づいてくる。馬上の男性は三人にはなんの興味もなさそうだ。しきりに空模様を気にしている。

マリエールが声をあげて笑った。「おもしろいったらないわ。英国人はわたしをフランスの諜報員だと思っているし、フランス人の中にはわたしを英国の諜報員だと思っている人がいる。でも本当はそのどちらでもなく、わたしはあなたのために諜報活動をしているのにね」

そう言って、マリエールは木々のあいだに消えていった。

ダリウスはミスター・ウェルナーとの商談のあと、二日続けてオークションハウスに出向いた。二日かけて書類や帳簿にじっくり目を通してみたが、新しい発見は何もなく、この数年モーリスが何をしていたのかもさっぱりつかめなかった。

ミス・フェアボーンは二日とも姿を見せなかった。どうも腑に落ちない。目がまわるほど忙しいと言っていたはずだが。ひょっとして避けられているのだろうか?

ダリウスは次の日もオークションハウスに行った。ミス・フェアボーンはこの日も来なかった。これで三日連続、姿を現さなかったことになる。ダリウスは店を出ると、まっすぐコンプトン通りに向かった。メイトランドに案内されて入った食堂にミス・フェアボーンがいた。テーブルに広げた紙を見ている。近づいてみて、素描画だとわかった。何枚も積み重なっている。

「今日、届いたんです」ミス・フェアボーンが絵を見つめたまま言った。「期待以上にすばらしい作品です。これはダヴィンチの素描でしょうね。そしてこれはデューラーの銀筆自画像でしょう。どう思いますか？」

ダリウスは称賛の目で素描を眺めた。ミス・フェアボーンも青い瞳を輝かせている。今日の彼女は生き生きしていた。頰も心なしか血色がいいようだ。しゃれた淡い黄色のドレスがよく似合い、清楚な美しさを引き立てている。

「見事な作品だ。新たに届いた商品と同じ所有者のものなのか？」ダリウスはかがみこんで、デューラーの自画像を見つめた。

隣に立っているミス・フェアボーンが身をこわばらせた。それとも気のせいだろうか？いや、ほんの一瞬だが、確かに彼女から緊張が伝わってきた。

「また倉庫に入ったんですね」彼女が咎めるように言う。「何も動かしていないといいのですが。仕事がしやすいように置いてあったんですよ。これから目録作りをしなければならないんですから」

ダリウスは体を起こし、背筋を伸ばして立った。「わたしは指一本触れていない。だが、商品が散乱していたぞ。あの中をどうやってきみは机までたどりつけるんだ？」

「先日、まだ商品が届くと言いましたよね。それが届いたので、今は少し散らかっているんです。あとはミスター・ウェルナーの返事を待つだけです」ミス・フェアボーンが素描画をめくった。次に現れたのは大判の水墨画だった。そしてもう一枚めくった。「ここにあるのはすべて有名な画家が描いたものです。このティエポロの天井画の下絵素描は特にすばらしいわ。収集家のご友人がいらっしゃるなら、伝えてさしあげてください。きっと手に入れたいでしょうから」

「わたしにオークションの宣伝をしろと？」

「そうは言っていません。ただ、出席されるパーティや晩餐会で絵の話が出たときに、すばらしい作品があると言ってくだされば助かると思ったんです」

「用心していないと、ナイチンゲールの代わりをするはめになりそうだな。下見会でわたしにホールマネージャーをさせようとたくらんでいるのか？」

ミス・フェアボーンは慎重に素描画の束を筒状に巻きはじめた。「誰かがしなければなりませんから」巻き終えた絵に幅広のリボンを結ぼうとしている指先が震えている。ピンク色に染まっていた頬からも血の気が引いていた。

「今日、きみはオークションハウスに来なかった。昨日も一昨日もだ」

彼女はうつむいたままだ。「ほかにすることがあったんです」

「明日は？」

「ほかの用事があります」

「目録作りをしなければならないだろう」

「下見会までには完成させるつもりです。それであなたは、サウスウェイト卿？　書類や帳簿に目を通し終えたのですか？」

「ああ、ほぼ終わった。オークションハウスに来ないのは、わたしと顔を合わせたくないからか？　庭であったことが原因なのか？」

「そうではありません。本当にほかにすることがあったんです。でも――」ミス・フェアボーンが顔をあげて、まっすぐダリウスの目を見据えた。思わず吸いこまれそうな瞳だ。「あの日の午後の出来事は忘れようと思っています。自分を責めてしまいますから」

「わたしも自分を責めているよ。ミス・フェアボーン、あの日、すぐにあやまるべきだった」

「でも、あやまらなかった。わたしはレディではないから。そうですね？」

「家柄はなんの関係もない。あやまらなかったのは、あのときは悪いことをしたと思わなかったからだ」もっと正直に言ったらどうだ？　このぺてん師め。あやまらなかったのは、彼女をもっと欲しかったからだろう。そして家柄も関係していたのではないか？

「それで、今は？」

「悪いとは思っていない。だが、わたしは女性の弱みにつけこむような男ではない」それは本当か？　嘘を言うな。「だから、わたしを恐れる必要はないんだ」

「あなたを恐れているわけではありません」

ああ、確かにそうだろう。それでも彼女の瞳には警戒の色が宿っている。

「家柄のいい女性なら、きっとあなたは礼儀正しくふるまっていたでしょう。自制したはずです。まあ、ごくふつうの庶民の女を相手にすることは、あまりないでしょうけれど」

「そんなふうに自分を蔑むような言い方をするのはよせ。きみをふつうの女性だと思ったことはない。実際、きみはふつうとは大きくかけ離れているからね。独特なんだ。だからわたしは自制心を失ってしまったのかもしれない」ようやく正直に言ったな。だが、ずいぶんと利己的な物言いだ。

「サウスウェイト卿、あなたは変わっていますね。わたしの洗練さのかけらもないところに好奇心がわくんですか？　そんなことを平気な顔で言えるのは、欺瞞《ぎまん》に満ちた世界に住んでいる人だけですわ」ミス・フェアボーンは自分を守るかのように、リボンでまとめた素描画を抱えた。しかし、こちらをひたと見据えた視線は一ミリたりとも揺るがない。「お互いもっと正直に話しませんか？　どんな理由があれ、たとえ衝動的だったとしても、あなたがわたしの隙をついたことには変わりありません。でも、わたしも被害者ぶるつもりはないんです。きっと隙があったのでしょう。だからあなただけが悪いわけじゃない。ですが、覚えていてください。あのようなことは二度と起きません。また隙をつこうとしても無駄です」

まったく、ミス・フェアボーンに一気に攻めこまれるとは。和解しようと思っていたのに、これでは戦争をするために来たようなものではないか。

だが、こちらも黙って退散するつもりはない。体の中で眠っていた悪魔が目覚め、黒い翼を大きく広げて、反撃に出ろとささやいている。「それはつまり、もしまたキスをしようとしても、わたしはきみの防御を絶対に突破できないということかな？」

　脅すつもりはないし、彼女にもそんなふうには取ってもらいたくない。ただ、またふたりはキスをするかもしれないという可能性を言っているのだ。それは彼女もわかっているだろう。部屋の空気がにわかに緊張をはらみはじめたのを気づかないわけがない。

「わたしは決して隙を見せるつもりはありません。ですから、またキスをしようなんて思わないでください」

「信じられないほど考えが甘いな。本気でそう思っているのか？」

「ええ、もちろん。はっきり言わせていただきます。今ここで、もう二度とキスはしないと約束してください」

　どうやらミス・フェアボーンは一戦を交えるつもりはないらしい。交渉で勝利をつかみたいのだ。あいにくだが、その作戦も甘すぎる。こちらの勝ちだ。今では彼女のことを少しはわかっているつもりだ。エマ・フェアボーンは落ち着き払っているときより、陶酔感に浸っているときのほうがぐっと扱いやすくなる。

「ミス・フェアボーン、約束はできないな。守れそうにないからね」ダリウスは彼女の腕の中から、筒状に巻いた素描画を取りあげて脇に置いた。「それに庭にいたときから、またキスをするのはわかっていた」

　両手でミス・フェアボーンの頬を包みこむ。その瞬間、彼女は驚いた表情を見せたが、身を引こうとはしなかった。

手のひらに触れる肌は絹のようになめらかだ。バラ色に染まった頬の熱が伝わってくる。ミス・フェアボーンは目を大きく見開き、その瞳の中には欲望が見え隠れしていた。あの日と同じ目だ。同じ光をたたえている。

ダリウスは顔を寄せ、彼女の唇に唇を重ねた。この唇が欲しくてたまらなかった。このキスのためなら、どんな代償でも支払おう。ケンデールが言っていたように、もう子どもではないのだ。ミス・フェアボーンの唇はとても甘く、愛《いと》おしいほど無垢《むく》だ。もっと欲しい。もっと強く彼女を求める気持ちがわきあがってきた。

彼はキスを深め、貪るように唇を奪った。それでもミス・フェアボーンの体には手を触れないよう、必死にこらえた。限界寸前まで耐え、もう無理だと思った瞬間、唇を引きはがして一歩うしろにさがった。自制しろ。ここではだめだ。今は我慢するんだ。使用人がそばにいるのに、これ以上求めてはいけない。

ふたりはじっとその場に立ちつくしていた。永遠とも思える沈黙の中、くすぶりつづけている欲望の残り火がふたたび燃えあがるときを待っている。だが、ここでやめなければいけないのはわかっていた。

ダリウスの心のうちが読めたのだろう、ミス・フェアボーンがゆっくりと膝を曲げてお辞儀をした。彼もすばやくお辞儀をして食堂をあとにした。

14

エマはセント・ポール大聖堂の西側の正門から入り、中庭を通って東門へ向かった。今日は黒いドレスを選んだ。荷車の男性が彼女の顔を知らなくても、この色ならすぐに待ちあわせの相手だと気づいてくれると思ったからだ。

エマは注意深くまわりに目を配りつつも、昨日家に来たサウスウェイト卿のことを考えていた。

結局、彼に軽く扱われたからといって怒るだけ無駄なのだろう。所詮は身分が違うのだ。レディに対するのと同じふるまいを期待するほうが間違っている。サウスウェイト卿としても、庶民の女はどう扱ってもいいと明言するのは気が引けたに違いない。だから家柄は関係ないなどと嘘をついたのだ。嘘をついたのは、何も彼だけではない。わたしも同じだ。サウスウェイト卿を恐れていないと言ったけれど、あれは嘘。本当は彼にどんどん惹かれていくのが怖くてしかたがない。そして今、わたしは自分が信用できなくなっている。隙を見せるつもりはないと豪語しておきながら、舌の根も乾かぬうちに簡単にキスを許しているありさまだ。こういう女を奔放とかふしだらと言うのではないだろうか?

でも、いっそ一度ぐらい言われてみたい気もする。もういい大人だというのに、男性のことはおろか、わたしは自分の体のことさえよくわかっていない。どこが感じるのか、どこが感じないのか、そういう体の反応を知るには経験をたくさん積まなければいけないのかしら？　いつかカサンドラに訊いてみよう。彼女なら、詳しく教えてくれるはず。

エマは行き交う人々に視線を走らせながら、待ちあわせ場所に急いだ。そしてついに見つけた。中肉中背の男が東門の脇に立っていた。彼も同じように周囲を気にしてきょろきょろしている。黒っぽい上着を着て、古ぼけた帽子を目深にかぶり、だぶだぶのブリーチをはいている。お世辞にも羽ぶりのいい商人には見えない。

男が目を細めてエマを見た。視線が合った瞬間、すぐに約束の相手だとわかったようだ。彼女はまっすぐ男のもとへ向かった。

「中に入らないか？」男が言った。

「神聖な場所で犯罪の話ができると思う？」

エマの歯に衣着せぬ言い方に、男は驚いた表情を見せた。「だったらここでいい。でも言っとくが、おれは犯罪者じゃないからな。ただ金をもらって、あれこれ運んでるだけだ」

別に彼女もここで道徳について講義をはじめるつもりはなかった。

「わたしはあなたにお金を払って荷車を運ばせた人と話がしたいの。その人に訊きたいことがあるのよ」

男は唇をかんで、庭に目を向けた。「おれが答えてやってもいいぜ。運んでるのは荷車だけじゃないんだ」

「それは伝言も運んでいるということ?」

男は肩をすくめた。「じゃなかったら、なんでおれたちが会ってるんだよ」

「オークションで売った商品の落札代金は、今までどうやって支払っていたの? 父がどういう取引をしていたのかわからないのよ。わたしは何も聞かされていないの。でも、こういうことはこれきりにしてもらいたいから、あなたの雇い主にそう伝えて。あともうひとつ、ご褒美の受け取り方も知りたいと言っておいて」

「褒美の受け取り方? なんだそりゃ」

「わたしの家に荷車を運んできた女性が、そう言――」

「そんなことはひとことも言ってねえ。ばかな女だ。褒美はやらない。あんたはただ金を払ってくれればいいんだ」

エマの心臓が痛いほど激しく打ちはじめた。ふいに絶望感に襲われる。

「あなたはご褒美が何か知っているの?」

「かもな。あんたは知らないのか?」

「知らないわ。だから知りたいのよ。教えてちょうだい、それは――人なの?」

男がにやりとしてウインクした。

エマはあとずさりした。取り乱した姿を見せまいと、目をきつく閉じて、今にもあふれそうな涙をこらえた。ああ、お父さん、どうして教えてくれなかったの? 教えてくれていたら、ふたりでなんとかできたかもしれないのに。でも、心の奥底ではわかっている。父もどうしたらいいのかわからなかったから、教えてくれなかったのだ。それに自分があんなに早く死ぬとは思ってもいなかったから。もし生きていたら、今頃は教えてくれていたかもしれない。

気持ちを落ち着かせて、エマは口を開いた。「兄を返してちょうだい」

「おれのボスも何も考えていないわけじゃない。そうくると思ってたよ。なら、取引といこうじゃないか。荷車一回につき一〇〇ポンドで、あんたの大切な人は安全だし、次もまた荷車を運んでやる。あるいは即金で三〇〇〇ポンドくれたら、今すぐに帰してやるよ」

「三〇〇〇ですって！」身代金の高さに思わず大声が出た。そんな大金、いったいどうやってかき集めればいいの？　どう考えてもとうてい支払える額ではない。

そのとき、ふと気づいた。そういうことなのね。兄を人質に取っている限り、確実にお金は入ってくるし、密輸品も売りさばける。だからわざと支払えない金額を要求しているのよ。

「高すぎるわ」エマはきっぱりと言った。「あなたの雇い主にそう伝えて。それから、いつまでも払いつづけるつもりもないと。どうせそれが狙いなんでしょう？　兄が元気に生きているという、はっきりとした証拠を見せてちょうだい。証拠もないのに、悪党の言うことに素直に従うつもりはないわ。わたしをばかにしないで」

「悪党呼ばわりされちゃあ、ボスも気に食わねえだろうな。少しは口を慎んだらどうだ。なんだよ、えらそうに。もうひとつ話がある。とても寛大な話だ。聞きたくないか？」

エマは口をつぐんで耳を傾けることにした。

「三〇〇で手を打つと言ったが、ちょっとした頼みを聞いてくれたら、その半分に負けてやってもいいぜ」

「頼みって？」

「それはまだボスから聞いてない。まあ、きっとすぐにわかるさ」

頼みというのは、オークションでいかがわしい品々をもっと売れということなのだろう。

「まだほかにも伝言はあるの？」

男はうなずいた。「あんたの店にどっかの貴族が出入りしてるよな。あいつには何も言うなよ。ひとこともらすんじゃねえぞ」男は首をかしげ、意味ありげにウインクを投げてよこした。「あいつは要注意人物だ。あんたも気をつけろ。最近、あの貴族は船が入ってこないように海岸で邪魔ばかりしてやがるんだ。おれたちにとっては目の上のたんこぶなんだよ。だから、あんたらが仲よくされたら困るんだよな。そこんとこ、よく覚えといてくれ」

その警告の言葉に寒けが走った。この男はわたしと〈フェアボーンズ〉を見張っているのだろうか？　ひょっとして、今も誰かに見張られているのかもしれない。そう思うと急に不安になった。

けれど、それ以上にぞっとするのは、サウスウェイト卿が密輸にかなり関心を持っているということだ。彼が海岸警備を強化しているのは、このあいだカサンドラも言っていた。でも、悪党たちにここまで警戒されるほど熱心に取り組んでいるとは思わなかった。サウスウエイト卿は〈フェアボーンズ〉が密輸に関わっているのではないかと疑っているのかしら？ だから頻繁に店へやってくるようになったの？

もしかしたら、わたしが気づかなかっただけで、ずっと前から店の中をいろいろ探っていたのかもしれない。実際、彼は何日もかけて帳簿を調べていた。

不安で胸が押しつぶされそうだ。でも、この男の前で動揺した姿は見せたくない。エマは心を落ち着かせ、なんとか強気を装って、鋭い視線で相手を見据えた。

「あなたが雇い主と会う場所を教えてくれない？」

男は一瞬ひるんだが、にらみつけてきた。「あんた、ばかじゃねえの。おれが言うと思ってんのか？　それじゃ伝言係は務まらないだろうが」

エマはレティキュールの中を探り、数シリング取りだした。

「これからはわたしの伝言係になってちょうだい」

男は金をすばやくつかむと、にやりとしてポケットにしまいこんだ。

「どうやら金はすぐに用意できそうにないな。あの貴族に頼んでみたらどうだ？　そしたらすぐに欲しいものを手に入れられるぜ。悪いが、おれは今の伝言係のままでいい。エールをたらふく飲ませてくれるんでね」

男は口笛を吹きながら歩み去った。エマも馬車が待っている場所へ向かった。

三〇〇〇ポンド……。ミスター・ウェルナーが伯爵のコレクションを委託してくれても、マリエールがまた価値のある作品を持った亡命者仲間を紹介してくれても、三〇〇〇ポンドを用意するのはかなり厳しい。オークションで〈フェアボーンズ〉に入ってくる手数料は、最高に見積もっても五〇パーセントだろう。これだって、かなりの希望的観測だ。せめて一五〇〇ポンドは手に入れたい。あとは男が言っていたように、何か頼まれたことをすれば兄を取り戻せる。でも、たとえ一五〇〇ポンドでも確実に入ってくる保証はない。

だが、一家の財産であるラファエロを売れば話は別だ。身代金を用意できる確率は高くなるだろう。落札代金と〈フェアボーンズ〉の手数料の両方がわたしに入ることになる。ラファエロを手放すのは胸が張り裂けそうなほどつらいが、オークションに出品するしか、お金を手に入れる方法はなさそうだ。

なぜか男の口ぶりから、あの伝言係の雇い主は近くにいるような気がした。もしかしたら、兄もすぐそばにいるのかもしれない。

悩みだらけだけれど、そう思うと心が躍る。エマは自分が兄を助けに行く姿を思い浮かべた。地下牢の扉を開け放つと、そこに驚いた顔をした兄がいて、ふたりは再会を喜びあっている。それから家に戻ってきたときの兄の姿を想像してみた。兄は〈フェアボーンズ〉を立派に守ったわたしを褒めている。そしてオークションの場面では、最高級のフロックコートに身を包んだ兄が父の定位置に立っている。早く兄のそんな姿が見たい。

本当に兄がすぐそばにいるとしたら、なんとしてでも見つけださなければ。またあの伝言係に会う日を悠長に待ってはいられない。莫大《ばくだい》な身代金を払うつもりも、頼みごとを聞くつもりもない。だって、その前に兄を見つけだすのだから。

家路を急ぐ馬車に揺られているうちに、さまざまな思いが押し寄せてきた。興奮と恐怖が混ざりあい、エマの心は大きく乱れた。できることなら、社会的地位のある誰かにすべてをゆだねたい。そういう権力者なら、兄を簡単に見つけだせるだろう。誘拐は重大な犯罪だ。治安判事のもとに駆けこんで、知っていることをすべて話したら、きっとすぐさま捜査に乗りだしてくれるに違いない。けれど、話せることがほとんどない。そもそも、なぜ兄が誘拐されたのか、その理由もわからないのだ。

それに、別の問題もある。兄も違法行為に手を染めて密輸に関わっているのなら、誰にも助けは求められないだろう。誰も信用しないほうがいいかもしれない。表向きはそしらぬ顔をして、本当は黒幕だったということもありうる。兄が解放されて戻ってきたら、犯人の捜索を治安判事に頼むというのはどうかしら？　いいえ、犯人はわたしが見つける。必ずや、わたしが犯人の正体を暴いてみせる。

とりあえず結論が出て、エマの心も落ち着いた。ほんの少しだけ希望がわいてきた。恐怖も薄らいで気持ちが楽になったというのに、また別の思いがくすぶりはじめた。サウスウェイト卿……。胸に苦いものが広がっていく。

彼も信用できない。何があっても、彼にだけは助けを求められない。とにかく今は、サウスウェイト卿がオークションに出品する商品について詳しく訊いてこないことを祈るしかない。彼に気づかれたら終わりだ。

15

「いったいどこへ行くつもりなんだ?」アンベリーがいらだたしげにケンデールの背中に向かって叫んだ。

ケンデールは何も答えず、ハノーバー・スクエアの東側の通りを脇目も振らずに急いでいる。しかし彼がいくら無視を決めこんでいようとも、こわばった背中は雄弁に語っていた。ケンデールは何か重要な目的を果たすために、その場に向かっているのだ。

「すぐにわかるさ」ダリウスはアンベリーをなだめた。「たぶんな」

「なぜ秘密にしなくてはいけないんだ? 黙っている理由がさっぱりわからない」アンベリーがぶつぶつ言った。「まったく勘弁してほしいよ。ケンデールはなんでも自分の思いどおりになると思っているのか? ぼくは部下じゃないんだぞ。五時に集まれ、なんて伝言だけで呼びだされて、こっちはたまったものじゃない」

今度はケンデールも話す気になったらしい。彼は馬を方向転換させて、ふたりと向きあった。「別に秘密にしているわけではないさ。馬に乗っていると話しにくいだろう」

「だったら、馬に乗る前に話せよ」またアンベリーが大声で言った。「今でもいいぞ。またひとりでどんどん先を急ぐ前にな。どこに行くのか教えてくれ、それにその理由も」

ひどく機嫌の悪いアンベリーにケンデールは驚いたようだ。彼は戸惑った表情でダリウスを見た。一心不乱に突き進む性格だからこそ、ケンデールは優秀な将校になれたのだろうが、友人たちはときどきこの性格についていけなくなる。

「アンベリーは今日、公園で会いたい人物がいるんだ」ダリウスはケンデールに教えた。

「なんだ、アンベリー、きみは密会に行けないからぼくに腹を立てているのか？　そう言ってくれればいいのに。たとえくだらない用事でも、遅刻はだめだ。社交シーズン中のきみのお楽しみを邪魔するほど、ぼくは野暮ではないぞ。重要な任務はぼくらにまかせて、きみは密会場所へ行ってくれ」

「別に遅れてもかまわない。ただ、少しぐらい教えてくれてもいいだろう。どこまで重要なことなのかわからないがね。だからもう一回訊く。いったい全体、ぼくらはどこへ向かっているんだ？」

ケンデールは馬を進ませて、アンベリーの横につけた。あいにく三頭が並ぶ形になり、通りを完全にふさいでしまった。たちまち、行く手をさえぎられた馬車や荷車から罵声の集中砲火を浴びせられた。

「ある噂の調査をしているんだ。それがどうもただごとではない気がする」ケンデールは声をひそめて言った。「マリエール・リヨンという女の噂を聞いたことがあるか？」

「ああ、ある」ダリウスは答えた。「フランス人だろう。数年前に恐怖政治から逃れて亡命してきたんだ。確かボーリュー伯爵の姪だったと思う」

「それで噂というのは？」アンベリーがせっつく。先ほどとは打って変わって興味津々といった様子だ。うしろから聞こえる怒号がますます大きくなってきた。

「とんだ詐欺師だという噂もある。この女の言うことはすべて嘘だと思っている者たちもいるらしい」ダリウスは言った。「ケンデール、前からこの噂は流れていたぞ。だが、どうもデマらしいな。化けの皮をはがそうとしたが、ことごとく失敗したそうだ。だからただの噂だったのさ」

「その噂の出所が亡命者仲間なのが興味深いんだ」ケンデールが返す。「そういうわけで、ときどき監視しているんだよ」

「それはあんまりだろう」アンベリーが言った。「噂だけで監視などされたら、たまったものじゃない。ぼくならいやだな」

「ただの好奇心で監視しているわけではないさ。アンベリー、きみの遊び半分の調査と一緒にするな。まあ、それはいいとして、このマリエール・リヨンだが、伯爵の姪ということにはなっている。だが、ひとりでイングランドに逃れてきたというのがなんだかうさんくさいと思わないか？　伯爵の姪というのはやはり嘘で、本当は諜報員ではないかとぼくはにらんでいるんだ。そう言っておいたほうが、亡命貴族の中にすんなり溶けこめるだろう？」ケンデールがアンベリーに言う。「きみだって、疑いを持ったら調査を開始するはずだ」

「きみがいればイングランドは安泰だな、ケンデール。牧師たちはきっと毎朝きみに祈りを捧げているよ。この調査はひとりでやっているのか？」

「アンベリー、そんなことは訊くまでもないだろう。ぼくたちの行動を考えてみろよ。いつも単独じゃないか」ダリウスは言った。「それにケンデールの考えも一理あるんだ。政府内にも、この女を不審に思っている議員がいるからな。だからケンデール以外にも、彼女を見張っているやつはいるかもしれない」

「今のところはいないようだ。まったく、気楽なやつらばかりさ」ケンデールがこぼした。「二日前にマリエール・リヨンが朝早く公園で待ちあわせをしていたんだ。そのときも見張りはいなかったからな。待ちあわせ相手は女だった。ケント州で散歩中に転落死したあの男の娘と話しこんでいたよ」

ダリウスはケンデールをじっと見つめた。ケンデールは何やら考えこんでいる。ダリウスもこの二日間の出来事を思い返してみた。

「公園で女同士が話しこんでいたくらいで捕まえに行くのか？」アンベリーが皮肉った。

「それはまだわからない」ケンデールがまじめな面持ちで答える。どうやら皮肉は通じなかったようだ。「だから、これからその娘のところへ行こうと思っているんだ。それで手を貸してほしいのさ。屋敷と通りの両方を見張らなければならないからな。最近はぼくひとりでは手がまわらなくなってきて、信用できる使用人に監視の手伝いをしてもらっているんだ。それでもまだ人手が足りない状態だよ。あやしいやつらが多すぎるんだ」

「なんのために使用人まで巻きこむ必要がある？」ダリウスは尋ねた。「頭がどうかしたんじゃないのか？　自分の好奇心を満たすために見張り役を寄せ集めるのは間違っているぞ」

「ケンデールは頭がどうかしているからな。事の良し悪しをわきまえていないのさ」アンベリーが茶化した。「慎重に事を進めたいなら、使用人は信用するな、ケンデール。すぐにきみの噂がピット首相の耳に入ってしまうぞ。そんなことになってみろ、内務大臣に呼びだされて、不愉快極まりない話を聞かされるはめになる」

「ぼくの使用人は信用できる者ばかりだ。きみのとは違うんだよ。実際、近衛騎兵連隊より統制が取れているぐらいだ。忠誠心の塊なのさ。なんなら一度、きみたちもぼくの使用人を監視役に使ってみたらいい。すぐにはったりではないとわかるだろう」

　ケンデールはそう言い切ると、また馬を方向転換させて先を急ぎはじめた。ダリウスとアンベリーは並んで彼のうしろについた。足止めを食らっていた御者たちも動きだし、最後にもう一度悪態をついて走り過ぎていった。

　ダリウスはケンデールを絞め殺したい気分だった。こいつは自分ひとりの力で国を救えるとでも思っているのだろうか？　この調査は厄介なことになりそうだ。

いつかはモーリスの転落死を疑問に思う者が出てくるだろうと思っていた。だが、まさかそれが自分の親友だとは。

「一杯飲みたい気分だよ。そうでもしないとケンデールには付き合いきれない」アンベリーが小声で話しかけてきた。「こうと決めたら梃子《てこ》でも動かないからな。海岸の監視態勢を整えるときも、躍起になって取り組んでいただろう。実際、楽しんでやっていたよ。だが、最近のケンデールは度を超えている。このへんで少し落ち着かせないと、今度はその信用できる使用人とやらにぼくたちを監視させようとするかもしれないぞ」

「きっと爵位がわずらわしくてしかたがないんだろう。その責任や義務から逃れたくて、自分の関心事に没頭しているんじゃないのか」

「女性を見つけてやったほうがいいかもしれないな。そうしたら少しはまともになると思わないか？　うん、それがいい。すぐに女性探しをはじめよう」

　コンプトン通りの突き当たりに差しかかったところで、ケンデールが片手をあげて馬を止めた。彼は馬を方向転換させて、ふたりに向き直った。

「次の十字路から四軒先の屋敷だ。そこにマリエール・リヨンと公園で会っていた女が住んでいる。家族はいない。今は使用人と一緒に暮らしている。女が戻ってきたら、マリエール・リヨンやほかにもあやしげな人物が訪ねてくるかどうか、見張りを開始してくれたらありがたい」

「それで、その女性はいつ戻ってくるんだ？」見慣れた扉を見つめていたダリウスは、ケンデールに鋭い視線を向けた。

「今朝から馬車置き場は空っぽだ。きみたちふたりに会う前にも見に来たが、まだ戻っていなかった。なんとなく旅に出たような気がするんだ。まったく、もっと早くきみたちに連絡していれば、女がどこに消えたのかわかったのに」

「近くに住んでいる友人に会いに行っただけだろう」ダリウスは言った。「友人のひとりやふたりはいるはずだ」

「かもしれない。だがぼくは、女はケント州の別荘に行ったと思っている。考えてもみろよ、マリエール・リヨンと会った二日後にケント州の海辺の別荘に出かけたとしたら、どういうことだと思う？」今のケンデールは軍人の顔をしていた。「この女ふたりは悪事に手を染めているのさ」

「やれやれ、きみというやつは火のないところに煙を立てたがるよな。くだらない。考えすぎだよ」アンベリーが切り捨てた。「何も確証はないだろう」

「それはそうだが、妙だと思わないか？　ただの偶然には思えないんだ」

「証拠もないのにそんなことがわかるか。きみは想像力がたくましすぎる」アンベリーはいらだたしげに返した。

「たまたま、ぼくはモーリス・フェアボーンと知りあいでね。散歩中に崖から落ちて亡くなった男だよ」ダリウスは話しはじめた。「モーリスのオークションハウスにはよく行くし、ケント州にある彼の別荘とぼくのカントリーハウスはわりと近い。そんなわけで彼を知っているんだ」

今の話を聞いてはじめて、アンベリーはエマ・フェアボーンと、マリエール・リヨンと会っていた女が同一人物だと気づいたようだ。彼は好奇心をあらわにしてダリウスを見た。

「では、娘のほうも知っているのか？」ケンデールがダリウスに尋ねた。

「ああ、モーリスに紹介されたよ」

　ケンデールは考えこんでいる。

　アンベリーが横目でダリウスを見ながら言った。「ケンデール、マリエール・リヨンと会っていた女性だが、まだ喪に服しているのか？」アンベリーはあの日〈ブルックス〉でダリウスがふたりに話したことを思いだしたのだろう。だからこんなふうに意味深なまなざしを向けてくるのだ。

「ああ、今も喪に服している。だから今日は朝からずっと留守なのがおかしいんだ。ふつう人前に出ないものだろう。サウスウェイト、きみが彼女と面識があるのは好都合だ。父親とは知りあいだしな。きみなら監視していても彼女に気づかれないだろう」

「確かに好都合だな」アンベリーがつぶやく。

「ケンデール、きみがそれで気がすむなら、彼女を注意して見ているよ。だが、ひとこと言わせてくれ。きみはまだ軍人の習性が抜けていない。だから疑り深いんだと思う」

　ケンデールが顔をしかめた。「きみはこれを下劣な行為だと思っているんだろうな。それならアンベリーに――」

「いや、ぼくがやる。あの女性を知っているし、何か変化があれば、ぼくのほうが気づきやすいだろう。そうと決まったら、さっそく取りかかるよ。まずは馬車がないのは旅に出たからなのか調べてみる。もしそうなら、どこに行ったのかも」ダリウスは馬を前進させた。

「どうやって調べるんだ？」ケンデールが訊いた。「行方不明の馬車の追跡は難しいぞ」

「本当に行方不明ならな」アンベリーがいらだたしげにつぶやいた。

「心配するな、ケンデール。ぼくなりの考えがあるんだ」ダリウスは振り向かずに言った。行き先は簡単にわかるだろう。執事のメイトランドに訊けばいい。ミス・フェアボーンが不審な行動をしているはずがない。レディ・カサンドラやそのおばと一緒に夜を過ごしているほうが、よほどいかがわしいことをしそうだ。

16

ケント州の海辺の別荘は一カ月以上も閉めきったままだった。かびくささとほこりが、長い不在を物語っている。エマは到着するとすぐに窓を開け放った。ほんのひとときでも、することがあるのがありがたい。何かしていないと悲しみに押しつぶされそうだった。

最後に別荘へ来たのは、もう一年以上も前だ。ここは父だけの休息の場で、家族が集まって過ごすことはほとんどなかった。だから父が亡くなってからも一度も訪れていない。それよりも父に会いたくなったときは、ロンドンにある墓地を訪れていた。そこで今、父は母の隣で永い眠りについている。開いた台所の窓から潮風が流れこんできて、ここで父と過ごしたわずかばかりの思い出がふいによみがえってきた。

「カーテンは洗いましょう」布地のにおいをかいで、ミセス・ノリストンが言った。「前回旦那様がいらしたときに、洗うつもりだったんですよ。でも――」彼女はそこで口をつぐみ、顔を赤らめて申し訳なさそうにエマを見た。

隣村のリングスウォルドに住んでいるこの女性は、父が別荘に滞在しているときは家事を引き受けてくれていた。しかし今回エマが村に立ち寄って彼女を連れてきたのは、家事をしてもらおうと思ったからではない。エマはさっそく話を切りだした。

「ミセス・ノリストン、わたしはここに、ある仕事で来たの。少し助けてくれるかしら」

「お嬢様、わたしではお役には立てませんよ。ごくふつうの女なんですから。料理や掃除ならやりますよ。でも仕事と聞いたら、とてもじゃないけどわたしには無理です」

「あなたは生まれてからずっとここに住んでいると父が言っていたわ。だからこそ、あなたの助けが必要なの。あなたほど、この土地を知りつくしている人はいないもの。あのね、実はわたし、密輸商人と話がしたいのよ。あなたの知りあいで密輸商人を知っている人はいないかしら？　もしいたら教えてほしいの。とても重要な話があるのよ」

ミセス・ノリストンは即座に首を横に振った。「誰もいません。密輸商人はこっそり隠れて仕事をしますからね。知ってる人なんていませんよ」

「でも、密輸商人たちに手を貸している人はいるでしょう。ミセス・ノリストン、わたしは治安判事ではないの。密輸商人を捕まえようなんて思っていないわ。村にはわたしを助けてくれる人が絶対いるはずよ。ねえ、あの人はどうかしら？　去年ここに来たとき、村の広場でフランス製の石鹸を荷車にのせて売っていた男性がいたんだけど」

がっしりとした体つきのミセス・ノリストンは、どすどすと大きな音をたてて無言で台所を歩きまわっている。エマが途中で買ってきたチーズやハムやパンをしまいこみ、食料貯蔵庫の中を調べ、瓶のふたを開けてにおいをかいだ。

エマはじっとミセス・ノリストンが口を開くのを待っていた。だが五分経っても、ミセス・ノリストンは黙ったままだ。そこで話題を変えてみることにした。

「サウスウェイト伯爵のカントリーハウスはここから遠いの？　確か、フォークストーンの近くだった気がするんだけど」

ミセス・ノリストンは顎をとんとん叩いて考えている。「ここから南へ一〇キロほど行ったところにありますよ。ずいぶんと厳しい人だそうですね」彼女は平鍋に手を伸ばした。「ハムを温めますね。御者も夕食に温かいのを食べたいはずです。あの人が食べ終わったら、お嬢様を呼びますから、それまで少し休んでいてください」

体よくミセス・ノリストンに追い払われ、エマは台所を出ると階段に向かった。足音を響かせて一段のぼるごとに、闇が濃くなっていく。

ここにはあまり来たことがないせいか、懐かしい気持ちはわいてこない。それでも父の存在は強く感じた。今もすぐそばにいるような気がする。それはたぶん、父がこの別荘でひとりの時間を楽しむことが多かったからかもしれない。

エマは父の寝室の扉を開けた。本当にここに今父がいたら、どんなによかっただろう。悲しみで胸が押しつぶされそうになった。父に会いたくてたまらなかった。

エマは北側の壁を飾る小さな絵画を見つめた。薄暗い部屋の中でさえも鮮やかな色彩が目に飛びこんできた。まるで色自体が光を放っているかのごとく、赤はルビーのようにきらめき、青はラピスラズリのように輝いている。

ラファエロ作の『聖ゲオルギオスとドラゴン』。甲冑を身にまとった聖ゲオルギオスが長い槍をドラゴンに突き刺して退治しているところを、かたわらで赤いドレスの女性が愛と感謝をこめて見つめている。ラファエロは同じ題名でほかにも作品を描いているが、父はいつもこれが最高傑作だと言っていた。

エマはベッドから椅子、そしてテーブルに山積みになっている本へと視線を移していった。こみあげてくる悲しみを抑え、壁からラファエロの絵画をはずして、もう一度部屋の中を見渡した。

ほかの絵はどこにあるのだろう？

この寝室には以前、ボッティチェッリの小さな神話画とセバスティアーノの枢機卿の肖像画もかけてあった。〈フェアボーンズ〉をアルベマール通りに移転するとき、父はコレクションの大半を売って資金を調達したが、その二点だけは手放さなかったのだ。

エマはラファエロの絵画を置いて、ベッドの下や衣装戸棚の中をのぞいてみた。居間におりていき、くまなく調べたけれど、どこにも見当たらない。

ラファエロが残っているのだから、盗まれたわけではないだろう。泥棒が一番高価な作品を置いていくはずがない。ということは、父はお気に入りの作品もすべて売ってしまったに違いない。

エマはラファエロを取りに寝室へ戻った。きっと兄を助けるためだ。兄の身の安全を守るための一〇〇〇ポンドを用意できなかったときに売り払ってしまったのかもしれない。それでも父は、最後のこの一点だけは手元に残した。なぜかはわかっている。ラファエロの絵は父から母への贈り物だった。そして父の死後、この絵を娘に遺すのが母の願いだった。

エマは自分の寝室に入り、小さな額を布で包んで旅行かばんの底に入れた。そしてその日の夕方は、密輸商人に会う計画をあれこれ考えながら過ごした。

夜はひとりきりだった。馬車置き場にディロンがいると思えば少しは不安がやわらいだが、亡霊を振り払うことはできなかった。父や兄との思い出がとめどなくあふれてきた。

三人で一緒にここで過ごした最後の日々を思い起こしてみる。兄が大陸旅行に出発する少し前のことだった。父と兄が言い争いをはじめ、だんだん大きくなっていくふたりの声をわたしは庭で聞いていた。その翌朝だ、突然兄から旅行に行くと聞かされたのは。自前でオークションに出す商品を買いつけてくると教えてくれた。

本当に兄は旅行に行ったのかしら？　あの沈没した船に乗っていたの？

今はどこにいるのだろう？　英国なのか、イタリアなのか、それとも……。明日、村人に話を聞きに行こう。密輸商人を知っている人はきっといるはずだ。たとえ賄賂を渡さなければならなくても、兄を人質にしている密輸商人を見つけだしたい。

翌朝、エマが階下へおりていく頃には、すでに台所から料理を作る音が聞こえていた。朝食の準備ができてテーブルにつくと、ミセス・ノリストンがテーブルの脇に立った。顔をしかめ、不快感をあらわにした視線をエマに向けている。

「お嬢様が危険な目にあったら、旦那様は墓から手を伸ばして、わたしを殴りつけるでしょうね」ミセス・ノリストンが口を開いた。「わたしの言うとおりにできますか？　どうです？」

エマはおとなしくうなずいた。

「明日の午前一一時にリングスウォルドに行ってください。〈王者の剣〉という酒場です。いいですか、喪服はだめですよ。着飾るのもだめです。それに馬車も御者もだめ。ただそこに行って、待っていればいいんです」

「わかったわ。あなたの言うとおりにする」

「そこで話をしてください。お金を持っていくんですよ」

「忘れないで持っていくわ」エマは手を伸ばして、ミセス・ノリストンの手を握りしめた。「どうもありがとう、ミセス・ノリストン。父に殴られる心配はしなくても大丈夫よ。だって、人通りの多い真っ昼間に会うんですもの。危険な目になんてあわないわ」

そんなのは戯言だと言わんばかりに、ミセス・ノリストンは頭を振っている。それきり彼女は何も言わず、重い足取りで台所に戻っていった。

一夜明けて、エマは〈王者の剣〉に行く準備をはじめた。薄紅色のドレスの上に着古した茶色の長い外套をはおり、質素な麦わらのボンネットをかぶった。

外套もボンネットも、一年以上前にここへ来たときに置いていったものだ。最後にこれを身につけたときの室内のにおいや音を、ふいに思いだした。記憶が鮮やかによみがえり、隣の寝室で父が歩いている足音が聞こえた気がした。

歯を食いしばって涙をこらえ、エマは別荘を出て村へと歩きだした。

リングスウォルドは小さな漁村で、住民のほとんどが漁師だ。村には庭付きのこぢんまりした家が立ち並び、潮風を受けて壁のペンキや漆喰がはげ落ちている家も数軒あるが、おおむねどの建物も手入れが行き届いている。

エマは大通りを歩き、村に一軒しかない商店を通り過ぎた。すれ違いざまに物珍しそうに目を向けてくる村人もいる。別荘に滞在中に知りあった人たちとは挨拶を交わした。彼女は〈王者の剣〉の前で立ち止まり、窓から店内をのぞいてみた。客は数えるほどしかいない。この時間帯では当然だろう。窓際に座っている男と目が合った。だが、すぐに男は視線をそらした。

今まで一度も酒場には入ったことがない。それも当然だ。ふつうの女が出入りする場所ではないのだから。それにしても、なぜ酒場なのだろう？　教会の墓地を待ちあわせ場所に選んでくれたほうがまだよかった。だが、密輸商人はここを選んだ。そしてわたしは兄の居場所を何がなんでも知りたい。それなら選択肢はひとつ。入るしかない。

意を決して、エマは店の中に足を踏み入れた。客たちはこちらを見ようともしない。店主はちらりと目を向けた。彼女は窓から離れた粗末なテーブルに向かい、椅子に腰かけた。

店内にはエールやビールのにおいが充満している。どこかに厨房があるのだろう、料理のにおいも漂ってきた。エマは鼻をひくつかせた。きっとこれは羊肉のスープだ。

一〇分が過ぎた。まだ相手は現れない。エマは梁が見える天井を見あげた。そのとき店の扉が開き、男がひとり入ってきた。あいかわらず客たちは無関心だ。男は大股で彼女のテーブルに歩み寄り、向かい側の椅子に滑りこむようにして座った。

予想外だった。潮焼けした赤銅色の顔に深いしわが刻まれた、ごま塩頭の年配の男が来ると思っていた。ところが密輸商人は若かった。年齢は三〇代前半といったところだろうか。針金のように痩せた男で、クラバットをゆるめに結び、茶色いフロックコートを着た姿はなかなかのしゃれ者にも見える。青い目に黒くて太い眉。その顔はほとんどひげに覆われていた。

「ひとりで来たのか」男は静かな声で切りだした。つぶやきとも質問とも取れる口調だ。たぶん後者だろう。エマはうなずいた。

「ばかだな」

「ひとりで来いと言ったのはあなたでしょう。わたしが誰かを連れてきていたら、あなたは店に入ってきた？」

「別におれは来なくてもよかったんだがね。どこかの女にどうしてもと頼みこまれたから来ただけだ。悪いが時間がない。話があるなら数分ですませてくれ」

エマは話しはじめた。「まず約束してほしいの。これからわたしが言うことは決して口外しないと。ほかの人に知られるような危険は冒したくないのよ。それに――」

「会いたいと言ってきたのはそっちなのに、条件をつけるとはな」男は低い声で笑った。

「ごめんなさい。でも、お願い。約束してほしいの……紳士として」

その言葉を男は笑い飛ばさなかった。青い目で興味深げにエマを眺め、やがてうなずいた。

「わたしはモーリス・フェアボーンの娘なの。父の別荘が――」

「その男のことは知っている」

「兄のロバートが二年前から行方不明で、もしかしたら密輸商人にとらわれているんじゃないかと思うのよ」

「この海岸一帯では、それはないな」

エマの心は沈んだ。すぐ解決すると思っていたなんて、ばかみたい。あっさり切り捨てられて話は終わってしまった。「それは確か？　あなただけではなく、ほかにも簡単にお金を稼ごうと思っている人もいるかもしれないわ」

男はいらだたしげに彼女に目を向けた。「ときにはそういうやつらもいる。だが、このあたりの人間じゃない。海は誰でも自由に出入りできるからな。迷惑な話だが」

いったいどうやって連れ去るのかしら？　でも、これは訊かないほうがいいだろう。

「何か噂は聞いていない？　わたしの兄のことでも、どこか別の地域で若い男性が連れ去られたことでもなんでもいいわ。耳にしているなら教えて。みんな、兄は亡くなったと思っているの。でも、わたしは違う。だから――」

そのとき男が片手をあげて、エマの話をさえぎった。すでに彼の視線は窓際に座っている男に向けられていた。その男は首を伸ばして食い入るように外を見つめ、手で彼に合図を送っている。店内は静まり返り、張りつめた空気が流れていた。店の主人までもが動きを止め、こわばった表情を浮かべている。

ふたたび窓際の男が手で何か合図して、店内にちらりと目を向けた。通りで何があったのか知らないが、どうやら危険は去ったようだ。

目の前の男の体から緊張が解けた。「男が連れ去られたという話はいっさい聞いていない」

「そういうことがあれば、あなたの耳に入ると思う？　仲間のあいだで話題になる？」

「この近くで起きたら耳に入るだろうな。南東の海岸のほうでは噂がある。だが、ただの噂だ。あんたが女友だちと応接間で話すのと同じさ。男も酒が入れば口が軽くなる。酒のうえでの話だ」

できれば次の質問はしたくない。大切な人を疑うなんて耐えられないが、今自分が直面しているものをはっきりさせなければならない。

「あなたは……あなたの仲間でもいいけれど……わたしの父か兄と何か取引をしたことがある？」

男の目に今の自分はどう映っているのだろう？　一瞬、相手の目に哀れみの色が浮かんだ気がした。

「できればよかっただろうな。あんたの父親みたいな立場の男となら、いい商売ができただろう。だが、一度も取引はしたことがない。おれも、おれの仲間もだ。とはいえ、海岸線は果てしなく長いからな。おれたちとは取引してなくても、ほかのやつらとはどうしていたのかはわからない」

まあ、とりあえず収穫はあったというわけだ。ほんの少しではあるけれど。でもせっかく密輸商人に会えたというのに、ほとんどわからずじまいだった。

「あなたは何も知らないと言っていても、本当は知っているんでしょうね。わたしだって、兄を簡単に取り戻せるとは思っていないわ。でも、何も手がかりを聞きだせなかった。残念だとしか言いようがないわね。今日は会ってくれてありがとう。少なくとも、あなたは何か知っているとわかっただけでもよかったわ」

エマは椅子から立ちあがった。密輸商人も立ちあがりかけた。そのとき、店内に新しい客がいることに気づいた。きっと裏口から入ってきたのだろう。エマはその客の顔を見て凍りついた。にらみ返され、息が止まりそうになる。

密輸商人がエマの視線をたどり、振り返った。予想に反して彼は逃げなかった。裏口のそばに立っている男に鋭い視線を投げつけ、ふたたび椅子にどすんと腰をおろした。

「サウスウェイト」小声で言う。「あんたはあいつの女なのか?」

「まさか、違うわ!　わたしはひとりで来たわよ。嘘じゃないわ」エマもまた椅子に座った。

サウスウェイト卿が近づいてきた。質素な服装の男たちしかいない酒場には、乗馬用の青い外套姿の彼はひどく不釣りあいだ。その外套の内側に銃を携帯しているのが見えた。まわりにいる客たちが静かに立ちあがって出ていった。店の主人までも外に行ってしまった。

サウスウェイト卿はテーブルの脇で立ち止まり、密輸商人を威圧するように見おろした。

「タリントン」

密輸商人が軽くうなずいた。

ふたりは知りあいなのだ。

「ミス・フェアボーン、ここで何をしているんだ?」サウスウェイト卿が尋ねた。

「注文した羊肉のスープを待っています」

当意即妙な切り返しにタリントンがにやりとした。彼はタリントンにふたたび目を向けた。

回転の速さにも感銘を受けなかったらしい。だが、サウスウェイト卿はエマの頭の
もしかしたら、この密輸商人はかなり名の知れた男なのかもしれない。けれど今は、そんな彼も上からにらみをきかされて、窮地に陥っているはずだ。

驚いたことに、タリントンは顔をあげて、サウスウェイト卿の目をひたと見据えた。

「泥棒の鑑《かがみ》とここで会うとはな」サウスウェイト卿が言った。

タリントンが笑みを見せた。「ここに泥棒はいない。エールを飲んでいる男と、家に持って帰るスープができるのを待っているきれいな女がいるだけだ」通りに目をやる。「今、入ってきたところから、すぐ出ていったほうがいい。おれの仲間に気づかれて、あんたを危険な目にあわせたくないからな」

「わたしはおまえに会うためにここへ来たわけではない」サウスウェイト卿がエマに向き直った。「もしよければ、ミス・フェアボーン、きみを別荘まで送りたいのだが」

まったくよくないわ。エマは内心でつぶやいた。ていねいな口調にもかかわらず、言葉の

端々に有無を言わせぬ響きがある。彼女は頑として椅子から立ちあがろうとせず、サウスウエイト卿から逃げる方法を必死に考えていた。

そんなエマを見て、タリントンはおもしろがっている。彼はここでのふたりの会話を口外しないという約束は守ってくれるだろう。でも、この最悪の状況から彼女を救ってくれそうにはない。

「きみを肩に担いで連れて帰ることもできるんだぞ」サウスウェイト卿は口調にすごみをきかせてきた。「いさぎよく従ったらどうかな。それが大人の対応というものだ」

あなたに命令される筋合いはないわ。できるなら、そう吐き捨てたかった。だがサウスウエイト卿の怒りをひしひしと感じ、エマは口から出かかった言葉を無理やりのみこんだ。それにタリントンの仲間が外で待ち伏せしているかもしれない。

エマは立ちあがった。すかさずサウスウェイト卿が彼女の腕をしっかりつかんだ。そのまま酒場の裏口へ向かい、外に出る。

そして馬を止めている場所を目指し、通りを歩きはじめた。

「ひとりで歩けます」エマは腕をつかんでいる彼の手を振りほどこうとした。

サウスウェイト卿はそれには応えず、彼女を抱えあげて鞍《くら》に座らせた。

「動くんじゃないぞ」

横向きに座っていて、どうやって動くのよ？　動けるわけがないじゃない。エマは心の中で大声で言い返した。サウスウェイト卿がうしろにまたがり、彼の胸が肩に触れた。彼はエマの体を包むようにして手綱に両手を伸ばした。

「歩いていきます、おろしてください」

「リングスウォルドを出たら、好きなだけ歩かせてやるよ」サウスウェイト卿は手綱を軽く振って馬を走らせた。「いいか、ミス・フェアボーン、よく聞くんだ。これ以上、口答えはするな。その口をしっかり閉じておけ」

体が触れあわないように、エマはお尻の位置をずらそうとした。

「命令するのはやめてください。それに口答えはしません。だって、あなたに話すことなんて何もないんですもの。あなたって人は、どこまでもつきまとってくるんですね。そんなにわたしの邪魔をしたいですか？　あなたほど無遠慮な伯爵はいないでしょうね。そんなあなたと知りあったわたしは、なんて運が悪いのかしら」

「この程度で、わたしを無遠慮だと非難しないほうがいい。わたしが本領を発揮したら、こんなものではないからな」

「それなら言い方を変えます。強引で、とんだうぬぼれ男で、高圧的で……」馬の背に揺られながら、エマは考えつく限りの言葉を延々と並べつづけた。

17

リングスウォルドを出ると、ようやくサウスウェイト卿はエマを歩かせてくれた。もっとも、二度も催促しなければならなかったが。彼は馬を止め、エマを抱きかかえて地面に降ろした。

その親密なしぐさに鼓動が乱れ、彼女は地に足をしっかりつけて気持ちを落ち着かせようとした。「もう行ってください、サウスウェイト卿。見渡す限り、人っ子ひとりいません。だからわたしは大丈夫です」

お願いだから早く行って、と心の中でつぶやき、エマは歩きだした。

ところが、そううまくはいかなかった。馬はエマと並んでゆっくり歩き、主人が無言で命じたエスコート役を忠実に務めている。けれども彼女は気まずい空気に押しつぶされそうで、少しも守られている気分にはなれなかった。

同じ道を歩いているのに、帰りは行きよりもずっと長く感じる。こんな気持ちを抱えて帰路につく予定ではなかったからだ。悔しい。自分の無力さに腹が立ってしかたがない。結局、兄を見つける手がかりはひとつもつかめなかった。タリントンと話をして、何を得られただろう？　ほとんど何も。兄の居場所がわかるかもしれないとひそかに期待していたのに、その望みはあっけなく打ち砕かれてしまった。

この数日間で、何度兄の救出劇を頭に思い描いたことか。そんな子供じみた夢に浸るなんて、愚かな女だと自分でもわかっている。でも、気づけばいつも空想の世界に入りこんでいた。タリントンから何も聞きだせなかった今となっては、あの伝言係に言われたとおりにするしか選択肢はなくなった。なんとしても身代金を調達しなければならない。だがもうひとりの常識ある自分は、悪党の手先になることを断固として拒んでいる。

エマは別荘の敷地の角で立ち止まり、サウスウェイト卿に向き直った。

「ありがとうございました」わざと喧嘩腰の口調で言う。彼は何も言わなかった。玄関に向かって歩いていく彼女のうしろを馬がついてくる。

ミセス・ノリストンが戸口から顔をのぞかせた。その目がエマから背後の馬に、そしてその上にまたがっている男性に向けられた。ミセス・ノリストンは顔を真っ赤にして、あわててあやまりはじめた。「この人の言うとおりにするしかなかったんですよ。お嬢様が危険な目にあったら、その責任はわたしにもあると言われたんです」

「なぜ彼はわたしが危険な目にあうと思ったの？　ただ散歩に出かけただけなのに」

ミセス・ノリストンはうつむいてしまった。「お嬢様は人に会いに行ったと言ってしまったんです。密輸商人と話をしに行ったと。だって、脅されたんですよ。教えるしかありませんでした」

「そうだったの。でもね、ミセス・ノリストン、わたしの仕事のことは彼に言ってほしくなかったわ。それにあなただって、何も怖がる必要はなかったのよ。彼はたまたま貴族の家に生まれただけなんだから。上流階級の人だからって、びくびくしなくてもよかったのに。彼は嘘を言ったのよ。自分の思いどおりにしたかったから、わたしが危険な目にあうなんて、あなたに嘘をついたの」

ミセス・ノリストンは恐縮しきった表情をしている。馬のほうに軽くお辞儀をすると、そそくさと家の中に消えていった。エマもあとを追い、馬から降りているサウスウェイト卿の目の前で扉を閉めた。ここまで拒絶されても気づかなければ、彼は傲慢なだけでなく大ばか者だ。

エマは居間に入っていった。ボンネットのひもをほどく暇もなく、サウスウェイト卿が扉を叩く音が聞こえた。彼女は意地でも聞こえないふりをした。扉を叩く音がだんだん大きくなっていく。一定のリズムを刻んで響く音に、彼の押しの強さといらだちが表れている。勝手にすればいいんだわ。できるものなら、一日じゅうそこに立っていればいい。絶対に扉は開けてやらない。彼の思いどおりになんてさせな——。

嘘でしょう。居間を通り過ぎて玄関に向かうミセス・ノリストンのスカートの裾がちらりと見えた。止める間もなく扉を開ける音が聞こえ、ミセス・ノリストンが執事のようにサウスウェイト卿を出迎えた。

居間に向かって廊下を歩くブーツの音が近づいてくる。ふいに冷たい風が吹きこんできたように感じ、エマの背筋に悪寒が走った。

厳しい表情を浮かべたサウスウェイト卿が扉のところに姿を見せた。その堂々とした佇まいに、いっそういらだちが募る。それでも腹立たしいことに、ロングブーツに青い外套を合わせた乗馬服姿の彼はとてもハンサムだ。黒髪が風で少し乱れている。彼は不愉快そうにこちらを見つめていた。

「ミセス・ノリストンは間違ってあなたを中に入れてしまいました。ですから、どうぞお引き取りください」

「その前に、まず話したいことがある」

「言わぬが花です。このことわざをご存じですか？　これほど今の状況にぴったり当てはまる言葉はないでしょうね」

「勉強になるよ、ミス・フェアボーン。だがよりによって、きみから教わるとはね。馬に乗っているあいだ好き勝手なことを言っていたのは、どこの誰だったかな？　今度はわたしがそうさせてもらう」

「ご勝手に。わたしは耳をふさがせてもらいますから。今日のことでお説教は聞きたくありません。わたしは危険な目にはあわなかったし――」

「それはきみが気づいていないだけだ。紙一重だったんだぞ。それをきみはまったく気づいていない。あの家政婦が、きみが酒場に行く段取りをつけているのを誰かに盗み聞きされていた可能性だってあったんだ。もし聞かれていたら、どんな危険が待っていたと思う？　わたしはこの銃を使っていたかもしれないんだぞ」サウスウェイト卿は銃を取りだしてテーブルの上に置いた。

彼は腕組みをしてエマをにらみつけた。その姿が、突然オークションに姿を見せたあの日の彼と重なった。もうこれ以上、何も聞きたくない。そんな気分ではなかった。でも、結局聞くはめになるのはわかっている。エマはあきらめて大きなため息をつき、椅子にどさりと座りこんだ。

「ミス・フェアボーン、密輸商人に会おうと思った理由を教えてくれ」

「どうしてわたしが尋問を受けなければならないんです？　あなたにそんな権利は——」

「なぜきみはいつも、そう強情なんだ？　わたしの忍耐力を試すようなまねは、もうやめたほうがいいぞ。さあ、答えてくれ。きみは密輸商人と取引をしようと思っていたのか？　いまいましいオークションに箔《はく》をつけようとして、密輸品を出品する気だったのか？　そのときはまた所有者を匿名にするつもりか？」

エマは心臓がよじれるような痛みを感じた。「何が言いたいんですか？」

サウスウェイト卿はいらだたしげにため息をついた。「帳簿にあいまいな部分が多すぎるんだよ。きみは関わっていないと思っていたが、どうやらわたしが間違っていたようだな。どうなんだ？」

彼女は答えなかった。うつむいて歯を食いしばり、サウスウェイト卿が帰ってくれるようにひたすら祈った。

しかし、彼はぴくりとも動かない。同じ場所に立ったままだ。その存在は今や部屋を支配しているようで、エマは息苦しさを覚えた。

「あなたにも密輸商人の知りあいがいるんですね」彼女は口を開いた。「父が違法行為をしていたとしたら、あなたが密輸商人に父を引きあわせたとも考えられます」

失敗だ。挑発しすぎてしまった。今にも爆発しそうなサウスウェイト卿の怒りが、ひしひしと伝わってくる。すぐに容赦ない言葉を投げつけられるはずだ。エマは身構えた。緊張をはらんだ静けさがふたりを包んでいる。

サウスウェイト卿が彼女に背を向けた。怒りを静め、気持ちを落ち着かせようとしているのがわかった。

「確かにタリントンとは知りあいだ。あの男はこのあたりでは王のような存在でね。海岸一帯の動きをすべて把握しているから、役に立つんだよ」

「あなたがこのあたりの海岸に並々ならぬ関心を持っているのは聞いています」

「それはわたしだけではない。まだほかにもいる。海軍にも警備強化を要請しているが、今はフランスの侵攻に備えているから、警備には手がまわらない状態だ。だから、この海岸地帯は諜報員にとっては天国なんだよ。フランスから密輸品のブランデーが持ちこまれるのと同じくらい楽に潜入できる。諜報活動もやりたい放題というわけだ」

「英国人の密輸商人がフランスからの諜報員の手助けをしていると思いますか？」

「そういう連中も中にはいる。だが、タリントンのようなやつらもいるんだ。彼らは海岸を見張り、あやしい動きがあれば報告してくれる。今では南東の海岸地帯を警備している漁師や地主たちと連携しているよ」

「貴族とも？」

「ああ、この目的のために海岸地帯の領地にとどまっている貴族もいるからね」

「でも、あなたは違う」

「わたしは仲間と組んで、ここの監視態勢を整えているんだ。警備が薄くなれば、すぐにその隙を狙われるからな」

「あなたたちに協力している密輸商人にはどんな見返りがあるんですか？　彼らが扱っている密輸品には目をつぶるとか？」

「見返りは何もない。国を守るためにやっているという満足感だけだよ。たとえば、もしタリントンが捕まったとして、あいつは情状酌量を得られるかもしれないが、それもまったく保証はされていない」

「なぜです？　政府は寛大な措置を取るべきではありませんか？」

「政府は決して泥棒とは取引をしないんだ。情けをかけたら、得てして足元をすくわれるものだからな」

確かにそれも一理ある。きっとサウスウェイト卿も情けをかける人ではないだろう。罪を犯した者には、たとえ自分の協力者だとしても容赦しないに違いない。そして兄やわたしにも。倉庫の奥に布をかけて隠してあるワインが目の前に浮かんできた。

「ミス・フェアボーン、今日のようなことは二度としないでくれ。密輸商人の中には、簡単に人殺しをするやつらもいるんだぞ。タリントンに会って何を得ようとしていたにせよ、きみの取った行動はあまりにも浅はかすぎる。この土地にはもう近づくな」

サウスウェイト卿は、わたしがタリントンと手を組んで密輸品を〈フェアボーンズ〉に流していると思っているのだ。彼の口調から、わたしが悪事に手を染めていると確信しているのがわかる。彼の表情がまた険しくなってきた。怒りがふたたび頭をもたげはじめたのだろう。きっと何か言ってくるはずだ。

勘弁してほしい。違う日なら、言い返す気力もある。何を言われても軽くいなせるはずだ。けれども今日はタリントンとの話が無益に終わった絶望感が重くのしかかり、とてもそんな気分ではない。それに、においがわかるほど父の存在を強く感じていた。酒場での出来事を叱る声も聞こえる気がする。本当に父の姿が見えそうで、今は父とふたりきりにしてほしかった。

ダリウスはミス・フェアボーンに対するいらだちを必死に抑えこんでいた。だがあいにく彼は、いつまでも言いたいことを我慢できる男ではない。

執事のメイトランドからミス・フェアボーンはケント州の別荘に行ったと聞かされたときから、ダリウスは頭の中でこの瞬間に言うべきことを何度も復唱していた。メイトランドはひとりで出かけた彼女を心配しているようだった。それとも、ぼくに知られて気が気でなかったのだろうか？　どちらにせよ、ミス・フェアボーンが軽率な行動を取ったことに変わりはない。

いつもとはまったく違う理由でここに来るまでのあいだ、彼女が海辺で密輸品をかき集めている姿が頭から離れなかった。ここまで大胆な行動に出るということは、やはり彼女は悪事に手を染めているとしか考えられない。しかし、そもそもなぜ危険を顧みず、こんな無鉄砲な行為に及んだのだろう？　その理由がわからない。

まったく、夜明けにはこの別荘に着いているべきだったのだ。ところが到着したときは、もう昼近くになっていた。それでもこちらの身分を名乗ったとたん、ミセス・ノリストンが洗いざらい話してくれたのは不幸中の幸いだったが。実際、口を割らせるのは簡単だった。言わなければ拷問にかけると脅された共犯者みたいに、あっという間にしゃべった。

自分がどんなに心配したかは口にしなかったが、メイトランドからミセス・ノリストンに至るまでの追跡劇をミス・フェアボーンに話して聞かせているうち、ダリウスの頭にまた血がのぼってきた。

彼女の向こう見ずな行動を叱りつけているあいだ、脳裏にはモーリスが転落した崖や、ニューゲート監獄の悪臭漂う雑居房の光景が浮かんでいた。とりわけ、看守のいいようにされる女囚たちの運命を考えると恐怖がふくれあがり、なおさら叱責の声は大きくなった。

ミス・フェアボーンはひとことも言い返してこない。膝の上で手を握りしめて静かに座ったまま、絨毯を見つめている。それが気に入らなかった。彼女らしくもない沈黙にいらだちが募った。どうしたというのだろう？　今の彼女の姿は、自分の知っているエマ・フェアボーンとは別人だ。

ダリウスは自分の耳が痛くなるほど大きな声をあげてみた。彼女をおびえさせようと、目の前で行ったり来たりを繰り返してみた。まったく効果なしだ。ミス・フェアボーンは口を開くどころか身じろぎすらしない。彼は自分のほうが不利な立場に追いこまれた気分だった。

「何か言うことはないのか？」ダリウスは訊いた。無口な彼女に完全に戸惑っていた。「黙ってないで、なんとか言ったらどうだ？」

「あなたのほうが話すことがたくさんありそうですから」

喧嘩腰で言い返してくれたら、いつものミス・フェアボーンが戻ってきたと安心できたが、その声は静かで弱々しかった。ダリウスは角度を変えて彼女の顔を見てみた。よしてくれ、まさか泣いているのか？　だが、はなをすする音が聞こえた気がする。

ダリウスは心の中で悪態をついた。これではまるで自分が悪者ではないか。どうしたらいいのかわからず、ミス・フェアボーンのかたわらに片膝をついた。

「すまない。つい言いすぎてしまった。きついことを言ったのは――」どうしてだ？　彼女に腹が立ってしかたがなかったから？　それもあるが、今は少し違う。そう、無事かどうか不安だったからだ。しかし、もっとふさわしい言葉がある。これが本心だ。「きみが心配だったからだ」

ミス・フェアボーンが顔をあげて彼を見た。目に涙を浮かべ、ひどく悲しげな顔をしている。「ありがとうございます。身内でもないのに心配してくださるなんて、おやさしいんですね」

その言葉にはどこかとげがあった。確かにミス・フェアボーンは身内でもなんでもない。だから今の言い方が気に障ったからといって、咎めるのはお門違いだろう。

だが本音を言えば、言い返したくてしかたがなかった。ここ何週間も、ミス・フェアボーンのことが頭から離れないのだ。それにはもちろんオークションハウスの件も大きく関わっている。彼女が何かたくらんでいるとしたら、共同経営者として関係ないではすまされない。ひとりで密輸商人に会いに行った彼女を心配するのは当然ではないか。

ダリウスはそんな自分の気持ちを語りはじめた。

ふたりの顔は三〇センチも離れていない。ミス・フェアボーンの甘い息が彼の肌を撫でる。彼女の顔には悲しげな影が落ちていた。自分の中に深く閉じこもっているようで、こちらの話にもどこかうわの空なのはそのせいだろう。

まったく。ダリウスはまた内心で悪態をついた。ミス・フェアボーンの目に涙があふれてきた。頬に落ちた涙を唇でぬぐってやりたい衝動をこらえ、彼はポケットからハンカチを取りだした。

サウスウェイト卿は何も訊いてこない。すぐそばで片膝をつき、無言で涙を拭いてくれている。自分が叱ったせいで泣いたと思っているのだろう。

　彼はエマにハンカチを握らせて立ちあがった。しばらくのあいだそこに立っていたが、やがて離れていった。

　サウスウェイト卿がそばからいなくなると、ふたたび父の存在を強く感じた。この別荘にもう父はいないとわかっている。でも、自分の中にいつも父はいる。

「父と一緒にここで過ごしたことはほとんどないんです」無意識のうちに言葉が出ていた。「ここは父だけの隠れ家でしたから。それで父を強く感じるんです」エマはハンカチで涙をぬぐった。「ロンドンの自宅ではこんなふうに感じないんですけれど。父の部屋は別として」

「父上が亡くなってからも、自宅の彼の部屋にはよく入るのか？」

　エマは首を横に振った。父の部屋にはほとんど入っていない。

「父上の葬儀でのきみはとても立派だった」サウスウェイト卿が言った。「そして一カ月も経たないうちに忙しい毎日を送っている。父上の死はあまり悲しくなかったのかな」

「ひどいことを言うんですね」

「珍しくはないんだよ、ミス・フェアボーン。悲しまなければならないというわけではないんだ」

　彼の考えは間違っている。悲しんで何が悪いというのだろう？　もちろん、わたしは父がいなくなって悲しくてしかたがない。

「それでは、どうしたらいいのでしょう？　怒ればいいんですか？」

「そうではない。ただ事実を受け入れるんだ」

そのとおり。事実を受け入れなければならない。一週間前のわたしなら、こう言われたら反発しただろう。昨日のわたしでも、彼の言葉に耳をふさいだはずだ。でも、今は素直に聞ける。

「事故現場を見たいわ。あなたは場所を知っていますか？」

サウスウェイト卿がためらっている。やがて彼は静かにうなずいた。

「わたしをそこへ連れていってくれますか？」

「受け入れるというのは、どんなつらい事実もすべて受け入れるということだぞ」

「ええ、わかっています。連れていってください。見ておきたいんです」

彼はすぐには首を縦に振らなかった。事故現場を見せたくないのだ。見てもつらくなるだけだと思っているのだろう。

「きみの馬車で行こう」ようやくサウスウェイト卿が口を開いた。「御者に出かける準備をするように伝えてくる」

18

父の事故現場へ出かける前に、ミセス・ノリストンが軽い食事を作ってくれた。サウスウェイト卿は食べ終えるとすぐに、馬車の準備ができているか見に行った。

馬車に乗りこもうとしたとき、うしろに彼の馬がつながれているのが見えた。サウスウェイト卿は現場に連れていってはくれるが、そこでふたりは別れ、それぞれの帰路につくことになるのだろう。

現場には一〇分足らずで到着し、馬車は海岸に沿って延びるのぼり坂の手前で止まった。サウスウェイト卿の手を借りてエマは馬車を降り、彼と一緒に一〇〇メートルほど続く曲がりくねった小道を崖の頂上を目指して歩きはじめた。

「父は別荘からここまで歩いてきたと聞いています。馬も馬車もなかったそうですね」

「別荘からはそれほど遠くないからな。父上はこの小道をよく散歩していたそうだ」

ふたりはゆるやかな坂をのぼっていった。エマは道が途切れたところで止まり、慎重に足を踏みだして崖の頂上に立った。「ここに立っていたとき、事故が起きたんですね」

「そのようだ」

エマは海を見渡した。すばらしい眺めだ。北方の遠い水平線上に黒くかすんで見えるのは、テムズ川河口付近に配備された軍艦なのだろう。

「夕方に父はここから転落して、見つかったのは翌朝だったとか」

「目撃者の話では、父上が散歩していたのは午後八時頃だったらしい」

「そんなに遅い時間だったんですか。それではもうあたりは暗いですね。あなたは審問会に出席したんですか？」エマは行かなかった。あのときはまだ事故の詳細を聞く心の準備ができていなかった。今、ようやく聞けるようになったのだ。

サウスウェイト卿はうなずいた。

崖の上に佇んで物思いに沈むエマに、彼のほうからは話しかけてこなかった。沈黙はありがたいが、ずっと黙っているなんて彼らしくない。ほんの数時間前は感情をむきだしにして怒鳴っていた人とは思えないほど静かだ。

エマは海岸を見渡した。

「ずいぶん遅い時間に父はここへ来たんですね」彼女はふたたび言った。「帰る頃には、もう真っ暗だったはずです。それで足を踏みはずして転落したのかしら」

「そうかもしれないな」

「どうして父はそんな時間に散歩していたんでしょう。サウスウェイト卿、あなたはなぜだと思いますか？」

「いろいろな理由が考えられる」

エマはもう一度海を眺め渡し、ここに立っていた父の姿を想像してみた。

父がここにいたのは密輸商人のために海岸を見張っていたから？　そして警備の状態を知らせる合図を船に送っていたの？　サウスウェイト卿も父が密輸商人と関わっていたと思っているのかわからないけれど、頭の切れる彼のことだ、当然その可能性も考えているだろう。

西の空に太陽が沈もうとしている。空が徐々に灰色に変わりはじめた。エマは影の落ちたハンサムな横顔に目を向けた。その表情には気品が漂っている。今、サウスウェイト卿は海を背にして立ち、この散歩を終えるのを辛抱強く待っていた。吹きさらしの荒涼とした土地を眺めている姿は威厳に満ちあふれ、あの面接の日に応接間にいた彼を思いださせた。

サウスウェイト卿はとても頭がよく、こちらのたくらみを簡単に見抜けるほど洞察力のある人だ。父がしていたことを、わたしが知るよりも前から気づいていたかもしれない。もしかしたら、父が転落死したときから疑っていたのでは？　その可能性もおおいにある。

サウスウェイト卿に言いたかった。父は悪くないと。確かに密輸品は受け取っていたけれど、決して自ら進んでそうしたわけではないと。けれど言葉が喉につかえて出てこない。

父は本当にここで密輸商人と取引をしていたのだろうか？　まだ確たる証拠はない。もし海岸の見張りをしていたとしたら、それは兄を助けるためだったの？　ちょうどわたしがお金を要求されたように、父はここで見張りをさせられていたのかしら？　そして崖から落ちてしまった……。

これなら夜になぜ父がここにいたのか説明がつく。でも、わからない。もし取引をしていたとしても、この場所ではなかったのかもしれない。タリントンが言っていたように、海岸線は果てしなく長いのだ。

ふたりは馬車が待っている場所に戻った。父がなぜここで亡くなったのかはまだ謎だけれど、それでもエマは現場を見られてよかったと思っていた。あの夜に何が起きたのか多少はわかったし、父の死を少しは受け入れられるようになった。

ただ疑問が解決しなかったせいで、なおさら兄のことが心配になった。

「どこへ向かっているのでしょう?」

出発してかなり経ってから、エマはあわてて尋ねた。物思いにふけっていて、馬車が向かっている方向にまったく気づかなかったのだ。窓に顔を押しつけて外を見た。まったく見覚えのない景色が過ぎていく。

「南に向かっているんですね。うちの別荘の方角ではないわ」

「今夜はあそこにいては危険だ」

「タリントンがわたしを殺しに来るとでも思っているんですか?」

「タリントンだけではない。きみが密輸商人に会って話をしたがっていたのを知っている男たちが、ほかにもいるかもしれないだろう」

サウスウェイト卿は、わたしたちがどんな話をしていたと思っているのかしら? 兄の話だったとは思ってもいないはずだ。兄が生きていることを伯爵は知らないのだから。

「では、これからこの近くの村の宿に行くんですね」エマは言った。「でも、そうならそうと出かけるときに言ってほしかったです。そうしたら着替えぐらいは持ってこられました」

「心配はいらない。ミセス・ノリストンが用意してくれたよ。着替えが入ったかばんはちゃんと馬車にのっているから、安心するといい」

「そこまで気を配っていただいて、ありがとうございます」

「どういたしまして。だが、あいにくこのあたりの村にはまともな宿が一軒もないんだ。たとえあったとしても危険なことには変わりないから、宿に泊まらせるわけにはいかないがね。そういうわけで、今夜きみはクラウンヒル・ホールの客人だ」

まったく何を言いだすかと思ったら、彼のカントリーハウスの客人ですって？　それも平然とした顔でさらりと言ってのけるなんて。まるで今夜、芝居を見に行こうと誘っているような口ぶりだ。

「どうして家を出る前に話してくれなかったんですか？」

「きみは動揺していたからね。だから黙っていたんだ。あれ以上動揺したら心臓に悪いだろう」

「勝手に決めつけないでください。どうするか決めるのはわたしです。あなたではなく」

「だが、こういうことになった」

「いいですか、これは誘拐ですよ」

「ずいぶんと大げさだな。わたしはきみの身の安全を守ろうとしているだけだ。落ち着いて考えれば、きみもクラウンヒルにいるのが一番安全だとわかるはずだ」

クラウンヒル・ホールにはあなたがいるじゃない。宿に泊まるのと、どこが違うというの？　そこだって危険なはずだわ。彼はそのことを都合よく忘れている。

「そちらには親戚の女性がお住まいなのですか？　親戚でなくても、大人の女性はいますか？」

「家政婦はじゅうぶん大人だ」

「家政婦は使用人です。じゅうぶん大人の使用人がいると言われても、なんの説得力もありません。あなたはわたしの評判に傷をつけようとしているんですね。だからわざと――」

「そんなことをするわけがないだろう。その心配は無用だ」サウスウェイト卿は魅力的な笑みを浮かべているが、少し傷ついたように見えた。「きみを危険な目にあわせたくないから、クラウンヒルに連れていこうと思っただけだ。紳士として当然の務めだろう」

そう、彼は紳士だ。醜聞を避けるのが得意な紳士。世間には常識や規律を守る人間のように見せておいて、他人にも同じことを厳しく求めるけれど、陰では自分の思いどおりに好き放題している紳士。

要するに偽善者なのだ。カサンドラがそう言っていたのに、すっかり忘れていた。きっと社交界では、紳士の鑑として一目置かれる存在なのだろう。だけどわたしには裏の顔を見せるはずだ。

今は公爵夫人と話をしているときのように、笑顔が魅力的な物腰のやわらかい紳士を演じているだけ。それがわかっているのに、サウスウェイト卿の静かに響く声やおだやかな笑みに心が安らぐ。でも、だまされてはだめ。こうやって彼は女性を安心させ、自分の足元にひれ伏せさせようとしているのよ。

「では、これからはもうわたしの邪魔をしないと約束してくれるのなら、今夜ひと晩だけ、あなたのお屋敷にお邪魔させていただきます。それでどうですか？」

「きみがこのあたりをうろちょろしている限り、わたしはきみから目を離すつもりはない。タリントンのような男たちが、ふたたびきみに近づいてくるかもしれないからな」

ほら、またはじまった。どこまでもわたしの邪魔をしたいのね。このままサウスウェイト卿の言うことを聞いていたら、二度と別荘には戻れなくなってしまう。

言い返そうとして喉元まで出かかった言葉を、結局エマはのみこんだ。正直に言うと、父を思いだす別荘には戻りたくなかった。兄のことを心配したり、身代金をどうやって工面したらいいか考えたりしながら、眠れぬ夜を過ごしたくない。

馬車がクラウンヒル・ホールに着く頃には、彼女は無理やり自分を納得させていた。ここにいたほうが、わが身に危険は及ばないはずだと。たとえサウスウェイト卿と一緒でも、ここにいたほうが安全なはず。エマは必死にそう思いこもうとした。

19

屋敷に入るとすぐに家政婦はミス・フェアボーンの手を取り、寝室に連れていった。ダリウスは馬車と御者を使用人たちにゆだね、図書室へ向かった。

ミス・フェアボーンを村の宿に閉じこめ、自分が扉の外に座って見張りをするという手もあったが、結局ここに連れてくることにした。こうするしかなかったのだ。こうでもしなければ、彼女がまた何をしでかすかわかったものではない。きっと危なっかしい冒険の続きをしようとするはずだ。

それにしても、なぜミス・フェアボーンはタリントンと会っていたのだろう？　聞きだそうとしたが、彼女の涙を見たら何も言えなくなってしまった。

どのみち、あのミス・フェアボーンの様子では無理だったかもしれない。こちらが何を言っても、いつもの覇気が感じられなかった。ひとことも言い返さず、黙ってうつむいているなんて、まったく彼女らしくない。あんなふうに沈んでいたのは、タリントンと密会していたことと何か関係があるに違いない。

ミス・フェアボーンも、今は自分の父親が別荘に滞在中に何をしていたのか薄々感づいているはずだ。事故現場を眺めながら、ぼくの考えを探ろうと疑問をぶつけてもきた。とにかく、彼女が父親のあとを継いで密輸商人と手を組もうとしているのなら、どんなことをしてでも二度とタリントンには会わせないようにするつもりだ。断固として阻止してやる。

ダリウスはブランデーを注ぎ、グラスを持ってテラスに出た。ミス・フェアボーンの寝室はこの真上にある。今はひとりで部屋にいるはずだ。たぶん、彼女には夕べのひとときをぼくと一緒に過ごす気など露ほどもないだろう。

自分としては、その案にかなり乗り気なのだが。体の中で欲望が静かに渦巻きはじめた。

ダリウスはブランデーをひと口飲み、夜のとばりがおりた庭を眺めた。今夜は眠れぬ長い夜になりそうだ。

上からかすかな明かりがテラスに差しこんだ。ダリウスはブランデーを飲み干してテラスの手すりにもたれ、二階の窓を見あげた。ミス・フェアボーンが窓際に立ち、暗闇を見つめている。

「部屋は気に入ってくれたかな？」大きな声を出す必要はなかった。遠くで波が砕け散る音が聞こえてきそうなほど、あたりは静寂に包まれている。「何か必要なものがあったら、遠慮なく家政婦に言ってくれ」

「ええ、とても快適です。ありがとうございます。すてきなお部屋ですね」ミス・フェアボーンが首をわずかに傾けた。「馬の鳴き声が聞こえませんか？」

「領地の西側に廏舎《きゆうしや》があるんだ。そこを通ってきたんだが、きみは気づかなかったんだろう」

「ここまで鳴き声が聞こえるということは、何頭も飼っているんでしょうね」

ダリウスは鳴き声に耳を澄ませた。「二頭の種馬が対決しているようだな。だから、ふだんより鳴き声が大きいんだ。興味があるのなら、明日案内しよう。サラブレッド用の放牧地の眺めは壮観だよ」

「ご面倒でなければ、ぜひ見せてください。楽しみだわ」

ミス・フェアボーンは、室内のランプのやわらかな光に包まれて窓辺に佇んだままだ。彼女は新鮮な夜の空気を味わっているだけだ、この愚か者め。おまえはいったい何を考えているんだ？　さっさとおやすみの挨拶をして、部屋の中に戻れ。

「夜はまだはじまったばかりだ」ダリウスは思わず口に出していた。「庭を散歩してもいいし、図書室で本を読んでもいい。何も部屋にずっといなくてもいいんだ」

「ありがとうございます。まだ寝るには早い時間ですものね。どちらにしろ、いろいろ考えることがあって眠れそうにないですけれど」

「ならば、きみが眠れるように手を貸そう。屋敷の中を案内するよ。わたしの先祖の肖像画を見たら、退屈すぎてすぐに眠くなるはずだ」

ミス・フェアボーンは何も応えない。この際、ためらいは同意と見なそう。ダリウスは彼女が答えを出すのを待たなかった。だが、別に下心があるわけではない。

「階段で会おう」

ミス・フェアボーンが何か言う前に、ダリウスは急いで部屋の中に戻った。

あっという間にサウスウェイト卿の姿が消えた。誘いを断るべきなのはわかっていたが、どうしても言葉が出てこなかった。なぜなら胸の高鳴りを抑えられなかったからだ。

薄明かりの差すテラスに立っていた彼を、ばかみたいにうっとりと眺めていた。できるなら気づかれたくなかったのに。気づかれるかもしれないと思いながら見つめていると心臓がどきどきして、信じられないほど胸が躍った。

今頃、サウスウェイト卿は階段をのぼっているのだろうか？　その姿を想像してみた。この部屋にずっといることもできる。ここに隠れていようかしら？　そんなことをしたら、きっと彼に子どもじみたまねをしていると思われるだろう。けれども今はそれが一番いいような気がする。分別のある女なら、この部屋から出ないはずだ。

それなのに、禁断の世界に足を踏み入れてみたいと思っている自分がいる。分別など捨ててしまいたいと。その誘惑は新鮮な夜風よりも精気を呼び覚まし、高揚感に心が沸き立った。ひそやかな興奮が体の中を駆けめぐり、悲しみも悩みも押し流していく。選択肢はふたつにひとつ。それは危険と安全のどちらを選ぶかではなく、ひとり寂しく過ごす夜と刺激的な夜のどちらを今の自分は求めているかだ。心は決まった。

エマは気持ちを落ち着かせようとしばし窓辺に佇み、それから部屋を出て階段へ向かった。サウスウェイト卿はすでに待っていた。彼女に気づいて、いとこに向けるような気さくな笑みを浮かべた。

「さあ」彼が言った。「まずは舞踏室から案内するよ。それから隣の部屋に飾ってある先祖の肖像画を見せよう」

サウスウェイト卿は火の灯った枝付き燭台を手に舞踏室へ入っていった。壁に張りめぐらされた大きなろうそくの炎が反射して、広い部屋が金色にきらめいた。その光を受けて、大きな窓や、高い天井にあしらわれた重厚なデザインの廻《まわ》り縁、絹張りの長椅子などがうっすらと浮かびあがっている。

屋敷の端から端までありそうなほど広い部屋だ。エマは豪華なシャンデリアがずらりと並ぶ天井を見あげた。中央のシャンデリアには何十本ものろうそくが立ち、何百ものクリスタルがちりばめられている。「この舞踏室には何人ぐらい招待できるんですか？」

「何人だろう。数百人かな。母上が主催した舞踏会が最後で、それもすでに何年も前のことだ」

「お母様は亡くなられたのですか？　ほかにご家族は？」

「妹がひとりいる。だがリディアは舞踏会にはまったく興味がないから、ここを使うことはもうないだろう」

妹のことを話すサウスウェイト卿の口調には、うれしそうな響きがまったく感じられなかった。むしろ沈んだ声だ。

「舞踏会はたくさんの人が集まりますから、騒々しいですものね。妹さんはきっとにぎやかなのが苦手なんじゃないかしら」

「そうかもしれない。きみは舞踏会に出席したことはあるのか、ミス・フェアボーン？」

「お茶会やパーティには行きます。でも、舞踏会には行ったことがありません」

「では、今度招待しよう」

エマは高い天井からつるされたシャンデリアを見あげ、その場でゆっくりと回転した。ひそかに小さくステップを踏みながらまわる姿が、鏡に映っていた。この舞踏室にいる色とりどりの美しいドレスを身にまとった女性たちを思い描いてみる。

「それはどうでしょう。たぶん楽しめないと思います。自分がひどく場違いに感じるでしょうね」エマは言った。「この舞踏室ですけど、多くの人であふれていたり、ろうそくが煌々《こうこう》と灯されていたりするより、わたしは今のほうが好きです。ろうそくの炎が壁一面の鏡の中で揺らめいて、室内が淡い金色の光に包まれているでしょう。それにとても静かだわ。なんだか魔法をかけられた舞踏室に迷いこんだみたい」

「ミス・フェアボーン、迷いこんだついでだ。思う存分、楽しんだほうがいい」サウスウェイト卿は燭台を部屋の中央に置き、長椅子のほうへ歩いていった。

真上のシャンデリアにちりばめられたクリスタルにろうそくの明かりが反射して、部屋を包む金色の光に輝きが増した。

彼はサテン張りの長椅子を押して、燭台のそばに移動させた。

「きみさえよければ、今夜はここで眠ってもかまわないよ」

「ここで眠ったら、きっと妖精の夢を見るでしょうね」

サウスウェイト卿はエマの手を取り、ゆっくりとうしろ向きに歩いて、彼女を舞踏室の中央へいざなった。「できれば妖精ではなく、わたしの夢を見てほしいな」

彼は誘いこむようにエマの手を引いている。金色の光を受けて彼の瞳が輝き、その目を見れば、何を考えているのかわかった。

用心しなさいとささやく声がどこからか聞こえてきた。でも、この危険をはらんだ雰囲気はたまらなく刺激的だ。立ち止まるなら今なのに、〝止まって〟のひとことが言えない。サウスウェイト卿に触れている指先からぞくぞくした感覚が腕へと這いあがり、体が震えそうになった。

少しずつ、ろうそくのもとへ近づいていく。足を動かしているのも気づかないほど、エマは彼に心を奪われていた。光の輪に一歩近づくごとに部屋が小さくなっていく気がする。四隅の闇はすべて消え去り、一〇本のろうそくが灯る燭台が置かれた中央部分だけが舞踏室に変わっていた。

ふと気づくと部屋の真ん中に来ていた。頭上でシャンデリアのクリスタルがきらめいている。手はまだサウスウェイト卿の手に添えたままだ。わたしは今、本当に魔法をかけられた舞踏室にいる。まるで星明かりが降り注ぐ夢の中にいるみたい。自分が別人になったような気がする。

サウスウェイト卿にぐっと引き寄せられた。すぐ近くに彼が立っている。エマの心臓が喉元までせりあがり、早鐘を打ちはじめた。彼の存在を強く意識して、体じゅうの神経がざわめいている。

サウスウェイト卿はとてもすてきだ。全身が金色に輝き、黒い瞳には炎が躍っている。彼もまた魔法をかけられたかのように、ハンサムな顔には神秘的な雰囲気が漂っていた。

彼が手のひらをエマの頬に添えた。彼の目に、わたしはどんなふうに映っているのかしら？ ろうそくの淡い光を受けて、美しく見えていたらいいのに。

「サウスウェイト卿、わたしを誘惑しようとお考えですか？」

彼がゆっくりと笑みを浮かべた。「まさしくきみらしい単刀直入な訊き方だな、ミス・フェアボーン」

「誘惑するおつもりなら、エマと呼んでくれませんか？」

「正直に言うと、そんなことはあまり考えていなかった」

「あまり考えていなかったけれど、少しは考えていた？」

突然、ふたりの体が触れあうほど接近していることに気づいて、彼女は身を震わせた。サウスウェイト卿が顔を寄せ、彼の唇がエマの唇をかすめた。

「そうだ、エマ。少しは考えていた」もう一度、そっと唇を触れあわせる。「きみのことを考えていた。オークションを開催すると言い張って、わたしを手こずらせていたときから、ずっときみが欲しかった」

サウスウェイト卿は、良家の出身でもなく美しくもない、そして口応えだってするようなわたしを、ずっと欲しかったとささやいている。もし彼が違うことを言ったら、わたしは最後の一歩を踏みとどまったかもしれない。もし彼が、金色の光に包まれた魔法の世界に紛れこんだわたしを見てきれいだと言ったら、わたしは夢から覚めたかもしれない。

けれど、彼の言葉のひとつひとつがエマの心の琴線に触れた。

サウスウェイト卿が彼女を抱き寄せた。この先に何が待っているのか、エマにもわかっていた。それでも高ぶる気持ちは抑えきれず、たくましい腕の中に身を預けた。

彼はわたしを降伏させようとしている。キスの仕方や触れ方で、それがわかる。彼は今、わたしを自分のものにしようとしているんだわ。

貪るようなキスで唇をふさがれ、エマも抱擁を返した。魅惑的な口づけに酔いしれているうちに、サウスウェイト卿が彼女の茶色い外套のボタンをはずしはじめた。

服を脱がされるのがこれほど刺激的だなんて。そんなことを頭の片隅でぼんやり考えていると、いつの間にか外套が床に落ち、サウスウェイト卿も上着を脱ぎ捨てていた。激しく唇を重ねながら、背中をやさしく撫でている彼の手がドレスのひもをゆるめている。

サウスウェイト卿は長椅子に座り、エマを自分の前に立たせた。彼がそっとドレスを引きおろして足元に落とした。今、彼女は魔法の光の中で、シュミーズとストッキングを身につけただけの姿をさらして立っている。

シュミーズ越しにキスをされ、エマは驚いて体を震わせた。胸のふくらみのすぐ下にもう一度キスをされたとたん、思わず声がもれそうになった。サウスウェイト卿の唇が胸の頂に触れた。その瞬間、甘い戦慄が全身を駆け抜けた。唇でやさしく愛撫を加えつつ、彼は手をシュミーズの中に差し入れ、太腿に指先を滑らせた。

気づくと、エマはいつの間にか長椅子に横たわっていた。サウスウェイト卿は彼女を抱き寄せ、キスをしながら少しずつ体をずらして上に覆いかぶさった。エマの真上でシャンデリアのクリスタルがきらめいている。彼はシュミーズ越しに胸の先端を口に含み、もう一方の胸を手のひらで包みこんだ。熱い吐息が敏感なつぼみに吹きかかり、ふくらみにそっと触れられているうちに、体の奥底から快感がわきあがってきた。シュミーズを脱がされても、恥ずかしいとは思わなかった。

時間の感覚がなくなり、エマは恍惚《こうこつ》の波の中を漂っていた。体が重なり、肌が触れあっている。はじめて知る感触に、彼女はうっとりと浸った。太腿にキスの雨を降らせつつ、サウスウェイト卿がストッキングを徐々にさげていく。

体じゅうに愛撫を受け、エマはそのひとつひとつに陶然となった。欲求が高まり、全身が痛いほど疼いている。歓びのさざなみがやがて大波になり、彼女は高みにのぼりつめようとしていた。

サウスウェイト卿がエマの脚に手を滑らせた。太腿のあいだに指が入りこみ、秘めやかな部分に触れられた瞬間、全身に震えが走った。指が中に忍びこんでくる。彼女は思わず息をのみ、巧みな指使いに身をよじってあえいだ。さらに指が奥深くへと進み、やさしい愛撫を加えられると、強烈な快感が押し寄せてきて、唇から悩ましい声がこぼれた。

彼がエマの脚のあいだに腰を入れ、ゆっくりと身を沈めてきた。とたんに衝撃が突き抜け、彼女は驚きの声をあげた。

サウスウェイト卿が動きはじめた。内側に痛みは残っていたが、ふたたび快感が高まってきた。けれどもそれは少し前に感じた強烈なものとは違い、体の奥に深く染み渡るような、肉体だけでなく心もつながっている感覚だった。エマは頭上で光り輝くクリスタルを見つめながら、たくましい体に包まれている喜びをかみしめた。

20

エマは目を覚ました。大きなシャンデリアをぼんやりと見つめる。はっと我に返り、まわりを見渡した。明るい光が差しこむ、広い舞踏室の真ん中で長椅子に横たわっていた。しかも裸で。自分の大胆な姿に息が止まりそうになった。

信じられない。隣には一糸まとわぬ体をさらして、サウスウェイト卿が寝ていた。彼は静かな寝息をたてて眠っている。

エマはしばらく息を殺してじっと横になっていた。いつもと同じように朝が来た。けれど、今の状況はいつもとはあまりにも違いすぎる。毎朝ベッドでひとり目覚めるのに、今朝はサウスウェイト卿と身を寄せあい、長椅子の上で目を覚ました。この衝撃的な事実を、彼女は必死に受け入れようとした。

エマは目を閉じた。たちまち、昨夜の出来事がまぶたの裏に浮かびあがってきた。すてきな夜だった。夢のような夜を過ごした。でも、その思い出に浸って一日じゅう目を閉じているわけにはいかない。

目を開けてドレスを探した。すぐそばの床に無造作に脱ぎ捨てられている。エマは慎重に手を動かした。ドレスでも、サウスウェイト卿のシャツでも、この際もうなんでもいい。何かをつかんで体を覆いたい。いいえ、自分よりも、まずは彼の体を覆い隠さなければ。

できるだけ動かないようにして腕を伸ばした。ドレスの端をつかみ、息をひそめてそっと体をずらす。あともう少しで長椅子からおりられる――。

いきなり肩に筋肉質の裸の胸が押し当てられた。サウスウェイト卿が身を乗りだしてエマの手からドレスを取りあげ、ふたりの腰にかけた。とりあえず少し問題は解決したけれど、まだ胸はあらわなままだ。

サウスウェイト卿が横向きになり、肘枕をして彼女を見つめた。エマは彼の表情をうかがった。きっと彼は、とんだことになってしまったと思っているだろう。それもよりによって、このわたしと。

「使用人たちが……」こんな姿のふたりを見て、目のやり場に困っている家政婦の姿を思い浮かべてみた。自分のほうが顔から火が出そうだった。

「使用人は入ってこないから安心しろ」

エマは舞踏室を見まわした。圧倒されるほどの広さだ。もっとも今朝は障害物が部屋の真ん中にあるけれど、それでも広いことに変わりはない。ふと、鏡に映った自分の姿が目に入った。一枚だけではない。張りめぐらされたすべての鏡に映っている。胸をあらわにした自分の姿が。

サウスウェイト卿がエマの頬にキスをした。彼女の心を読んだのか、安心させるようなキスだった。彼女は大きく息を吸いこみ、鏡から目をそらした。

「昨夜は軽率だったとお思いなのかしら」エマはささやいた。

「いいや、まったく。軽率だったきみに感謝したいぐらいだ」

「まあ、よかったわ。自己嫌悪に陥るのがあなたではなくわたしで」

エマの皮肉に彼はにやりとした。そして彼女の裸の胸にキスを落とす。

「それにろうそくの明かりの中だけでなく、今朝は朝日を浴びているきみを見られたからね。美しい姿を堪能できて、気分は最高だ」

「そんなことを言われたら、無理やり誘惑してきたあなたを責めにくくなります」

「そういうふうに考えているのか？　無理やり誘惑したと？」

「正直に言って、わたしにもよくわかりません。何もかもはじめての経験で……今もまだ呆然としていますから。裸でなければ、もう少しまともに考えられると思います」

「それはドレスを着たいと言っているのかな？」

「それが賢明だと思います。そうお思いになりませんか？」

「賢明か。そんな気分ではないな。そう固いことを言うな」

じゃあ、どんな気分なの？　そう訊こうとしたが、サウスウェイト卿の表情を見て、喉まで出かかった言葉をのみこんだ。彼の表情を見て欲望をかき立てられてしまう自分が情けない。夜だけでなく朝も官能的な気分にさせられ、いやがうえにも胸が高鳴り、夢の世界と現実を切り離せなくなりそうだった。

サウスウェイト卿がエマの体にのしかかるようにして、ブリーチに手を伸ばした。彼が長椅子に腰かけてそれをはいている隙に、彼女はドレスで全身を覆った。

「シュミーズを渡してくれ。そうしたらドレスを着るのを許してやろう」

「渡さなかったら、ずっとこのままでいなければならないのですか？　それとも裸で帰れとおっしゃるつもりですか？　ドレスを着て、ロンドンに戻ったほうがいいと思いますが」

「今日は戻らないほうがいい」サウスウェイト卿は長椅子の縁に座り、床に脱ぎ捨てられた衣類をより分けはじめた。少し困惑した表情を浮かべている。「脱がせるときは簡単だったのにな」

「大丈夫です。自分でやります。二分もあれば着られるので」

「今きみが裸なのはわたしがそうしたからだ。だから、その問題を解決するのはわたしの役目だ。さあ、立って。ドレスを着るのを手伝おう」

サウスウェイト卿はエマを自分の前に立たせた。昨夜も同じように彼の前に立っていた。でも、昨夜は明るい太陽の光に裸をさらしてはいなかった。そしてサウスウェイト卿も、こんなふうに上半身裸で長椅子に座ってはいなかった。それなのに彼は、ごくふつうのことをしているかのような態度だ。

たぶんサウスウェイト卿にとってはそうなのだろう。けれどわたしにとっては、一糸まとわぬ姿で人前にいるなんて気まずくてしかたがない。エマはドレスを体にしっかり押し当て、絡まって布の塊のようになっているシュミーズに悪戦苦闘しているサウスウェイト卿を見つめた。ようやく絡まりがほどけたところで、彼がエマに目を向けた。

彼女のまごついた表情を見て、すぐに何を考えているのか気づいたに違いない。にやりとしてドレスをそっと引っ張り、エマの手から取りあげた。

「往生際が悪いぞ、エマ。今さら隠してもしかたがないだろう」

ドレスがするりと手から抜け落ち、何も隠すものがなくなった。彼女は朝の光の中に裸で立っていた。その姿が鏡に映っている。たちまち顔が赤くなった。そして体も。

「恥ずかしがることはない。きみは昨夜よりも今のほうがさらに美しい」サウスウェイト卿はエマの腰に両手を添え、自分のほうに引き寄せて、胸のふくらみにキスをした。もう一方のふくらみにもキスをして、先端を口に含む。

彼女の中で欲望が弾けた。ゆうべの残り火が再燃したかのように、快感が押し寄せてくる。サウスウェイト卿が視線をあげた。すべてお見通しといった表情だ。その瞳にはからかうような光が宿っている。彼がそっと、だが容赦なく、硬くなった頂に歯を立てた。

その瞬間、狂おしいほどの快感が一気にエマの体を貫いた。ほんのささいな行為なのに、これほどの歓びをもたらしてくれるとは思わなかった。さらに舌で転がされ、頭がどうかなりそうだった。脚にも力が入らなくなってきて、エマは必死に彼の肩にしがみついた。

サウスウェイト卿が片手を彼女のヒップに当てて引き寄せる。もう一方の手を脚のあいだに差し入れた。とっさにエマは腰を引こうとした。

「まだ痛みがあるのはわかっている。きみを傷つけるようなことはしないよ」胸のつぼみを口に含んだまま、彼がささやいた。

昨夜サウスウェイト卿に奥まで満たされて、かすかに痛みは残っている。だが、彼はそこではなく別の感じやすい部分を探し当てた。触れられた瞬間、激しい衝撃を受けた。最初はそっと指先で撫でられ、その動きが徐々に速くなり、エマは意識が飛びそうになった。

もう裸でサウスウェイト卿の前に立っている恥ずかしさも忘れていた。エマは彼の肩をきつくつかみ、快楽の淵《ふち》を漂っていた。背中をそらして、自ら胸を彼の口に押しつけ、舌で愛撫されているうちに、たまらずあえぎ声がもれた。

歓びが大波となって押し寄せ、全身を駆けめぐる。サウスウェイト卿の口が、手が、もっと欲しくてたまらない。今は痛みもなく、親密な行為に驚きもない。慎みもかなぐり捨て、エマはひたすら官能の世界に身をまかせた。ふくれあがる快感に、解放を求めて叫び声をあげそうになっていた。

ついに耐えきれず、エマの唇から叫び声がほとばしった。快感が頂点に達し、体の中で爆発した。サウスウェイト卿は彼女の胸に顔をうずめ、腰に腕をきつく巻きつけて抱きしめている。エマはゆっくりと目を開け、鏡を見つめた。そこには一糸まとわぬ奔放な姿で、彼の頭をかき抱き、恍惚の表情を浮かべた自分がいた。

ダリウスは居間でコーヒーを飲みながら、朝方に届けられた手紙を読んでいた。みるみる顔が曇っていく。あとまわしにできないのはじゅうぶん承知しているが、なぜよりによって今日なのだろう？　馬を駆って任務に出かけるよりも、この屋敷で一日を過ごしたいのに。

エマは身支度を整え、自分の寝室に戻っていった。そろそろ入浴も終わり、着替えをしている頃だろうか？　まもなく階下におりてくるだろう。

ふたりのあいだには話しあわなければならない問題が山積している。〈フェアボーンズ〉のこと。タリントンとの密会。そして昨夜の出来事……。だが、どうやら今日は話す時間が取れそうにない。

エマが居間に入ってきた。質素な黒いドレスを着て、手には黒いボンネットを持っている。違う色を着ればいいのに。一瞬そう思ったのは、あのドレスの内側にある美しい体を知っているからだろうか？　とはいえ、ミセス・ノリストンがかばんに黒いドレスしか詰めなかったのなら、違う色を着ろと言っても無理な話だが。

ダリウスは従僕にエマの朝食の給仕を命じた。彼女はおいしそうに食べている。顔を合わせたとき、彼女はぎこちない態度を見せるかもしれないと覚悟していたが、この食欲旺盛な様子では気まずい雰囲気にはならないだろう。

「今日、ロンドンに戻ります」エマが口を開いた。「使用人の誰かに、馬車の準備をするようディロンに伝えてもらいたいのですが」

「もう一日ここにいたほうがいい。あいにく今日は午後から出かけなければならないが、待っていてくれたら、明日わたしと一緒に戻ろう」

「あなたが出かけるのなら、これ以上わたしがここにいてもしかたがありません」

いかにもミス・フェアボーンらしく毅然と言い切ったところで、すぐに彼女は変な意味に取られかねないことを口走ってしまったと気づいたらしい。「あら、いやだ」頬を赤く染めて、ダリウスにちらりと目を向ける。「サウスウェイト卿、あなたの罠にまんまと引っかかってしまいました。自分はもう少し賢いと思っていたのに」

「その率直なところがいいんだよ」

「それならよかった。わたしは率直な物言いしかできませんから」エマはダリウスをまっすぐに見据えた。この強いまなざしに、いつも心を奪われて目が離せなくなる。ふと、昨夜の記憶が鮮やかによみがえってきた。淡い光に包まれた舞踏室で自分を見つめていたこの瞳は、妖艶な輝きを放っていた。

「とても美しくて感動的な夜でした。そして朝もすてきでした」エマが話しはじめた。「でも、これで終わりにしましょう。続けるのは賢明ではありません」

ためらうことも、口ごもることもなかった。まばたきすらせずに、彼女は拒絶の言葉を口にした。

それに比べて自分の反応はなんともぶざまで、屈辱感を覆い隠すのが精一杯だった。率直なところがいいと褒めたのはぼくだろう？　今さら文句は言えないではないか。

おそらくエマは自室に戻り、朝食におりてくるまでのあいだに心の整理をつけてきたのだ。快楽を選べばどのような代償を払うことになるか、考えている彼女の姿が目に浮かびそうだ。

昨夜のエマは完全にぼくに身をゆだねていた。彼女はぼくのものだった。だが、永遠にそうなわけではない。まったく、たった一日でさえ、自分のものにはならなかったのだ。

今、目の前にある選択肢はふたつだ。この部屋から従僕たちを追いだし、舞踏室での続きをはじめてエマを説得するか、あるいは自分の考えを伝えるか。

ダリウスは椅子から立ちあがり、手を差しだした。「少し散歩をしよう。何が賢明で、何が賢明でないのか、わたしの考えを説明したい」

まさかサウスウェイト卿がこんな険しい顔をするとは思ってもいなかった。きっと予想外のことを言われたから、こんな顔をしているのだ。彼はわたしが喜んで密会を続けると決めてかかっていたに違いない。

サウスウェイト卿との密会に惹かれないわけではない。彼がわたしを見つめる目に心が動かされないわけでもない。それに今朝目覚めたとき、舞踏室にひとり残されると、いつも火がついたように体が熱くなってしまう。彼に親しげな態度を取られると、いつも火がついたように体が熱くなってしまう。それに今朝目覚めたとき、舞踏室にひとり残されていなかったのもうれしかった。ひとりきりで目覚め、扉の外にかばんが置かれていても不思議ではないと思っていたから。とはいえ、それで彼に気に入られていると思うほど、わたしはおめでたい女ではない。

夢物語はお風呂に入ってすべて洗い流した。サウスウェイト卿は情事など本当は求めていないのかもしれないが、それならそれでいい。所詮わたしには無理な話なのだ。犯罪者の血が流れているかもしれないのに、それを隠したまま彼に会いつづけるわけにはいかない。

この時間、テラスは大きな楡《にれ》の木が太陽の光をさえぎり日陰になっている。裏庭は低木で囲まれ、その先に広がる芝生の緑がまぶしい。どこからか、さわやかな小川のせせらぎが聞こえてくる。

サウスウェイト卿がエマの両手を取って抱き寄せた。こんなふうに彼の腕に包まれると、心がとろけそうになる。わたしを惑わそうとしているのはわかっている。また誘惑して、自分の思いのままにしようと考えているのだろう。それでもかまわないとエマは思っていた。彼と夜を過ごし、また一緒に朝を迎える。責任も秘密もない魔法の世界で、そんな毎日を過ごせたらいいのに。

「エマ、今朝きみが言ったとおりだ。わたしは無理やりきみを誘惑した。そのことは悪かったとは思っていない。だが、わたしはきみの純潔を奪ってしまった。これは言い訳のしようがない。だから――」

「この年齢になれば純潔なんて言葉はもう使えませんわ。確かにわたしは処女でした。そして今は違います。でも、少しも後悔はしていません。ですから、その先は言わないでください」

「レディの体面を傷つけてしまったら、紳士は――」

「あなたは罪悪感からそう言っているのですか？　だからそんなことを？　わたしはレディではありません。別に上流階級のしきたりに当てはめて考える必要はないんです。あなたは罪の意識を感じなくてもいいんですよ。そう思いませんか？」

こう言われたら男性はほっとするはずなのに、なんだかサウスウェイト卿は腹を立てているみたいだ。

「いい加減にしろ、エマ、一度くらい人の話を最後まで聞いたらどうだ」彼は大きく息を吸いこんだ。「確かにわたしたちは身分が違う。だからといって、きみを無礙《むげ》に扱おうとは少しも思っていない。わたしはそういう男だと、きみは思っているようだがね。わたしたちは結婚するんだ。それもすぐに」

前にも誰かこんなふうに息を吸いこんだ人がいた。誰だったかしら？　ああ、思いだしたわ。ミスター・ナイチンゲール。そうよ、彼が〈フェアボーンズ〉を自分のものにしようと狙っていたときだった。そのために、本心でもないことを言う前に気持ちを奮い立たせようとして、大きく息を吸いこんでいた。

でも、サウスウェイト卿は〈フェアボーンズ〉が欲しいわけではない。だいいち、あの人は〈フェアボーンズ〉がどうなろうとちっともかまわないのだ。この部分は違うけれど、結局のところ彼もミスター・ナイチンゲールと同じだ。まったく見当違いの理由で結婚を申しこんできた。

エマはすぐには何も言い返さなかった。ほんのひとときでも結婚という言葉に浸っていたかったから。動機がなんであれ、自分に向けられたその言葉を少しのあいだかみしめていたかった。頭の中で空想がふくらんだ。自分がサウスウェイト伯爵夫人になった姿を思い浮かべてみた。

だが自分の姿はまたたく間に消え、サウスウェイト卿の姿が次々と浮かびあがってきた。わたしの父が密輸商人と手を組んでいたのを知ったときの彼。父と同じ道を歩んでいるわたしに気づいたときの彼。そして兄が戻り、父は強要されて密輸品をオークションに出していたわけではなかったとわかったときの彼。どの場面もサウスウェイト卿の表情は険しく、彼とわたしのあいだには冷えきった沈黙が垂れこめている。

つらい想像を脇へ押しやり、エマは目の前のハンサムな顔をじっと見つめた。たとえ紳士として正しいことをしようとしているだけでも、自分を特別な気分にさせてくれた男性の顔を記憶にとどめておきたかった。今のサウスウェイト卿の表情を、忘れずにずっと覚えていたかった。

「うれしいです。そんなことを言っていただいて光栄に思います」エマはようやく口を開いた。「でも、本当は結婚など望んでいらっしゃらないですよね。わたしはふさわしい相手ではありませんもの。それはあなたもよくおわかりのはずです」

「いや、わからないな。結婚相手にきみがふさわしいとわたしが言ったら、それで決まりだ。きみはわたしにふさわしいんだよ」

彼は本気で言っているのだ。なんてかわいらしいの。とんだうぬぼれ屋さんだわ。

「お受けできません。その理由はもう言わなくてもいいでしょう」

エマはサウスウェイト卿の腕の中から抜けだした。とたんに深い絶望感に襲われた。こんなに胸が苦しくなるなら、彼と関係を持つべきではなかったのだ。

サウスウェイト卿が歩きだし、すぐに立ち止まって、あきれたような表情で彼女を見た。

「まったくきみときたら、ときどき手に負えなくなるな」

「現実的なだけです。手に負えないのではありません」

「では現実的なきみに訊くが、伯爵と結婚したら醜聞になると思っているのか？　それが怖くて結婚を拒んでいるのか？」

「醜聞にはなりません。だって誰にも気づかれないでしょうから。あなたのお得意な隠密行動で、その問題はすべて解決します。ですから、醜聞が結婚を拒む理由ではありません。あなたも気が進まないのに無理に責任を取る必要はないんですよ」

「ほう、きみはなんてものわかりがいいんだ。さすがだな。ほんの数時間前に恍惚の表情を浮かべてあえぎ声をあげていた女性は、やはり器が違うよ。ここまで男の気持ちをわかってくれるのだからな」

そんな挑発にのるものですか。わたしは自分の気持ちを押し殺して社会の慣習に従おうとしているのに、彼はわかろうともしてくれない。

「不思議ですね。どうしてそんな嫌味を言うのですか？　ふつう、間一髪のところで難を逃れたら、手を叩いて喜ぶはずなのに」

一瞬、サウスウェイト卿の瞳に何かがよぎった。「エマ、わたしとの結婚を拒むのなら、愛人になれ」

そういうこと。結局、行きつくところはそこなんだわ。わたしには愛人が一番ふさわしいというわけね。

「せっかくですが、お断りします。どうか気を悪くしないでください。愛人にならないのは、あなたの……技巧とはなんの関係もありません」

彼が目を伏せた。「それを聞いて心底ほっとしたよ。きみに褒めてもらえることほどうれしいことはないからな。きみの率直な意見が聞きたい。わたしはどのあたりを上達させたらいいかな？」

「皮肉はやめてください。わたしが断った理由をあなたが知りたいだろうと思ったから……教えただけです。そんなことより、なぜわたしにこだわるのですか？　あの求人広告の面接のときもそうです。あのときも、あなたはわたしに関係を求めました。まったく理解できません」

「こういうことは論理的に考えないといけないのか？　頭で考えろと？　もしそういうものなら――」

「あなたはわたしにキスはしなかった。ましてや、わたしと関係を持とうとしたはずがありません。反論はやめてください。あなたの本心はわかっていますから。わたしはあなたがいつも愛人にしているような女性とは違いますよね。顔を合わせれば言い争いばかりだし。だから物珍しくて、わたしにこだわっているのではありませんか？　わたしはそう疑っています」

「今度は疑うときたか」

「いけませんか？　でも、これがあなたの動機でしょう。まだほかにもありますけど、そのひとつだと思います。それがわからないほど、わたしは愚かではありません」

「まるできみの考え方こそが常識だとばかりに、わたしの動機を一方的に非難するのはやめてくれ」

ああ、まったくもう。

「あなたは聞きたくないでしょうが、はっきり言わせて――」

「何を今さら。きみはいつもはっきり言っているじゃないか」彼は怒りに燃えた目でエマを見据えた。「わかった、いいだろう。ほかにもあるわたしの動機とやらを聞かせてもらおう。きみのほうが当の本人より知っているようだからな」

「あなたがわたしにこだわって気のあるふりをしているのは、早く〈フェアボーンズ〉を売り払いたいからでしょう。甘い言葉で言い寄れば、わたしが首を縦に振ると思っているんだわ。それでもわたしは、昨夜の出来事は大切な思い出として取っておくつもりです。そして思いだすときは、あなたの動機については考えないようにします。ほかにもいろいろありますけど、とにかくわたしたちが親密な関係になるのは賢明ではありません。会えばいつも言い争いしかしないし……これきりにしたほうがいいと思います」

サウスウェイト卿が彼女の目をじっと見つめた。「わたしなら、いい思い出だけを取っておくようなことはしない」

「そうですか。それならそれでよろしいのでは？　わたしの馬車を呼んでください。もうロンドンに戻ります。オークションの準備をしなければなりませんので」

実に癪に障る女だ。聞き分けはないし、腹立たしいことこのうえない。本当にいらいらさせられる……。

ダリウスは馬を駆って待ちあわせ場所へ向かいながら、ずっと怒りを吐きだしていた。

エマはぼくが簡単にあきらめると本気で思っているのか？　そう簡単に引きさがるわけがないだろう。

〝本当は結婚など望んでいらっしゃらないですよね〟まったく、どこの世界に結婚を望んでいる男がいる？　だが、いずれはしなければならないのだ。確かに、その女性と一緒にいたいから結婚する場合もある。そして男が女を誘惑して、その責任を取って結婚する場合も。それをエマは知っていたのだ。自分はそんな結婚はする気がないだって？　なぜあんなに頑固なんだ？　いっさい聞く耳を持とうとしない。

おまけに、結婚を断ったのだから喜ばれてもいいはずだとまで言われた。そのはずだった。だが実際には、手を叩いて喜ぶほどうれしくはなかった。それが不思議だ。なぜ手放しで喜べなかったのか、自分でもさっぱりわからない。

〝わたしはふさわしい相手ではありませんもの〟ああ、身分から言えばそのとおりだろう。それでも身分違いも、大きな醜聞になりそうな父親の疑惑もすべてひっくるめて目をつぶるつもりでいるのに、なぜ彼女は〝現実的〟になる必要があるんだ？

そもそも、エマ・フェアボーンは自分がふさわしいかどうかなど気にするような女性ではないはずだ。

あんなふうに理由をつけて断ったのは、〝ほかにもいろいろありますけど〟がおおいに関係しているのだろう。ぼくが父親と密輸商人との関係を疑っていることを、エマは知っているのだ。もしかしたら、もう彼女も真相に気づいているのかもしれない。とりあえず、今日はその〝ほかにもいろいろ〟を片づけるつもりだ。残りの部分もすぐに片をつけてやる。

思いきり罵ったせいで、ダリウスの頭はまだずきずきしていた。彼はフェアボーン家の別荘の北側に位置する崖の坂道をのぼりはじめた。この崖の下には海が広がっている。途中で馬の向きを変え、海岸に通じる岩だらけの険しい道を進んだ。そして五〇メートルほど下に海が見える場所で止まり、馬を朽ちかけた木につないで、細い岩棚の上を歩きだした。その先に、断崖にできた黒い影のように見える洞窟の入口がある。

タリントンが入口の縁に座り、大きなナイフの刃をのんびりと石で研いでいた。足音を聞いて顔をあげる。「来てくれてよかったよ」

「もちろん来るさ。来ないわけがないだろう」

「あのレディを守るのに忙しいんじゃないかと思ってね」タリントンがにやりとした。「昨日も機嫌が悪かったが、今日もあまりにこやかじゃないな」

「おまえが彼女と何を話していたのか教えてくれたら、にこやかになる」

タリントンが首を横に振った。「悪いな。紳士として、誰にも口外しないと約束したんだ」

「おまえは紳士ではないだろう。さっさと言え」

「だったら言い直すよ。人殺しとして約束したんだ」

人殺しなら丸めこんで口を割らせることができるだろう。これはあとで聞きだせばいい。ダリウスは別件を先に片づけることにした。「警告しておく。ミス・フェアボーンとは二度と関わるな。また彼女と会ったり、密輸品であれなんであれ渡したりしたら、ただではおかないぞ」

タリントンが声をあげて笑った。ナイフをさやにおさめて洞窟を指す。

「おれたちの客に会いに行かないか？　月明かりで来るのが見えたんだ。だから陸で待っていて、連れてきたってわけだ。やつらはここから少し南へ行ったところに上陸したよ」

ダリウスはタリントンについて洞窟の中へ入っていった。中では松明が燃え、五人の男が壁にもたれて座っていた。ほとんどの男は身なりがよく、着こなしも洗練されている。そして五人とも、人を見くだすような表情を浮かべていた。そばにはタリントンの仲間が座り、逃げださないように男たちに銃を向けている。

「亡命者か」ダリウスはタリントンに言った。「別にわたしに会わせなくてもいいだろう」

「まあ、聞けよ。こいつらは宝石が入った袋と、高価なものがびっしり入った袋を持ってきたんだ。数百か、ひょっとしたら何千ポンドにもなりそうな袋をふたつ抱えてきたんだぜ。すごいと思わないか？」

「解放してやれ。もちろん袋を持たせてな。船員たちはどこにいる？」

「逃げていったよ。こいつらをここに置いてさ」タリントンが肩をすくめた。「金で雇われただけだ。危険でもなんでもないって。放っておいても大丈夫だ」

何が〝逃げていった〟だ。どうせ自分の知っている船員だったから逃がしたのだろう。

「船員が持ってきた品物はどこにある？」

タリントンが耳をかいた。「品物？　そんなのほとんどなかったな。だから、そう気をもむなよ。ただ少し妙なことがあるんだ。ふつう逃げてきたやつらは荷物があるよな。積み荷がのっているはずだ。そしてフランス野郎たちは船底に隠れている。で、その妙なことってのがあれだ」肩越しに指さす。「あの男だよ。話を聞いてみたほうがいいと思ってな。だからあんたを呼んだんだ」

ほかの男たちから少し離れて座っているその人物に、ダリウスはちらりと目をやった。彼の身なりだけが、かなりみすぼらしい。

「なぜあの男から話を聞いたほうがいいんだ？」

「ほとんど何も荷物を持ってないんだよ。宝石もなければ、愛する母親の細密画もない。今着ている、あのみすぼらしい服だけだ。それにほかのやつらよりも英語がうまい。そんなわけで、あの男がここにいるあいだに、あんたが話をしたいんじゃないかと思ったのさ」

ダリウスはひっそりと座っている男をじっくり眺めてみた。まだ若く、健康そのものといった感じだ。その目からは何も感情が読み取れない。まるで鉄の扉で思考を遮断しているみたいだ。軍人なのか？　いかにもそれらしい雰囲気ではある。もし諜報員なら、ここにとどまらせておくわけにはいかない。

「そうだな、タリントン。話をしたほうがよさそうだ。ほかの男たちもしっかり見張っておいてくれ。あの男から絶対に目を離すなよ。わたしはいったん帰って、この亡命者たちをどうしたらいいか、段取りをつけてくる」

ダリウスは馬をつないである場所へ引き返した。またしても、ぶつくさ言いながら。まったく。エマを追って、すぐにロンドンへ戻るつもりだったのに。これではいつ戻れるかわからないではないか。

21

ロンドンの自宅に着く頃には、エマの気分はどん底まで落ちこんでいた。翌朝〈フェアボーンズ〉に向かうときでさえ、憂鬱な気分から抜けだせなかった。

店に行くとすぐに、オバデヤが笑みを浮かべて近づいてきた。ミスター・ウェルナーから手紙が届き、アレクシス・フォン・カルステット伯爵のコレクションを〈フェアボーンズ〉が受託することになったと聞かされても、彼女の気持ちはさほど高揚しなかった。一応、喜ぶふりはしたけれど。

エマはなんとか自分を奮い立たせようとした。サウスウェイト卿の誘惑に積極的に応えた自分を責めようともしてみたが、罪悪感はわいてこなかった。それどころか、気づけばいつもあの夢のような記憶の中にうっとりと浸り、ろうそくの光が映った彼の瞳を思いだしている。そのたびに、サウスウェイト卿の前で裸で立っていた自分の姿がよみがえってきた。夜もまどろみの中で思いを馳せるのは、あの夜のことだった。すぐに体が疼きはじめ、舞踏室で彼の腕に抱かれているかのような錯覚に陥った。

ロンドンに戻ってきて三日目の朝に手紙が届いた。だが、サウスウェイト卿からではなかった。その手紙は使い走りの少年が夜明けに直接届けてくれた。手紙に触れたとたん、エマの心臓は早鐘を打ちはじめた。急いで封を切ると、見慣れた筆跡が目に飛びこんできた。たちまち目から涙があふれだす。

エマへ

おまえがぼくの消息を知りたがっていると聞いたよ。悪魔も恐れぬ怖いもの知らずのエマ。ぼくが生きている証拠を見せろと迫るとは、いかにもおまえらしいな。

手紙を書くつもりはなかったんだが、やはりおまえにはぼくが生きていることを知らせておこうと思った。この手紙を読んで、今頃あいつらは笑っているんだろうな。手紙はしっかり検閲されるからね。だから居場所は教えられないんだ。それにおまえも、ぼくから手紙が届いたことは誰にも言わないでほしい。

できれば内容も忘れてくれ。かわいいエマ、ぼくは自分の犯した失敗のせいでここにいるが、このことでおまえの将来が台なしにならなければいいと思っている。

エマ、おまえとの思い出は心の中に大切にしまってあるよ。いつもおまえのことを考えている。元気でいてくれ。それだけがぼくの望みだ。

ロバート

兄はわたしの窮地を察したのだ。だからわざわざ手紙を書いて警告してくれるなんて、本当に兄らしい。だけど、わたしは黙って従うつもりはない。この二年間、兄を忘れたことは一日たりともなかった。絶対に生きているはずだと信じてきたけれど、はっきりわかった今、身代金を用意して兄を自由の身にしなければ。

エマはディロンを呼び、馬車でカサンドラのおばの家に向かった。カサンドラは顔を輝かせているエマを見るなり、重大なことがあったとわかったようだ。すぐにエマを座らせて話を促した。

エマは話しはじめた。きっと親友も喜んでくれるはずだ。もうひとつの重大事件は明かせないけれど。「ミスター・ウェルナーから手紙が来たわ。契約成立よ。伯爵のコレクションを〈フェアボーンズ〉が受託することになったの。下見会の準備を手伝ってもらえるかしら。華やかな下見会にしたいのよ」

「ミス・フェアボーンは何もあやしい動きはしていない。これは確かだ」ダリウスは言った。「マリエール・リヨンに関してはなんとも言えない」

ダリウスは図書室で葉巻をくゆらせつつ、調査報告を伝えた。もっとも、かなり省略しているが。アンベリーがしたり顔でうなずき、わざとらしくにやりとしてみせた。

「それを聞いて安心したよ」

「なぜそう思うんだ?」ケンデールが尋ねた。ふたりに鋭い視線を投げつける。

アンベリーが煙を天井に向かって吐きだした。「ロンドン市民が厄介な状況に巻きこまれていなくてよかったからさ」

「ぼくが訊きたいのはそれじゃない。あの女は悪事をたくらんでいないと、なぜサウスウェイトは確信しているかだ」

悪事をたくらんでいないとはひとことも言っていないぞ。ダリウスは心の中でそうつぶやいた。「ミス・フェアボーンをケント州の海岸付近で見たのは、この一年で今回がはじめてだとタリントンから聞いたんだ。諜報活動に関わっているという証拠はいっさいない。だから彼女は監視対象からはずしても問題ないと思ったんだよ」

実際、タリントンから聞きだせたのはこれがすべてだった。ケント州を発《た》つ前にもう一度尋ねてみたが、同じ答えしか返ってこなかった。あっぱれとしか言いようがない。なんとエマは、密会の内容は誰にも口外しないとタリントンに約束させたのだ。そして驚くことに、あの男は最後までその約束を守った。賄賂をちらつかせても、断固として口を割ろうとしなかった。

「なるほど、密輸商人の王がそう言ったのか。だからといって、あの女をはずしてもいいのか?」ケンデールが言った。

「ミス・フェアボーンは完全に除外だ」ダリウスは言い切った。「もうきみも彼女を監視するな。誰かに見張らせる必要もない。時間の無駄だよ」

「監視していたのはぼくではない。それはきみの役目だ。まったくの無駄だったが」

「いい加減にしろ、ケンデール。疑り深いにもほどがあるぞ。とにかく別の人物に目を向けろ」

ダリウスの口調にアンベリーが眉をつりあげたが、何も言わなかった。彼は機転をきかせて話題を変えた。「タリントンが止めた船はどうしたんだ？」

「あいつにまかせてある。諜報員は連れてきたよ。今、その男は内務省の客人だ」ダリウスは答えた。

「諜報員ではないかもしれないぞ」アンベリーが言う。

「船はほとんど空荷に近かった。貿易船に見せかけるためにブランデーの樽《たる》がいくつかあっただけだ。あとは亡命者が四人乗っていた。その男たちも内務省にいる。本人たちはかなり戸惑っているよ。その諜報員の男は私物は何も持っていなかった。それでタリントンがおかしいと思ったんだ。たぶん、国を出たら、二度と戻るつもりはなかったのかもしれないな。それなら身ひとつだったのもうなずける」

「その場で絞首刑にすればよかったんだ」とケンデール。

「政府というのがあるだろう、ケンデール。絞首刑を執行するのはぼくたちではない」アンベリーの口調は淡々としていたが、彼を知っている者なら、そこに不快感が表れていたのを聞き逃さなかったはずだ。「きみはフランス人と聞いただけで、いつも血に飢えた吸血鬼みたいになるな。だからぼくらはきみに単独行動をさせないんだ。ここには殺人の話を楽しん

た」

「サウスウェイト、きみがケント州に行ってくれてよかったよ。おかげでこちらは楽ができた」

だが、すでにアンベリーはいつものおだやかな態度に戻っていた。

〝血に飢えた〟という言葉にケンデールは引っかかったらしい。一瞬、表情を変えた。

で聞くやつなどいないんだよ」

もとはといえば、エマと面識がある自分が一番好都合だという理由でこの任務がまわってきたのだが、今回ケント州に行ったのは個人的な意味でも都合がよかった。

クラウンヒル・ホールでエマの馬車を見送った日から数日が過ぎた。あの日以来、彼女とは会っていない。自分自身は五人の男たちをロンドンに移送する馬車の手配をして、ようやく昨日戻ってきたところだ。そして帰ってきてすぐに、留守のあいだに届いた手紙を調べた。彼女独特のすっきりした筆跡で書かれた手紙を探したが、一通も来ていなかった。

いったいどんな知らせを待っていたのだ？　自分が間違っていたと書いてくるとでも思っていたのか？　結婚の申しこみを受けることにしたと？　きっぱり言われただろう、責任を取って結婚する必要はないと。エマが簡単に自分の意志を曲げる女性でないのはわかっているはずだ。

「今回の任務で一気に老けこんだ気分だよ」ワインを注ぎながら、アンベリーが言った。彼はデカンタを見つめ、ダリウスに向かって片方の眉をあげた。「フランスワインか。さては洞窟からせしめてきたな」アンベリーがからかう。

ケンデールが自分のグラスを見おろした。

「年代物だ。今のきみの気分と同じだよ」

「なんだか思いきりぱっと楽しみたいな。このままでは楽しみ方を忘れてしまいそうだ」アンベリーがこぼした。「ペンサーストの舞踏会に行ってみないか？　招待状が来ていただろう？　まったく、あいつも神経が図太いよな」

「ばかなだけさ」ケンデールが切り捨てた。

招待状はダリウスのもとにも届いていた。留守のあいだに来た手紙の中にあったのだ。ペンサーストはいったいどういうつもりなのだろう？　和解を求めているのか、ただのへそ曲がりなのか。あいつのことだ、後者に違いない。今頃はほくそ笑んでいるはずだ。

「まじめな話、行ってみよう」アンベリーが言う。「ケンデール、めかしこむ手伝いをしてやるよ。正装して、笑い方を覚えたら、きみもじゅうぶん男前だ。まあ、少なくとも人前には出られるようになる。若いレディを紹介するよ。世の中にはどういうわけか野蛮人好きもいるようで、きみをすてきだと思っているレディもいるんだ。なんだか女心がわからなくなりそうだよ」

「妻は探していない」

「彼女たちも夫を探していないさ。すでにいるからな」

これには全員が声をあげて笑った。笑いながらもダリウスは、一度も舞踏会に行ったことがないという女性に思いを馳せていた。自然と時間はあの日に戻り、ろうそくの淡い光に包まれて、舞踏室のシャンデリアの下で美しい体をあらわにしていた彼女の姿が脳裏に浮かんできた。

「来たわよ」カサンドラがささやいた。興奮を抑えきれないといった様子で先を続ける。「信じられないわ、エマ。わたしたちの力で成功させたのよ」

エマ自身も信じられなかった。でも、今わたしたちはここにいる。ふたりはオークションハウスの入口に向かった。ひも飾りをあしらった外套を着た、尊大な物腰のミスター・ルートヴィヒ・ウェルナーが近づいてきて、ふたりにお辞儀をした。

オバデヤがさらに深くお辞儀をした。「〈フェアボーンズ〉に伯爵様のコレクションを委託していただいて、大変光栄でございます。必ずや、ご期待に添えるものと確信しております」

ミスター・ウェルナーが片手をあげて合図を送った。すぐに使用人たちが列をなして絵画を運びはじめた。

エマはさりげなくオバデヤに近づいた。「ティティアンよ」神話の世界を描いた大判の絵画が通り過ぎていく。

「このティティアンの作品はなんて壮大なのでしょう」オバデヤが大声で褒めたたえた。

ミスター・ウェルナーがにこやかにほほ笑んだ。

「ジョヴァンニ・ベリーニ」小さな油絵が通り過ぎる寸前に、エマはささやいた。「ベネチア総督の肖像画だと言われているわ」

「おお、ベリーニ！」オバデヤが満面の笑みを浮かべて両手を握りしめた。「これほど見事な肖像画は見たことがありません。この人物は総督ですね、ミスター・ウェルナー？」

「レンブラント……いえ、違うかもしれないわ」使用人が急ぎ足で運んでくる旧約聖書の一場面を描いた絵画を見て、エマは小声で言った。

オバデヤは使用人を止めて絵画をじっくり眺めてから、先へ進むよう促した。いかにも、それほどの作品ではないと判断したかのような態度だが、ミスター・ウェルナーはけげんな表情を見せなかった。

こんなふうに綱渡りの三〇分が過ぎ、最終的には二五点の作品が運びこまれた。簡単に点検をすませ、店の壁にすべてを立てかけたところで、三人の軍人が入ってきた。

「オークションが終わるまで伯爵家の守衛にここを警備させたいのですが、かまわないですよね」ミスター・ウェルナーがオバデヤに言った。「財宝を無防備な状態のまま置いておくわけにはいきませんから」

オバデヤが困惑した顔をしている。エマはすかさずふたりのあいだに入って言った。

「もちろんかまいませんわ、ミスター・ウェルナー。ひとりは入口の外に立っていたほうがいいのではないでしょうか。そうしたら泥棒も盗みに入ろうとは思わないでしょう」

ミスター・ウェルナーは笑顔を見せてうなずき、守衛たちにドイツ語で何か言った。すぐさまひとりが入口に向かい、配置についた。

エマはカサンドラの隣に行った。

「やるじゃない、エマ」カサンドラがささやく。「制服を着た守衛が外に立っているほうが、どんな広告や招待状より効果があるわ」

「わたしもそう思ったのよ」

すべてが終わり、エマはミスター・ウェルナーも帰ると思っていた。カサンドラと下見会に関する最終的な打ちあわせをしたいし、伯爵のコレクションもゆっくり時間をかけて見たかった。

だが、ミスター・ウェルナーは壁にかけられた絵画を眺めている。「こんなことを訊いて申し訳ないのですが、少々戸惑っています」彼がオバデヤに話しかけた。「サウスウェイト卿が委託された絵画はどこにあるのでしょう？」

オバデヤが顔に笑みを張りつけてエマを見た。その目が、なんとかしてくれと必死に訴えている。「サウスウェイト卿の絵画は……その……」

「もう店にかけられていると思っていたのですが。サウスウェイト卿が絵画を持ってくる日を、わたしが聞き間違えたのかもしれませんね」

「ええと……そうですか……ええ、たぶんあなたが――」

「もしかして、〈フェアボーンズ〉の後援者であり、一流の収集家でもある方のお話をしているのでしょうか、ミスター・ウェルナー？」エマは尋ねた。

ミスター・ウェルナーは顔をしかめ、まだ壁を見つめている。「サウスウェイト卿のお手紙には、大変価値のある絵画を四点委託すると書いてありました。後援者にあんなすばらしい方がいらしたので、わたしは安心してこちらと契約したのですが」彼は振り返り、オバデヤに狡猾《こうかつ》な笑みを向けた。「それで手数料も特別に、あのように決めさせていただいたのです」

「つい最近ですが、ラファエロもオークションの商品に加わりましたのよ。サウスウェイト卿が所有されている絵画ではありませんが、引けを取らないくらい一流の収集家のコレクションを今回出品することになったのです。ただし匿名を希望されているので、その方の名前はお伝えできませんが」エマは先を続けた。「伯爵様の絵画に匹敵するほどすばらしい作品です。ご覧になりますか？」

思ったとおり、ラファエロと聞いてミスター・ウェルナーの態度が明らかに変わった。彼は口を開きかけたところで、何かに目を留めたらしく、いきなり入口のほうに向き直った。みるみる顔がほころんでいく。「ああ、サウスウェイト伯爵がいらした。今日、こちらに絵画を持ってくるとお知らせしておいたのです。すぐにご覧になりたいのではないかと思いましたので」

サウスウェイト卿はいかにも貴族然とした雰囲気をまとって入ってきた。かすかに見くだすような態度で、ミスター・ウェルナーと挨拶を交わす。そしてエマとカサンドラにお辞儀をして、オバデヤに声をかけた。

「ミスター・リグルズ、絵画を持ってきたのだが、かける場所はあるかな？　フォン・カルステット伯爵の見事なコレクションで、壁が埋めつくされているのかもしれないが」

オバデヤは驚きを表情に出さなかった。それでもエマは、彼の目を見れば心のうちがじゅうぶんにわかった。サウスウェイト卿がオークションに絵画を出品することを、オバデヤは今はじめて知ったのだ。

ミスター・ウェルナーはサウスウェイト卿しか見ていない。「サウスウェイト卿、確か現代の画家の作品を出品なさるのですよね」彼は両手を握りしめ、熱心に話しかけている。「なんともすばらしいバランスではないですか。お互いの絵画が引き立ちます」

ふたりは絵画が運びこまれるあいだ話をしていた。最初にヴァトーの作品が運ばれてきた。それからジロの作品、イタリアのプリミティブ絵画と思われる美しい絵が続き、最後はグアルディの美しい風景画だった。そのベネチアを描いた大判の絵画は、三人の男性の手で運び入れられた。

オバデヤがそっとエマに近づいてきた。「サウスウェイト卿からこの話は聞いていましたか？」

「聞いていないわ」ミスター・ウェルナーに手紙を送ったことさえ知らなかった。たぶん、ケント州へ行く前に書いたのだろう。

サウスウェイト卿はオークション開催には反対だった。それに〈フェアボーンズ〉を売却するつもりでいる。〈フェアボーンズ〉が犯罪行為に手を染めているのではないかと疑ってもいる。それなのに、彼は自分のコレクションを提供してくれた。

ミスター・ウェルナーが別れの挨拶をしにやってきた。やがて彼は気取った態度でオークションハウスをあとにした。サウスウェイト卿はカルステット伯爵のコレクションを眺めている。

「サウスウェイト卿、委託された作品の契約書をお渡しします」オバデヤが彼に話している。「お待ちいただけるなら一五分で用意できますが、もしお帰りになるのなら、お屋敷まで届けます」

「ここで待っているよ」サウスウェイト卿はベリーニの絵画を手に取って、じっくりと見ている。

カサンドラがエマの視線の先を追った。顎で彼のほうを指し示し、目をぐるりとまわしてみせる。彼女は店の入口に向かい、そのすぐ近くにある椅子に座って、伯爵家の守衛にちょっかいを出しはじめた。

エマはサウスウェイト卿に近づいていった。今ここで冷たくあしらわれたり、無視されたりしても、彼を責められない。たとえ使用人に対するような態度を取られても、彼はそういうことができる地位にある人なのだ。顔立ちや立ち居ふるまいには血筋や家柄のよさが表れているし、彼の馬車には伯爵家の紋章が入っている。ただ、わたしがそれをときどき忘れてしまうだけのこと。

「すばらしい肖像画ですよね」エマはサウスウェイト卿が手にしている小さな油絵を見て言った。

「ああ、見事な作品だ。光の表現方法が巧みで、まるで生きているみたいだな」

「あなたが落札するかもしれませんね」

「たぶんそうなるだろう」彼は絵画をもとの位置に立てかけ、エマにおだやかな表情を向けた。「オークションはいつ開催するんだ？」

「一〇日後です。下見会の招待状は今朝、送りました。夕方には届くと思います」兄から手紙が来て、急きょオークションの開催日を早めることにしたのだ。昨夜、招待状をすべて書き終える頃には、大げさではなく指から血が出そうになっていた。

「伯爵のコレクションは予想以上にいい。オークションはうまくいきそうじゃないか」

「あなたも助けてくださいましたから。ありがとうございます」

サウスウェイト卿が肩をすくめた。「グアルディは今ひとつだがね。もうこの画家の作品には興味がなくなった」

「わたしは絵画のことを言っているのではありません。まさか、あなたがコレクションを委託してくださるとは思ってもいませんでした。ミスター・ウェルナーに手紙で伝えていたことも、今日はじめて知りました」

彼は壁に沿って歩き、ふたたびフォン・カルステット伯爵の絵画を眺めはじめた。

「きみは意地でもオークションを開催しようとしていたからな。やるからには〈フェアボーンズ〉が一流なところを見せつけたほうがいい」

もちろんサウスウェイト卿はそう思っているだろう。〈フェアボーンズ〉に出資しているのだから。オークションが成功すれば、〈フェアボーンズ〉は名誉挽回《ばんかい》ができる。

　エマも彼と並んで歩きだした。見事なコレクションを眺め、ようやく兄の身代金を工面できるめどがついてほっとしていた。

「ずいぶんと落ち着き払った態度だな、エマ」サウスウェイト卿が言った。「オークション以外に話すことはないのか？」

「すみません、作法を知らなくて。こういうときに男女が何を話せばいいのか思いつかないんです」

「あれからいろいろ考えて、伯爵からの求婚を断るのは頭のどうかした女だけだと気づいた、と話せばいいんじゃないのか」

　その話は二度と口にしないでほしいと願っていたが、サウスウェイト卿にはとうてい受け入れがたいのだろう。わたしは彼の自尊心を傷つけてしまったのだ。

「怒っているんですね」

「愚かだと思っているだけだ」

「いいえ、賢明なんです、あいにくですが」もうこの話はしたくない。二度と持ちださないでほしい。

「まったくそうは思わないな。だが、今はそのほうが好都合だ。話が切りだしやすくなる」

「どういう意味ですか？」

　サウスウェイト卿は店内を見まわしてからエマを見据えた。

「今回のオークションで、所有者が匿名を希望している作品はいくつあるんだ？」

彼女はごくりと唾をのみこんだ。「それほど多くはありません」

「ゼロにしろ」

「それは無理です」

「そんなことはない。名前を公表できない作品は所有者に戻せばすむことだろう。すべて戻すんだ。今日やってくれ」

「素描画の所有者は名前の公表に絶対同意しないでしょう。あと、ほかの絵の所有者にもひとりいます。その絵をあなたはまだ見ていませんが、ラファエロです。これだけは戻せません。どういうわけか、ラファエロが一点出品されるという噂はすでに広まっているんです。ですから戻すわけにはいきません」

「ほう、そんな噂が流れているのか？　はじめて聞いたな。それも、どういうわけか噂が広まってしまったとはね。実に都合がいい話だ」

「ラファエロは戻すつもりはありません。誓って、この絵の来歴は確かです」

「ならば、ラファエロは残しておいてもいい。素描画もいいだろう。だが、ほかの作品はすべてわたしの言ったとおり所有者に戻すんだ。わかったか、エマ？　それから、グアルディは何か違う作品と置き換えてくれ。もっとましなものをここに置いたほうがいい。何にするかはきみにまかせる」

エマは黙ってうなずいた。それはグアルディの絵画がよくないからではなく、サウスウェイト卿に言い返す勇気がなかったからだ。彼はなんとしても密輸品を出品させまいと心を砕いている。それをわかっていて、ほかの作品も返すつもりはないとは言えなかった。一度体を許したとはいえ、彼に完全に降伏したわけではないところを見せたくても、どうしても言い返せない。

けれども本当はわかっている。わたしはサウスウェイト卿に降伏したのだ。心も体も彼を求めている。見つめられるだけで、声を聞くだけで、わたしの世界には彼しかいなくなってしまう。そんな自分が情けなくてしかたがない。

サウスウェイト卿がエマの手を取ってお辞儀をした。彼の温かい息が肌を撫でた瞬間、体が震えた。

彼の唇が手の甲にかすかに触れる。

エマはあわてて周囲を見まわした。誰かに見られているかもしれないと思うと、たちまち顔だけでなく体までほてってきた。カサンドラはまだ入口近くの椅子に座っている。今では店内の警備をしている守衛ふたりも彼女のそばに立ち、楽しそうに笑いあっていた。

ふたたび唇が押し当てられた。こちらを見あげた瞳は勝ち誇ったように輝いている。その目を見れば、体のほてりをサウスウェイト卿に気づかれたのがわかった。彼がこちらを降伏させようとしていることも。わたしの拒絶の言葉を受け入れる気はさらさらないのだ。必ず自分の意志を通すつもりでいる。それが手に触れる唇から伝わってくる。

もう一度キスをして、サウスウェイト卿は歩み去っていった。

今はカサンドラのところへ行き、別れの挨拶をしている。彼が店から出ていくと、すぐにカサンドラがエマに近づいてきた。興味津々といった様子で瞳を輝かせている。

「さあ、下見会の打ちあわせをしましょう」エマはそしらぬ顔で言い、倉庫へ向かって歩きだした。「料理と飲み物を何にするか早く決めないと」

カサンドラがうしろをついてきた。「驚いたわ、あのサウスウェイトが絵画を持ってくるなんて」

「わたしも驚いたわ」

「今年一番の盛大なオークションになりそうね」

「あなたの宝石類は必ず注目されるはずよ」エマはマリエール・リヨンを通して手に入れた素描画を脇にやり、机の上に紙を置いた。「料理は何を出したらいいかしら？」

「まずは飲み物から決めましょう。結構費用がかさむかもしれないわね。パンチはどう？」

「パンチもいいと思うけど……」エマは立ちあがり、倉庫の隅に向かった。そこには布で隠した箱が置いてある。

このオークションは絶対に成功させなければならない。どうしても大金が必要だ。ミスター・ウェルナーには委託手数料を大幅に値切られてしまい、マリエールとカサンドラには紹介手数料を支払わなければならない。

サウスウェイト卿には、匿名希望の商品は所有者に返せと言い渡された。でも、荷車で届いたものをいったいどこへ返せばいいのだろう？

古書や銀製品、それに絹とレースはなんとかできる。架空の委託者を作りあげても問題ないはずだ。残りの商品は川にでも捨てればいい。それとも……。

「カサンドラ、年代物のワインがあるのよ。それを出すのはどうかしら？」エマはワインを隠してある布を少しめくって一本取りだした。それを持って机のところへ引き返す。

「パンチは出しましょう。でも、ワインは何本もあるの？　あるなら、それも出したほうがいいわ。絶対に喜ばれるはずだもの」

「何本もあるわよ」エマは急いで事務室に行き、コルク栓抜きを取ってきた。「こういうのを使ったことがある？」

カサンドラはボトルのコルクに栓抜きをねじこんだ。「サウスウェイトがまたケント州に行っていたと聞いたわ。同じときにあなたも行っていたわよね」

「だから？」

「彼に会ったの？」

「ケント州は広いのよ。道ですれ違ってもいないわ」

「あら、そんなに広くないわよ」カサンドラは力を入れてコルクを抜いた。「彼、帰るときにあなたの手にキスをしていたわね」

「礼儀正しく挨拶をしてくれただけよ」

「それにしては長いキスだったわ。とってもね。どのくらい長かったか、やってみせましょうか」

「もうやめて！　そんなの嘘よ。見てもいないくせに」

「あなたは赤くなっていたわ。それにサウスウェイトがあなたを見る目にも気づいたわよ。あの目つきは――」

「やめてったら」エマは委託品の中から銀のゴブレットを取り、きれいに拭いた。「飲んでみましょう。おいしいといいわね」

ふたりはワインを口に含んだ。カサンドラの眉がつりあがる。かなり気に入ったらしい。

「じゅうぶんに熟成された上等な赤ワインだわ」

エマはじっくり味わった。「何も問題はなさそうね。これなら中身も入れ替えられていないわ」

カサンドラはもう一杯、ふたつのゴブレットにワインを注いだ。

「一本、家に持って帰って、メイトランドにデカンタに移してもらうといいわ。空気に触れさせるともっとおいしくなるわよ。さあ、もう少し飲んでみましょう。最初に感じた印象と同じか確かめるの」

エマは二杯目のほうがおいしく感じた。体が温まり、心が安らいできた。

「ねえ、エマ、訊いてもいい？　怒らないでね。でも、もう我慢できないわ。もしかしてあなた……ちょっと悪さをしちゃった？」カサンドラがワインを飲みながら尋ねた。「サウスウェイトと」

「カサンドラ、そんなわけないじゃない」

「ああ、よかった」カサンドラが胸に手のひらを押し当てた。「今日、あなたたちふたりが一緒にいるところを見て、とんでもないことを思いついてしまったのよ」彼女は笑った。「まさかと思ったけれど、わたしの勘違いで本当によかったわ」

エマはゴブレットを両手で包んで飲んだ。その縁越しに友人を見つめる。

「カサンドラ、正直に言うと、あなたの勘は当たっているわ。でも、ちょっとではないの。とても、とても悪いことをしてしまったのよ」

一瞬カサンドラは目を大きく見開き、すぐに細めてエマをじっと見つめた。

「とても悪いことをしたと言ったけど、あなたはそんなことをする人ではないわよね。だから、あなたにとっては悪いことでも、たいしたことではないのかもしれないわ。それとも、ふつう悪いことをしたと聞いたら思い浮かべるようなことをしたの？」

「あなたが思い浮かべているほうよ」

「まさか、サウスウェイトに誘惑されたの？」

エマはうなずいた。そしてワインを飲み干し、カサンドラが喜んでくれるのを待った。

「ああ、なんてこと」カサンドラが目を丸くしてささやいた。

「褒めてくれると思ったのに。サウスウェイト卿を練習台にしろと言ったじゃない」

「いいこと、エマ、わたしは気のあるそぶりをする練習をしろと言っただけよ」

夕方六時になっても、まだエマはオークションハウスに残っていた。彼女を除けば、今はもう守衛しかいない。

カサンドラは衝撃を受けたまま帰っていった。サウスウェイト卿との情事について詳しくは教えなかったが、カサンドラのことだ、じゅうぶん想像はついているだろう。絶対に誰にも言わないと約束させて、求婚されたことも打ち明けた。するとカサンドラは不快感をあらわにして、彼をろくでなしだと罵った。

求婚は断ったと告げると、カサンドラはわかってくれた。でも、彼女はすべてを知っているわけではない。たぶん、身分の違いが断った理由だと思ったのだろう。

エマは空になったワインのボトルを見つめた。荷車の商品をオークションに出さなければ、違法行為は何もしていないと言い切れるだろうか？　こっそり手に入れた絵だとしても、サウスウェイト卿の許可を得たから、出品しても罪の意識を感じないかしら？　本当は、違法な品々を出して〈フェアボーンズ〉の名を汚すようなことはしたくない。できることなら、サウスウェイト卿を裏切るまねだけはしたくない。

もし荷車がもう来なければ……もし一週間以内に伝言係から連絡が来て、あの男の雇い主の頼みごとをこっそりやり終えたら……もし……。

二杯のワインでいい気持ちになっていたのに、今では酔いもすっかり冷めてしまった。頭の中で駆けめぐっていた〝もし〟が、しらふに戻るとすべて的はずれに思えてきた。それで何もかもが丸くおさまるわけでもないのだ。少しずつ良心が穢《けが》れていき、このままでは完全に汚れきった人間になってしまいそう。

エマは倉庫を出て店に向かった。守衛たちは持ち場につき、ひとりは外に立っている。きっと、早く帰ってくれればいいのにと思っているだろう。彼らも座りたいはずだ。

壁にずらりと立てかけてある絵画を眺めた。来週は忙しくなる。やるべきことがたくさんあるのだから。きっと、サウスウェイト卿の顔を思い浮かべる時間もないくらい忙しくなるはず。

入口の扉が開いた。すぐさま店内の守衛たちがそちらに走っていく。つばがつぶれた帽子をかぶり、体に合わない外套を着た男が入ってきた。外にいた守衛があわてて男の襟をつかみ、引っ張りだそうとしている。

「大丈夫よ、その人を入れてやって」エマは大きな声で言った。「わたしに会いに来たの」

守衛は男の襟から手を離した。セント・ポール大聖堂で会った男がこちらへ向かってきた。首をかしげ、壁にかけられた絵画を見ながら歩いてくる。

「またあなたに会いたいと思っていたところよ」エマは男に話しかけた。「お金をどこへ届けたらいいのかわからないもの」

「だから来たんだよ。まあ、もろもろの話があってな。あんたのおやじさんは、何もあんたに言ってないみたいだから」

「でも、あなたにはお金を渡したくないわ」

エマの言葉に男はあとずさりした。「今の口のきき方は気に入らねえな。あんたはおれの言ったとおりにやればいいんだよ」

「すぐにご褒美が欲しいと、あなたの雇い主に言ってくれない？」

「じゃあ、金を用意できるのか？」男は帽子をうしろへずらし、目を丸くして絵画を見つめた。「これにそんな価値があるのかい？　なるほどな、だから軍人がいるのか」

「そうよ。とにかく、あなたの雇い主が誰だか知らないけど、わたしの希望をちゃんと伝えてちょうだい。それから、お金とご褒美の交換計画も知らせてほしいと言っておいて。オークションは一〇日後よ。その二日後にはすべてを終えてしまいたいの」

男が顔をしかめて彼女に向き直った。「あんた、このあいだおれが言ったことをちゃんと聞いてたのか？　口のきき方を教えてやったんだけどな。もう一回、ていねいに教えてやらないとわかんないのかね」

「だったら教えてよ。簡潔にはっきり言ってくれたら、ちゃんとわかるから。ねえ、もう店を閉めなければならないの。守衛たちはあなたを打ちのめしたくてうずうずしているみたいだから、もう帰ったほうがいいわ」

男は守衛たちに捕まらないように、警戒しながらそそくさと店から出ていった。エマはすぐに入口へ駆け寄り、扉を少しだけ開けて隙間から通りをのぞいた。

ぶらぶらと歩み去る男のうしろ姿が見えた。彼女は守衛たちに別れの挨拶をすると、急いで馬車に向かった。

「ディロン、左側の歩道を歩いている男の人が見える？　あの人のあとをつけてほしいの。でも尾行しているのを気づかれないよう、じゅうぶんに距離を取って」

「やってみます、お嬢様」

「お願いね。あの人の行き先を知りたいのよ」

馬車はゆっくりと進んでいく。エマは男から目を離したくなくて、できるなら窓から身を乗りだしたい気分だった。

馬車はしばらくストランド街を進み、それから金融街《シティ》に入った。窓の外はすっかり日が落ちている。どうやら北へ向かっているようだが、ロンドンの中でも古い地区であるこのあたりの道は曲がりくねっているから、はっきりとはわからない。

かれこれ二時間は馬車に揺られていた。やがて馬車が止まった。

「お嬢様、どうやら見失ってしまったようです。そこを曲がってこっちに来たんですが、消えてしまいました。このあたりの家に入ったのかもしれません」ディロンが言った。

エマは窓から頭を突きだして周囲を見渡した。ディロンは御者台から眺めまわしている。

「こっちに来たのは確かなの？」彼女は家々に視線を走らせた。

「確かです。尾行に気づいたのかな。もしそうなら、どこかの庭に隠れて、違う通りに出た可能性もありますね」

そうかもしれない。この家々のどれかに、男が入った印でもついていたらいいのに。同じような建物が並び、どれも幅は狭くて背が高い。どこにでもある平凡な街並みで、通りを歩いている住民もごくふつうだ。貧しくはないが、裕福でもない。

「このあたりもこの時間になると人通りが少ないんですね。街のごろつきたちも夕食をとっているんでしょう」

エマはディロンを見あげた。「この時間になると？　前にもここへ来たことがあるの？」

「ここではありません。もう一本、隣の通りですよ。覚えてませんか？　あの扉が紺色の家ですよ。前にお嬢様を連れていったでしょう。その家がこの先の通りにあるんです」

マリエール・リヨンの工房。だから、この界隈《かいわい》になんとなく見覚えがあったのだ。あの工房が、ここから二〇〇メートルも離れていない場所にある。

22

アルベマール通りの両脇に立つ街灯が、ずらりと並んだ馬車にやわらかな光を投げかけている。その馬車から次々と人が降りてきた。〈フェアボーンズ〉の店内では、オバデヤがホールマネージャーになる心の準備をしている。

おろおろするオバデヤを、エマは励ましつづけていた。とにかく彼にはなんとかやり遂げてもらうしかない。

上流階級の紳士淑女たちがオークションハウスの入口に続々と集まりはじめた。細身の透けたイブニングドレスを身につけ、美しいターバンを巻いた女性たちが、男性の腕に手を添えて店内に入ってくる。年配の紳士の中にはまだかつらをつけ、色鮮やかなフロックコートを着ている人もいた。若い世代は黒っぽい色調の地味な装いで、髪は古代ローマ風に短く刈りこんでいる——いわゆる共和党が推進する短い髪型だ。

エマは灰色がかった薄紫色の長袖のドレスを着ていた。華やかなパーティとはいえ、彼女の場合は喪服でも許されるのだが、今回の下見会とオークションにはこのドレスを選んだ。それでも宝石や羽根飾りといった装飾品はいっさい身につけていない。何も自分のお披露目会ではないのだから。

その点、何も制約がないカサンドラの装いはとても華やかだ。彼女の宝石類は今回のオークションの目玉商品になる。間違いなく客たちの目を奪うはずだ。そして今夜のカサンドラは、美しいきらめきを放つ宝石で首元を飾っている。つややかな黒髪には最近買った赤と青の柄入りのターバンを巻き、白い羽根飾りをつけていた。今、彼女は宝石が陳列されたケースのそばに立ち、自分に向けられる既婚女性たちの視線をおおいに楽しんでいる。きっと心の中でほくそ笑んでいることだろう。

エマは入口の外にいる集団に目を向けた。長身で黒髪の美しい男性が先に中へ入り、ほかの人のために扉を押さえている。彼はその集団と楽しげに談笑しながら壁のほうへ向かい、従業員にワインを持ってくるよう目で促した。

それから彼はさりげなく人の輪から抜け、エマに近づいてきてお辞儀をした。

「ミス・フェアボーン、今夜のきみはとても誇らしげだよ」

「そんなふうに言ってくれてとてもうれしいわ。どうもありがとう、ミスター・ナイチンゲール」

彼はモザイク画に視線を向けた。「きみはお父さんと同じくらい目が高いね。すばらしい絵だ。だが、ミスター・リグルズはかなり大変そうだな。小さな肖像画をジョヴァンニ・ベリーニではなく、ジェンティーレ・ベリーニと紹介しているのが聞こえた」

「よくある間違いだわ」

「こういう場所で、それはまずいよ。今、きみは経験豊富なホールマネージャーにいてほしいんじゃないかな」

自尊心が頭をもたげ、拒否の言葉が喉元まで出かかっていた。前回のオークションのあとでミスター・ナイチンゲールに言われたことは今でも忘れていない。ここで提案を受け入れて、彼の思う壺にはさせたくなかった。

エマはオバデヤを探した。彼は顧客たちに取り囲まれていた。その中でも特に一目置かれている収集家が、ティティアンの絵画を指して話をしている。オバデヤは雄々しくも自信に満ちあふれた態度を見せようとしているが、その目を見れば追いつめられているのは一目瞭然だった。

「二ギニー出すわ」エマは口を開いた。「下見会とオークションの両方で。それでいいかしら？ これだけ人が多いとマネージャーがいるのはありがたいの。だけど、わたしは夫はいらないわよ、ミスター・ナイチンゲール。あなたが仕事の見返りに何を要求しようとしているのかわかっているわ」

彼が高らかに笑い声をあげた。まるでエマが最高におもしろい冗談を言ったみたいに笑っている。どうやら彼はわたしに求婚したことなど完全に忘れているらしい。

ミスター・ナイチンゲールは向きを変え、子爵夫人を出迎えに行った。彼のお気に入りの裕福な若い女性だ。褒めたたえあう甘い声がこちらまで聞こえてきた。そのとき突然、空気が変わり、ひとりの男性が入口に現れた。たちまちエマは彼しか見えなくなった。

心臓が喉元までせりあがり、息が止まりそうになる。ずっとサウスウェイト卿が来るのを待っていた。この一週間、彼に会いたくてたまらなかった。この胸の高鳴りは、ようやく今日という日を迎えられた喜びだけではない。

サウスウェイト卿はひとりではなかった。男性ふたりを伴い、三人で中に入ってきた。ひとりは前回のオークションで見かけた、青い目をしたハンサムな男性だ。もうひとりもどこなく見覚えがあるが、どこで会ったのかは思いだせなかった。

カサンドラが宝石のケースから離れ、急いでこちらにやってきた。

「愛想よくしないとだめよ、エマ。思うところはいろいろあるだろうけれど、にこやかにふるまうの。このパーティの雰囲気を盛りあげるために、サウスウェイトは友人たちを連れてきたのよ」

「誰なの?」

「笑顔で話しているほうはアンベリー子爵で、ハイバートン伯爵の継承者よ。苦虫をかみつぶしたような顔をしているのはケンデール子爵」ふいにカサンドラが体をこわばらせ、三人組に背を向けた。「ああ、なんてこと。こちらに来るわ。頑張るのよ、エマ」彼女はちらりと振り返った。「ああ、なんてこと」親友は足早に去っていった。

〝ああ、なんてこと〟舞踏室での出来事を教えたときも、カサンドラはそう言った。最近の彼女はこの言葉ばかり口にする。

サウスウェイト卿がゆっくりと近づいてきた。彼の名前は目録に出品者として掲載されている。作品の数では欠席したフォン・カルステット伯爵が主演俳優だとしても、今夜は紛れもなくサウスウェイト卿が主役だ。誰もが彼と話をしたがっている。

彼が一歩近づくたびに胸がときめき、鼓動が速くなった。ああ、なんてこと。

「今夜はわたしを拒絶しないでほしいな」エマにお辞儀をしてから、サウスウェイト卿が言った。

「すばらしい絵を四点も委託してくださった後援者を拒絶したりはしません」

「ならば、きみが拒絶するのは、きみのすることに対して意見する権利を持っている共同経営者だけなのかな」

「拒絶するのは、わたしの邪魔をする共同経営者だけです」エマは店内を見まわした。「今までで最高のオークションになりそうですわ。わたしは〈フェアボーンズ〉に新たな歴史が刻まれると思っています。フォン・カルステット伯爵のおかげです。それにこの一週間、警備をしてくれた守衛の方々にもお世話になりました。ですが、わたしは誰よりもあなたに感謝しています。もしかして今夜の下見会の宣伝もしてくれたのですか?」

「話の流れの中で言ったかもしれないな。だがここにいる客たちは、どんな作品が出品されるのか楽しみで来たんだよ」サウスウェイト卿は客に飲み物を運んでいる使用人からワインを受け取った。ひと口飲んで眉をつりあげる。そして左側に目を向けた。「ナイチンゲールが戻ってきたんだな」

「今回だけです。一気に人が集まって混雑しているときに、ちょうど彼が到着したんです。

オバデヤひとりではどうにもならない状態でしたから、急きょ雇うことにしました」

「別にいきさつを説明してくれなくてもいい」

ふたりの会話が聞こえたかのように、ミスター・ナイチンゲールがこちらを見た。彼はサウスウェイト卿と目を合わせてうなずいた。何か無言で言葉を交わしたように見える。

「なんだかおかしいわ。ひょっとして、あなたがミスター・ナイチンゲールを呼んだのですか、サウスウェイト卿?」

「呼んだかもしれないな、そういえば、あいつにひざまずいたかもしれない」

「事前に話してほしかったわ。彼が辞めたのには理由があって——」

「いいね、喧嘩か。しばらくぶりだ。このときを待っていたよ」彼はエマの腕を取り、テラスに通じる扉のほうへ向かった。「でも、ここではまずい。人目につかないようにしないと、だろう? あちらへ行こう」

本当はここを離れるわけにはいかないのに、うれしさに心が躍り、何も言えなかった。エマは腕を取られたままテラスに出て、庭に入っていった。

庭には何組もの先客がいた。新鮮な夜気の中で散歩をしながら、会話を楽しんでいる。それでもテラスに灯るランタンの明かりだけであたりは薄暗く、木の陰は暗闇に包まれていて、人目につかずに話せそうだ。

「きみはこの下見会とオークションにナイチンゲールが必要だろう。プライドが邪魔をしてあいつに連絡できないようだったから、違う方法を考えたんだ」

「違う方法を考えてほしいなんて、ひとことも頼んで――」

「きみの意見はこの際どうでもいい。わたしは〈フェアボーンズ〉の共同経営者だよ、エマ。出資しているんだ。それを忘れたのか？　わたしもこのオークションには関心を持っている。成功させたいのは同じだ。だから、そのための戦略を立てるのは当然だろう」

今の言葉が心に染み渡り、うれしさがこみあげてきた。エマは足を止めて彼を見あげた。その瞬間、なぜか思わず大声で笑いだしそうになった。それと同時に深い落胆が喜びをのみこみ、気持ちが深く沈んだ。

〝関心を持っている〟彼は出品した四点の絵画のことだけを言っているのではない。〝出資しているんだ〟

これほど自分が愚かだとは思わなかった。

これまでさんざんオークションの売上げ予測を立ててきた。委託者や仲介者への支払いを差し引いたらいくら残るか、何度も何度も計算してきた。それなのに、最も金額が大きい支払いを完全に忘れていた。サウスウェイト卿への支払いだ。

父がつけていた帳簿には、共同経営者に報酬を支払っていた形跡はなかった。けれど名前が書かれていない箇所がたくさんあったから、そのいくつかはサウスウェイト卿への支払いだったのだろう。事業に出資しているなら、報酬を期待するのは当然だ。

今回のオークションでかつてない売上げをあげたとしても、サウスウェイト卿がその半分を受け取ることになる。いいえ、違う。半分以上だ。前回のオークションから一度も彼に報酬を支払っていないのだから。

暗闇に一瞬きらりと光るものが見えた。それはサウスウェイト卿が石のベンチに置いたワイングラスだった。エマは今夜ワインを出さなければよかったと後悔した。今回のオークションでなくても、どこかに出品することができたのに。カサンドラやサウスウェイト卿が眉をつりあげるほど上等なワインなら、大金を手に入れられたかもしれないのに。

「急に黙りこんでどうした、エマ？」

「あなたの言うとおりでした。わたしにはミスター・ナイチンゲールが必要でした。彼がいなければ、今頃オバデヤは人混みにのまれて溺れ死んでいたでしょうね」

「では、許してくれるのかな？」サウスウェイト卿はからかうような口調で言った。本気で許しを求めているわけではないのだ。

「経営者はあなたですもの。わたしには何も言う権利はありません。ですから、わたしにあやまらなくてもいいんです」頭の中を数字が駆けめぐっていた。三〇〇〇ポンドを用意するのは無理だ。サウスウェイト卿への支払いを考えれば絶対に無理。でも、一五〇〇ポンドならなんとか工面できるかもしれない。残りの半分は、あの男の雇い主の頼みごとを聞いて埋めあわせるしかないだろう。

サウスウェイト卿がそっとエマを木陰にいざなった。温かい腕に包まれたとたん、彼女の頭からあっという間に数字が消えた。

「わたしはただの経営者でも出資者でもない。エマ、わたしはきみの恋人だ。もう忘れてしまったのか?」彼は顔を寄せて、ふたりの額を合わせた。そして唇を軽く重ねてから、先を続けた。「もう一度、思いださせないといけないのかな?」

「過去を思いだしても無意味です。そもそも、あなたはわたしの恋人ではありません」

胸が張り裂けそうなほど苦しくても、こう言うしかない。そうしないと、彼はいつまでもわかってくれないだろう。でも、心とは裏腹な言葉を口にするのはとてもつらい。

ふたたび、唇が触れあった。「なんとも強気だな、エマ。言葉で戦争ができるなら、きみはいつも勝者になれるよ。そしてわたしはいつも敗者で、あたふたと尻尾を巻いて逃げなければならないんだ。だが、こうしてしなやかで温かい体を抱いていると、戦争に負けても逃げだしたくない」

確かにそのとおりだ。サウスウェイト卿の腕の中はとても心地いい。守られている感じがしてほっとする。それに体が甘く疼いてくる。でも、そんなことを考えてはだめ。

「あなたの誘惑に勝てることを証明してみせただけです」

「これでは証明したとは言えない」

サウスウェイト卿だけでなく自分にもそれを証明するために、エマは彼の胸を手で押してゆっくりと体を離し、たくましい腕の中から抜けた。思っていたよりも簡単ではなかった。悲しみで胸がつぶれそうだ。だが、どんなに悲しくてもあきらめるしかない。

彼はエマを引き戻そうとはしなかった。暗闇の中、お互いを見つめたまま気まずい沈黙が流れていく。サウスウェイト卿はわたしが本気かどうか推し量っているの? もう一度強引に抱き寄せて、それを確かめようとするかしら……。

「下見会に戻ります」自分の弱さに気づかれる前に、彼女はここから逃げだしたかった。

ふたりは木陰から出て歩きだした。

店のテラスの階段をのぼりかけたところで、エマは立ち止まった。小首をかしげて耳を澄ませる。「変だわ。急に静かになっているみたい。どうしたのかしら?」

建物全体が静寂に包まれていた。テラスにはふたりだけで、庭にも人影は見当たらない。開いた窓から、甘く切ない音色が流れてきた。心がむせび泣いているみたいだ。物悲しい旋律が次第にはっきり聞こえてきた。誰かが店内でバイオリンを弾いている。

「友人のアンベリー子爵が弾いているんだ」サウスウェイト卿がささやいた。「めったに弾かないんだが。せいぜい年に一、二度かな。それも気が向いたときだけだ。だがアンベリーは一流の音楽家でね、彼の演奏を聞いたことがある者は、みな知っているよ」

ふたりは店内には戻らずに、テラスでバイオリンの美しい音色を聞いていた。美しいメロディが心に深く染みこんでいく。一心に耳を傾けているうちに、エマの気持ちは徐々に静まっていった。

彼女はまぶたを閉じた。サウスウェイト卿も目を閉じているのがわかる。ふたりは夜のテラスに佇み、魂に語りかけてくるような旋律に耳を澄ませた。彼のぬくもりを隣に感じ、こうして一緒に同じ曲を聞いていると、ふたつの心がひとつに重なった気がした。

曲が終わり、しばらく沈黙が続いた。やがて店内で盛大な拍手が鳴り響いた。エマは目を開けた。そのときはじめて、サウスウェイト卿と手をつないでいることに気づいた。

「アンベリーは決してミスをしないんだ。彼の演奏技術は本当にすばらしい」その声はかすれている。彼は咳払いをした。

「でも高度な技術だけでは、あんなふうに美しい音は奏でられないわ。アンベリー子爵はあらゆる面で一流なんでしょうね」

「女性はいつもそう言うよ。感受性が豊かだからね。その点、男は鈍感なので、そういうことにはあまり気づかない」

ふたりが店内に戻るとすぐにカサンドラが駆け寄ってきて、エマをサウスウェイト卿から引き離した。「エマ、すばらしいわ。明日は今夜のバイオリン演奏の話題で持ちきりになるわよ。楽団を雇う余裕はないと言っていたわよね？　どうして予定が変わったことを教えてくれなかったの？」

「あなたに隠しごとはしないわ。わたしも驚いているのよ。きっとアンベリー子爵はフォン・カルステット伯爵のコレクションに敬意を表して、バイオリンを弾いてくれたんじゃないかしら」

エマは人混みの中でアンベリー子爵の姿を探し、感謝の気持ちを伝えに彼のもとへ向かった。

たぶんサウスウェイト卿がアンベリー子爵を説き伏せたのだろう。彼もカサンドラが言ったように、友人が下見会でバイオリンを演奏すれば世間の話題になるのがわかっていたのだ。

そうなれば必然的に〈フェアボーンズ〉のオークションに注目が集まる。

そこまで見越して、サウスウェイト卿は〈フェアボーンズ〉のためにあらゆる手を尽くしてくれている。このオークションがすべて終わったときには、この店の歴史の中で最も華々しい成功をおさめているだろう。そして、わたしはそのオークションを取り仕切ったことになる。この経験は一生忘れられない最高の思い出として心に刻まれるに違いない。

でも、わかっている。サウスウェイト卿は純粋な親切心から助けているわけではない。確かに彼は至福の達成感と、すばらしい思い出をわたしに与えてくれるだろう。けれどもそれは、すべて別の狙いがあるからだ。

23

　ダリウスは、ティティアンの絵画がふたりの従業員の手で慎重に壁からはずされ、ほかのふたりに手渡されるのを眺めていた。ナイチンゲールが壁に立てかけた、その絵画に近づいていく。彼は購入者の名前を確かめて帳面に書きこんでいた。

「その絵はそこに置いておいてくれ」ダリウスは指示した。「大判だから作業台には持っていかずに、そこで梱包して運びだそう」グアルディの風景画を指さす。「そのグアルディもそのままにしておいてくれ」

　あとのことは手慣れたナイチンゲールにまかせて、ダリウスは事務室に向かった。

　そこではミスター・ウェルナーが顔をしかめて椅子に腰かけていた。おそらく、エマがモーリスの椅子に座っているからだろう。彼女はオークションの記録帳を調べながら、ものすごい勢いで紙に数字を書きつけている。

「サウスウェイト卿」ウェルナーが弾かれたように立ちあがった。「まだいてくださってよかった。この女性が――」いらだたしげにエマを指し示す。

「ミス・フェアボーンは驚くほど数字に強いんだよ、ミスター・ウェルナー」ダリウスはいらいらしている彼をなだめた。「計算し終えた金額を見れば、あなたも納得するはずだ」

ウェルナーは椅子にかけ直し、目録に目を落とした。どうやら少しは安心したらしい。エマはあいかわらず作業に没頭している。やがて彼女は椅子に背を預けた。

「ミスター・ウェルナー、落札代金の大半は明日のお支払いになります。落札者の弁護士か代理人が、ここへ持ってくることになっています。オークションには大金を持ってこないよう、お客様にお願いしているので、当日の支払いということにはなりません」エマは高く積まれた紙幣の束を指さした。「ですが、それほど高価でない商品のほうはすぐにお支払いします。ここに積まれているのが今手元にある現金ですが、ここから素描画や銀製品の落札代金を支払いたいと思います。そこで、あなたが提示された委託手数料をもとに支払代金を計算しました」

ウェルナーは不満げな表情を見せている。フォン・カルステット伯爵のコレクションはほとんどが高価な商品ばかりで、素描画や銀製品といったたぐいはわずかしか出品していない。つまり、今日は少額しか受け取れないということだ。それが気に入らないのだろう。

エマは計算した紙をウェルナーに手渡した。彼はその計算表にじっくり目を通した。

「残りは明日、支払うと言いましたよね？」

「遅くとも明後日までにはすべてお支払いできると思います」

「落札者が代金を支払わなかったらどうなりますか？」

「落札者は絵画を受け取れません。〈フェアボーンズ〉は支払期間の延長は認めていませんので。そうですよね、サウスウェイト卿？」

「そのとおりだ、ミスター・ウェルナー。〈フェアボーンズ〉は支払条件を厳しく設定している。それはわたしに対しても同じだ」

エマは紙幣の束を三つ取って、ウェルナーに手渡した。

「すべてが終わるまで守衛はここに配置させておきます」そう言い残し、ウェルナーは事務室から出ていった。

彼のうしろ姿を見送ると、エマは大きく息を吐きだして目を閉じた。疲労の極致に達している様子だ。この数週間は寝る暇もほとんどなかっただろう。特にここ四日ほどは、オークションハウスに泊まりこんで、下見会とオークションの準備をしていた。

「おめでとう、エマ。今日のオークションは長く語り継がれるだろうな」

エマが目を開けた。疲れた表情は跡形もなく消え、満面の笑みが浮かぶ。

「うまくいきましたよね？」

「上出来だ。恐れ入ったよ。滞りなく終わったじゃないか。まるで周到にリハーサルをしたオペラを見ているようだった」

「今日のあの来場者の数を見ました？　椅子が足りなくなったんですよ。三〇〇人以上はいたとミスター・ナイチンゲールは言っていました」興奮して話す彼女の頬が赤く染まっている。「それにあの落札価格！　カサンドラは今頃、天国にいますわ。素描画の落札価格があそこまであがったのは少し意外でした。でも、なんといっても驚いたのはペンサースト公爵です。あなたのグアルディの風景画を信じられないくらいの高額で落札しましたよね。ハンマーの音が鳴ったときは、一瞬呆然としてしまいました」

「あの男はグアルディが好きだからな」あれには正直、ダリウスも驚いた。あの絵をペンサーストが手に入れたのは、楽しかった日々を彷彿《ほうふつ》させる青くさい郷愁に駆られたのとは関係ないといいのだが。彼とは一緒に大陸を旅行したことがある。その途中でベネチアにも立ち寄った。サン・マルコ広場を描いたグアルディの絵は、あのときのことを思いださせるのだ。「幸か不幸かあれに大金を注ぎこんだせいで、ペンサーストはラファエロを手に入れられなかった」

「あなたが落札してくれてよかったです、サウスウェイト卿。委託者もとても喜ぶと思います。ラファエロを飾るのにふさわしい立派なお屋敷に住んでいる方が落札してくれたんですから」

今日のエマはずっと笑みを浮かべている。興奮冷めやらぬといった様子だ。彼女は立ちあがり、紙幣の束のひとつを指さした。「あれはあなたのお金です」そう言うと、残りの束をレティキュールに詰めはじめた。

ダリウスは自分の取り分に目をやり、それから帳簿を手に取った。

「帳簿にはまだすべて書きこんでいないんだろう」

「いいえ、書きこみました」エマは机をまわりこんで数字を指さした。「これがオークションの総売上げです。そしてこれが今日受け取った総額。これが〈フェアボーンズ〉に入る金額で、これが支払いです。そしてこれが――」

「この部分の出費がどうも理解できない。かなりの大金じゃないか」ダリウスは帳簿を閉じた。「話しあうことがたくさんありそうだな、エマ」

彼女は盛大に不満の声をあげた。「わたしは一行一行すべての数字を説明できます。ですが今は無理です。このお金を家の金庫に入れたいので。それから、今日一日頑張った自分を祝いたいんです」

「その両方とも、ひとりでするのはだめだ。ここですることはもうないのか？　あとはリグルズとナイチンゲールにまかせても大丈夫だろう？　よし。そうと決まったら、わたしの馬車を呼ぼう」


エマはサウスウェイト卿にオークションハウスの外へ強引に連れだされた。気づいたら、大きくふくらんだレティキュールを膝にのせて、彼の馬車に座っていた。彼が乗りこんできて、向かい側の座席に腰かける。エマは窓から顔を突きだした。

「ディロンは――」

「彼は今、家に帰らせた。わたしたちのあいだの問題が解決したら、きみも帰してやるよ」

どうせ帳簿の話を続けたいのだろう。その理由はわかっている。でも、今はその話はしたくない。「問題というのはなんですか？　わたしはすべて計算して、あなたの取り分として半分を渡しました」エマは両腕を広げて肩をすくめた。「何も問題はありません」

サウスウェイト卿がレティキュールに目をやった。口がしっかり閉まらないほどふくらんでいる。まるで詰め物をしたローストチキンみたいだ。

「きみは御者以外に同伴者もなしで、そんな大金を持ち帰ろうとしていたのか？」

「ディロンだけでじゅうぶんです。わたしをしっかり守ってくれますから。それに今は追いはぎもいませんし」

「その中に少なくとも一〇〇〇ポンドは入っているだろう。従業員が友人を使って、きみを待ち伏せさせていたかもしれないんだぞ。そんなことになっていたら、ディロンがあわてて御者台から降りる頃には、レティキュールはとっくに消えていただろうな」

「でも、そうはなりませんでした」

「当たり前だ、わたしがいたのだから」

護衛役に名乗りでてくれるなんて親切だと思ってしまいそうだが、サウスウェイト卿がこのレティキュールに興味津々なのは、泥棒に狙われる心配をしているからではないだろう。この中に大量の紙幣が入っているのは一目瞭然だ。このお金がどこへ行くのか、彼は気になっているに違いない。ひょっとしたら、密輸品を提供した人物への支払いだと思っているのかもしれない。だとしたら要注意だ。

こうなったら紹介手数料の話をしたほうがいいだろう。マリエール・リヨンに二〇パーセント、カサンドラには一〇パーセントを支払わなければならないと言ったら、サウスウェイト卿もレティキュールの中身の行き先に納得してくれるはず。それを話せば、ほかのことはもう詮索されないかもしれない。でも前回のオークションの彼の取り分を支払う話は、今はやめておこう。その話はお金がすべて手元に入ってからにしよう。

「公園で少し散歩をしませんか？　歩きながら説明します」エマは言った。

「なぜ公園なんだ？」

彼女は身を乗りだしてささやいた。「こうして小声で話したいからです。これなら、まさかわたしたちがお金のことで言い争いをしているとは誰も思わないでしょう？」

「これからオークションの成功を祝うんだぞ、エマ。なぜこんなときに公園で話をしなければならない？　わたしの屋敷のほうがはるかにいいだろう。人目につかない快適な場所を提供するよ。だから別に小声で話す必要もない。だが、まずは祝杯をあげよう」

エマはサウスウェイト卿をじっと見つめた。彼も見つめ返してきた。

「なんて抜け目がないんでしょう。サウスウェイト卿、あなたはふたりきりになろうとしているのですか？」

「当たりだ。何も怖がることはないだろう。わたしがきみを誘惑しそうになっても、きみは持ち前の強い反抗心で自分の身を守れるさ」彼はにやりとした。「だが、今日はなんの下心も思惑もない。ただきみを祝いたいんだ。オークションを見事に成功させたからね」

エマはサウスウェイト卿のタウンハウスの正面玄関を見つめた。ふいに強い不安がこみあげてきた。この前、彼の所有する別の屋敷に入ったときは、自分は舞踏室の真ん中で裸になっていた。

でも、サウスウェイト卿は下心はないと言っていた。確かに馬車の中でもキスをされなかった。彼はキスをしようとするそぶりさえ見せなかった。

エマは二階の図書室に案内された。とても広い快適そうな部屋で、窓からは美しい庭が見渡せた。黒髪の女性が窓際に座り、本を読んでいる。ふたりが部屋に入っても、彼女は顔をあげようともしなかった。

サウスウェイト卿が女性のもとへ行った。何か耳元でささやくと、彼女はエマに目を向けた。無表情で、その瞳はうつろだ。女性が立ちあがり、サウスウェイト卿と一緒にエマに近づいてきた。

彼が妹のリディアだと紹介してくれた。とてもよく似ている兄妹だ。黒髪に黒い瞳。しかし色は同じでも、表情豊かな兄の目とは対照的に、妹の目は……なんの感情も見えない。

「リディア、これからわたしは執事長とワイン貯蔵室に行って、一番おいしいシャンパンを探してくるから、そのあいだミス・フェアボーンのお相手をしていてくれるか？　すぐに戻ってくる」

リディアが静かにうなずいた。彼は図書室から出ていった。

エマとリディアは、向かいあって置かれた長椅子にそれぞれ腰かけた。エマはほほ笑みかけた。リディアは無表情のままだ。永遠に続きそうな沈黙が広がる。リディアのまなざしはこちらに向けられているが、兄に頼まれたことをする気はないらしい。

「いいお天気ね？」いたたまれず、エマは口を開いた。

「ええ」そのひとことで会話は終わった。

さらに重い沈黙が落ちた。「すてきな図書室だわ」

「わたしもそう思います」

エマは会話を続けようと努力した。だが何を訊いても、返ってくる答えはひとことだけだった。

「あなたのお兄様は、わたしがここにいてもあなたは気にしないと思ったようだけど」ついにエマはしびれを切らして言った。「でも、お兄様は思い違いをしたようね？」

「別にあなたがここにいても、わたしは気にしません。意味のない会話をしたくないだけです。わたしはあまり話をしないのです。そのほうが無意味なことを話すより、礼儀正しいふるまいですから」

「そうかしら。何も話そうとしないほうが失礼だと思うけれど」

リディアが眉をつりあげた。その瞳には、魂がふたたび息を吹き返したかのように、激しい感情が宿っている。「わたしはただ、自分の考えを口にしないようにしているだけです。言うと眉をひそめられますから」

「わたしと同じだわ。でも、わたしは眉をひそめられても気にしない。はっきり言ったほうが誤解を防げると思うからよ。それに無駄な時間も省けるわ」

ようやくリディアの興味を引くことができたらしい。瞳の中にきらきらした光が躍っている。「じゃあ、あなたにははっきり言ってもいいの？　兄には絶対に言わないと約束してくれる？」

「約束するわ」

リディアはちらりと扉に目をやった。まるでサウスウェイト卿が扉を蹴破り、彼女に殴りかかってくるのではないかと心配するような表情を浮かべている。

「兄はあなたを誘惑する気なんじゃないかしら。そのために、この屋敷へ招待したんだと思うの」

嘘でしょう。まさかこんなことを聞かされるなんて。この場面ではどんな態度を見せたらいいのだろう？　動揺してみせたほうがいいのかしら？　それとも無関心を装う？　どうしたらいいのかわからず、とりあえずエマはきっぱりした口調で話して、この場を乗り切ることにした。さりげなく論点をずらして。

「それはないわ。あなたのお兄様は、わたしと仕事の話がしたいだけなの」

リディアが顔をしかめ、膝に視線を落とした。膝に手をのせ、白いドレスをつまんで引っ張る。「残念だわ。てっきり兄は今日、あなたを誘惑するのだと思っていたのに。シャンパンを飲むと言っていたから――」彼女は肩をすくめた。

「そういうことはよくあるの？　お兄様はよく女性をここに連れてきて誘惑するの？」

「いいえ、一度もないわ。ここにはわたしも住んでいるから、そんな姿を見せて、わたしにいやな思いをさせたくないのよ」

「今まで一度もないのなら、わたしの身も安全だわ。そうでしょう?」

「そうね。なんだかがっかりだわ」リディアは顔をあげた。「代わりにあなたが兄を誘惑するというのはどうかしら?」

「わたしもあなたにいやな思いをさせたくないわ」

「あら、わたしは平気よ。いやな思いなんてしない。もう二二歳なのよ。そんなことで今さら怒ったりしないわ。特に兄の情事には寛大なの」

ぷつりと会話が途切れた。どうしてこんなおかしな話になったのだろう? かなり珍妙な展開だが、エマは好奇心を抑えられなかった。

「どうして彼がわたしを誘惑すると思ったの?」

「兄はあなたのオークションハウスに並々ならぬ興味を持っているわ。最近は一緒に食事をしていると、ミス・フェアボーンがこうした、ミス・フェアボーンがああしたと、あなたの話ばかりするのよ。だから兄はあなたに惹かれているんだと感じたの。もちろん、ひとりの男性としてよ。それでわたしは、男性が誰かに関心を持ったときにすることを、兄もするだろうと思ったのよ」

「彼がわたしを褒めてくれたなんてうれしいわ」

「あら、違うわ。そうではないのよ。〝なんてミス・フェアボーンはすばらしいんだ〟とは言わないの。ひとこともよ。〝腹立たしいことにミス・フェアボーンときたら〟とか、〝まったくミス・フェアボーンにはいらいらさせられる〟とか、いつもそんなふうに話をするの」

「もっと言ってもいいわよ」おかしくてたまらず、エマは思わず声をあげて笑っていた。

リディアも笑っている。「オークションハウスのことで自分の考えにまったく従わないあなたに、兄はお手あげって感じなの」くすくす笑いが止まらない。「あんなに厄介な女性はいない」彼女はサウスウェイト卿の口調をまねた。とてもよく似ている。「一〇人の男と同時に交渉しているほうが、まだ楽だ」

リディアの口まねに、エマはおなかを抱えて笑った。ひとしきり笑い、涙をぬぐう。

「そんなに悪口ばかり言っているのに、どうしてわたしを誘惑すると思ったの？」

「絵画よ。オークションに出品するために壁からはずしているのを見て、〝いらいらさせられるミス・フェアボーン〞のために出品するんだなと思ったの。きっと彼女にいいところを見せようとしているんだって。だからオークションが終わったら、兄はあなたを誘惑すると予想を立てて、わたしは計画を練ったのよ」リディアは顔をしかめた。「すべて無駄になってしまったわ」

「無駄にしてしまってごめんなさいね。誰か別の人にその計画が使えるといいんだけど」

リディアは首を横に振った。「それはないわ。わたしはつまらない人ばかりの退屈なパーティにしか行けないから。それに兄は、退屈とは無縁のおもしろい人とは友だちにならせてくれないの」

扉が開き、その問題の兄が入ってきた。

リディアは最後にもう一度、秘密めいた茶目っ気たっぷりの笑みをエマに見せ、ふたたび無表情の仮面をかぶった。

　ダリウスは図書室の扉の外で足を止めた。取っ手に手をかけて扉を開けようとした瞬間、室内から声が聞こえてきた。

　笑い声だ。女性の楽しそうな笑い声。エマのほがらかな笑い声と、くすくす笑う声。

　彼は今すぐ中に入りたいという衝動を抑えた。もう長いあいだ、リディアの笑い声は聞いていなかった。笑顔さえ見ていない。たまにほほ笑んでも、どこかうつろで、無理やり笑みを浮かべているようにしか見えなかった。

　笑い声が止まった。ダリウスは耳を澄まして待った。妹が楽しんでいるひとときを邪魔したくはなかった。だがくぐもった話し声は聞こえてくるが、もう明るい笑い声は聞こえない。

　ダリウスは扉を開けて図書室に入った。エマの瞳はまだ楽しげにきらめいているものの、リディアの瞳には笑っていた痕跡さえ残っていない。いっさいの感情が消えている。いつもの妹に戻っていた。

　それでも、リディアがエマとこっそり楽しんでいたのがわかっただけでじゅうぶんだ。これからはふたりがもっと会えるようにしよう。だが、今日はだめだ。

「ミス・フェアボーン、少し待っていてくれないか。申し訳ないが、先に妹と話をさせてくれ」

　エマはふくらんだレティキュールを膝にのせて、リディアのうしろ姿を見送っている。

　ダリウスはリディアを図書室の外に連れだした。妹はぼんやりした表情で彼の顔を見あげた。

「ホーテンスおば様から手紙が届いたんだ」ダリウスは話しはじめた。「どうもかなりお疲れらしい。頭痛がぶり返して、社交シーズン中だがロンドンを離れたいと言っている。おば様はクラウンヒル・ホールに二、三日、行きたいそうだ」

「潮風に当たれば、おば様も気分がよくなるわ」

「おまえも一緒に来てほしいとのことだ。ケント州に行きたいとずっと言っていただろう。おば様と一緒にクラウンヒルに行くか？」

「ホーテンスおば様とは行きたくない。息が詰まりそうになるに決まっているもの。コンパニオンを探してクラウンヒルで暮らしたいと言ったけれど、それは同年代の女性を見つけるという意味よ。おば様はわたしを子ども扱いして、わたしのすることをいちいち知りたがるわ」

　だからこそ、おばは理想的なコンパニオンだと思ったのだが。「少しだけ付き合ってあげたらどうだ？　アメリアおば様よりはずっといいだろう？」

「それはそうだけれど」リディアは関心なさげに肩をすくめた。「きっと退屈するわ。だけど……同じ退屈でも、アメリアおば様といるよりはいいわね。わかったわ。行ってもいい」

「おば様は明日の早朝に出発するそうだ。これからメイドに荷造りをさせたほうがいい。支度がすんだら馬車を呼ぼう。今夜はおば様の屋敷に泊まったほうが、明日予定どおりに出発できるだろう」

「なるほどね、そういうこと。でも、本当にわたしがいなくてもいいの？　ミス・フェアボーンとのことで、お兄様はわたしの手助けが必要でしょう？」

「手助け？」

「だって、彼女を嫌いなんでしょう？」

「なんとか乗り切れるさ」

「あら、お兄様ったら、とても勇敢なのね。じゃあ、ミス・フェアボーンにどんなにいらいらさせられても、いさぎよく立ち向かっていってね。わたしは荷造りをするわ。三〇分で準備を終えるから、馬車を呼んでおいて」

リディアは立ち去った。ダリウスは御者に指示を出してから図書室に戻った。シャンパンが届いていた。彼はエマの隣に座り、彼女にグラスを手渡した。

「妹さんは来ないんですか？」エマが助け船を求めるような目で扉を見た。

「用事ができたんだ」

「残念だわ。せっかく仲よくなれたのに」

「きみを訪ねるように言っておくよ。さあ、乾杯をしよう。きみの――」

「それはわたしがつまらない人間だからですか？　妹さんが言っていました。あなたは退屈な人としか友だちになるのを許さないと」

わずかな時間のあいだに、リディアがそこまでエマに打ち明けていたとは。ダリウスは内心の驚きを抑えて言った。「友人の何人かとは会うのを禁じたが、つまらない人間とだけ付き合えと言った覚えはない。むしろ妹のほうなんだ、人を遠ざけているのは。どこにも出かけず、家に引きこもってしまった。なんの感情も出さなくなり、妹は――」お手あげというふうに両腕を広げる。「正直に言うと悩みの種だよ。何を考えているのかさっぱりわからない」

エマがシャンパンをひと口飲んだ。「たぶん妹さんは何かを隠しているんでしょうね」

「なぜ隠さなければならないんだ？　それもわたしにまで、なぜ隠す必要がある？　わたしは兄だぞ」

「妹さんとは一〇歳以上離れていますよね。彼女は子どものときにあなたと遊んだ記憶がないんじゃないかしら。あなたはどちらかというと父親のような存在なんでしょう。わたしが彼女ならそう思います」

冗談じゃない。そんなばかげた話があるか。とはいうものの、エマの考えも一理あるとダリウスは思い直した。

「とてもおいしいシャンパンですね」彼女が話題を変えた。「年代物ですか？」

「ああ。さあ、乾杯しよう――」

「わたしの勝利を祝う前にお話ししたいことがあります」エマが切りだした。「あなたの言うとおり、多額の出費があるのは事実です。でも今回のオークションがこれだけの利益をあげられたのも、その出費のおかげなんです。それらの支払いの一部を今日、わたしは持って帰ってきました。だから、わたしの取り分があなたより多く見えるんです」

ダリウスはこんな話はあとまわしにしたかったが、エマは一度決めたら梃子でも動かない性格だ。それにこれは大切な話だ。早くすっきりさせたほうがいい。

「その出費のおかげとはどういうことだ？　何に使うんだ？」

「紹介手数料です。今日持ってきた一部は、素描画の所有者を紹介してくれた人への支払いです。その人に支払う紹介手数料は二〇パーセントです」

「きみは紹介者に二〇パーセントも手数料を支払うのか？　それはずいぶんと足元を見られたものだ。そんな高い紹介料は聞いたことがない」大量の紙幣の束が何に使われようとかまわないが、紹介手数料を二〇パーセントも支払うとなれば話は別だ。これでは間違いなく一年以内に〈フェアボーンズ〉はつぶれてしまうだろう。

「やむをえなかったんです。でも、これは今回だけです。それにフォン・カルステット伯爵のコレクションには、一〇パーセントの支払いですんだんですよ」

「それは落札総額の一〇パーセントを支払うということか？　それとも〈フェアボーンズ〉に支払われる手数料の一〇パーセントか？」

「もちろん手数料の一〇パーセントです」なぜそんな当たり前のことを訊くのかと言わんばかりに、エマは笑いだした。だが、すぐに眉をひそめた。「カサンドラに確認したほうがいいかしら。でもカサンドラもオークションの取引方法は知っているから、わかっていると思うけれど」どうやら不安になってきたらしい。表情も曇っている。「いいえ、大丈夫よ。総額ではなく手数料の一〇パーセントだと、ちゃんとわかっているわ」

ダリウスは立ちあがり、窓に近づいて外を見おろした。馬車がすでに待機していた。

「レディ・カサンドラが本当にわかっているといいが。もし勘違いしていたら、今日の売上げはほとんどなくなるぞ」

正面玄関から出てきたリディアのボンネットが見えた。従僕が大きな旅行かばんを積み終えて、馬車に乗りこむ彼女に手を貸している。リディアは乗りこむ寸前に振り返って屋敷に目を向けた。

その表情にダリウスは驚いた。妹が幸せそうにほほ笑んでいる。退屈な兄とロンドンにいるより、いくら退屈なおばとでもケント州へ行くほうが、リディアにはうれしいのかもしれない。

馬車が動きだし、リディアを乗せて走り去った。これでエマとふたりきりだ。これからふたりで過ごす夜を思い描きつつ、ダリウスは振り返って彼女を見た。

エマはまだ顔を曇らせている。相当不安になってきたようだ。

「心配するな。レディ・カサンドラはちゃんとわかっているさ。金をすべて巻きあげて〈フェアボーンズ〉をつぶそうとは思っていないから安心しろ」彼女のもとへ引き返しながら、ダリウスは言った。

「その自信がうらやましいわ。あなたに言われるまで、このことは考えてもみなかったんです。だから今、カサンドラとどういう話をしたか思いだそうとしているんですけど……」

「もしレディ・カサンドラが勘違いしていたら、わたしが彼女に説明する」

エマがダリウスに向き直った。「いいえ、大丈夫です。そんなことにはならないと思います。とにかく、これで出費が多い理由は説明しました。ほかに何か不審な点や訊きたいことはありますか？」

彼女の口から〝不審〟という言葉を聞くと実に奇妙な感じがする。しかし今は、この問題もひとまず脇に置いておこう。

素描画とラファエロ以外の匿名希望の委託品はすべて所有者に戻したと思っていたが、なんとエマは大量の銀製品と絹とレースを自分の名前で出品していた。おそらく彼女はこちらの命令に従う気など、はじめからなかったのだろう。

その銀製品と布製品の落札金がエマの懐に入るとすれば、あの帳簿の不備もうなずける。きっとその金もふくらんだレティキュールの中に入っているのだろう。

そのことを尋ねたら、エマはなんと答えるだろう？　あれは父親の収集品で、それを金に換えることにしたとでも言うだろうか？　だが、たとえそれが嘘だとわかっていても、その証明はできないはずだ。これまでもそうだった。何か疑惑があっても、証拠がつかめないのだ。エマは決して口を割らない。できればこのまま割らないでいてほしい。密輸品をオークションにかけたことが事実だとわかり、ただの疑惑ではすまされなくなったら、すべてが変わってしまう。

それでも、今まで以上に気をつけて様子を見ていたほうがいいだろう。とはいえ、こうして座っているエマはとてもきれいではかなげだ。紫がかった灰色のドレスは栗色の髪によく合い、薄紅色に染まった頬を際立たせている。

銀製品や布製品の出所を聞きだすのは、もう少しあとにしよう。ひょっとしたら、この先一生聞きだすことはないかもしれない。落札総額はたいした金額ではない。それにエマも、もう二度としないだろう。こちらとしても、二度とさせるつもりはない。

ダリウスは長椅子の背に両手を置いた。そして背後から覆いかぶさるようにして、エマの手からシャンパングラスを取りあげた。かすかな香水の香りが鼻腔をくすぐり、すぐ近くにあるなめらかでやわらかな肌が誘いをかけてくる。

「エマ、あとは最終計算書ができあがったときに説明してもらう。今日はオークションの件とはまったく別の話しあいをしたい」

24

完全に虚をつかれたとは言い切れない。エマは振り返り、長椅子のうしろに立っている男性を見て、心の中で思った。

目の前にあるフロックコートからサウスウェイト卿の顔へと視線をあげていく。ただ、からかわれているだけだといいのに。彼の目がおもしろがっている光をたたえて笑っているといいのに。

サウスウェイト卿の表情にエマは息をのんだ。ここにいるふたりのうち少なくともひとりは、これから何が起きるのかはっきりわかっている。

「リディアは……」エマは気まずさを埋めようとした。

「出かけた。おばに頼まれて、一緒に旅行へ行ったよ」

こんなに近くにいられては、わたしに勝ち目はない。サウスウェイト卿から伝わってくる欲望の熱に、容赦なく体が反応しはじめた。

エマは向き直って目を閉じた。良識を働かせたいのに、甘美な感覚が体の奥深くからわきあがってくる。息づく欲望は刺激的でもあり怖くもあった。期待に胸が高鳴って全身に震えが走り、ふだんは存在さえ忘れている部分が脈打ちはじめた。

それでも、ここで負けてはいけない。サウスウェイト卿の申し出は受け入れないと、ケント州の屋敷を出るときに心を決めたはずよ。彼が求めているのが妻であれ愛人であれ、断りつづけると決めたはず。その理由は今さら思いだすまでもなく、頭に刻みこまれている。

それに理由はまだほかにもある。いつものようにはっきり口にできたらいいのに。包み隠さずにすべてを言えたら、どんなにいいだろう。けれど何もかも打ち明けて、悪事が明るみに出たとたんに、彼に見向きもされなくなるに違いない。

サウスウェイト卿が長椅子をまわりこんで、エマの隣に腰をおろした。彼女の頬をそっと両手で包み、自分のほうを向かせた。彼はキスをしようとしている。このまま顔が近づいてきて、唇が触れた瞬間、わたしは彼を止められなくなる。

今すぐに何か言わなければいけないのはわかっていた。拒絶の言葉が次々と浮かんでくるのに、口からは何ひとつ出てこない。ただ頭の中を駆けめぐっているだけ。

エマは何も言わずに座っていた。もはや抵抗する気さえなかった。サウスウェイト卿に抱き寄せられてキスが深まるにつれ、欲望がふくれあがり、体じゅうに甘い疼きが走った。このまま彼の腕の中で、めくるめく歓びに身をまかせていたい。わたしはこの瞬間を待ち望んでいた。彼と一緒にいられるこのひとときを逃したくはない。

エマを誘惑するつもりなどなかった。そんな自分を褒めてやりたいぐらいだった。それなのに……。

抱き寄せてキスすると、すぐに彼女は応えてくれた。自分の感情を隠さないその率直さが、ダリウスはたまらなくうれしかった。経験を積み、自ら体を寄せてくる情熱的なエマの姿が目に浮かんでくる。その日はすぐにやってくるはずだ。

ダリウスはキスを深めていき、彼女の口の中に舌を滑りこませた。やがてエマの舌がそれに応えるように彼の口に忍びこんできた。徐々に大胆になっていく舌の動きに、ダリウスの欲望はいやがうえにも高まった。あの日から二週間が過ぎた。それが何年にも思えるほど、体が激しく反応している。このときを待っていた。エマの美しい体がまぶたの裏に焼きついて離れなかった。

彼はエマの胸に手を添えて、ドレスの襟ぐりからのぞくやわらかなふくらみにキスを落とした。手のひらで包みこむように愛撫を加えるうちに、彼女の呼吸が速くなってきた。胸の先端を指先で探り当て、親指でなぞる。指の動きが速く激しくなるにつれて、エマの口から切なげな声がもれはじめた。

唇を開き、瞳を輝かせて、彼女はダリウスの指を見おろしている。その欲望をたたえた表情に、彼は痛いほど興奮をかき立てられた。

何か話したそうに、エマが唇をなめた。ダリウスはなめらかな首筋に唇を押し当て、彼女の香りを吸いこんだ。「どうした？」彼は小声で言った。「これは気に入らないか？」

「いいえ、そうじゃないの……すごくいいわ。でも、このあいだと同じことを、もう一度してほしくて……」

じれったそうにささやく彼女にダリウスは驚き、ぴたりと動きを止めた。彼は立ちあがり、エマを腕の中に抱き寄せた。「ここではだめだ。場所を変えよう」

ダリウスは彼女の手を取って、廊下に出るとすぐに早足で階段へ向かった。

階段が果てしなく長く感じる。振り返ってエマを見た。たちまち我慢できなくなり、彼女を壁に押しつけてキスの雨を降らせ、下唇に歯を立てて、首筋に舌を這わせた。

「ここで？」エマが切れ切れの声をあげる。夢中で彼女の体に手を滑らせているダリウスの耳に、その声は聞こえなかった。

狂おしいほどエマを求めていた。彼女が欲しくてたまらない。今すぐにここで……。ダリウスは彼女の手を強く握りしめ、引きずるようにして残りの階段をのぼり、寝室へと急いだ。熱い血が全身を駆けめぐり、心は欲望に燃えている。エマを寝室に引き入れるなり、ふたたび腕の中に閉じこめて、貪るように唇を重ねた。

唇を離したとたん、エマがベッドに倒れこんだ。ダリウスは彼女をじっと見おろしながらフロックコートを脱ぎはじめた。その様子をエマが息をのんで見つめている。

サウスウェイト卿のあまりの激しさに、エマは圧倒されるばかりだった。まわりの世界はすべて砕け散り、ただひたすら彼に身をまかせているうちに官能の渦にのみこまれていった。

そっと触れるようなやさしさではじまったキスは次第に勢いを増し……快感が波のように

押し寄せてきて……階段をのぼり、壁に押しつけられ……たくましい体に抱かれ……あの情熱的な手の動き……図書室。長椅子。そして寝室……ふたたびキスがはじまり……独占欲を感じさせる貪欲《どんよく》なキス……。

エマは甘美な香りに包まれてひとり漂っていた。ふいに唇が離れた。彼女は、青いカバーのかかったベッドにゆっくりと倒れこんだ。

彼女は青い天蓋をぼんやり見つめた。やがて少しずつ意識がはっきりしてくると、ベッドの足元に立っているサウスウェイト卿の姿が目に映った。彼がフロックコートを脱ぎはじめる。それからベストを脱ぎ、クラバットをはずした。危険な雰囲気を漂わせ、挑発するように。一枚脱ぐごとに、紳士らしさもはぎ取っている気がした。エマは彼から視線を離せなかった。もうすぐ階級も地位も関係ないただの男が現れると思うと、たまらなくぞくぞくした。

サウスウェイト卿がすべてを脱ぎ捨てた。彼はエマのそばに来ると、片膝をついてひざまずいた。黒い瞳には激しい欲望が宿っている。エマはハンサムな顔やたくましい肩にうっとりと見とれた。彼が立ちあがり、引きしまった体でエマをすっぽりと包みこんだ。たちまち歓びがあふれ、彼女は何も考えられなくなった。

今、エマの体はサウスウェイト卿のものだった。すべてを差しだし、彼の愛撫に身をゆだねた。彼の手を、体を、直接肌で感じたいのに、それを邪魔するドレスが恨めしい。快感の高みへといざなわれ、胸のふくらみに口づけされたときは、思わずドレスを引き裂いてしまいたい衝動に駆られた。

心の声が聞こえたのか、サウスウェイト卿が身をずらして彼女をうつ伏せにした。ドレスのひもがゆるむにつれ、体の中心がわななきはじめる。彼の首にしがみついて、言われたとおりに体を動かしているうちに、気づいたら電光石火の速さで衣類がすべて取り払われていた。

一糸まとわぬ姿。あられもない姿をさらしている。それでも、ようやく肌を重ねられた歓びがこみあげてきた。たくましい体に包まれて、彼のぬくもりを感じ、彼の鼓動を感じる。あの舞踏室の夜と同じように、サウスウェイト卿をこうして近くに感じられるのがうれしくてたまらない。

彼の愛撫を受けて、胸が張りつめている。舌で触れられたとたん、先端が痛いほど硬くなった。触れられるたびに、息が吹きかかるたびに、心地よい震えが全身を駆け抜けた。

「このあいだと同じことをしてほしいと言ったね？」サウスウェイト卿がささやいた。

エマはうなずいた。あまりに興奮して、気恥ずかしさもどこかに吹き飛んでいた。これから起きることへの期待だけが募っていた。

サウスウェイト卿はヘッドボードに背中を預けて座り直すと、エマに手を差しだした。

「おいで」彼はエマを自分の太腿の上に脚を開いて座らせた。舞踏室で迎えた朝、彼に触れられた部分に、硬く張りつめたものが当たっている。

彼が胸にキスをしながら手で愛撫を加え、やがてその手を下へ滑らせて、感じやすい場所を探り当てた。エマは目を閉じて快感に浸った。徐々に高みへと押しあげられ、頭の中が真っ白になっていく。

狂おしいほどの歓喜が体の中心で花開き、自然と腰が動いて、そのたびにサウスウェイト卿の高ぶりが腹部に触れた。彼がエマの手を取り、その熱く脈打つものへといざなった。

彼女は今にも歓びの叫びが口をついて出そうなほど、のぼりつめていた。そのときサウスウェイト卿がエマを膝立ちにさせた。彼女は彼の肩をつかみ、首をのけぞらせて、もっと欲しいと心の中でせがんだ。

サウスウェイト卿がエマの両手をヘッドボードにのせた。「つかんで。ここにキスをするから」

彼女はぼんやりとうなずいた。心の中では大声で懇願していた。サウスウェイト卿は少し下にずれると、エマの脚を広げてヒップに手を添え、彼女の体を少し押しさげた。何をするのだろう？　そう思った瞬間、手で触れられていた部分に強烈な衝撃が走った。

そのあまりに激しい刺激に一瞬で気を失いそうになる。何が起きたのかわからないまま、エマは彼を見おろした。

その光景に理性が吹き飛んだ。それもつかの間、新たな快感が襲いかかり、唇から声がもれた。ヘッドボードをきつく握りしめ、次から次へとわきおこる快感に身を震わせて、彼女は絶頂へと突き進んだ。

今、エマは快楽の波に漂っていた。時間の感覚もなくなり、ただ心地よい波に身をまかせていた。そのとき突然、大波が押し寄せてきて、すさまじい快感が全身を貫いた。彼女の口から叫び声がほとばしった。

恍惚の世界から現実へと戻ってきて、気づいたらサウスウェイト卿の上にまたがっていた。彼の欲望の証《あかし》がエマの中を押し広げ、満たしている。やがてサウスウェイト卿が動きはじめ、その動きが徐々に激しくなった。エマは力の抜けた体を彼の手で支えられて、ふたたび至福の感覚に身をゆだねた。

サウスウェイト卿に馬車を呼んでもらって、家に帰ろう。

彼に頼まなければすぐには家へ帰れないのに、その分別のある言葉がなかなか言いだせない。

今、エマは乱れたベッドの上に座っている。寝室には一五本のろうそくが灯り、こうしてぼんやり眺めていると、長いろうそくの先端で静かに揺らめく炎が感嘆符のように見えてきた。ろうそくは少し前にサウスウェイト卿が火をつけた。それまでふたりはずっとベッドの中で寄り添っていた。

隣の部屋で食事の準備をしている音が聞こえる。エマは自分が着ている絹のガウンを見おろした。サウスウェイト卿が貸してくれたガウンだ。こんな裸同然の格好では、衣装部屋に隠れて食事をとるしかない。別にそれでもかまわないけれど。それに食事のあとに何が起きるのか、想像しただけで胸がときめく。

歓びや驚きや夢物語は、あの舞踏室にすべて置いてきた。あれからわたしは気持ちを切り替えて、いつもの自分に戻っていた。だけど今は、もう一度それができるかわからない。そう思うのはたぶん、快楽の残り火がまだくすぶっているからかもしれない。

エマはベッドをおりて床からドレスを拾いあげ、たたんで椅子にのせた。この屋敷を出ていくとき、しわくちゃの服を着るのはいやだ。時間も気にしていなければいけない。重要なことを早く終えてしまいたい。ここでのんびりして、それをあとまわしにするわけにはいかない。

彼女はレティキュールを探した。寝室に入るときは、確かに手に持っていた。だが、どこにも見当たらない。椅子の下や家具の裏ものぞいてみたが見つからなかった。エマは心の中で自分を叱りつけた。快楽にふけって、レティキュールのことをすっかり忘れていたなんて。たとえ愛のためだったとしても、それはなんの言い訳にもならない。

膝をついて、ベッドの下に手を伸ばした。その瞬間、彼女は凍りついた。どうして〝愛〟などという言葉が思い浮かんだのだろう？　この関係に愛が入る余地はどこにもないのに。サウスウェイト卿はやさしい人だ。義務感から責任を取って求婚してくれた。だけど、なぜ〝愛〟という言葉が思い浮かんだのかわからない。

膝をついたまま、エマは体を起こした。自分の心の声に耳を傾けてみる。生まれてはじめて、うまく聞こえてこない。おかしな感情が声を聞こえないようにさせているから。でも、なんと言っているかはわかっている。男と女の関係において、幻想や嘘は苦しみしか生まない。そう心の声は言っている。

そもそも、サウスウェイト卿との関係に何かを期待するほうが間違っているのは最初からわかっていた。わたしのことをなんとも思っていなくても、彼を責められないのもわかっている。

正直に言えば、少しは思っていてほしい。一度言葉が思い浮かんでしまうと、自分の気持ちに気づくのに時間はかからなかった。だってサウスウェイト卿の姿が見えるだけで、胸がどきどきするもの。それに彼は眠っていた感覚を目覚めさせてくれた。あれほどすてきなものだとは想像もしなかった。こういうことを考えるのは品がないとわかっているけれど。サウスウェイト卿のそばにいたいから、わたしはまだここにいる。そうでしょう？　馬車を呼んでと言いだせなかったのは、彼といたいからよね？　だから夜になっても、まだこの寝室にいるんでしょう？

この時間に帰るのは難しい。もう遅いもの。そう考えただけで心がざわめいた。

「エマ、そこで何をしているんだ？」

サウスウェイト卿の声がして、彼女は物思いから現実に引き戻された。衣装部屋の扉の前に立っている彼に目を向ける。茶色い紋織り絹のガウンを着たサウスウェイト卿は、放蕩者《ほうとうもの》にも、魅惑的な紳士にも見えた。

「レティキュールが見つからないんです」

彼がそばに来て、エマを立ちあがらせた。「あとで一緒に探そう。すぐに見つかるさ。シーツのあいだか、そのへんの服の中にでも紛れているんだろう。さあ、食事にしよう」

信じられないほど広い衣装部屋に食事の準備がすべて整っていた。高級なテーブルクロスの上には磨きこまれた銀器と美しい磁器が並べられ、座り心地のよさそうな肘掛け椅子がテーブルをはさんで向かいあわせに置かれている。料理もすでにテーブルに並び、使用人の姿は見当たらない。

人目を忍ぶとは、まさにこのことだ。それに何もかも手際よく整えられている。使用人たちも慣れているのだろう。料理はチキンのグリルから、ソース、果物の温かいコンポートに至るまで、すべて作りたてだった。

リディアはサウスウェイト卿が自宅に女性を連れてこないと言っていたけれど、この様子ではどうやら違うらしい。たぶん彼女は知らないのだろう。彼がこっそり女性をここへ連れてきて、夜明け前に帰していたら、気づくわけがない。

突然、激しい嫉妬心に駆られた。そんな気持ちになった自分を、エマは笑い飛ばそうとした。だが、胸の痛みはなかなか消えなかった。

サウスウェイト卿がグラスにシャンパンを注いだ。「ようやくきみの成功を祝えるな」

〝そのシャンパンも密輸品なの？〟思わずそんな冗談を言いそうになり、エマはあわてて言葉をのみこんだ。少しも笑えない冗談だ。シャンパンの泡を見つめていたら、下見会で客にふるまったワインを思いだしてしまい、愚かなことを口走りそうになった。結局、わたしはサウスウェイト卿の指示に従わなかった。彼を裏切ってしまったのだ。

「カサンドラが一緒でなくて残念だわ」エマは言った。「彼女もお祝いをしたいと思うんです。宝石が予想以上の高値で落札されたんですもの。あなたのお友だちのアンベリー子爵は、どれだけ高値がついても、あのダイヤモンドとサファイアのイヤリングを落札するつもりだったんですね」

「何度もやめさせようとしたんだがね。まったく聞く耳を持とうとしなかったんだ」

「特別なレディのために、どうしても手に入れたかったのかしら」

「そういうレディがいるとしたら、彼女も大変だ。しばらく彼を食べさせてやらないといけないからな。アンベリーは父上に自由にできる金を制限されているんだ。だからオークションで大金を注ぎこめる余裕はない。たとえ特別なレディのためであっても」

「まあ、大丈夫かしら。カサンドラに言いづらいわ。もし彼が――」

「心配しなくていい。彼が払えなくても、わたしが払うよ」サウスウェイト卿がグラスをかかげた。「美しい瞳とすばらしい鑑識眼に乾杯。並はずれた精神力と癪に障る性格に。そして、隅々まで魅力的で、ふるいつきたくなるほどすばらしい体――」

「ありがとうございます！」エマはあわてて彼の言葉をさえぎった。

サウスウェイト卿が声をあげて笑う。「すまない。だが、きみははっきりした物言いを好むと思ってね」

顔が燃えそうなほど熱かった。「言わなくていいこともあるというのがわかりました」

「しかし、それもなかなか難しいものだ。ちなみに、わたしは今どれを言わないほうがよかったのかな？」

エマは目を細めた。「訊かなくてもおわかりでしょう」

さらにからかうのは思いとどまったらしく、彼は料理を食べはじめた。

「きみの目のことをずっと考えていたんだ。美しいのはもちろんだが、本当にすばらしい鑑識眼を持っている。絵画の見方は父上から学んだと言っていたな。きみは何年もかけて〈フェアボーンズ〉でさまざまな絵画を見て、経験を積んできたんだろう。もしかしたら、わたしが大陸旅行で今まで見てきた絵の数より多いかもしれない」

「ええ、たくさん見てきました。家族で旅行に行ったとき――ときどき、父は絵画の鑑定をしに所有者の領地へ出かけることがあったんですけど、道中の荘園領主の屋敷にいつも立ち寄って、コレクションを見せてもらいました。ふつう旅行者は庭が見たくてそういう屋敷に立ち寄るんでしょうけれど、父は子どもたちに絵を見せてほしいとメイド長に頼むんです。英国人の画家の見事な作品がしまいこまれていることもあるんですよ」

「ロバートも父上から同じ教育を受けていたのか。それなら鑑識眼もきみと同じようにあったのかもしれないな」

〝あったのかもしれない〟サウスウェイト卿は兄に過去形を使った。

彼に言いたい。兄は生きているのだから過去形は使わないで、と。わたしが兄の死を受け入れられないわけではないのだと。生きている証拠はちゃんとあるし、もうすぐ兄は帰ってくると、サウスウェイト卿に打ち明けたくてたまらない。

すべてを伝えたい衝動を抑えこむのに必死で、しばらくエマは話すことも食べることもできなかった。だがサウスウェイト卿は彼女の様子がおかしいことに気づいていないようで、何も言わずに料理を食べている。

「英国人画家の作品も悪くはないが、大陸に行ってあの豊富な絵画の数を見たら、きっときみは感動すると思うよ」彼は先を続けた。「路地にひっそり立っている教会で名画を発見することもよくあるんだ」

「大陸旅行中は絵を見てまわるのですか？　そういう教会をめぐって、名画を探したりして過ごすんですか？　若い男性が何カ月も大陸を旅しているときは、てっきり女性を追いまわしたり、ワインをたらふく飲んだりして、思いきりはめをはずしているのだと思っていました」

「正直に言うと、そうやって無駄な時間を過ごしていたよ。だから、もう一度行きたいと思っている。そこで提案なんだが――このいまいましい戦争が終わったら一緒に行かないか？　日中は美術館めぐりをしよう。それにアランデル卿が収集した作品をコレクションに加えたいんだが、オークションで購入するときに助言をしてくれたらありがたい。そのお礼に、夜は分かちあう歓びについて、たっぷりきみに伝授するよ」

　またからかっているんだわ。そうよね？　真に受けてはいけないとわかっていても夢は広がり、遠い異国の街や遺跡を見てまわっている自分の姿が目に浮かんできた。この男性のとりこになっている女が、彼も自分と一緒に旅行に行きたいのだと信じたがっている。せめて今夜ひと晩だけでもいいから、そう思っていてほしい。

サウスウェイト卿が手を伸ばし、彼女の手を取ってキスをした。

「いやかい？　そんな旅に出たら、世間に顔向けできなくなると思っているのか？」彼は立ちあがり、エマも立つように促した。「それなら、ここで伝授しよう」

寝室に戻るなり、エマはダリウスの手を振りほどいた。顔をしかめてベッドにのぼり、シーツと上掛けのあいだや枕の下を調べはじめた。

「このへんにあるはずなのに」

彼女はレティキュール探しを開始した。ダリウスはベッドに寝そべり、そんなエマの姿を眺めていた。少し不安げではあるが、それでも探す気満々だ。絶対に見つけだすという決意が顔に表れている。彼女は本当に表情が豊かだ。衣装部屋で食事をしていたときも、心の動きがよく顔に出ていた。瞳を輝かせていたあのときは何を考えていたのだろう？

エマはいろいろなことを考えている女性だ。このところの彼女は心配ごとを抱えているように見える。せめて今夜ぐらいは〈フェアボーンズ〉や将来に対する不安を吐きだしてくれるといいのだが。

どうやら、レティキュールに入っている金にはこちらが思っている以上に大きな秘密が隠されているようだ。一瞬そんな考えが頭をよぎったが、刺激的な格好で探しまわるエマを見ていると、欲望がむくむくと頭をもたげてきた。

彼女が体を起こし、ダリウスに向き直った。彼のほうへ這ってきて、体の下に手を差し入れる。そして勢いよく手を引き抜き、丸くふくらんだレティキュールを頭上にかかげた。

「ひどいわ、上に寝ていたんですね」エマがなじった。

「そのようだな」ダリウスは手を伸ばして、彼女の頭を自分のほうへ引き寄せた。「動かないで」エマの手からレティキュールを取りあげ、ベッドのフットボードの柱にかける。「今のきみに必要なものがある」

彼女は座ろうとした。

「だめだ。そのまま動かないでくれ」

エマは戸惑った表情を浮かべている。ダリウスはゆっくりと彼女のガウンのひもをほどいた。絹の布地がはだけ、わずかに体がのぞく。彼はガウンの下に手を入れて、そっと胸の先端に触れた。

彼女が目を閉じた。困惑の表情が恍惚の表情へと変わる。快感に身をまかせているエマはとても美しい。指の動きに集中して歓びに浸っている彼女を、ダリウスはじっと見つめた。

彼は手を下へ這わせて太腿を撫でた。内側に手を滑りこませた瞬間、エマはぴくりと身をこわばらせた。口を開き、舌の先を上の歯に押し当てて自分を抑えようとしている。

さらに上へ手を滑らせた。そっと愛撫を繰り返し、やがてこらえきれずに甘い声をもらしはじめたエマを見ているうちに、いやがうえにも興奮が高まっていく。

切なげな声がせがむような声になったとたん、激しい欲望がダリウスをのみこんだ。彼はエマのうしろにまわり、ガウンを脱ぎ捨てた。彼女が振り返る。熱を帯びた瞳の中には戸惑いの色も宿っていた。

「そのままでいてくれ」ダリウスはささやいた。「うしろからきみの中に入りたい。どうしたらいいか教えるよ」

彼はエマのヒップを隠しているガウンを持ちあげた。ゆっくりと、自分をじらすように引きあげていく。なめらかな肌があらわになるにつれ、ダリウスのものは大きく張りつめていった。彼の高ぶりがエマにも伝わったらしく、彼女の体が震えた。ダリウスはエマの背中に手を当て、頭と腕がシーツにつくまでそっと押した。

彼女はヒップをあげた格好でじっとしている。ダリウスはエマのガウンを取り去った。彼女は腰をさらに持ちあげ、なまめかしい姿をさらしている。やわらかな丸みに円を描くように愛撫を続けていると、エマがねだるように身を揺らしはじめた。ダリウスは自分自身を拷問にかけるかのごとく時間をかけた。エマの体から立ちのぼる香りと唇からもれる声に刺激され、欲望が渦を巻いて彼を締めつけてくる。それでもなんとか限界まで持ちこたえようとした。

ついに耐えきれなくなり、ダリウスは先端を彼女の秘めやかな部分にぐっと押しつけた。その瞬間、エマが息をのんだ。彼が身をうずめると、たちまち悩ましい声が彼女の唇からこぼれた。いったん腰を引き、ダリウスをぴったりと包みこむ彼女の奥深くへと突き入れる。えも言われぬ快感が体を突き抜け、思わず我を忘れそうになった。

ベルベットのようになめらかなヒップに手を添えて、ダリウスは激しいリズムで動きつづけた。深く突くたびに、エマの甘い叫びが夜の静寂を切り裂き、やがて頂点に達した歓喜の声が部屋じゅうに響き渡った。

「何を隠していると思う?」

暗闇の中で静かな声が響いた。ふたりは甘やかな余韻に包まれて手足を絡ませたまま、ベッドに横たわっている。エマはサウスウェイト卿のぬくもりを感じながら、ゆっくりと眠りに落ちようとしていた。

「誰が?」

「リディアだ。妹は何かを隠していると言っていただろう?」

男性よ、きっと。もしかしたら恋人かも。妹がどこかのろくでなしに誘惑されて、激怒しているサウスウェイト卿の姿が目に浮かんできた。この状況でその場面は笑えた。だが、同時に悲しくもあった。

「あなたが気に入らないことでしょうね。カサンドラのような友だちができたのかも」

「たぶん男だろうな。それもわたしが絶対に気に入らない男だ」

あら、よくわかっているじゃない。「でも、妹さんはどこにも出かけていませんよね? 家にずっといたら、悪い男性にも出会う機会はないわ」

リディアがこっそり男性を彼女の寝室に引き入れて、彼女の衣装部屋でその人にチキンのグリルやシャンパンをふるまっているのなら、話は別だけれど。だが、リディアはそんな危険は冒さないだろう。でもひょっとしたら、使用人の中に協力者がいるのかもしれない。上流社会では密会なんて日常茶飯事だもの。

「そうだな」眠そうな声だ。「それでも気をつけていたほうがいいだろう」サウスウェイト卿は体の向きを変えてエマを抱き寄せた。そして満足げな吐息をもらし、眠りについた。

彼女は少しだけ甘い余韻に浸ったあと、サウスウェイト卿の腕の中から抜けだそうとした。この夢の時間もそろそろ終わりが近づいてきた。でも、せめて夜が明けるまではこうしていたい。すぐ帰ったほうがいいのはわかっているけれど。

悲しみがこみあげてくる。エマは腕を引き抜こうとした。「帰ります」

「六時に扉を叩くように近侍に伝えてある。そのあと、きみを人目につかないように屋敷から出してあげるから。安心して眠るといい」

「誰かに見られるとか、そういうことを気にしているのではありません。やることがあるので、すぐに帰りたいだけです。朝早くから用事があって。家に帰ってすぐに、あわただしく出かけたくないんです」

サウスウェイト卿は片方の腕でエマを抱いたまま、肘枕をして彼女を見おろした。

「きみの頭の中にはその用事のことしかないようだな、エマ。見ていればわかる。食事中も、ミス・フェアボーンはときどき考えごとをしていたよ。料理にも手をつけず、黙りこんで物思いに沈んでいた。それも大仕事を終えて、肩の荷がようやくおりるというときに」

彼は考えこむような表情を浮かべている。心配そうな口調で、咎めている響きはいっさいない。それでもエマは、彼が薄々感づいている気がして怖かった。

ろうそくの炎は消えかかっている。でも、表情を隠せるとは思えない。

「エマ、その用事にわたしの助けは必要か？　考え方は違うとしても、わたしたちは今、共同経営者なんだ。きみを放ってはおけない」

その言葉に心が大きく動いた。やはりサウスウェイト卿はおおよその想像がついているのだろう。それなのに助けようとしてくれている。彼のその言葉は何よりも心強い。一時的な気持ちだとしても、ただの義務感からだとしても、本当にうれしい。助けようという気になるくらいわたしを大切に思ってくれたことは、一生忘れないだろう。

ふたたび、サウスウェイト卿に胸のうちをすべて明かしたい衝動に駆られた。しかし、恐怖心がその衝動を抑えこんだ。恐怖心と、そして愛が。自分でも何がどうなっているのかよくわかっていないのに、そんな渦中に彼を巻きこみたくはない。それに兄を取り戻すためだとしても、父がしていたことは話せない。今ではわたしも父と同じだ。犯罪行為に目をつぶっていてほしいなんて、サウスウェイト卿に頼めるわけがない。そもそも、彼が見逃してくれるはずもない。

エマは伸びあがって彼にキスをすると、努めて明るい声で言った。「サウスウェイト卿、そんなことを言ってくれるなんてやさしいですね。でも、あなたが商人の娘と密会するのは、愛人がいなくて寂しいからでしょう？　それしか会う理由はないですもの。わたしのことは気にしないでください。レティキュールが空になって支払いがすべて終われば、もう物思いに沈んだりなんてしませんから」

背中にまわされた腕がわずかにこわばった。サウスウェイト卿はエマを抱いていた腕をほどいた。「帰りたいのなら帰るといい。馬車を用意させるから、それに乗っていってくれ」

25

エマは午前一〇時に紺色の扉を叩いた。脇の下にしっかりとレティキュールを抱えている彼女の隣には、ディロンが立っている。

今朝、自宅に着いたのは四時頃だった。ディロンにも朝帰りしたことを気づかれているのだろうか？　メイトランドは知っている。応接間に座って、ずっと帰りを待っていてくれたのだから。そしてメイドも知っている。たぶん今頃は、使用人たち全員に知れ渡っているのかもしれない。メイトランドたちは、サウスウェイト伯爵家の紋章がついた馬車で帰ってきたわたしを見て、こんな時間までいったい何をしていたのだろうといぶかしんだに違いない。深く詮索せずに、わたしも伯爵家の晩餐会に招待されるような立場になったのだ、ぐらいに思っていてくれたらいいのに。

扉が開いた。ディロンは馬車を止めた場所に戻っていった。あの日と同じ、がっしりした体格の女性が出てきた。今回、彼女は作業場ではなく、家の奥にある庭が見渡せる部屋にエマを案内した。

手紙で伝えた約束どおり、マリエール・リヨンが待っていた。素描画を持ってきた年配の男性も一緒だ。エマはふたりに挨拶をして、さっそくレティキュールを開けた。

「もう聞いているかもしれませんが、オークションは大成功でした。名画や宝石を目当てにたくさんの人が来てくれて、どの商品にも高値がつきました」

男性はうなずいているが、レティキュールしか見ていない。エマは紙幣を取りだして枚数を確認した。七〇〇ポンド、間違いなくある。エマはその男性に目録を手渡した。

「素描画の落札金額はそれぞれ、そこに記載されています。公開オークションですので、すべて明瞭です。これから正確な額をお支払いしますが、そこに書かれている金額を確認してください。ご存じでしょうが、その合計額から一〇パーセントの手数料を〈フェアボーンズ〉がいただくことになっています」

男性がフランス語でマリエールに話しかけた。彼女は目録を受け取り、数字を指でたどりはじめた。「あなたを信用していると言ってるわ。でも、わたしだったら、もう少し欲しいわね」

マリエールが目録から目をあげて、男性に向かってうなずいた。彼は紙幣を抱え、お辞儀をして部屋から出ていった。

「こういうことをするのは彼にとって屈辱なのよ」マリエールが言った。「あなたが彼の名前を公表しなかったから――」素描画が記載された目録の〝匿名希望〟の文字を指さす。

「彼はあなたに感謝しているわ。知りあいにも声をかけてみると言っていたわよ。だから、またあなたに紹介できると思うわ」

エマはレティキュールから紙幣を取りだした。「紹介手数料は二〇パーセントだったわね。今もらった手数料の中から渡すわ」紙幣を数え、一四ポンドをマリエールに渡す。

「もうひとりはまだ来ていないの？　その人の分も持ってきているんだけど」エマは言った。

「荷車の商品の落札代金よ」

「わたしは何も知らないわ」

「あら、そうなの？　知っていると思っていたわ。よくこのあたりで見かけると言っていたわよね？」

マリエールが肩をすくめる。「もしかしたら言ったかもね。でも、たまにしか見かけないわ」

エマは目の前の若くて美しい女性をじっと見つめた。いかにもフランス人らしい無頓着な態度だ。

「彼の名前を知ってる？」マリエールは話をするのも、もう飽きたようだった。

エマは引きさがらなかった。「この近所に住んでいるの？　それとも、ただ姿を見せるだけ？　このあたりの家に入っていくのを見たことがある？」そこでいったん言葉を切り、賭けに出た。「この工房に来るの？」

マリエールはこげ茶色の瞳をエマに向けた。「わたしが嘘をついていると言いたいの？　もしそうだとしても、本当のことをわたしが言うと思う？」

「それは荷車の商品の話をしているんじゃないとわかっているから？　だから言いたくないの？」

マリエールは庭に目をやった。口をとがらせている。やがて舌打ちする音が聞こえた。

「四シリングがこんな面倒なことになってしまうとわね」ぶつぶつ文句を言っている。

「でも今日、一四ポンド受け取ったじゃない」

乾いた笑い声をあげ、マリエールはかぶりを振った。「あなたとは市場で会いたくないわ。そのためなら肉を食べるのを一回我慢してもいいわね」彼女の心の動きが手に取るようにわかる。ようやく観念したようだ。マリエールがふたたび肩をすくめた。「ばかな男なのよ。もうあなたもわかっているでしょうけど。会ったことがあるんでしょう？　ばかな人って危険なのよね」

「彼に何か危険な目にあわされたの？」

「ばかなのが危険なのよ。あの男自体はどうってことないわ。彼がここに来たのは……二週間前。二階の部屋を借りたがったの。ちゃんと家賃は払うって言うのよ。あの荷車のときと同じくらいのね。たいした金額だと思わない？　言っている意味がわかるでしょう？」

「彼はここに住みたかったの？」

マリエールがあからさまにあきれた表情を浮かべた。エマは自分が〝ばかじゃないの〟と言われたような気がした。「あの男じゃないわ。もうすぐロンドンに来る誰かのために部屋を借りたがっていたのよ。彼は賢い仲介人気取りで、こういうことでしょっちゅう来るの。わたしと秘密を共有しているとでも思っているのかしらね」マリエールは何度も大げさにウインクしてみせた。「気をつけないと、あのばかな男のせいで絞首刑にされてしまうわ。マリエール・リヨンにまつわる噂を聞きつけて、なんでも知っている気になってるのよね」

「彼になんて言ったの？」

「ここには女性しか住んでいないと言ったわ。だから男性に貸す部屋はないって。それから、もうわたしには近づかないでと言って、追い返したわ」

あの男がそれほどばかでなければよかったのに、とエマは内心で思った。そして、マリエールがこれほど利口でなければよかったのに、と。

「どういう人のために借りたかったのかしら？」

「わからないの？　身を隠したい人のために決まってるじゃない。たぶん荷車のときみたいにワインを運んでくるんじゃないかしらね。わたしが知ってるのは、あのばか男がわたしを厄介ごとに巻きこもうとしていることだけよ。まったく、ありがた迷惑もいいところだわ」

マリエールはかぶりを振った。「まだほかにもばかな男がいるのよ。その人たち、わたしを見張ってるの。白昼堂々と悪事を働くとでも思っているのかしら。そっちのばか男たちは何も噂を聞いていないのね。そういうわけでどちらにしろ、ここは隠れ家にはならないのよ」

憮然として話すマリエールを見て、エマは笑った。「とりあえず彼には名前がちゃんとあるのね。ばか男という」

「でも、その名前の男はたくさんいるわよ。どうやって区別するの？」

「太ったばか男とか？　背が高いばか男とか？」

マリエールがくすくす笑っている。「じゃあ、ときどきわたしを尾行している男は？　すごいハンサムよ。あの人はどっちがいいかしら？　ハンサムなばか男？　それとも究極のばか男？」

失礼なことを言いあい、ふたりしてひとしきり笑い声をあげた。エマはレティキュールの口を閉めて立ちあがった。「彼がどこに住んでいるのか、あなたは知ってると思っていたわ。荷車のこととか、ほかにも話したいことがあったの。でも、もうここに来るなと言ったのなら、彼と連絡をつける方法はないわね」

マリエールがレティキュールを指さした。「ばか男に渡すお金があるんでしょう？　あなたが連絡を取る必要はないわ。あの男のほうから、すぐあなたに会いに行くでしょうから。お金のためなら絞首刑になる危険も冒す男なのよ」

だがエマは自分で彼に連絡を取って、会う日時を決めたかった。マリエールと同じで、あの男と一緒にいるところを見られて、面倒なことになるのは避けたい。

「もう帰るわ。もしよかったら今度、家へ遊びに来て。庭に座って、もっといい話をしましょう」

マリエールの表情がやわらいだ。今の彼女はずる賢くも、用心深くもない。

「やさしいのね。今度、遊びに行かせてもらうわ」彼女は受け取った金に手をやった。「また絵を売りたい人を紹介するわね」

午後二時にアンベリーが訪ねてきたとき、ダリウスはまだ着替えの途中だった。

友人には衣装部屋にあがってきてもらうことにした。近侍がダリウスの腕に時計をはめ、シャツの袖口をカフスボタンで留めているあいだ、彼は寝室を見まわした。

有能な使用人の手で、室内はすべてきれいに整えられている。昨夜の名残は跡形もない。寝ているあいだに隣から漂ってきた香りや、ふたりの情熱が作りあげた香りも、今ではもう消えている。

言いだしたら聞かない頑固さに腹が立ったとはいえ、エマをあのとき帰しておいてよかったのだ。エマが六時までここにいたら、一〇時までいろとぼくは言っただろう。そして一〇時になれば、一時までいろと時間を引き延ばし、しまいにはふたりでまた一緒に夜を過ごしていたに違いない。自分が満足するまで彼女を引き留めようとしたはずだ。おそらく何日も、何週間も。

アンベリーが近侍と入れ違いに入ってきた。ドレッサーに新聞をのせ、エマがゆうべ座っていた背もたれの高い肘掛け椅子にどかりと座りこむ。

「今朝、父に呼びだされた」アンベリーは新聞を指さした。「ぼくの貴重な時間を返してくれ。まったくいやになるよ。二時間貸しだからな」

ダリウスはまだ朝刊を読んでいなかった。彼は〈フェアボーンズ〉のオークションの記事を読みはじめた。下見会でアンベリーがバイオリンを演奏したことも書かれている。

「無理を言ってすまなかった。まあ、それでもこれ以上、金を制限されることはないさ。今だってゼロに近いんだからな」

「今朝、ぼくも父にそう言ってやったよ。これ以上、何ができるんだってね」アンベリーがぼやいた。

「だが、きみのあの宝石に対する執心ぶりは尋常ではなかったぞ。何度も止めようとしたのに無視するんだからな。その結果、今きみには大金の支払いが待っている」

アンベリーは平然を装っている。「ひと目で気に入ってしまったんだよ。ぼくはダイヤモンドに目がないんだ」

「せめて誰かのために落札したと言ってくれ」

「残念ながら違う。まあ、借金するしかないな。別にこれがはじめてというわけじゃない。いつものことさ」

「無理やりきみに演奏させたぼくが悪いんだ。下見会に行かなければ、きみはあのイヤリングを見ることもなかった」

「気にするな。あれはあれで楽しかったよ。久しぶりだったし。そういえば、きみはあの場にいなかったな」

「はじめから終わりまで、しっかり聴かせてもらったよ。あのときは外にいたんだ」ダリウスにとって音楽は絵画ほど興味を引かれるものではないが、それでも知性あふれる上質な演奏会には出かけていた。やはりアンベリーの演奏は格別で、いつ聴いても感動する。

「別に今日は新聞記事や、ぼくの宝石熱について語りに来たわけではないんだ」アンベリーが言った。「きみが連れてきた諜報員が昨日、ついに口を割ったよ。それを教えようと思ってね。昨夜ピット首相から聞いたんだ」

待ちに待った知らせだった。内務省からは、いらだたしいほどなんの連絡もなかったのだ。

「一週間も経って、なぜ今頃話す気になったんだ？」

「よくわからないが、刑務所生活も一週間が経ったからじゃないかな。ピット首相はあの男が話す気になったとしか言わなかった」

「どんなことをされて話す気になったのか、紳士である我々は知らないほうがいいな。それでケンデールは？　あいつもこれに関与しているのか？」

「いや、していない。昨日は午後からずっと、ぼくと一緒にいたからね。一分置きに喧嘩を吹っかけられたよ。あいつにレディを紹介したんだ。どういうわけかその女性は、無骨で無愛想な男に魅力を感じるらしい。うっとりとほほ笑んで、ケンデールを熱い目で見るんだ。なのにあいつときたら、完全に無視するんだからな。ますます無愛想になって、自分の魅力を発揮していたよ」

その光景が目に浮かび、ダリウスは思わず笑った。「それで、その男が何を言ったのか知っているか？」

「自分はただの密輸商人で、諜報員ではないと言い張っている。こっちで隠れ家を提供してくれる男と会うことになっていたらしい。それで、その男と一緒に同業者の英国人を探して、手を組むつもりだったそうだ」

「男の話を直接聞きたかったたな。真実かどうか、わかったかもしれないだろう？」

「ぼくは嘘だと思う」アンベリーは脚を伸ばして足首を交差させた。「男の話には無理があるよ。真実を言っているとは思えない」

「なぜそう思うんだ？」

「あの海岸一帯をタリントンが支配しているのを知らない密輸商人なんているか？　たとえフランス人だとしても、そんなやつはいないだろう。あの男は密輸商人などではないよ。大きな夢を持って農場を出てきたが、英国での新しい仕事を何も知らなかっただけじゃないのか？　とはいえ誰かと会う予定だったということは、しょっちゅう出入りしている古顔なのかな――いや、やっぱり男の話はつじつまが合わない」

確かにアンベリーの言うとおりかもしれない。少ない収入を補うために探偵のようなこともしているアンベリーは、幸か不幸か犯罪者の立場に身を置く能力も備わり、そういう人間の目線でものごとを見られるようになっている。だからこんなふうに推論を重ねているときは、可能な限りあらゆる説を考えられるのだ。

「もし誰かと会う予定だったというのが本当だとしたら、あの男が捕まったと知れれば、また別のやつが来るはずだ」ダリウスは言った。

「そう思うよ。確実に来るだろう」

「その相手が誰なのか口を割るだろうか？」

「ピット首相は何も言っていなかった。もし男の話をそのまま信じたら、あいつは刑務所に戻されるし、信じなければこれからも取り調べは続くだろう。だが、どうだろう。あの男は何も情報を持っていなかった気がする。受ける側だったんじゃないかな。情報を渡そうと待っていたやつは、今頃きっと計算が狂ったと思っているはずだ。フランスに運びたい情報があったのに、当てがはずれてしまったんだから」

アンベリーは冷静に分析を続け、さまざまな仮説を並べた。いったいあの男からどれだけのことを聞きだせるだろう？　たったひとりの人間の密入国も食い止めることができず、おまけになんのお咎めもなしにフランスへ帰すようなことになってしまえば、いくら取り調べをしても時間の無駄にしかならない。

「タリントンやほかの連中にも手紙を書くよ。船の動きに気をつけるよう伝えておく。諜報員を乗せた船がどの方角から来るかわからないからな」ダリウスは言った。「ぼくたちは警備の連携態勢を見直して、弱い部分の強化を図ろう」

オークションから二日経ったこの日、エマは一生分の数字を目にして、ほとほとうんざりしていた。計算自体は別に嫌いではないが、果てしなく続く数字の羅列に頭がどうかなりそうだった。そのうえ、代理人やら弁護士やら管財人やらが支払いをしに次々と事務室へ入ってきて、午後五時には彼らの顔を見るのもいやになっていた。

続々とお金が集まってきた。硬貨も小切手も山になっている。地代で支払いをする落札者がふたり。ある男爵夫人はひとりでやってきて、事務室に入るなり、その場で金のネックレスをはずした。エマはそのネックレスをお金の代わりに受け取ることにした。

支払いがすむと同時に、絵画は新しい所有者のもとへ届けられた。素描画やそのほかの商品も店からなくなった。エマは運び去られた美術品に線を引いて消し、金額の欄には支払い済みの印をつけた。ようやくあと三人で終わりだ。今そのひとりは事務室にいて、エマが計算を終えるのを待っている。カサンドラだ。

親友は待ちきれないといった様子で、瞳を輝かせて椅子に座っていた。エマは硬貨の山をふたつ慎重に動かして、彼女に近づけた。

「この二三〇〇ポンドが宝石の代金よ。そして、これが伯爵のコレクションの紹介手数料」エマはカサンドラの顔を見つめ、表情の変化をうかがった。どうやら彼女は紹介料について勘違いはしていなかったようだ。サウスウェイト卿に指摘されてからずっと不安だったが、カサンドラは驚いてもいないし、困惑してもいない。

「取り決めどおり、〈フェアボーンズ〉が受け取った委託手数料の一〇パーセントよ」エマは言い添えた。これで困惑した表情を浮かべるかどうかはっきりするはずだ。

一瞬、カサンドラがためらった。しかし表情は変わらず、ただじっと硬貨の山を見つめている。「この硬貨を全部持って帰るのは大変だわ。小切手だと思っていたの。どうしたらいいかしら」

「明日か明後日まで待てるなら、小切手に換えられるわよ。委託者のほとんどは急いで現金を欲しがるの」

「どうにか持っていくから大丈夫よ」カサンドラは硬貨の山を調べはじめ、丸い形をしたものを取りだした。「これは何？」

「アンベリー子爵が、あのイヤリングの支払いをあと数日待ってほしいと言っているの。だから担保として、それを置いていったのよ。その宝石も。支払いは直接するそうよ。あなたがそれでよければの話だけど」

カサンドラは金の指輪と赤い石をしげしげと見つめた。目を細めて、指輪の内側に彫られた文字を読もうとしている。「なんだか面倒なことになりそう」ぽつりと言った。

「気が進まないのなら、わたしがここでお金を受け取ってもいいのよ。そのときまでイヤリングもわたしが保管しておくわ」エマは提案した。「あるいは支払いをすぐにすませてほしいのなら、サウスウェイト伯爵が立て替えると言っているわ。アンベリー子爵にあとで返してもらえばいいからって」

カサンドラが顔をあげた。「それはもっと面倒なことになりそう。担保として、この指輪を持っているわ。きっとこれはダイヤモンドのイヤリングよりも高価よ」レティキュールに指輪を入れる。「硬貨を入れる袋なんて、ここにはないわよね」

「袋に入れて持って帰るのなら護衛をつけるわ。オバデヤに話してくるから、ちょっと待っていて」

エマは事務室を出て店に向かった。ちょうどそのとき、最後から二番目の顧客が店内に入ってきた。

「もっと早い時間にいらっしゃると思っていました」エマは言った。

「遅くなってすまない」サウスウェイト卿はそう言うと周囲を見まわした。それからエマを抱き寄せ、唇を重ねた。ゆっくりと誘いこむような甘いキスだ。

キスを受けながら、彼女は喜びと悲しみのあいだで揺れていた。たったひとつのキスで、一緒に過ごした二日前の親密な夜がよみがえってくる。

カサンドラが今にも事務室から出てくるかもしれないのに、サウスウェイト卿の腕の中は心地よかった。だが、エマは彼をそっと押して体を離した。

サウスウェイト卿は何も言わなかった。外套から小切手を取りだす。

「ラファエロの落札代だ」彼は壁に向かって歩いていき、その絵画を見つめた。広い壁にかかっている最後の一枚だ。

エマは受け取った小切手の額面を確認した。「手数料のあなたの取り分を差し引かなかったんですね」

「それも考えたが、面倒になるかもしれないだろう。だからすべて支払いがすんで、最終的な売上げ金額が出てからでもいいと思ったんだ」

これならまだ硬貨を持ってきてくれたほうがよかった。エマは内心でつぶやいた。この小切手を換金するには時間がかかるだろう。それでも……。

「この小切手をカサンドラに渡してもいいですか？　それでよければ、硬貨が入った重い袋を何個も抱えて帰らなくてすむんですが」

「ああ、かまわない。銀行はわたしの筆跡を知っているし、変更を受け入れてくれるはずだ」

ふたりは事務室に向かい、そこでサウスウェイト卿は小切手の金額を訂正した。カサンドラは満面の笑みを浮かべ、戦利品の小切手と、まだもう少し自分のものであるサファイアのイヤリングを持って帰っていった。

エマは引き出しから書類を取りだしてサウスウェイト卿と店に戻り、ラファエロの絵のところへ行った。「梱包して届けたほうがいいですか?」

「いや、このまま持って帰るよ。小さいし、馬車で来ているから」

サウスウェイト卿は新しくコレクションに加わった絵画を称賛のまなざしで見つめている。エマは彼を称賛のまなざしで見つめた。そのとき、北側の窓の外で何かが動いたのが目に入った。彼女は凍りついた。

最後の客がそこに立っていた。こちらに向かって手招きしている。〝ばか男〟が代金を受け取りに来た。それも最悪のタイミングで。

サウスウェイト卿がうしろを向こうとしている。一瞬の動作なのに、ゆっくりと時間をかけて動いているように見えた。男は北側の窓の中央に立っている。彼は右を指さし、それから左を指さして肩をすくめ、どちらに行ったらいいのかと無言で尋ねている。

このままではサウスウェイト卿に見つかってしまう。あと数秒で、彼はあの男に気づくかもしれない。男はやけになれなれしく、こちらに向かって身ぶり手ぶりで合図を送っている。

ああ、どうしよう……。

サウスウェイト卿が窓に向き直る寸前、エマはとっさに彼の腕をつかみ、抱き寄せて激しく口づけした。彼は一瞬驚いたようだったが、すぐに応えてくれた。彼女はサウスウェイト卿の首に腕をまわし、さらに強く唇を押しつけながら、彼の背後の窓に向かって男に庭へ行くよう手ぶりで示した。

手に持っていた書類はすべて床に散らばっていた。サウスウェイト卿はそれに気づいている様子もなく、徐々に熱を帯びていくキスに反応している。

彼が唇をエマの首筋に滑らせた。その隙に彼女は窓をうかがった。男は姿を消していた。ほっとしてもらした深いため息を、サウスウェイト卿は違う意味に取ったらしい。

「わたしと一緒に帰ろう」唇を重ねたまま、彼がささやいた。あわててはじめたキスだったが、今ではエマも夢中になっていた。「残りの仕事は明日すればいい」

「今、計算を投げだして帰ったら、あなたに取り分を渡せなくなるかもしれません」

「きみのその言葉を約束と受け止めよう。わたしが自分の取り分を受け取れる日を楽しみにしているよ」

そんな約束はしていない。それは彼も知っている。まだ心が決まっていないのが自分でもつらい。庭で待っている男と話をするまでは、今はどんな約束もできない。

わたしが何も応えなくても、サウスウェイト卿は気にしていないみたい。彼は腕の中にいるエマを見おろした。その瞳も、何も言わない彼女をいぶかしんでいるようには見えない。けれど、エマの心の動きを見抜いていた二日前の夜と同じ目をしていた。

サウスウェイト卿がエマの額にそっとキスをした。「きみの言うとおりだな。計算を終わらせてしまったほうがいい。きみの仕事の邪魔をするのはやめておこう」彼は腕をほどいて体を離した。

そして足元に落ちている書類を拾いあげた。

「ラファエロの絵の書類です」エマは言った。

彼は外套のポケットに書類を入れ、壁にかかっている絵画に手を伸ばした。

「来歴の書類があってよかった。これがなければ、この絵の価値もなくなるからな。元の所有者に礼を言っておいてくれ。匿名希望では、わたしからは感謝の気持ちを伝えられないから」

サウスウェイト卿が帰るとすぐに、エマはオバデヤを呼んだ。彼が倉庫から出てきた。

「オバデヤ、今日もうひとつしてほしいことがあるの。事務室に大金があるんだけど、袋を見つけてきて、その中に詰めてくれる？　終わったら、わたしのところに持ってきて。それがすんだら、今日はもう帰ってもいいわ」

オバデヤは表情を変えずに聞いていた。彼は袋を探しに倉庫へ引き返した。

金を詰め終わると、オバデヤは重い袋をエマに手渡した。彼女は店の北西方向に歩いていき、庭に通じる扉を開けた。

庭に出た。男の姿はどこにも見当たらない。小道を半分ほど歩いたところで口笛が聞こえ、男が大きな木の陰から現れた。

「ここに隠れてたほうがいいと思ったんだ」近づいていくエマに男が言った。「あんたの男におれたちのことを知られたくないからな」

この男には心の底から嫌悪感を覚える。いやらしい笑みを見ていると背筋に悪寒が走った。

「嫌味を言うのはやめて。あなたのことをあの人に言うわよ」

「これであんたとおさらばできてうれしいよ。ああ、うれしくてたまらないさ。おれはかわいらしい女が好みなんだ」

「じゃあ、さっさと終わらせてしまいましょう」早く終わらせてちょうだい。もうこんなことは二度としたくないから。「身代金を支払うわ。だからこれで終わりよ」

「三〇〇〇ポンド、ちゃんと用意したのか?」

エマは袋を地面に置いた。「ここに一五〇〇ポンドあるわ。あなたの雇い主の頼みというのはなんなの?」ワインや同じように人目につく密輸品を運ぶ手伝いではありませんように。そう心の中で祈った。

「へえ、そうかい。そいつはおもしろい」男は物思わしげに顎を撫でた。「やっぱりこうなると思ってたよ。おれは三〇〇〇と言ったよな」

「あなたの雇い主はうちの懐具合をずいぶんよく知っているのね。さあ、頼みごとは何?それとも違う人に訊いたらいいのかしら? 早く言わないとお金を渡さないわよ」

男は店の建物のほうに向き直り、伸びあがって様子をうかがった。エマは覚悟を決めた。

何を強要されても、やるしかない。

男が真顔になり、はっきりした口調で話しはじめた。この男はマリエールが思うほどばかではない。はじめて聞くその落ち着いた話しぶりに、エマはそう感じた。

「じゃあ、やってもらおうか。一五〇〇ポンド分、働いてもらわないとな。あんたのおやじさんがはじめたことを、あんたが終わらせるんだ」男はひと呼吸置いて続けた。「それはな、おやじさんが足を滑らせて崖から落ちたときにやっていたことだ」

26

ダリウスは〈フェアボーンズ〉から一キロほど行ったところで、ようやくラファエロの絵画をかたわらに置いた。この一五分ほど、ずっと手に持って惚れぼれと見つめていたのだ。小さな絵画。究極の目の保養だ。この絵は壁にかけずに、図書室にあるケースの中に入れておこう。そうすれば、こうやっていつでも手に取ってじっくり眺められる。

絵画を向かいの席に置き直そうとしたとき、外套のふくらみに手が当たって、かさりと音がした。ダリウスは座席に深く腰かけて、ポケットからエマが渡してくれた書類を取りだした。

完璧な来歴だ。一行ずつ、一六世紀の中頃から現在に至るまで、代々の所有者が記載されている。そのほかにも参考資料や、これまでの修復記録、そして一七世紀以降の英国での来歴もついていた。

最終ページの一番下に走り書きされている最後の記録が判読できなかった。水でも垂れたのか、インクがにじんでいる。だがどうやら、一五年前に〈フェアボーンズ〉のオークションで出品されたようだ。

ダリウスは書類を窓に向けて文字を読もうとした。購入者は伯爵《count》……いや、分割払い《account》で購入されている。分割払いとなると、その答えはひとつ。これはオークショニアが顧客と競りあったということだ。そしてオークショニア自身が落札した。

ダリウスは書類を座席に置いた。驚いて言葉も出なかった。彼はもう一度、絵画を手に取った。モーリス・フェアボーンがこれを所有していた。モーリスが匿名希望の所有者だったのだ。

なぜエマは家宝を売ったのだろう？　オークションに華を添える目玉商品を探していたから？　それとも生活に困っていたのか？　だがフォン・カルステット伯爵のコレクションの委託契約が成立したのだから、オークションが開催される頃には当分のあいだ不自由なく暮らせるとわかっていただろうし、目玉商品を探す必要もなかったはずだ。それなのに、なぜ大切なラファエロの絵画を売り払ったのだろう？

その答えはひとつしかない。オークションに家宝を出品したレディ・カサンドラや、そのほか多くの者たちと同じだ。エマも金が欲しかったのだ。それも大金が。そうでなければ、この絵を手放すはずがない。

ありきたりの理由で金が必要なわけではないだろう。しかしエマが賭博をするはずがないし、当然そんなことをしている気配もなかった。帽子を買いすぎて借金がかさんだというのならまだわかるが、買い物に明け暮れている様子はまったくない。

いつまでも隠し通せると思っているのなら大間違いだ。これは絶対に見過ごすわけにはいかない。それでもエマのことだ、匿名希望で出品したのは誰にも知られないように金を作りたかっただけだと言い張るかもしれない。だが、そんな理由ぐらいでこちらとしても引きさがるつもりはない。

フェアボーン家の家宝だったと知った今、もはやこの絵画をじっくり堪能できそうになかった。どうしてもこれを売らなければならないような事態がエマに降りかかっている。絵を眺めるたびに、それを思いだすに違いない。

ダリウスは御者に〈フェアボーンズ〉へ戻るよう命じた。これは贈り物としてエマに返そう。もし受け取ろうとしなければ、そのままオークションハウスに置いてくればいい。それなら彼女も受け取らざるをえないだろう。

なぜラファエロを売ったのかも尋ねるのはよそう。理由を知りたいのはやまやまだが、今日はやめておいたほうがいい。きっと〈フェアボーンズ〉やモーリス、ひょっとしたらエマ自身も巻きこんだ重大なことが起きているのだ。

オークションハウスの入口の少し手前で、何か動くものが目の端に映った。ダリウスは御者に声をかけて馬車を止めさせた。

窓に額を押し当てて外をのぞいてみた。近くにつながれた馬の向こう側に、大きな栗毛の馬がいた。その脇では男が小さなナイフでのんびりとリンゴを切っている。それを馬に食べさせている男が誰かに気づいたとたん、ダリウスは怒りをあらわにした。

「ミス・フェアボーンはもう尾行するなと言っただろう」彼は声を荒らげた。「監視対象から除外しろと言ったはずだ」

男は残りのリンゴを手のひらにのせて馬の口に持っていった。それからゆっくりとこちらにやってきて、馬車の窓枠に肘をつくと中をのぞきこんだ。「尾行などしていないよ。ついでに言えば監視もしていない。それはきみの役目だからな、そうだろう？」

「それならなぜここにいるんだ、ケンデール？」

「あそこの仕立屋で新しいフロックコートを作ろうと思ったからさ」ケンデールは肩越しに親指で指し示した。

ここは公道だ。誰でも自由に通れる。ケンデールもたまたまここにいただけかもしれない。だが、仕立屋で新しいフロックコートを作ろうとしていただって？　これほどまずい言い訳はないだろう。この先何カ月も新しいコートを作る予定はないはずだ。彼の頭の中も時間も、ほかのことにとらわれているのだから。

「では、〈フェアボーンズ〉を監視していたわけではないのか？」

「あの女を監視しに来たわけではない。そんなに目くじらを立てることでもないだろう。まあ、あの女とただならぬ関係ならしかたがないか。だが、この際そんなことはどうでもいい。きみとここで会えたのはかえって好都合かもしれないな」

「どういう意味だ？　ミス・フェアボーンが、またマリエール・リヨンと密会しているのか？」

「それは昨日だ。きみがしっかり自分の役目を果たしていたら、昨日ふたりが会っていたことも知っているはずだろうに」ケンデールは顔をしかめて不快感をあらわにした。「きみとアンベリーはまったく役に立たないな」

ダリウスは馬車の扉を開けて歩道に降り立った。「それはきみの言っていることがまともではないからだ。イングランドじゅうの人間をひとり残らず監視できるわけがないだろう。そもそも、ちょっとした噂や疑惑ぐらいで四六時中監視しろと言うほうが無理がある。ぼくは法律をきちんと守っている国民にいやな思いをさせるのはごめんだね。それもきみを満足させるため——」

そこでダリウスは言葉を切った。ケンデールがいきなり身を硬くして、猟犬のように狙いを定めている。

友人の鋭い視線をたどって、ダリウスは〈フェアボーンズ〉に目をやった。袋を抱えた男が建物の奥から現れた。体に合わないだぶついた服を着て、みすぼらしい帽子をかぶっている。

「誰だ？　泥棒なのか？」

ケンデールは首を横に振った。「泥棒でないのは確かだ。あの態度を見てみろ。まったくあわてていないだろう？　まだあいつの名前がわからないんだ」

「きみはなぜあの男を知っているんだ？」

「やつは二週間前にマリエール・リヨンの工房に現れた。帰り際に言い争いをしていたから、きっとあの女に追いだされたんだろう。今のところマリエール・リヨンに動きはない。ほとんど工房にいるよ。だからそこの見張りは従僕にまかせて、ぼくは今、あの男を追っているんだ」

「なぜだ？」

「悪のにおいがぷんぷんするからさ」ケンデールが男から目を離さずに言う。「マリエール・リヨンはあの男をフランス語でこっぴどく罵っていたよ。ばか男だと。ここに来て自分を厄介ごとに巻きこむなと言ったんだ。これは興味深いと思ってね。だからやつを尾行していた。あいつの運動量ときたら、たいしたものだよ。街じゅうを歩きまわっているんだからな」

男がこちらに向かってきた。

「あいつがミス・フェアボーンを訪ねてきたとは驚きだ」ケンデールがさらりと言い添えた。

「これもまた、ただの偶然かもしれないが」

「ミス・フェアボーンを訪ねたのかどうかわからないだろう。彼女はここにいないかもしれないんだぞ」

「きみが帰ったあとも、彼女は店に残っているよ。彼女の馬車もまだ向こうに止まっている」問題の男は歩み去っていった。ケンデールは馬の背にまたがった。

「ぼくが店を出ていくところを見ていたのか？」ダリウスはケンデールを見あげた。

「ああ。なあ、そこをどいてくれ。あの袋の行方を追いかけなければならない」

ケンデールは馬の向きを変えて、ゆっくりと通りを進みはじめた。彼の背の高さなら、かなり距離を空けられても、調査対象を見失いはしないだろう。

ダリウスは御者に〈フェアボーンズ〉の正面に馬車を止めるよう命じた。そして馬車から絵画を取りだし、短い距離を歩きはじめた。

今日この絵を返すときはエマに何も尋ねないと決めていた。だがこんな状況では、尋ねないわけにいかないだろう。ぼくが三〇分前に店を出る姿をケンデールが見たのなら、彼はエマの最後の客を追って、すでにここへ来ていたということになる。だが、さっきの男は店には入ってきていない。

意外な展開に怒りよりも戸惑いのほうが大きかった。エマが隠している秘密がまたひとつ増えた。こちらが思っている以上に、彼女の心の中には秘密が詰まっているようだ。何を抱えているにしろ、今、目の当たりにしたものが一番重くのしかかっているのではないだろうか？

オークションハウスの入口の鍵は開いていた。ダリウスは通りを見渡した。ケンデールがゆっくりと遠ざかっていく。エマの馬車はまだ止まっていた。

ダリウスは中に入った。ほんの数日前は絵画と宝石であふれていた店内は、今はがらんとして静まり返っている。人がいる気配はない。オバデヤも、もう帰ったのだろう。

事務室をのぞいてみた。エマの姿はなかった。机の上にはわずかばかりの紙幣と硬貨、そして、もし自分が泥棒なら絶対に手はつけない小切手しか残っていない。

ダリウスは店に戻り、壁にラファエロの絵画を立てかけてから庭に出てみた。そこにエマがいた。じっと立ちつくし、空《くう》を見つめている。ときおり、深い物思いに沈んでいるときに見せる表情だ。そして歓びの余韻に浸っているときも、こういう表情を浮かべることがある。

今のエマを見ていると、ラファエロの絵画に対する疑問などたいした問題ではないように思えてきた。途方に暮れている彼女の姿はあまりにも痛々しい。まるで孤立無援の中でひとり耐えているかのようだ。

「エマ」ダリウスはそっと呼びかけた。自分はひとりきりではないと、彼女にわかってほしい。

だが、エマの耳には声が届いていないようだった。緑に囲まれた庭で、黒いドレスを着た彼女は表情を陰らせて立っている。薄れゆく太陽の光を受けて佇んだまま、身じろぎもしない。この一時間で感情が麻痺するほどの出来事が起きたのは間違いない。

きみは今、何を考えているんだ？　楽しいことではないだろう。両手で自分を抱くようにして立っている、その姿を見ればわかる。きみの目を見てもわかる。何も映っていないから。ただ深く何かを考えている。そしてそれにおびえている。

エマの心に重くのしかかっているのは、オークションに出品した大量の密輸品のことではない。あの袋を抱えた男とのあいだに何かがあるのだ。その何かに、彼女は心底おびえている。

ダリウスはエマに声をかけないことにした。こんなふうに見つめられているのも迷惑だろう。きっと悩みを打ち明けて心を軽くしようとも思っていないはずだ。ここしばらく、彼女が何かに悩んでいたのはわかっていた。だが彼女は相談しようとせず、助けも求めてこなかった。ぼくは彼女に信用されていないのだ。ひょっとしたら、エマにはこれっぽっちも信用する気などないのかもしれない。

ダリウスは店内に引き返し、壁にラファエロの絵画をかけた。それから外へ出て、急いでケンデールを追いかけるよう御者に伝えた。

男が袋を抱えていなくなってからも、エマはしばらく庭に佇んでいた。吐き気がおさまらず、寒くもないのに体が震えた。胸に巣くった恐怖が全身に浸透して、その場から一歩も動けなかった。

もうあの男をばか男とは決して呼べない。あれほど狡猾で頭が切れる人だったとは。ばかなのは彼ではなく自分だった。

だけど、わたしも完全なばかではない。誰にもこの秘密は打ち明けない賢さは備わっている。だからサウスウェイト卿にも打ち明けなかった。何度も喉まで出かかったけれど、そのたびに必死で自分を抑えた。

密輸どころの話ではなくなってしまった。たとえ首尾よくすべてを終わらせたとしても、二週間後に兄と再会を喜びあっていたとしても、自分のしたことは忘れたくても忘れられない汚点として残るだろう。何ごともなかったかのようには、もう生きていけない。

〝ちょっとした頼み〟あの男は、はじめて会ったときにそう言っていた。これのどこがちょっとした頼みなの？　昨日、マリエールの話をもっと自分の身に置き換えて考えるべきだった。あの若いフランス女性のほうが、よほど洞察力がある。それも経験で磨かれた鋭い洞察力が。〝気をつけないと、あのばかな男のせいで絞首刑にされてしまうわ〟マリエールのその言葉がいきなり現実味を帯びてきた。

サウスウェイト卿に知られたら、決して許してはもらえないだろう。けれどそれより不安なのは、兄に背を向けられることだ。悪事に手を染めたのもすべて兄を救うためだったとしても、これを兄は手放しで喜んではくれないはず。

兄は手紙をくれたとき、自分は犯罪に利用されていると気づいていたのだろうか？　誘拐犯が自分を人質にして、家族を悪事に巻きこんでいると知っていたの？　もし知っていたとしたら、兄はどんな気持ちだったのかしら？　悔しかった？　悲しかった？

エマは石のベンチに腰をおろした。両手で自分をきつく抱きしめたが、体の震えはおさまらなかった。とても怖い。怖くてたまらない。心の中で自問自答している声が聞こえてくる。それでも彼女は、これからすることを深く考えるのはもうやめようと自分に言い聞かせた。すでにわたしの心は決まっている。

兄を救いだすためなら、この〝ちょっとした頼み〟を最後までやり通すつもりだ。裏切り行為であろうと、背信行為であろうと、わたしは兄を助けだしたい。

夕闇が迫ってきた。どのくらい、ここにこうしていたのだろう？　ディロンが庭に入ってきた。

「お嬢様、そろそろ帰りましょうか？　馬にも餌をやらないといけませんし」

エマはベンチから立ちあがった。「ごめんなさい、遅くなってしまったわね。もうみんな、餌を食べる時間だわ」

おもしろい冗談だと思ったようで、ディロンはにやりとした。ふたりは一緒に店へ戻った。エマはまず事務室に行き、机の上の金をレティキュールに入れて、ディロンが待っている店に引き返した。

「これも持って帰りますか？」壁を指さして、ディロンが尋ねた。

そこにはラファエロの絵があった。薄明かりの中でも、鮮やかな赤と青が光り輝いている。『聖ゲオルギオスとドラゴン』だ。かたわらで王妃が見守る中、聖ゲオルギオスが槍でドラゴンを退治している。

エマは店内を見まわした。サウスウェイト卿の姿はなかった。彼は壁に絵をかけて、すぐに帰ってしまったのだろう。

インクをにじませたのに、彼には通用しなかった。この絵の最後の所有者が父で、それをわたしが出品したとサウスウェイト卿は気づいたのだ。

わたしのことを思って返してくれたのかしら？　それとも落札代金の行方に疑いを持ち、それに関わりたくなくて持ってきたの？

「そうね、持って帰るわ、ディロン。高価な絵を、警備がいないここには置いておけないもの」

馬車の中で、エマはじっとその絵画を見つめた。ドラゴンを退治してくれる聖ゲオルギオスがいる王妃がうらやましい。心の中でそうつぶやき、絵を横に置く。やがて彼女はサウスウェイト卿に出す手紙の文章を考えはじめた。ふたりの関係は永遠に終わったのだ。

27

翌日の午後一〇時、ダリウスはグロブナー・スクエアにある大邸宅の正面玄関の前に立っていた。扉を叩きたくはないが、とにかく急いで答えが聞きたかった。

執事が現れ、ダリウスの帽子と名刺を受け取った。

「政治問題を話したいと閣下に伝えてくれ」ダリウスは言った。

彼は応接間に通され、そこで待たされた。静かだ。晩餐会を開いている気配はない。足音さえ聞こえてこない。執事が名刺を持っていったのだから、公爵は在宅しているはずだが。

ダリウスはしびれを切らしかけていた。このまま永遠に待たせる気なのだろうか？　無視するとは、まったく子どもじみた仕返しだ。今頃はいらだっているぼくを思い浮かべて、ほくそ笑んでいるのだろう。だが、公爵はそれも許されるのだ。

執事が戻ってきた。ようやく公爵が会ってくれるという。もう一時間も待たされた気分だったが、時計を見ると一五分しか経っていなかった。ダリウスは執事に案内されて、図書室に通された。

ペンサースト公爵はひとりで静かな夜を満喫していたようだ。本を開いた彼のかたわらには、二匹のグレイハウンドが寝そべっている。

ペンサーストは本を脇に置き、ダリウスに向かいの椅子に座るよう手ぶりで促した。そしてブーツを履いた脚を伸ばして足首を交差させ、グレイハウンドを撫でながら、目を細めてダリウスをしげしげと眺めた。ペンサーストのいつもの癖だ。しかし今はいつにも増して目を細め、こちらを見ている。

「政治問題を話したいそうだな。確かきみとぼくとでは、だいぶ見解が違っているはずだが」

「さっそく話がしたい」

「それはつまり、否定されてもかまわないということかな」

「ああ」

ペンサーストはおもしろがっているようだ。笑みさえ浮かべている。だが、瞳には冷たい光が宿っていた。「なぜぼくが話を聞かなければならない？」

理由はない。もうそんな義理さえない。少し前なら、友人として聞いてくれただろうが。

「海岸の警備に関連していることだからだ」

「ああ、なるほど、そのことか。きみが仕切って警備態勢を構築したのか？　あれは実にご立派な計画だ」

「自分たちができることをしているだけだ」

「確か、ほかの警備仲間とも連携していたのだったな」

「今もそうだ。この時間も配置についている。連携強化を図って一カ月以上経つが、うまくいっているよ」

「きみはケント州から連れてきた囚人の話をしたいんだろう?」

「そのことを知っているのか?」

「ああ。きみの手柄に祝杯をあげたいところだが、あの男は密輸商人だとしか口を割っていない。それなら、ぼくもケント州の道を歩いていたら捕まえられたかもしれないな」

「あの男がそう自白したのは聞いている。その後、さらに話をしたのか知りたい」

ペンサーストは座り直し、身を乗りだしてグレイハウンドの頭を撫でた。今や時代遅れの長髪を結んでいる黄色い絹のリボンが、テーブルに置かれたろうそくの明かりを受けてつややかに光っている。

「その後か。それは拷問されたあとという意味かな?」ペンサーストが顔をあげた。「そうはっきり言ったほうがいいと思うがね」

「きみはそういうことがあったと聞いているのか?」

「まさか。ぼくたちは紳士だぞ。そんなことを許すわけがないだろう」ペンサーストはまた脚を伸ばして座り直した。「公式には自白したことになっている。つまり、自ら進んで罪を告白したということだ。この場合、あの囚人は諜報のかどで絞首刑になるだろうな。きみの警備のおかげというわけだ、サウスウェイト」

「ぼくが聞きたかったのは絞首刑になるかどうかではない。知りたいのは、もし今回捕まっていなかったら、あの男は何をしようとしていたかだ。密輸商人だと自白したときに、上陸したら誰かと会う予定だったと聞いている。これについてはまだ口を割っていないのか？」

「いろいろ知っているんだな」

「きみも海岸警備を気にかけているのはわかっている。もしあの諜報員がまた何か話をしたと聞いたら、その内容を詳しく聞きだしてくれないか」

ペンサーストは立ちあがると椅子の背後にあるテーブルに向かい、ブランデーの入ったデカンタを持ちあげた。ダリウスはうなずいた。ふたりはブランデーを飲みながら話を続けた。

「取り調べで、英国に来たときと同じような船でフランスに送り返すと言ったら、あの男はかなりの悪態をついたらしい。どうやらもっと安全な方法があったようだな。ところがごく最近、それがなくなったみたいだ。二、三カ月前だったかな。きみたちの警備で思うようにできなくなったのかもしれない」

「そのなくなった方法については話したのか？」

「警備がいない夜に合図をしてくれる協力者がいると言っていた。その協力者の家に、まずかくまってもらうそうだ。そこからできるだけ早くロンドンでもどこでも目的地へ移動して、またどこかの家に潜伏する。そこで情報を受け取って、来た道を引き返し、また警備がいない夜を見計らって、待機している船でフランスに帰るというわけだ」

「では、あの男は情報の運び屋なんだな。命令した人物や、会う予定だった人物の話は？名前は言っていないのか？」

ペンサーストがブランデーをひと口飲んだ。「残念ながら、あの男は健康状態がよくなかった。心臓が悪かったんだ。それを言う前に突然死んだよ」

ダリウスはペンサーストをにらみつけた。「まったく」立ちあがり、室内を歩きまわって怒りを静めようとした。この話には不安をかき立てられた。もっと詳しく聞けたはずなのだ。最も重要な部分でいきなり話が終わり、はらわたが煮えくり返る思いだった。

「参考までに言うが、ぼくもピット首相に詰め寄ったよ」ペンサーストが言った。「イングランドがこれからもそういう汚い手を使う気なら、同じ残忍な取調官でも、せめて情報をすべて聞きだせるようなやつを見つけてくれとね」

「きみにそんなことを言われて首相も驚いただろうな」

「ああ、そう聞いている」

「まあ、新しいやつを見つけても、そういう性質の人間は結局同じことをすると思うがね」

「それなら、きみが代わりに取り調べたらどうだ？」ペンサーストが何やら思いをめぐらせている。「そうだ、ケンデールを使うという手もあるな。あいつに軍隊仕込みの尋問をやらせるんだ。こめかみに銃を押し当てて。かわいそうな囚人はケンデールの顔を見ただけで、すぐにこいつは躊躇《ちゅうちょ》なく引き金を引くやつだとわかる。あっという間に口を割るよ」

その尋問なら、きみにもできるだろう。思わずそう言いそうになり、ダリウスはあわててブランデーを飲むと、その言葉ともども胃に流しこんだ。親友を殺せるのだから、諜報員を殺すくらい簡単だ。そうだろう、ペンサースト？

ペンサーストが口の端にかすかな笑みを浮かべた。いかにもこの男らしい笑みだ。

「ぼくにもいざとなったらそれはできるがね。ぼくたち全員がそうだろう」彼はグラスをテーブルに置いて立ちあがった。愛犬たちも主人にならって起きあがる。「一緒に来てくれないか。きみにグアルディの絵を見てほしい」

ここへは別に遊びに来たわけではない。長居はしたくなかったが、とりあえずペンサーストは多少の情報はくれた。ダリウスは黙って立ちあがり、グレイハウンドを従えた男のあとについて図書室から出た。

「オークションハウスのあの女性、フェアボーンの娘は」ペンサーストが口を開く。「きみの女なのか？」

六カ月前までは、よくこういう話をした。しかし疎遠になった今、いきなり昔のように気安く訊かれて、ダリウスは一瞬言葉に詰まった。

「なぜそんなことを訊くんだ？」

「ただの好奇心だよ。それだけだ。彼女はほかの女性にはないものを持っているな。きみはそれがなんなのか、もう知っているのではないかと思ってね」

ダリウスが自宅に着いたときには真夜中をとうに過ぎていた。彼は急いで衣装部屋に向かった。「開けてくれ」

掛け金がはずれた。ケンデールが扉を開けて脇へ寄る。「ぼくたちの客人は快適な住居に満足しきって眠っているよ」

ダリウスは中へ入った。アンベリーが本から顔をあげる。長椅子からいびきが聞こえてきた。例の袋を手にしていた男が大の字になって、気持ちよさそうに寝ていた。

ダリウスは誰かを思いきり叩きのめしたい気分だった。紳士なんてくそくらえだ。出かける前は、ペンサーストから欲しい情報はすべて聞けると思っていた。しかし結局、あの課報員がイングランド滞在中に誰とどこで会うのか肝心な部分がわからずじまいで、最後の望みは大いびきをかいているこの男しかなくなった。それだって、こいつが情報を持っているかどうかはまだわからないのだ。

ダリウスは長椅子に向かって歩いていき、男の外套の胸元をつかんで引っ張り起こした。男が悲鳴をあげて目を覚ます。一瞬戸惑った表情を見せたものの、すぐに落ち着きを取り戻し、ゆっくりと体の向きを変えて長椅子に腰かけた。男は向かい側にいる三人を順番ににらみつけている。

椅子を引き寄せて、ダリウスは腰をおろした。アンベリーは本を置いた。そしてケンデールは長椅子のうしろにぴったり張りついた。これには男も顔をこわばらせた。

「もう一度訊く。今度はしっかり答えろよ。オークションハウスにどんな用事があったんだ？」ダリウスはすごみをきかせた。何も聞きだせなければ、また振りだしに戻ってしまう。そのことのほうが、この男に対してよりも腹立ちを覚えた。彼は目の前の男が口を開くのを待った。そして心に巣くう不安を払拭するような話が聞けることを祈った。自分の推測が間違いであってほしかった。

男は口を引き結んだまま、何も話そうとしない。

「おまえの名前は？」ケンデールが尋ねた。「わたしがその気になれば、おまえの口をすぐに割らせることもできるんだぞ。さあ、どうする？　そんな手間をわたしにかけさせたいのか？　よく考えてくれ」

男はしばらく考えこみ、ようやく明かす気になったようだ。おそらく、雇い主の名前や自分の用事を話すよりはましだと思ったのだろう。「ホジソン」

ケンデールが身を乗りだし、相手の耳元でささやいた。「では、ミスター・ホジソン、わたしの友人の質問に答えてくれ。おまえはすでにかなりの時間を無駄にしている。早く答えたほうが身のためだぞ。わたしたちは政府と密接につながっている。おまえを殺しても、それをなかったことにできるんだ。そしておまえの死体はすみやかに処分される」

ホジソンが振り返り、目を丸くしてケンデールを見あげた。この部屋に、自分を躊躇なく殺す男が少なくともひとりはいるとわかったのだろう。まさしくペンサーストの言うとおりだ。

「あそこには個人的なちょっとした用事があって行っただけだ」ホジソンが口を開いた。

「何も盗んじゃいねえ。袋の金はおれのものだ」

「誰もおまえを泥棒だとは思っていない」ダリウスは言った。「最近ロンドンを離れたか？　ケント州に行かなかったか？」

ホジソンが顔を伏せた。「行ったらなんだっていうんだ?」

アンベリーがいらだたしげに鼻を鳴らす。「おい、よく聞けよ。今すぐ口を割らないのなら、違う男たちにおまえを引き渡してもいいんだぞ。きっとそこでおまえは、頼むから一気に殺してくれと泣きつくだろうな。おまえがケント州に行くとしたら駅馬車を使うはずだ。休憩所に行けば、すぐに裏は取れるんだぞ。もうおまえの首には縄がかかったも同然だ。ミスター・ホジソン、縄を締められたくなければ、正直に話したほうがいい。そうすればあちこち手をまわして、おまえを最悪の事態から救ってやることもできるかもしれない」

最後の部分を聞いたとたん、ケンデールがアンベリーをにらみつけた。〝縄〟という言葉に、ホジソンの目がますます丸くなった。

「おれはただの伝言係だ。あっちこっちに伝言を運んでるだけだ。嘘じゃねえ!」

「なぜケント州に行った?」ダリウスは尋ねた。

「男と会って、そいつをロンドンに連れてくるためさ。来なかったけどな」

「その男と会うのは今回がはじめてではないよな。おまえはしょっちゅうケント州に行っているんだろう?」

「何度か会ったことがあるよ」

「モーリス・フェアボーンとはどういう取引をしていたんだ? 今は娘としているな。それについても話せ」

「ちえっ、あんた、もう知ってんだろ?」ホジソンが急に不安そうな表情を見せはじめた。

「あの男には伝言を運んでたんだよ。ちょっとしたものも持っていった。ワインとかな。オークションで売るためさ。この袋の中身もオークションで売った金だ」彼は咳《せ》きこみ、シャツの袖で口をぬぐった。「あいつはケント州に別荘があるから、おれとそこで会う男はロンドンへ行く前に何日か泊めてもらってたんだ。最後のやつとは違って、ふつうは来るからな」

「おまえが殺したのか？　フェアボーンを崖から突き落としたのはおまえか？」

「違うよ！　こっちのほうがいい迷惑だ、崖から落ちたりしやがって。協力者がいなくなったせいで、泊まる場所がなくなったんだ。あのばかは自分で落ちたんだよ」ホジソンは頭を振った。「ひでえ夜になったもんだな。いいか、さっきから言ってるように、おれはただの伝言係で、ときには品物も運んでた。雇われて、ワインとかの密輸品を運んでたんだ。でも、別にたいした犯罪じゃないだろ？　ほかのやつらも大勢やってるんだから」彼は笑おうとしているが、口元が引きつっている。「あんたらのような紳士だって、そのワインを飲んでるはずだ。気取ったパーティとかでさ」

「モーリス・フェアボーンには誰からの伝言を運んだんだ？」アンベリーが訊いた。「誰の指示を受けているのか言え。誰に報酬をもらっているのかも」

「ケント州で会う男から受け取った伝言を運んでた。そしてときには……別の男の伝言もな。たまに来るんだよ。それでおれに伝言とか手紙とかをよこすんだ。それをあの男のところに持っていった。だが、そいつはおれとは泊まらないんだ。また来ると思うけどな」

「おまえは密輸品だけではないことを知っていたんだろう」ケンデールが険しい顔で言った。「その犯罪行為と引き換えに、さぞかしおまえはたくさん金をもらっていたんだろうな」

「犯罪行為だって！　よく言うよ。船でものが運ばれて、それをミスター・フェアボーンのところに持っていってただけだ」

「運ばれているのは、ものと諜報員だぞ」ケンデールが怒鳴りつけた。

ホジソンがくるりとダリウスに向き直った。「なあ、あんたは――」

ダリウスは片手をあげて話をさえぎった。「おまえはフェアボーンを利用していたんだな。おまえにとって都合のいい男だったわけだ。彼が亡くなって、さぞかし困っただろう」

「困ったなんてもんじゃない。本当に痛手だぜ」

「おまえは父親の代わりを娘にさせせろと命令されたのか？　だからオークションハウスにいたのか？」

「代わりだって？　同じ家族じゃねえか。娘はちゃんとわきまえてるよ」ホジソンは肩をすくめた。「他人にやらせるより自分でやったほうがいいに決まってるさ。あの娘は喜んでやってるよ」

ダリウスは血相を変えた。いきなり立ちあがり、ホジソンにつかみかかろうとしたところでアンベリーに止められた。ホジソンはのけぞったまま体を震わせている。

かろうじてダリウスは自分を抑えた。だが座りはせず、アンベリーも立っている。ホジソンは三人を見あげていたが、今はきつくこぶしを握りしめているダリウスしか見ていない。

「おまえはフェアボーンと娘を脅して、悪事に手を染めさせたんだな」ダリウスは歯を食いしばりながら言った。「なぜふたりを引きこんだ？　フェアボーンは密輸品など必要なかったはずだ」

「だから、さっきから言ってるだろ。おれは何も知らない。ただの伝言係なんだよ！」

忍耐もついに限界に達し、ダリウスはふたたびホジソンの外套をつかんだ。

「おまえはモーリス・フェアボーンに手伝いをさせるために、どんな伝言を運んだんだ？」

「息子だよ！」ホジソンが叫ぶ。「息子を誘拐したと言えと命令されたんだ。息子を無事に返してほしいなら仕事を手伝えって。だからミスター・フェアボーンは船に合図をして、警備の状況を知らせていた。そして、おれがときたま連れていく男を別荘にかくまっていたのさ」

「ということは、おまえは彼に嘘をついたんだな。息子には会ったことがあるのか？」

「あるわけないだろ、居場所もわからないのに。おれは命令されたことをあの男に伝えただけだ。娘は何も知らなかったよ。だから教えてやった。あの女は身代金を支払うと言ったよ。まあ、とりあえず払ってくれたが、なんせ高かったから、全部は用意できなかったんだよな。それで、その埋めあわせに手伝いをしなきゃならないのさ」

「この野郎」ダリウスはホジソンに殴りかかろうとした。

アンベリーがダリウスをホジソンから引き離し、にらみつけて無言で警告した。そうしてアンベリーはホジソンの隣に腰かけた。「おまえの立場は非常に悪い。ここにおまえの首に今すぐ縄をかけようとしている男がふたりいる。もうひとりは少し猶予を与えてやろうと思っている。おまえはどちらがいい？　イングランドに潜伏するのを手助けしてやっている男たちの話をしたほうがいいと思わないか？」

「そんなこと言ったって、おれはやつらが今どこにいるか知らないんだ」ホジソンが大量の汗をしたたらせ、必死の形相で泣きついてきた。「知ってたら言うよ、本当だ」

「おまえにはがっかりだ。だが……もうひとり別の男が来るかもしれないと言っていたな」

アンベリーは探りを入れた。「近いうちにケント州の海岸で誰かと会う予定はあるのか？」

ホジソンは警戒の目をアンベリーに向け、次にうしろに立っているケンデールを見あげたあと、ダリウスの様子をうかがった。

「来週、向こうに行くよ。もし男が現れなかったら、また二週間後に行くつもりだ」

もう勘弁してくれ。ダリウスはこれ以上、何も聞きたくなかった。崖から船に合図をしているエマの姿や、諜報員をかくまうために別荘の玄関の扉を開けている彼女の姿を想像するだけでも耐えられない。彼はホジソンが段取りを詳しく話しはじめる前に、このろくでなしを打ちのめしてやりたい気持ちをこらえて、その場から立ち去った。

叩きつけるように扉を閉め、寝室に入る。やり場のない怒りをどこにぶつけたらいいのかもわからなかった。

まったく。気づくべきだったのだ。ぼくは大ばか者だ。ああ、なんということだ。諜報活動の片棒を担がされようとしているとは。〝ほかにもいろいろありますけど〟とエマが言ったのは、このことだったのだろう。あのときすでに、彼女はこんな深刻な問題を抱えていたのだ。

なぜ話してくれなかったんだ、エマ？　打ち明けてくれたら、ぼくが助けたのに。彼女にもっと強くロバートは死んだと言えばよかった。そうすればこういうことにはならなかったのだ。ロバートの死を受け入れなければ、そこにつけこんでくるやつが出てくると、エマにもっとはっきり言うべきだった。この事態を防ぐ方法はいくらでもあったはずだ。もしぼくが――。

庭でひとり佇んでいた彼女の姿がまざまざと目に浮かんできた。ホジソンが去ったあと、呆然と空を見つめていた。父親の代わりをしろと強要された直後だったのだろうか？　打ちひしがれ、困惑した、ひどく悲しげな表情がまぶたの裏に焼きついて離れない。なぜあんな表情を浮かべていたのか、今ようやくわかった。あのとき何も知らなかった自分が情けなくてしかたがない。

あれほど苦しんでいても、エマは話そうとしなかった。窮地に立たされているというのに、助けを求めようともしなかった。ぼくは信用されていないのだ。たとえあのときすべてを知っていたとしても、信用ならないぼくにエマは救いを求める気などなかったのだろう。

ダリウスは本が数冊のったテーブルに向かい、引き出しから折りたたんだ手紙を取りだした。手紙は昨日はじめて読んだときにきつく握りしめたせいで、くしゃくしゃになっている。読んだとたんに強烈な怒りに襲われたのだ。暖炉に火が入っていたら、手紙をびりびりに引き裂いて投げこんでいただろう。

彼は手紙を開き、もう一度読み返した。内容自体にはそれほど怒りは感じなかった。辛辣な言葉もなく淡々とつづられた、見事に過去と決別した手紙だった。

閣下

自分の心に耳を傾けてよく考えた結果、以前お伝えしたように、やはりわたしたちが親密な関係になるのは賢明ではないという結論に達しました。あの日のわたしの軽はずみなふるまいを、どうかお許しください。オークションの成功で年甲斐もなく気持ちが高ぶり、ふたたびあなたと夜を過ごしてしまいました。すべては軽率だったわたしに非があります。

社交シーズンが終わり、それに伴いオークションも幕を閉じました。〈フェアボーンズ〉もこれから二カ月間ほどは静かな日々が続くでしょう。そのあいだわたしはロンドンを離れ、湖水地方あたりを訪れて、しばらくそちらでのんびり過ごすつもりです。

休暇を終え、ロンドンに戻りましたら、これまでの関係には終止符を打ち、新たにあなたとは尊敬しあえる共同経営者として、お付き合いできたらと思っています。

エマ・フェアボーン

手紙を読み終え、ふたたびたたんでいると、アンベリーが寝室に入ってきた。ダリウスが話しはじめるのを待っているかのように、じっと立っている。

「ミス・フェアボーンがこんなことに関わっていたなんて残念だよ」アンベリーが先に口を開いた。

その言葉の裏には、友人を裏切った彼女へのやるせない思いが見え隠れしていた。

「父親と同じように、彼女もロバートが生きていると信じているんだ」ダリウスは言った。

「そうなんだろうな。だからといって、やっていいことと悪いことがある」

そんなことはわかっている。ああ、エマが心配でたまらない。

「ケンデールはホジソンをおとりにしようと考えている。予定どおり、あいつを男と会わせるつもりでいるよ。それで今度はその情報の運び屋を尾行して、どこで誰と接触するのか突き止めると言っている」アンベリーは努めて乗り気でない口調で話そうとしていた。「まったく、ケンデールらしい——組織全体を壊滅させようと意気ごんでいるよ」

ダリウスは黙って聞いていた。筋道の立った計画だ。それはアンベリーもわかっている。だが、ケンデールの計画を実行するにはエマが必要だ。彼女に崖から船に合図をしてもらい、運び屋を別荘にかくまってもらわなければ、この計画は成り立たない。ホジソンだけでなく、エマも利用することになるのだ。彼女を止めるどころか、その役割を果たしてもらわなければならない。

アンベリーにはこちらの胸のうちがすべて読めているのだろう。心配そうにじっと見つめている。「きみがだめだと言えば、この計画は実行しない。ミス・フェアボーンがきみにとって――」

「いや、やろう。情報の運び屋が今回来るとしたら、あとからまた五人は来るだろう。ひょっとしたら一〇人来るかもしれない」

アンベリーは何も言わない。

「この追跡ゲームはいつからはじめるんだ？」

「男と会うのは月曜だとホジソンは言っている。ぼくたちであいつをケント州に連れていこうと思っているんだ。ケンデールには使用人で構成された小部隊がいるからな。例の近衛騎兵連隊より統制が取れている部隊だよ。いい戦力になる。だからきみは来なくても大丈夫だ」

「何を言う。行くに決まっているだろう。ぼくは明日、ケント州に行くよ。妹とおばがクラウンヒル・ホールに滞在中なんだ。ふたりをロンドンに戻すから、あそこを拠点にして動こう。ほかの仲間にも今回の計画を伝えておく。ほぼ全員が参加するはずだ。監視の目と銃の数が多くなるのはありがたい。タリントンにも警戒するよう話しておくよ。それに、ホジソンと会う男が海岸を離れて陸にあがるまでは、船を出さないよう言っておかなければいけないな」

アンベリーがうなずいた。「ぼくたちはロンドンから直接クラウンヒル・ホールに向かう」

ダリウスは友人に背を向けた。「アンベリー、あの男を屋敷から追いだしてくれ。やつのことはケンデールにまかせておこう」

アンベリーは衣装部屋に入っていった。ダリウスは手に持った手紙を見つめた。ふたたび庭に佇むエマの姿が目に浮かんでくる。あのときの彼女の苦悩を思うと胸が締めつけられた。

エマは兄を救おうと思っている。その一心で悪事に手を染めようとしているのだ。自分ならどうする？　家族を救いだすためなら、自らの手を汚すこともいとわないだろうか？　それとも違う選択をするだろうか？　答えは出なかった。

28

エマは別荘の中に入った。旅行かばんを置き、すぐに窓を開けて空気を入れ替える。さわやかな風に乗って潮の香りが流れこんでくるとともに、貸し馬車が私道を離れていく音が聞こえた。

彼女は途中で買ってきた食料をかごから取りだした。今回は短い滞在なので、ミセス・ノリストンには連絡を入れなかった。それにディロンもいない。だからふたつのかごの中にはハムと卵が数個、それにパンしか入っていなかった。でも、少しだけぜいたくをして桃を買ってきた。すでに夕方になり、何か口にしたほうがいいのだが、不安が大きすぎて空腹はまったく感じなかった。

食料をしまい終えると二階の寝室に向かい、ドレスを衣装戸棚にかけた。それから階下に戻り、ランタンを探した。

ひとつは台所の食器棚で見つけ、もうひとつは馬小屋で見つけた。エマは台所の作業台の上にランタンをふたつ並べ、家から持ってきたろうそくを立てて火を灯した。

本を持ってきて、ランタンの明かりのそばに座る。だが、彼女はページを開かなかった。

ただ夕闇に包まれていく窓の外を見つめては時計を確認していた。

空の色が刻々と移り変わり、やがてあたりは真っ暗になった。完全な闇に覆われた瞬間、その時刻を告げる時計の鐘は鳴らなかったものの、恐怖におびえる鼓動の音が大きく鳴り響いた。

今からちょうど二四時間後、わたしは悪の道に足を踏み入れている。すべてが終わったら、自分のしたことに折りあいをつけよう。これでよかったのだと。兄を救いだすためには、これは避けて通れなかったのだと自分を納得させよう。けれど明日の夜を待つ以外にすることのない今、ただ怖いだけで、兄と再会する喜びはわいてこなかった。

夜はぐっすり眠れた。すでにわたしは悪魔に魂を売り渡してしまったのかもしれない。朝になり、今夜やってくる客のための準備をはじめた。持ってきた拳銃にも弾をこめて隠した。拳銃など持っていたくはないけれど、法律は自分を守ってはくれない。

午後になると別荘を出て、東へ三〇〇メートルほど行ったところにある海岸へ向かった。道順をしっかり頭に入れながら歩き、暗闇でつまずきそうな大きめの石は脇に蹴りやった。右手に崖へ通じる小道が見えてきた。この道は南の方角にあるドーバーの町まで続いている。エマは長い坂道をのぼりはじめた。

一度も立ち止まらずに歩きつづけ、以前来たことのある場所でようやく足を止めた。父の遺体が発見されたちょうど真上の崖に立ち、海を眺める。見渡す限り海しかない。これなら船からもこちらの姿を見つけやすいだろう。

荒々しい波が海岸に打ち寄せている。エマは足元に目をやった。あの夜の父も、このあたりを歩くのは危険だとわかっていただろう。崖の縁はどこも長年の風雨にさらされてもろくなり、崩れやすくなっていた。

彼女はその場にしゃがみこみ、わきあがる恐怖心を抑えこもうとした。失敗するかもしれない。逃げだしてしまうかもしれない。だけど、もうあと戻りはできないのだ。

常に足元に注意して、負のイメージは頭から消し去り、絶対にうまくいくと心に念じつづけて最後までやり抜くしかない。

目をぎゅっと閉じ、身を固くして恐怖に耐える。潮風を感じようとしたが効き目はなく、あの日、男と庭で会ったときから続いている体の震えはひどくなるばかりだった。

見ず知らずの男たちに、こんなに神経をすり減らされるなんて悔しくてたまらない。エマは立ちあがり、ドレスについたほこりを払った。西に傾きかけた太陽にちらりと目を向けたそのとき、坂道をのぼってくる馬車が見えたような気がした。目をしばたたき、もう一度見直してみると、男性がこちらに向かって歩いてきた。

サウスウェイト卿！

はっきりと彼の姿が見えた瞬間、一気に罪悪感があふれだした。エマは必死に平静を装おうとした。

彼がゆっくりと近づいてきた。そしてすぐ目の前で立ち止まり、笑みを浮かべた。

「やあ、エマ」

「きみは湖水地方で休暇を楽しんでいると思っていたよ」北に向かって歩きながら、ダリウスはエマに話しかけた。ふたりの歩く速度に合わせて、彼の馬車がゆっくりとついてくる。

「わたしは休暇の予定を伝えるためにあなたに手紙を書いたわけではありません。それに、あのときはまだはっきり決めていませんでした。でも行き先が決まったからといって、いちいち知らせる必要もないでしょう」

辛辣な物言いがかえってうれしかった。崖でエマを見つけたときは、顔が青ざめ、やつれきっているようだった。そしてこちらに気づいた瞬間、その顔に困惑の表情が広がった。だが少なくとも今は、いらだっているときの彼女に戻っている。

エマが動揺しているのは手に取るようにわかったが、ダリウスは気づかないふりをした。彼女は体をこわばらせ、おびえた目をしている。まともにこちらを見ようともしない。心の中を見透かされるのが怖くて、見られないのかもしれない。

ふいにエマが足を止め、顔をしかめた。「わたしが休暇を取ることを知っているなら、手紙は受け取ったのですよね。ということは、内容もすべて読んだはずです。それなのに、こうしてつきまとわれたり、話しかけられたりするのは迷惑です」

「ああ、いいね。いつものきみらしい歯に衣着せぬ言い方だ。手紙は読んだよ。内容は気に入らないが。なんの理由もないのに、紙切れ一枚で一方的に捨てられるとは思ってもいなかった。わたしはそういうことに慣れていないんだ」

「なんの理由もないですって？　もう何度も言っているはずです。ご自分が望んでもいないのに責任を取って結婚する必要はないと。誰かほかの方を誘惑されたらどうですか？　さあ、もう行ってください。わたしはひとりになりたいんです」

腹立たしげに頬を紅潮させて、彼女は歩きだした。

「きみをひとりにさせるつもりはないよ、エマ。悪いな」

「でしたら、あなたは思っていた以上にうぬぼれが強いんですね」

ダリウスはエマを腕の中に引き寄せた。驚いた彼女は身をよじり、逃れようとした。それでもかまわずきつく抱きしめているうちに、やがて彼女の体から力が抜けていった。しかし、エマは顔をあげようとはしなかった。

「何を言われようと、きみをひとりにはさせない。わたしは簡単にきみをあきらめたりはしないよ。きみもまだ迷っているんじゃないのか？　わたしにはそう思えるんだ」

ダリウスはエマの顎に手を添えて、顔を上に向けさせた。彼女は泣いていた。とめどなくあふれる涙が頬を伝い落ちていく。そのひどく悲しげな表情に胸が締めつけられた。

彼は口づけで涙をぬぐい、それから唇を重ねた。「きみの気持ちを変えてみせるよ、エマ」彼女の肩に腕をまわして抱き寄せ、ふたたび歩きはじめる。

何歩か歩いたところで、エマはダリウスが何をしようとしているのか突然気づいたようだ。

「ちょっと待って。あなたはわたしが一緒に行くとでも思っているのですか？　わたしは行きません」彼女は身をよじり、肩にまわされた腕を振り払おうとした。

彼はエマの肩をきつく抱き寄せて足を速めた。「心配するな、絶対に誰にも見つからないようにすると約束しよう」

「何を言っているんです、ばかばかしい。とにかく止まってください」彼女は足を踏ん張ろうとしたが、ずるずると前へ進んでいった。今度は肩にまわされた腕を思いきり叩き、その場に座りこもうとした。「それについて話をしたいのなら、その前に一週間ほど休暇を取らせてください」

「いや、今でないとだめだ」ダリウスはエマを持ちあげて馬車へと向かった。すでに馬車の扉は開いている。御者とふたりの従僕が直立不動でその脇に立っていた。

エマは目を大きく見開いて、体をひねり、手足をばたつかせ、ふたたび彼を叩いた。今度は顔を。「わかってください、今はあなたと一緒に行けないんです」何を言ってもどこ吹く風のダリウスを、彼女は必死の形相でにらみつけた。ついに馬車のそばまで来ると、彼の肩を叩きつづけて、体にまわされた腕を振りほどこうとした。「今すぐに止まって。これは誘拐ですよ！」

「では、エマ、きみを誘拐しよう」

エマは窓枠をつかむ手に力を入れた。一分ごとに今夜の任務から遠ざかっていく。

内心はあわてふためいていた。今夜ランタンで合図を送らなければ、海岸は監視されていると相手は受け取る。監視されていて上陸が中止になることはしょっちゅうあるのだろうか？　それとも裏切ったと思われてしまうの？　兄は——もし今イングランドに向かっている途中だとしたら、わたしが言われたとおりにしなかったせいで、何日も船に閉じこめられることになってしまうかもしれない。

不安がわきあがってきた。エマは座席に深く座り直した。サウスウェイト卿が彼女の手を包みこもうとした。彼女はその手を払いのけた。

彼が今度はエマを抱き寄せようとした。彼女は涙を流して何度もサウスウェイト卿を叩いた。どうすることもできない自分が情けなかった。「やめて。わたしに触れないで。あなたは何もわかっていない——ただのゲームくらいにしか思っていないんでしょうね。こんなのは身勝手で傲慢な男がするゲームだわ。あなたにとって、わたしはただのゲームなのよ」

「エマ、きみはゲームなどではない」サウスウェイト卿は彼女から離れて、向かい側の座席に腰をおろした。

エマは彼を無視して、ずっと窓の外を見つめていた。やがてクラウンヒル・ホールの私道に入り、馬車が止まった。馬車から降りるなり、エマはずかずかと屋敷に足を踏み入れ、使用人たちには見向きもせずに階段をのぼって、以前使った部屋を探した。

その部屋はすぐに見つかった。室内に入り、扉を叩きつけるようにして閉めると鍵をかけ、急いで窓に駆け寄った。

テラスははるか下に見える。これならよじのぼってくることもできないはずだ。なんとかしてサウスウェイト卿から逃げださなければ。今日は無理だとしても、明日は必ずここから逃げないといけない。ああ、どうしよう。ここから別荘まで歩いたら、どのくらいかかるのかしら？　それさえもわからない。

「エマ」

彼女は凍りついた。扉越しでも声がはっきり聞こえる。

「来ないでください、サウスウェイト卿。今夜も舞踏室で誘惑しようと思っているのなら無駄です」

沈黙。もういませんように……。エマは心の中で祈った。もうあなたと言い争いはしたくない。ただ手紙に書いたことを受け入れてほしいだけ。だからこんなゲームを仕掛けるのはやめて。どうして今日、現れたの？　今夜わたしが行かなければどんなことになるのか、あなたはちっともわかっていない。お願いだから放っておいて。あなたに残酷な言葉を投げつけたくはない。わたしのことはもう――。

「エマ、知っているんだ」

扉の向こうから温かい声が響いた。〝知っている〟その口調は静かで、とても落ち着いていた。

激しく打つ心臓の音が頭の中で鳴り響いている。彼女は扉に向かいかけた。

「何を知っているの？」

「なぜきみがディロンをロンドンに残してひとりで別荘に来たのか、そのわけを知っている。

今日きみが崖にいた理由も、なぜ父上が転落した場所に立っていたのかもわかっている」

サウスウェイト卿が言葉を並べるごとに体が冷たくなっていく。背筋に悪寒が駆け抜けた。今、彼女は最悪の恐怖を味わっていた。

「エマ、もうほとんどわかっているんだ」彼はおだやかな声で話しつづけている。「ここを開けてくれないか。わたしはきみの味方だ。怖がらないで扉を開けてくれ。きみは何も悪くない」

どうしよう？　でも、開けてはだめ。ここから逃げだす機会はまだあるかもしれない……。たとえ何もかも知られているとしても、サウスウェイト卿の顔をまともに見られる自信がない。

「ここを開けてくれ、愛しい人。きみをひとりにしたくないんだ。もうひとりで苦しみに耐える必要はないんだよ」

涙で視界がぼやけている。あふれでる涙を止められなかった。彼の声を聞いているうちに、ずっと張りつめていた糸がぷつりと切れた。エマはゆっくりと扉に向かい、鍵を開けた。

やさしいまなざしを向けられたとたん、彼女はサウスウェイト卿の腕の中で泣き崩れた。

「わたしは単なる密輸の手伝いだと思っていたんです。でも、違っていた。考えついてもよかったのに」

エマはダリウスの肩に頭を預けて小声で言った。心の中にためこんでいた感情を涙と一緒に押し流し、今では落ち着きを取り戻している。ベッドの縁に腰かけ、エマを膝にのせて抱きしめているうちに、彼女の体の緊張も徐々に解けていった。

エマが涙をぬぐった。「あなたが許してくれないのはわかっています。もっと深刻な事態に巻きこまれていることがわかったとき、あなたにはとても言えないと思いました。もう会ってはいけないと思ったんです。でもわたしは結局、こうしてあなたを巻きこんでしまったんですね？」

ダリウスは何も言わなかった。

「わたしを行かせてください、サウスウェイト卿。お願いです。あの人たちは兄を人質にしているんです。兄を取り戻せたら、わたしはこの罪を償うつもりです。兄を連れてくる人をあなたが撃てと言うのなら、わたしは撃ちます。ですからお願いです、わたしにこの役目をさせてください。そうしたら兄はわたしのもとに戻ってくるんです」

ダリウスはなんと言っていいのかわからなかった。だから沈黙を決めこんだ。モーリスもエマも、やつらにだまされているのだ。この父娘《おやこ》がいくら払おうと、何をしようと、ロバート・フェアボーンは生き返ってはこない。

「わたしの言っていることを信じていないんですね」彼女が言った。「あなたはわたしのことも信じていない」

「エマ、わたしはきみを信じているよ。わたしが撃てと言ったら、きみは本当にその男を撃つと思っている。それに、きみと父上が本気でロバートを救いだそうとしていたんだと思っている」

「兄は本当に生きています。わたしの思いこみなどではないわ。知っているんです。証拠があるんですから。兄はわたしに手紙をよこしたんですよ」

「エマ、それはきっと――」

「いいえ、確かに兄からの手紙です。筆跡が同じだったもの。読んでいるときに兄の声が聞こえてきそうでした」

「だが、やつらはひょっとしたら――」

「偽造ではありません」エマはダリウスの膝から立ちあがり、いらだたしげに彼を見つめた。「兄を救う以外の理由で、わたしがこんなことをすると思いますか？　兄の筆跡をわたしが見間違えるとでも？」

ダリウスは彼女の手を取り、自分のほうに引き寄せた。エマは悲嘆に暮れた表情を浮かべて隣に座った。

「教えてくれないか。ロバートを取り戻すために、きみは何を命令されたんだ？」

「あなたはすべて知っているんだと思っていました」

「すべてとは言わなかった。わかっていると言ったんだ」

エマは何を言おうか考えている。ほとんどわかっている。今ではもう彼女のことはよく知っているので、心の声が聞き取れそうだった。

「わたしは拘束されているのですか？　もし話したら、それは自白したことになるんですか？　あなたが海岸警備に力を入れているのは知っています。あなたはわたしを捕まえに来たんですね」

　ダリウスは言い返したいのをぐっとこらえた。彼女はおびえているのだ。そう自分に言い聞かせる。

「エマ、はっきり言うよ。きみはそれを望んでいるだろうから。わたしがきみをここに連れてきたのは、きみに父上と同じことをさせないためだ。わたしは自分の名誉を守るか、自分の愛する女性を守るか、このふたつを天秤《てんびん》にはかけたくない。そんな難しい選択をわたしにさせないでくれ。もうあきらめるんだ。わたしはきみを行かせない。ここから出ていこうとしたら、わたしは何度でもきみを止めて、行かせないようにするつもりだ」

　エマはまばたきもせずにじっと見つめている。こちらの真意を推し量ろうとしているのだろうか？　強い光をたたえたまっすぐな瞳に、ダリウスは心を奪われた。

「今週、毎晩あの場所に行くことになっています」彼女は静かに口を開いた。「夕方の遅い時刻に行くように言われました。日が暮れる少し前です。その時間帯だと、まだ海岸線も海も見えますから」

「船がいないか確認するんだな？」

　エマはうなずいた。「それをあの夜、父はしていたんです」目をしばたたいて涙をこらえる。「もし船が見えなければ、すっかり日が暮れるまで待ちます。それからランタンを持って、あの崖を歩くんです。一時間、行ったり来たりを繰り返します。そしてわたしは別荘に戻って待つんです」

「何を待つんだ？」

「ばか男——わたしにこの指示を伝えに来た伝言係につけたあだ名ですけど、その男が兄を連れてくるんです。ほかの人も来るかもしれません。その客はひと晩かふた晩、別荘に泊まることになっています。それを聞いたときに——この秘密の客の話を切りだされたときにわかったんです、密輸の手伝いだけをするのではないのだと」エマはあふれる涙をぬぐった。

「あなたが難しい選択と言った意味がよくわかります、サウスウェイト卿」

ダリウスは彼女を腕の中に抱き寄せた。「その客は来るだろうが、ロバートは来ない。たとえ生きていたとしても、きみのもとには戻さないはずだ。そしてきみはこれからもずっと、やつらと手を組まされる。父上も何度もさせられていたんだと思うよ。崖を一時間歩いたのは、転落したあの夜がはじめてではないだろう」

エマは何も言わずに部屋を見まわしている。「わたしはここにいつまでいるんですか？」

「まだわからない。きみが安全だとはっきりわかるまではいてもらう」

「あなたもいるんですか？」

「たまには。きみはここにいると思っていいか？」

「まだ決めていません」

「では、きみをしっかり見張っていないといけないな」

彼女の頬が薄紅色に染まった。「さっきのは——あれは本当なんですか？　わたしのことを〝自分の愛する女性〟と言ったのは？」

「本当だ」

「それなら、サウスウェイト卿、あなたにわたしの秘密を教えてあげます」

「どんな秘密だ？」

「わたしがここから逃げだすとしたら、それは夜でしょう」

「だったら、夜は特に注意してきみを見張っているよ」

「それが賢明だと思います」エマは顔をあげてダリウスの瞳をのぞきこんだ。「キスしてください。わたしはただの囚人ではなく、あなたの愛する女性でもあるなら、キスをして、わたしを幸せな気分にさせてください。あなたの腕の中で、わたしはひとりではないんだと、もうおびえなくてもいいんだと安心させてください」

ダリウスはエマの唇をやさしく封じた。ふたりのあいだには、まだ越えなければならない問題が立ちふさがっている。彼はいたわるようにそっと口づけた。だが、彼女はあふれんばかりの情熱をこめてキスを返してきた。

燃えるような口づけでダリウスの唇をふさぎ、もどかしげにクラバットの結び目をほどき、シャツのボタンをはずした。エマは彼のはだけた胸に歯を立て、舌を這わせた。その激しさに欲望をかき立てられ、ダリウスの中で彼女を永遠に自分のものにしたいという思いがふくれあがった。

彼は上着を脱ぎ捨て、エマのドレスのひもをゆるめていった。ふたりは荒々しく唇を重ね、体をぴたりと寄せあいながら、協力してドレスを取り去った。すぐにシュミーズもどこかへ放り投げられ、彼女はベッドに横たわって、ダリウスを自分のほうに引き寄せた。

「今すぐ来て」エマは言った。「あなたが欲しいの。あなたのすべてが欲しい。お願い、わたしから心配も不安も恐怖もすべて取り除いて」

ダリウスは彼女をじっと見おろし、手を下に伸ばして太腿を開かせた。やわらかな肌に指先が触れたとたん、エマの口からはっと息をのむ声がもれた。さらに愛撫を繰り返すうちに歓びの声が絶え間なく響きはじめ、彼は激しい欲求を解き放ちたいという衝動に駆られた。

エマが腿のつけ根に手を伸ばして自ら愛撫を加え、それから彼を入口に導いた。ダリウスはゆっくりと彼女の中に身を沈めた。彼女が深く息を吸いこみ、恍惚の表情を浮かべる。ダリウスが徐々に動きを速めると、エマは自制心も慎み深さも捨て去り、心をさらけだして彼の情熱に応えた。

ふたりの体が溶けあい、ダリウスは意識が飛びそうなほど強烈な快感にのみこまれた。絶頂に達した瞬間、全身に電流が走ったかのような衝撃を覚えた。忘我の境地を漂いながら、今、彼の世界にはエマしかいなかった。

29

エマは柵にもたれてサウスウェイト卿を眺めていた。彼は木骨れんが造りの厩舎に隣接した、大きな囲いの中で乗馬をしている。生命力あふれる伸びやかな馬体を、彼女は惚れぼれと見つめた。もちろん、見事な手綱さばきで馬を操っている男性にもうっとりと見とれた。シャツ姿で泥だらけのブーツを履いて馬を駆る野性的な彼も、とてもすてきだ。

この二日間は官能的な時間を過ごした。魅惑的で、そして愛に満ちていた。ふたりが醸しだす情熱が少しだけ不安を忘れさせてくれた。それでも、救いだせなかった兄を思うたびに、悲しくて胸が押しつぶされそうになる。でも、わたしはまだあきらめてはいない。今もサウスウェイト卿を見つめながら、頭の中ではここから逃げだす方法を考えている。

逃げだしても、なんの意味もない。それはわかっている。サウスウェイト卿はこちらの行き先も、その理由も知っているのだから。わたしを誘拐したのも、罪を犯させないようにするためだ。今わたしが一歩でもあの崖に近づこうとしたら、彼はわたしを内務省に引き渡さなくてはならなくなるだろう。ほかの誰かに脱出計画を気づかれても、彼はそうせざるをえなくなるかもしれない。

将来については、もう考えないようにしている。もうすぐ本物の監獄行きになるかもしれないことも。そこは、手厚く保護されて快適なこの監獄とは天地の差があるのは確かだ。

サウスウェイト卿が馬を止めた。だが、馬は駆けだしたくてしかたがなさそうだ。彼は馬に話しかけている。馬の耳がぴんと立ち、今度はうしろに倒れた。やがて反抗するのはやめたらしく、彼に首を撫でられているその表情は笑っているように見える。ふたたび馬は動きだし、こちらに向かって歩いてきた。

「もう少ししたら屋敷に戻ろう」サウスウェイト卿が言った。

「わたしのことは気にしないで。楽しんでいるから」

彼はうなずくと囲いの門に向かい、かんぬきをはずした。馬は彼を乗せて元気よく放牧地へ駆けだしていった。

エマは厩舎の脇にある木のベンチに腰をおろした。スカートの裾からのぞく足がぶらぶら揺れるのを見て、思わず笑ってしまった。今日の自分のおかしな格好をすっかり忘れていた。丈の短いブーツも、同じように丈の短いドレスも、メイドから借りた。ボンネットはリディアの部屋で見つけたもので、簡素なデザインが今の服装によく合っている。借り物で身を固めた自分の姿があまりに滑稽で、サウスウェイト卿と大笑いしたのだった。

誰かに別荘へ服を取りに行ってもらいたいと頼んだが、あっさり却下されてしまった。サウスウェイト卿によれば、このままでもじゅうぶん魅力的だという。そして彼はキスでわたしの気をそらそうとしてきた。結局、服の話はそれで立ち消えになり、こんな格好をするはめになったのだ。

サウスウェイト卿は、ここでわたしと永遠に田舎暮らしをするわけではない。数週間ほどの滞在だろう。わたしは安全が確認されるまで、ここにいなければならないけれど。

彼が戻ってきた。馬は速度を落とされたことが気に入らないらしい。また駄々をこねはじめた馬を笑顔でなだめるサウスウェイト卿の笑い声が、風に乗って聞こえてきた。そのとき突然、彼が馬を止めた。

誰かが馬を駆ってこちらに向かってくる。その男性は厩舎に来ようとしたところでサウスウェイト卿に気づき、方向転換して彼と合流した。ふたりはしばらく話をしてから、エマのもとへやってきた。

サウスウェイト卿は鹿毛《かげ》の愛馬から降りて、馬番に鞍をつけるよう命じた。

アンベリー子爵がエマにお辞儀をした。「ゆっくりくつろいでいますか、ミス・フェアボーン？」

「ええ、おかげさまでのんびりしています。あなたも静養にいらしたのですか？　社交シーズンを終えて、お疲れでしょうね」

アンベリーは小さくほほ笑んでうなずいた。「サウスウェイトが競走馬を買ったことをずっと自慢していてね。どれだけ速いのか見に来たんですよ」

馬番が鞍をつけた馬を連れてきた。「アンベリーとわたしはこのまま馬で屋敷に戻る。きみは馬車に乗ってくれ」サウスウェイト卿はエマの手を取って馬車に向かい、彼女を乗せた。

彼は何か考えごとをしているようだ。表情も少し前とは違い、こわばっている。それは口調にも表れていた。

エマはアンベリーのほうに目を向けた。「何かあったのですか?」

「いや、何もない。あとで説明するよ」サウスウェイト卿は彼女の手にキスをした。アンベリーはこちらを見ないようにしている。

サウスウェイト卿は馬にまたがり、友人とともに走り去った。

「何を見ているんだ?」ダリウスは尋ねた。彼はアンベリーと屋敷の正面玄関に向かってゆっくりと馬を進めていた。アンベリーがまだ顔をしかめてこちらを見ている。その理由はわかっていた。ここははっきり片をつけたほうがいいだろう。「文句を言いたそうな顔をしているな」

「きみがこの問題をどう扱おうと文句を言うつもりはない。特にミス・フェアボーンに関してはね」アンベリーが言った。「それはケンデールにまかせているんだ。だが、これだけは言っておく。彼女がここにいることをあいつが知ったらなんと言われるか、覚悟しておいたほうがいいぞ」

「ああ、わかっている」そんなことは百も承知だ。邪魔だから、ぼくにこの任務から手を引けと言うはずだ。

「彼女はぼくたちがここに来ることを知らなかったんだな。だが、それにも文句を言うつもりはないよ」

「すぐに何もかも彼女に説明するつもりだ」

「それから、虫唾《むしず》が走るようなことを手紙で強要されたのにも不平をもらすつもりはない。ペンサーストに、内務大臣との仲介役になってくれと頼んできた。これで満足か？　こちらは最悪の気分だ」

「ケンデールは口が裂けてもペンサーストには頼まない。それはわかっているだろう」

「では、ぼくは運がよかったんだな、この役がまわってきて。きみに便利なやつだと思ってもらえるとは、うれしくて涙が出るよ」

アンベリーのことだ、箇条書きにした不満をすべて吐きだしたら、機嫌を直してくれるだろう。だが、そう甘くはなかった。友人はふたたびダリウスに鋭い視線を投げかけてきた。

「不機嫌な顔はきみには似合わないぞ、アンベリー。そうやって口をゆがめていると、きみがおばのアメリアに見えてきた」

「口をゆがめてなどいないさ。それに不機嫌でもない。しかし、面食らっているのは確かだな。驚いていると言うべきか」

「何に？」

「きみとミス・フェアボーンだよ」

「ぼくはきみの情事を批判したことはないぞ。あのレディはふさわしくないからやめておけと口を滑らせるのは、危険極まりないからな」

「情事を批判しているわけではないよ。そんなのは勝手にやっていればいい。だが、きみが彼女を必死にかくまおうとしているように、ぼくには見えるんだ。私情が入ると、得てしてそういうものだからな。でもそれをされると、うまくいくものもうまくいかなくなる」

「彼女に気づかいは無用だということか？　きみは内務省の野蛮人たちに彼女を突きだしたいんだな。ケンデールから、この任務に関わるなと言われるのはわかっている。ぼくがいると今回の計画が台なしになるとね。だが――」

「いい加減にしてくれ。勝手にぼくのことを決めつけるな。きみが加われば面倒な面も出てくるかもしれないが、ぼくはいずれにしろ今回の計画を成功させたいと思っている。それにぼくだって、女性をあんなところに好きこのんで突きだしたいわけじゃない」

そうこうするうちに屋敷の正面玄関に着き、ふたりは馬から降りた。

「ところで、サウスウェイト、ミス・フェアボーンの格好には思わず絶句したよ。なんだあれは？　悪趣味にもほどがあるぞ。とはいえ、あんなおかしなドレスを最高級の絹をまとっているみたいに着こなしている彼女には拍手を送ろう。まったく、きみときたら、少しは考えてドレスを選んだらどうだ？」

自分はあのドレス姿のエマに絶句はしなかった。むしろふたりで大笑いしたのだ。

「あれで間に合わせるしかなかったんだ」

「もう少しどうにかできただろうに」アンベリーはしきりに頭を振っている。「ミス・フェアボーンが気の毒だ」

ふたりはすぐさま図書室へ向かった。そこでケンデールが武器とともに待っていた。拳銃にマスケット銃、そして薬包（マスケット銃に使用する一発分の火薬を紙に包んだもの）がテーブルにのっている。

「三人しかいないのに、マスケット銃が五丁もあるぞ」テーブルの上の武器に目をやり、ダリウスは言った。

「念のために予備を用意したんだ。すべて装塡《そうてん》済みだ。いつでも使える」ケンデールが応えた。「もっと必要なら、馬車にまだあるよ」

「ぼくは拳銃にする」ダリウスは告げた。

「ケンデール、生きたまま連中を捕まえるんだったよな。覚えているか？」アンベリーがマスケット銃を手に取って言った。

「そんな悠長なことを言っていられるか。やつらはぼくたちを生かしておこうなんて、これっぽっちも思っていない。自分の背後は自分で守らないと」

「背後にはタリントンとやつの仲間がいる。タリントンはぼくたちを裏切らないよ。少しは彼を信用しろ」ダリウスは言った。

「なぜ裏切らないとわかる？　犯罪者の言葉をうのみにできるか」

「タリントンは約束を守る男だ。ぼくはそれを身をもって経験している」

「ぜひともそういう男であってもらいたいものだ。だが、今頃ホジソンに賄賂を握らされているかもしれないな」

アンベリーがポケットから懐中時計を取りだした。「出発は三時間後だ。ほかのみんなもそろそろ来る頃だな。ロンドンから何か連絡は？　手紙はまだ届いていないのか？」

「まだだ」

「もし手紙が来なかったら？」

必ず来るはずだ、とダリウスは思った。

「いずれにしろ三時間後に出発する」ケンデールが間髪を入れずに言う。「天気がいいし、海もおだやかだ。できれば今夜でけりをつけたい。そうすれば二週間後に来なくてもよくなるだろう。待ち時間が多いと、悪党たちに気づかれる可能性もある。まあ、フェアボーンの娘には気の毒だが。毎晩休まず合図を送っているのに、結局は誰も来ないのだから」

アンベリーがマスケット銃をテーブルに戻し、ダリウスをちらりと見やった。

「ケンデールに話したほうがいいぞ」

「なんのことだ？」ケンデールがふたりに目を向けた。

「ミス・フェアボーンは船に合図は送っていない。別荘にはいないんだ」ダリウスは言った。

ケンデールは大声で悪態をついたが、拍子抜けするほど落ち着いている。しかし、彼はまだ何も知らないのだ。ケンデールが冷静に話しはじめた。

「それは彼女が思い直したということなのか？　まあ、それはそれで褒めてやりたいな。だが、それならなぜぼくたちはここにいるんだ？　ただ時間を無駄にしただけじゃないか」

「ミス・フェアボーンがいなくても予定どおり決行できるだろう。船が来るのは知っているんだ。ホジソンを男と会わせて、それから――」

「だったら、きみがドレスを着て崖を歩いてくれるのか？　その船を待っているのはホジソンだけとは限らないんだぞ。まだどこかに隠れて待ち構えているやつもいるかもしれないんだ。おとりがいないと、そいつらを見つけられないだろう？」

「隠れられる場所など、どこにもないよ。崖の高台は吹きさらしの荒涼とした土地だし、道もはっきり見える」ダリウスは言った。

ケンデールはかぶりを振っている。「ぼくたちは海岸とあの別荘を見張ろう。だが今夜は諜報員を捕まえられても、ひとりがいいところだろうな」

「もし命令どおりに操り人形が踊ったらどうなるの？　もしわたしが指示どおりに船に合図をして、別荘で待っていたら？」

ダリウスは声がしたほうを振り向いた。借り物の古いドレスとブーツを身につけたエマが図書室の入口に立っていた。アンベリーが言ったとおり、確かにおかしなドレスだ。だが、彼女は堂々としている。

室内に沈黙が落ち、全員の目が入口に注がれていた。ケンデールは冷ややかな視線をダリウスに向けた。「彼女がここにいると聞いた覚えはないが」

「言い忘れただけだ」アンベリーがなだめた。

「ミス・フェアボーンはここに滞在している」ダリウスは言った。

ケンデールが声をひそめて悪態をつく。

「この問題はわたしたちにまかせて、きみは部屋に戻ってくれ、ミス・フェアボーン」ダリウスはぶっきらぼうに告げた。

「いいえ。わたしがいないと計画が成功しないような口ぶりでした。もしそれが聞き間違いでないのなら、わたしは自分の役割を果たします」

「危険すぎる」ダリウスは断固とした声音で言った。「早く部屋に戻れ」

その口調にエマは怒りをあらわにした目で彼をにらみつけ、その場から一歩も動こうとしなかった。

まったく、なんだってこんなときに頑固さを発揮するんだ？　ダリウスは彼女を肩に担いで運び去りたい衝動に駆られた。エマに向かって歩いていく。

「行くんだ、エマ」声を低め、だがきっぱりと命じた。

「いいえ、やるわ。わたしが必要でしょう？」

「だめだ。きみは関わるな」

エマは憤然とした表情を浮かべている。そんな彼女を見て、アンベリーとケンデールの面前で喧嘩を仕掛けてくるのではないかとダリウスは身構えた。だが、彼女は踵を返して歩み去った。彼はエマのうしろ姿を見届けてから扉を閉めた。

ケンデールは窓の外を眺め、アンベリーはブランデーのグラスを手にしている。

「彼女の言うとおりだ、サウスウェイト」アンベリーが口を開いた。「きみも本心ではそう思っているだろう？」

「いいや」

「ぼくが彼女についている」ケンデールが言った。「絶対に彼女に危害が加わらないようにするよ。あやしいやつが一歩でも近づいたら殺してやる」

「ミス・フェアボーンと一緒に崖を歩けるのか？　そんなことができるわけないだろう」

「マスケット銃を持って、すぐそばに待機している」

「だが、別荘ではどうするんだ？　何も手立てはないぞ。諜報員がいつ出ていくのかわからないんだ。翌朝かもしれないし、何日もいるかもしれない。そのあいだ、ミス・フェアボーンはそいつと家の中にいなければならないんだぞ。そんな危険なまねはさせられない」

それが危険なことぐらい、ケンデールだって百も承知だ。立場の弱い女性を平気で放っておくような男でないのはよくわかっている。ダリウスはこれ以上まくし立てるのはやめた。

「誰かを別荘の中に待機させておくというのはどうだ？　きみでもいい、サウスウェイト。二階の寝室にでも隠れていろ」アンベリーが提案した。「姿は見えなくても話し声は聞こえる。もし何日もいるようなら、追いだす方法を見つければいい」

「それくらいでは彼女の身の安全は保障できない。彼女はずっとこの屋敷に滞在する。もうこの話はしたくない。これで終わりだ」

ケンデールが扉に向かった。

「おい、何をするつもりだ？」ダリウスは声を張りあげた。

「あのレディの気持ちを聞きに行くのさ。きみは彼女の父親でも、兄でも、親戚でもない。ぼくの知らないうちに結婚していたのなら話は別だがね。彼女はきみの庇護のもとにいるわけではない。自分のことは自分で決められる権利がある。ぼくはそう思うよ」

ダリウスは怒りの形相でケンデールに向かっていこうとしたが、腕をつかまれた。

振り返ってアンベリーをにらみつける。「ケンデールを叩きのめしてやる。だが、きみがやりたいのなら譲ってやってもいいぞ」

「勝手に叩きのめせばいいだろう。ケンデールも受けて立つよ。でも、なぜぼくたちがここに集まっているのかを忘れないでくれ」アンベリーは静かな口調で話そうとしているが、腕をつかむ手はゆるめなかった。「ミス・フェアボーンはやると言っているんだ。その彼女の決心を、きみは頭ごなしに否定している。きみとのあいだに何もなかったら、彼女はこの役割を予定どおりに果たしたはずだ。邪魔するやつがいないからな」

その言葉に、ダリウスはアンベリーも叩きのめしたくなった。ケンデールと話しているエマの姿が目に浮かび、激しい焦燥感に襲われる。彼女をこの屋敷に閉じこめておきたい。しかし同時に、彼女の意に反してここにとどまらせようとしている自分にも腹が立った。

体の奥底からとてつもない怒りが波のように押し寄せてきて、一気に砕け散った。やがて怒りの波は徐々に引いていき、冷静に考えられるようになってきた。ダリウスは覚悟を決めた。心を鬼にして冷酷な決断をくだした。

30

「何をするか、何を言うか、覚えているかい？」

　サウスウェイト卿がまた同じ質問を繰り返した。エマは黙ってうなずいた。彼の手を握り、目を見つめて安心させようとしたが、今日は何をしても彼の不安を取り除いてあげられそうにない。

「声に出して言ってくれ」彼が念を押した。「確認したいから、もう一度」

「ランタンを持って崖に行く。そして一時間、合図を送るのよね」

「ケンデールがそばにいる。きみには誰も近づけさせないから安心してくれ、エマ。もし誰かいたら、あやしい動きがあったら――」

「わかっています。わたしは大丈夫よ。危険な目にはあわないわ」

「その続きを言ってくれ」

「それから別荘に戻り、ランタンを窓辺に置いて待つ」

「長いあいだ待たなければならないかもしれない。やつらの船はランタンの明かりが見えるところまでは近づくと思うが、それでも何かあった場合に備えて、いつでも逃げられるように距離はじゅうぶん取っているはずだ」

「ええ、そうね。もう何回も聞いたから、しっかり暗記したわ。男たちが来たら、戻ってくるときに誰かにつけられていたと言う。わたしがそう言えば、彼らはここにいるのは危険だと判断して、計画を変えなければいけなくなる」

「わたしは二階にいる。もしやつらに脅迫されたり、変な目つきで見られたりしたら、きみは――」

「大声をあげる。そうしたら、あなたが彼らを退治しに来てくれる」エマは顔を寄せて、彼にキスをした。「あなたがそばにいてくれるから、わたしは無敵よ」

　サウスウェイト卿が彼女を抱き寄せた。彼の腕の中にいると心が落ち着く。正直に言うと、不安でしかたがない。

　今、エマはサウスウェイト卿とふたりだけの時間を過ごしている。ほんのひとときだが、アンベリー子爵とケンデール子爵がふたりきりにさせてくれたのだ。その時間もそろそろ終わりに近づいてきたらしい。五頭の馬たちの蹄《ひづめ》の音が聞こえる。並走している三頭に乗った紳士は、ケンデール子爵と話をしているときに屋敷へやってきた。どうやら彼らは近くの領地から応援に駆けつけてきたようだ。

「ケンデール卿に兄の話をしたわ。諜報員が海岸を離れたら、タリントンと船を押収して中を調べると言ったから、兄の特徴を教えておいたの。そうすれば船に乗っている人が名前を名乗ったときに、本当のことを言っているのかどうかわかるでしょう？」

サウスウェイト卿は何も言わない。兄が解放されるとは思っていないからだろう。それ以前に、船が沈没したときに兄は亡くなったといまだに思っている。そして兄は生きていると信じているわたしを、悪党たちは利用しつづけるつもりでいると。

「男たちが別荘から出ていったら、次は何があるの？」自分の役割はわかっているが、そのほかの計画内容はほとんど聞かされていなかった。ケンデール子爵はわたしを全面的には信用していないのだろう。どうやらそれは、わたしがこの計画の一部を担うのをサウスウェイト卿が最後まで反対したことと関係があるようだ。

「きみの任務はそこで終わりだ」

「そういうことではなくて、男たちはどうなるの？」

「やつらは尾行される。今回やってくる男を足がかりにして、組織を解体させるのがわたしたちの最終目的だ。その男に会うためにホジソンが来ているんだ。ホジソンというのは、きみが会っていた男だよ。ホジソンの伝言係の任務もこれで終了だ。首に縄をかけられるのはやつも避けたいからな。だからといって、無罪放免になるわけではないが」

「あの人も身内を人質に取られているのかもしれないわ」

「あいつは金のためにやっていたんだよ、エマ」

馬車のカーテンは閉じてあり、外の景色は見えないが、まもなく別荘に到着するのがわかった。サウスウェイト卿もわかったのだろう。彼はエマをさらにきつく抱きしめ、胸が張り裂けそうなほどやさしいキスをしてくれた。

とがあるな」

「ミス・フェアボーン、すべてが終わったら、わたしたちには話しあわなければならないこ

「そうですね」いっそのこと、からかうような軽い調子で言ってほしかった。でも、彼の口調は真剣そのものだ。

ふたりの話しあいは喜びをもたらしてくれるものにはならないだろう。これが終われば、サウスウェイト卿は自分の名誉とわたしへの愛を天秤にかけるはずだ。わたしに軍配があがるとはとても思えない。けれど彼がわたしへの愛を選んだら、大きな代償を支払わなければならないのはよくわかっている。

馬車がゆっくりと止まった。エマは腕の中で伸びあがってサウスウェイト卿にキスをした。将来のことは頭から締めだそう。その代わりに、愛する男性と一緒にいられたこの二日間の美しい思い出で頭と心を満たして、自分の役割をしっかり果たそう。

馬車の扉が開き、ふたりは沈みゆく夕日の光の中に降り立った。そして別荘の玄関へと歩きはじめると、馬車と三人の紳士は離れていった。

エマは小さな図書室で待っていた。外から室内が見えるように、ろうそくの明かりは絶やさずにいる。ここでひとり椅子に座り、もう三時間が経った。ホジソンも諜報員もまったく来る気配がないまま、時間だけが過ぎていく。

崖でランタンを持って一時間歩いているほうが、ずっと楽だった。人っ子ひとり見当たら

ず、あたりは闇に包まれていた。ケンデール子爵を見つけだそうとしてみたが、本当はいないのではないかと思ってしまうほど、彼は完全に闇に紛れていた。

もういい加減、座りつづけているのもいやになってきた。少しぐらいなら歩きまわってもかまわないだろうか？　二階からは物音ひとつ聞こえてこない。あたりは静寂に包まれている。サウスウェイト卿は足音を聞き取ろうとして、窓辺で静かに耳を澄ませているのかしら？　エマも彼にならって忍耐強く座っていることにした。

拳銃を手にして階段をのぼっていくサウスウェイト卿を見送るのはつらかった。ここにわたしをひとり残していくのが気に入らない彼は、ずっと険しい表情を浮かべたままだった。彼は途中で振り返った。愛と心配と怒りが入り混じった表情を見た瞬間、彼の気持ちが痛いほど伝わってきて胸が詰まった。

それにしても、本当に来るのだろうか？　海はおだやかだった。でも、何かが起きたの？　もしこのまま誰も来なければ、また明日も同じことをしなければならない。明日も来なければ明後日も。この繰り返しをサウスウェイト卿は許してくれるかしら？

窓辺に置いたランタンのろうそくが消えようとしている。エマは炎をじっと見つめた。突然、窓の外でふたつの目が動き、思わず椅子から跳びあがりそうになった。心臓が激しく打っている。彼女は天井を見あげないようにぐっとこらえた。

玄関の扉が開いた。床を歩くブーツの音と低い話し声が近づいてくる。ホジソンが図書室をのぞきこんでから、うしろに向かって手で合図をした。いかにも軍人といった風情の、黒髪で長身の痩せた男が現れた。
エマはまだ足音が聞こえてくるか耳を澄ませた。心臓が喉元までせりあがってくる。だが、近づいてくるブーツの音は聞こえなかった。このふたりだけしか来なかったのだ。

落胆が胸に広がっていく。泣きだしたかった。叫びだしたかった。わたしはなんて愚かだったのだろう。エマはホジソンをにらみつけた。だが、頭の中で叫んでいる悪態を投げつけるのは必死にこらえた。

「こいつはおれの友だちだ」ホジソンが口を開いた。「前にあんたに話した、泊まる場所が必要な男だ。ジャック、この人がミス・フェアボーンだ」

「ジョセフだ」男はむっとした表情を見せた。「おれの名前はジョセフ」

男の話す英語はまったく訛りがなかった。この流暢な英語を話す男は、ジョセフになってここから出ていくのだ。

「言われたとおり、部屋は用意ができているわ」エマはジョセフに話しかけた。「だけど、ここにいるのは危険かもしれないわね」

「なぜだ？」

「船に合図をしているとき、ずっとひとりだったわけではなかったの。しばらくのあいだ、明かりが動かなかったことに気がついた？　そのときなのよ。男の人が通りかかって、わたしが崖を歩いているのを見ていたの。気にすることはないのかもしれないけど、でも――」

さまざまな感情が心の中で渦巻いて、言葉がうまく出てこなかった。それは怖がっているからだと、彼らが思ってくれるといいのだけれど。

「くそっ《メルド》」

ジョセフの悪態にホジソンはうろたえたようだ。「気にするな。なんでもないって」

「どうしてそんなことが言えるんだ？」ジョセフがかみついた。

ホジソンが目を見開く。エマにはそれがうしろめたそうな表情に見えた。きっとそうだ。ホジソンはジョセフを裏切るのだから。

「ここで問題は起こしてほしくないわ。こっそり泊めるだけという約束だったのよ」

「あんたには何も約束できないな」ジョセフが言った。彼は窓辺に行き、ランタンの明かりを消して外の闇に目を凝らした。

ホジソンは落ち着きなく体を動かし、不安そうな顔でしきりにエマを見ている。もっと不安になればいいのに。この男が罰を受けるのは当然だ。嘘をついて、わたしに恥ずべき犯罪行為をさせようとしたのだから。

「兄はどこ？」エマは強い口調で尋ねた。「兄も一緒に連れてくると言ったじゃない」

「あいつは、ええと……少し離れた村に行った。あんたがここにいるのを兄貴は知らないんだ。船がイングランドに着いたら、もうおれたちといる必要もないからな。朝になったら村に行ってみるといいさ。兄貴はそこで見つかるんじゃないか」

この男の話を信じたかった。できることなら。「嘘をつかないで。兄は来ていないのね。すべて嘘だったんだわ。手紙も偽造したんでしょう？」

ジョセフが振り返った。「偽造じゃない。あの男が書いたんだ。おれは書いてるところを見ていたからな」

「だったら、どうしてここにいないの？」エマは声を張りあげた。「兄が戻ってこないのに、わたしがいつまでもこんなことをすると思っているなら大間違いよ」

ジョセフは無表情な顔を彼女に向けた。「いや、あんたはこれからもやるんだ」ぶっきらぼうに言い切ると、ホジソンに話しかけた。「もう行こう」

「今、出ていくのか？　外は真っ暗闇だ。待ち伏せされてたって、これじゃわからない。なんにも見えねえからな。だから――」

「こっちから見えないなら、向こうからも見えないさ」

「行きたきゃあんたひとりで行けよ。おれはここに残る」

「おまえも来るんだ。おれをロンドンに連れていく約束だろう。金だけもらって知らん顔はないぜ」

ホジソンは汗をしたたらせている。突然の予定変更に面食らっているのだろう。予想外の展開になり、不安でしかたがないのだ。

ジョセフがナイフを取りだし、腰につけたさやに入れた。ふいに室内が緊張感に包まれ、エマはじっと息をひそめた。

やがてホジソンが苦々しい顔でうなずいた。通り際に、彼はエマを疑いの目でにらみつけた。彼女は玄関に向かうふたりの足音を数え、扉が閉じる音が聞こえると同時に大きく息を吐きだした。

エマはしばらく椅子に座っていた。恐怖や屈辱や悲しみに胸が押しつぶされそうになる。涙があふれて止まらなくなり、両手で顔を覆って泣いた。希望がついえた今、もうサウスウエイト卿の考えを受け入れるしかない。兄は二度と戻ってこないのだ。

「エマ」ダリウスは二階からそっと声をかけた。ホジソンが去ってから、三〇分ほど経っていた。

彼女が階段の下に来て、こちらを見あげた。

「ろうそくを消して、あがっておいで。誰かが結果を報告しに来るのは何時間も先だ」

エマはろうそくの火を消して階段をのぼってきた。ダリウスは彼女を抱き寄せ、髪に唇をうずめた。この一〇時間、ずっと祈っていた。今、彼はふたたび祈りを捧げた。

彼女は力なくダリウスに体を預けている。立っているのもやっとという様子だ。

「必死にバランスを取りながら、何日も柵の上を歩いていた気分よ」

「少し眠るといい。このところ、あまり寝ていないだろう」

ダリウスは寝室へ向かおうとしたが、彼女は動こうとしなかった。エマがはなをすすり、彼はそこではじめて彼女が泣いていることに気づいた。

「あなたの言ったとおりよ。兄は戻ってこなかったわ」エマは彼の上着に顔をうずめ、声をあげて泣きだした。「自分が情けない」泣きながら、いらだたしげにつぶやく。

ダリウスは彼女を抱きしめていることしかできなかった。肩や腕をそっと撫で、怒りの涙が涸《か》れるまで抱きしめていた。「エマ、きみは家族のためにやったんだ。誰も咎めたりしないよ」

「あなたはやさしいのね」その声はかすれ、こわばっている。「でもあなたなら、たとえ強要されたとしてもやらなかったはずだわ」

「それはどうかな。妹やきみを救うためなら、同じことをしたかもしれない」

エマが顔をあげ、かすかにほほ笑んだ。「迷うかもしれないけれど、やっぱりあなたはしないと思うわ。反逆罪に問われるようなことは、あなたはしない。それにあなたなら、人質にもならないでしょうね。当然、犯罪者にもならない。あなたは高潔な人だもの。堂々と男らしく立ち向かって、わたしたちを救いだしてくれると思うわ」

だが、女性はそうはいかないだろう。立ち向かう方法も力もないのに、どうやって悪党と渡りあえばいいのだ？

「さあ、エマ、もうおしゃべりはやめて寝よう。すべて終わったんだ」

すべて終わった。いいえ、まだ終わってはいない。だけど、まもなく終わる。

サウスウェイト卿はふたりが分かちあった情熱や愛については何も口にしなかった。でもわたしは彼の腕の中で、ずっとこのふたつについて考えている。もうこれからは、こうして彼に抱かれることはないのだと。温かい体にこうして包まれることは二度とない。わたしは彼にふさわしい女ではないから。愛人としてさえも、ふさわしくない。すべてが終わったときには、彼との関係も終わる。

サウスウェイト卿の友人たちは、わたしがホジソンの手助けをしたのを知っている。政府関係者に知られるのも時間の問題だろう。そのとき、彼らはわたしのことをどう説明するのだろう？　きっとかばってはくれないはずだ。彼らの計画に同意して自分の役割を果たしたとはいえ、罪を犯したことに変わりはないのだから。

サウスウェイト卿がキスをしてきた。

「きみが望むなら、慎み深い騎士を演じたいところだが、あいにくわたしはそういう男ではない」

エマは彼の上着に顔をうずめたまま笑い声をもらした。声を出して笑ってみると、少しだけ気分が軽くなった。

ふたりは寝室へ向かった。室内にはろうそくが一本だけ灯っている。サウスウェイト卿は鏡のそばにあるろうそくにも火をつけた。鏡の中で躍る炎を見ていると、あの日の舞踏室の光景がよみがえってくる。ろうそくの光を受けてきらめくシャンデリアの下で横たわっていた、自分たちの姿が目に浮かんできた。

サウスウェイト卿がドレスを脱ぐエマに手を貸しながら話しはじめる。「アンベリーに叱られたよ。ミス・フェアボーンにこんなおかしな格好をさせるなんて悪趣味だと」

「どうしてこんな格好をしていたのかはちゃんと説明した？　あなたがいらだちに駆られて、

乱暴にわたしの一張羅のドレスを引き裂いてしまったことは教えたの？」

「情熱に駆られて、だ。いらだちに駆られたのではない。わたしほど忍耐力のある男はいないよ」

エマは脱いだ服をていねいにたたみ、重ねて置いた。着古した服とはいえ、貸してもらったものを適当に扱うわけにはいかない。サウスウェイト卿は彼女が服を重ね終えるとすぐに自分のほうへ引き寄せ、ベッドに横たわらせた。

ほっと吐息をもらし、エマは寝室を見まわした。「ここに父はいるのかしら？」

「それは気まずいな」彼もぐるりと部屋を見渡した。「父上の存在を感じるのか？　わたしは霊というものを信じていないが」

「いいえ、今はもう感じないわ。あなたに誘拐される前は感じて――」

「あれは誘拐とは言わないだろう」

「誘拐される前は――あの日の前日の夜は、このあいだ訪れたときと同じように父を感じたの。でも今日、わたしたちがここに戻ってきたときは何も感じなかった」

サウスウェイト卿は胸のふくらみを両手で包みこみ、じらすように愛撫をはじめた。甘美な心地よさに、エマの唇から深いため息がこぼれる。彼は軽く歯を立て、そっと舌を這わせながら、いつものようにエマを歓喜の世界へといざなった。歓びの波が全身を洗い、エマは至福の快感に身をゆだねた。この夜を忘れないように、サウスウェイト卿の香りを、唇を、手を、ぬくもりを記憶に刻みこもうとした。

サウスウェイト卿は大きく開かれた腿のあいだに膝をつき、ヒップに手を添えて、彼女を悦楽の園へと導いた。

ダリウスは夜明けに目を覚ました。すぐに危険を察し、ナイトテーブルに手を伸ばして拳銃をつかんだ。

かすかな物音を聞きつけて目覚めたが、やはり階下から歩きまわるブーツの音が聞こえてきた。

ダリウスはそっと起きあがり、服を着て階段をおりていった。建物の裏側と台所から物音がした。拳銃を持った手をさげて、足音をたてないように歩く。すると話し声が聞こえてきた。

「食料を盗む気ではないよな？」アンベリーの声だ。

「おれがどんなに飢えているか知ったら、ちょっとぐらいパンをくすねたって、あのレディは怒らないさ。夜じゅう海にいたんだぜ。もう腹が減って死にそうだ」これはタリントンの声。まったく、まだ夜明けだというのに大声で話している。「おお、ハムもあるぞ。あんたも食うかい？」

「いらないよ」

「そうか」

ダリウスが台所へ入っていくと、ちょうどタリントンがハムを厚く切り分けているところだった。アンベリーが椅子に座って、物欲しそうな目でハムを見ている。

ダリウスはタリントンからハムがのった皿を取りあげ、アンベリーのそばに置いて切り分けはじめた。「パンも分けてくれ、タリントン」振り向かずに声をかける。

すぐにパンの半分がアンベリーのもとに飛んできた。

「あんたの馬を連れてきておいたよ」タリントンがハムを口に入れ、あたりを見まわした。「あれ、おれたちの女主人はどこだ?」

「まだ寝ているんじゃないか」ダリウスはそしらぬ顔で言った。隣にいるアンベリーの顎がぴくりと動く。だが感心なことに、友人は無表情を決めこんでいる。「アンベリー、きみがここにいるということは、われわれの客人は引き渡したんだな」

「ホジソンとやつの客は予定どおりロンドンに向かったよ。すべて順調だ。あのふたりの身柄は、ペンサーストの手紙にあったように途中の道で待ち構えている内務省の取締官の手に移ることになる。あいつらの尾行が失敗したら、担当者を殺してやるよ。今回のこの任務がすべて終わったら、必ず目にもの見せてやる」

「ペンサーストも同じような脅しをかけたはずだ。だからまともな担当者がつくんじゃないか」

アンベリーは厚切りのハムをパンにはさんで満足げに頬張った。「今回捕まえても、またすぐにフランス軍はあとがまを見つけて、諜報員を送りこんでくるんだろうな」

「おそらくそうだろう。こちらも最善を尽くすしかない」ダリウスは食器棚を物色しているタリントンに目をやった。「タリントン、あの男が乗ってきた船は取り押さえたのか？」

「もちろんだ。あんた、驚くぜ。船はあの諜報員を運んできただけじゃなかったんだ。品物も積んであったよ」

「それなら前回と同じだ。今までもずっとそうだったろう」

「でも、前回はほとんど積んでいなかったじゃないか。それもたいして価値のないものばかりだった。それが今回のは正真正銘の密輸船だ。わんさと品物が乗っていた」タリントンはパンを口に放りこんだ。「ガレー船（オールで漕ぐ軍船）だったよ。それに言いたくはないが、船に乗っているのはフランス野郎じゃなくて英国人だった」

「では、やつらはずっとガレー船を使っていたのか？」アンベリーが言った。「どうりで捕まらなかったわけだ。船を漕いで監視船の目をごまかしていたんだな。ガレー船だとドーバー海峡を何時間くらいで渡れるんだ？」

　タリントンは肩をすくめた。「聞いた話だと、天気に恵まれれば五時間ほどらしい。あのガレー船の船員の話では、ブローニュに住んでるフランス人と取引をしているそうだ。それでときどき品物を運んでいるのさ。その品物をホジソンが持ってきていたんだ。うまいことやってたもんだよ」

　だが、ホジソンはもうできない。ダリウスは内心で思った。ガレー船でフランスへ渡り、ワインやそのほかの品々を積み、おまけに諜報員も乗せてイングランドに戻る。そこにまたホジソンが待っていて、品物をオークションハウスに持ちこんでいたというわけだ。

「今、品物はどこにあるんだ？」ダリウスは訊いた。

「あいつら、海に捨てたんだ。信じられるか？　あの光景には胸が痛んだぜ。船はちょっとした入り江に置いてある。あんたも調べたいかと思ってさ」

　ということは、船には密輸品はもう何も乗っていないだろう。

「船員はどうした？　全員が英国人の密輸商人なのか？」

「ほとんどそうだ。だが、ひとりは仲間じゃなさそうだった。そいつときたら、ずっと黙ったまま話の輪に加わらなくてな。しまいには口を開いたけどよ。やつは付添役だった。あの諜報員の」タリントンは食器棚の引き出しを引っかきまわしている。「紅茶はどこにあるんだ？　あんた、知らないか？　飲みたいのに見つからねえや」

「訊いたら、あっさり口を割ったのか？」アンベリーが尋ねた。「ずいぶんと素直なやつだな」

「いいや。話すよう説得したんだよ」タリントンはまだ紅茶を求めて台所を探しまわっている。

「どうせこめかみに銃を突きつけたんだろう」ダリウスはそっけなく言った。

「そのつもりだったんだ」タリントンが悪びれずに応える。「でも、ケンデール卿に邪魔されちまったよ」

「それは驚きだ」アンベリーが言った。「まさかケンデールが止めるとはな」

「実際たいした男だよ、あいつは。死んでもいいと思ってるやつに限って、死ぬ気なんてこれっぽっちもないってとこを見せてくれた。さすが元軍人だぜ。あの鋭いナイフで、欲しい情報をさっさと聞きだすんだもんな。大事なところを切り落とすと言って脅したんだ。あのでぶのフランス野郎は、自分の急所に押し当てられたナイフを見て震えあがってたよ。かわいそうに、まともに話すこともできなかった」タリントンはテーブルに戻り、ハムを頬張りはじめた。

「その太った男は今どこにいるんだ？」ダリウスは尋ねた。

「ほかのやつらと一緒に例の洞窟にいるよ。閣下の命令を待ってるというわけだ。今、おれの仲間が見張ってる。ケンデール卿もそこにいるよ」

「ということは、船はあるし、密輸商人もいる。待ちあわせの男のもとへ諜報員を無事に送り届ける付添役の、その太った男もいる。なくなったのは密輸品だけというわけだ」

「ああ。すべて海の底に消えちまった」

「アンベリー、その付添役の男と話をしたほうがいいな。フランスのどの港から出航したかは密輸商人に訊けばわかるだろう。それにその太った男は、諜報員を送りだしている元締めの居場所を知っているはずだ」

アンベリーの目が輝いている。「ケンデールは大喜びするだろうな。海軍本部は気に入らないかもしれないが」

「それでも自分たちはフランスから渡ってくる密輸商人を阻止できないのだから、こちらのすることに何も文句は言えないだろう」

タリントンはふたりを交互に見ながら会話を聞いていた。「向こうに行くつもりなのか？　それはあんたらが思ってるほど簡単じゃないぜ。最近の海は海軍や兵士がわんさといる。少なくとも軍隊は連れていったほうがいい」

「それより、おまえとおまえの仲間を連れていこうと思っているんだが」ダリウスは言った。

「洞窟にいる密輸商人に頼るわけにもいかないからな」

「だめだ、だめだって、冗談はよしてくれ」タリントンは両手を激しく振った。「ひと晩だけだったはずだぞ。おれたちの海だからな。これ以上、無謀な貴族連中の――」

「アンベリー、あとでケンデールに、タリントンたちが取り押さえた船に乗っていた品物がどうなったのか確認しようと思う。もしわたしが訊き忘れたら教えてくれ。ケンデールはおまえたちが品物を戦利品にしても気にしないだろうが、どうなったのか訊かれたら、嘘はつかないだろうな」

タリントンは憤然とダリウスをにらみつけている。アンベリーは腹を抱えて笑っていた。

タリントンが腕組みをして、あきらめたように頭を振った。

「くそっ、あんたは本当にいやなやつだな、サウスウェイト」

「これは並大抵のことではないぞ、サウスウェイト。別に危険な任務だと言っているわけではない」ひとしきり笑ったあと、アンベリーが真顔になって話しはじめた。「ただ、政府は市民軍が介入するのをいやがるだろう」

「もし見つかったら、間違いなく大目玉を食うだろうな」ダリウスにもそれはわかっている。

「そのときは、これは軍事作戦ではなく救出作戦だったと言うさ」

ダリウスは救出する人物を教えた。アンベリーは半信半疑だったのかもしれないが、それを顔には出さずに黙って聞いていた。タリントンの興味は、持って帰ってこられる戦利品だけに向けられている。ケンデールは作戦と名前がつくものはどんなものでも喜ぶはずだ。

すべて話し終えるとダリウスはふたりを追い払い、二階の寝室へ向かった。エマは目を覚ましていた。窓から差しこむ朝日に包まれて、ベッドに横たわっている。

彼女はとても美しい。枕の上につややかな栗色の髪が扇のように広がっていた。こちらを見つめるまなざしはどこまでも温かく、情熱の残り火が宿った瞳を見つめているうちに、昨夜のふたりの姿がまざまざとよみがえってきた。

エマはロバートが生きていると信じている。心でそう感じるのだと以前に言っていた。それに手紙は本人が書いたものだと言い張っていた。偽造ではないと。彼女はロバート・フェアボーンが生きていると確信している。ぼくが彼女を愛しているのと同じくらい、はっきりわかっている。そんな彼女の気持ちを真剣に受け止めようとしなかった自分は、いったい何様なのだろう？

ダリウスはベッドに腰かけてエマにキスをした。彼女にキスをするたびに、たぐいまれなすばらしい女性に出会えた幸運をかみしめている。ぼくはエマを降伏させることに成功したのかもしれないが、同時に自分も彼女に降伏したのだ。ぼくの心は完全にエマ・フェアボーンに奪われてしまった。

「あと二、三時間したら、馬車がきみを迎えに来る」ダリウスは言った。「ロンドンに戻るんだ」

「あなたも一緒に？」

「わたしはここに残る。まだもう少し、やらなければいけないことがあるんだ。だが、計画はすべて順調に進んでいるから安心してくれ」

「いつロンドンに戻ってくるの？」

「一週間後ぐらいだな」

エマはダリウスの首に手をまわして、長く深いキスをした。心のうちをさらけだしたキス。愛におびえ、苦しんでいる彼女の葛藤が伝わってきた。

ダリウスはそっとエマの手をほどき、彼女の手にキスをした。そろそろ行く時間だ。彼は立ちあがった。

「エマ、わたしがきみを愛していることを忘れないでくれ。決して疑ってはいけない」

31

「アンベリー卿はまだ指輪とイヤリングを取りに来ないのよ」カサンドラは不安そうだった。

「忙しいんだと思うわ」エマは言った。「そもそもロンドンにいるの？」

「そういえば見かけないわ。きっといないのね。でも、わたしは宝石をお金にしたいのであって、宝石を増やしたいわけではないのよ。だから彼に早く支払いを終えてほしいの」

ふたりは〈フェアボーンズ〉の裏庭の石のベンチに座り、マリエール・リヨンを待っていた。彼女がやってきた。小さな袋の口ひもをほどくのに忙しくて、こちらを見ていない。

「ばか男がいなくなったわ」マリエールは固い結び目をすらりとした指でゆるめようとしている。「姿を見なくなって、もう一〇日よ」

「ばか男って誰？」カサンドラが訊いた。

マリエールがはっとして顔をあげ、すまなそうにちらりとエマを見て、ふたたび結び目に視線を戻した。

「マリエールをわずらわせていた人よ」エマは答えた。マリエールにあの男は二度と現れないと教えたかったが、ここは用心するに越したことはないと思い直した。

「あら。わたしの兄のことを言っているのかと思ったわ」

エマは思わず吹きだしてしまい、笑いが止まらなくなった。カサンドラは茶目っ気たっぷりにほほ笑んでいる。マリエールはほどけない結び目に爪を立てはじめた。

エマは涙をぬぐった。笑うと心が軽くなる。この一〇日間は気持ちが沈みっぱなしだった。サウスウェイト卿のいない人生は空虚だった。これほど寂しいとは思わなかったけれど、わたしは自分の人生を受け入れている。

〝わたしがきみを愛していることを忘れないでくれ。決して疑ってはいけない〟彼の言葉を、わたしはこれっぽっちも疑ってはいない。でもだからといって、現実は何も変わらないのだ。世間をにぎわすような醜聞にはならないかもしれない。けれどダリウスの親しい友人たちは、わたしがホジソンに手を貸したことを知っている。まもなく多くの人にも知られるはずだ。このまま関係を続けたら、わたしは彼の名前を永遠に汚してしまうだろう。

一週間。サウスウェイト卿はそう言った。でも、すでに一〇日が過ぎた。今はさらに長くなると思っている。いつか彼から手紙が来るかもしれない。今の状況を書きつづった手紙が。きっとその中には、予定どおりに戻れなくて残念だという一文が添えられているだろう。わたしは手紙を待っている。まるで悪い知らせを待っているかのように。会えない時間が長くなるにつれて不安が募り、本当に何かが起きて、すべて終わりになればいいと思ってしまいそうになる。

「ああ、ようやくほどけたわ」マリエールが袋の口を開き、テーブルの上に中身を慎重に出した。

「カメオだわ!」カサンドラがうれしそうな声をあげて、すかさずそれを手に取った。「すてき。とても古いものね」

エマはテーブルの上から、薄い半透明の瑪瑙《めのう》のカメオを取りあげて眺めた。表面にはギリシア神話の酒神、ディオニューソスと側近のレリーフが彫られている。

「このレリーフはかなり古いわね。でも、爪留めはあとからつけられたものみたい。たぶんルネサンス時代のものね」

「この宝石を預かってきた女性もそう言っていたわ。国王が所有していたもので、とても価値があるんですって。あなたがまたオークションを開催するのなら、出品してほしいそうよ」

カサンドラがカメオから目をあげた。「もう次のオークションを計画しているの? 夏のロンドンは閑散としているわよ。秋まで待ったほうがいいんじゃないかしら」

エマはレリーフに親指で触れた。「今のところ、何も計画していないわ」

サウスウェイト卿はずっと〈フェアボーンズ〉を売却したがっている。今、彼にそう言われたら、黙ってその決定を受け入れるしかない。それにもし奇跡が起きて兄が戻ってくれば、オークションの売上げはすべて兄のものだ。

「そうなの。それならいいわ」マリエールが長いため息をついた。「ほかを当たってみる」

彼女はエマとカサンドラの手からカメオを取りあげた。「ミスター・クリスティーのところへ持っていくわ。〈クリスティーズ〉も二〇パーセントの紹介手数料をくれると思うから」

カサンドラが目を細め、腕組みをしてエマに向き直った。

「二〇パーセントですって？」

マリエールはうっかり口を滑らせてしまったことに気づいたようだ。あわててテーブルの上の宝石を袋に戻しはじめた。立ちあがって帰ろうとしたそのとき、何かに気づいて突然身をこわばらせた。

「どうしてあの人がここにいるの？」マリエールがきつい口調で言った。「ばか男がいなくなったから、あの人もいなくなると思ったのに」

わけがわからないまま、エマは店のほうに目を向けた。ケンデール卿が庭に通じる扉のところに立っていた。彼はじっとこちらを見つめている。

エマの心は一気に沈んだ。ケンデール卿がロンドンにいるということは、ケント州でやり残した仕事がなんであったにせよ、すべて終わっているのだ。それなのにサウスウェイト卿は会いに来ない。手紙もくれなかった。深い悲しみが胸に広がっていく。

エマはマリエールに向き直った。「彼を知っているの？」

「わたしを尾行している人よ。前に話したわよね。ハンサムなばか男」

「その名前はあんまりだわ。失礼よ」カサンドラがたしなめる。

「もうひとつ名前があるのよ。究極のばか男なの」エマは言った。

「あの目つきを見てよ。わたしがおびえるとでも思っているんだわ」マリエールは気を取り直し、うんざりした表情を浮かべて、負けじとケンデール卿を見つめ返した。エマはそんなふたりを交互に見た。マリエールはにらみつづけ、彼もにらみをきかせている。

急にマリエールが表情を変えた。とろけるような甘い笑みがゆっくりと口元に広がっていく。がぜん興味がわいてきて、エマはケンデール卿の反応をうかがった。

彼の厳しい顔にもひびが入りはじめた。まあ、赤くなっているわ。この距離からでもそれがわかるのだから、近くで見たら真っ赤になっているに違いない。彼はくるりと向きを変えて、店の中に入っていった。

マリエールが袋の口を閉じた。「わたしの勝ちね」そう言って、庭の奥を指さす。「出口はある？　裏から出たら、ハンサムなばか男につけられずにすむわ」

「わたしも行くわ」カサンドラが言った。「ピカデリー通りに馬車を止めてあるの」身をかがめてエマの頰にキスをする。「わたしもケンデールに名前をつけようかしら。あのしかめっ面でにらまれたときに、その名前で呼んでやるのよ」

エマは友人ふたりが裏門から出ていくのを見送った。ケンデール卿もやさしいときがあるのだと、カサンドラに教えればよかった。わたしは自分を守ってくれた彼に本当に感謝している。

今日、ケンデール卿はここに何か伝言があって来たのかもしれない。捕獲作戦が完全に終了したことを伝えに来たのかも。でも、サウスウェイト卿はどこ？

エマはケンデール卿に会いに店内へ戻ることにした。ベンチから立ちあがり、店に向かおうとしたその瞬間、息が止まりそうになった。

茶色い髪の男性が扉の前に立っている。満面の笑みを浮かべて、こちらに向かって歩いてきた。近づくにつれ早足になる。まばたきも忘れて、エマはその場に立ちつくしたまま相手を見つめつづけた。

「お兄さん！」


兄妹は長いあいだしっかりと抱きあい、再会の喜びを分かちあった。やがてエマは抱きしめていた腕をほどいて、涙に濡れた瞳で兄を見あげた。

ロバートが彼女をベンチに座らせた。兄はとても幸せそうで、健康そのものに見える。ほっとしたことに、監禁生活を送っていたわりにはやつれた感じはまったくなかった。

「どうして――」胸がいっぱいで言葉が続かなかった。

ロバートがエマの手を両手で包みこんだ。「助けだされたんだよ。それもたったふたりに！屋敷には武装した男たちが少なくとも二〇人はいたんだ。ルプラージュ大佐は腰を抜かすほど驚いていたよ。あの大佐が一発も撃てなかった」

「ルプラージュというのは誰なの？」

「ぼくを拘束していた男だ。大佐はブローニュ近くのフランス人の伯爵の屋敷に住みついているんだよ」ロバートは肩をすくめた。「何をしていたのかわからないが、人の出入りは激しかった。出入りしている男たちとは、ときどき一緒に夕食もとったよ。政府関係者じゃないかと思うんだ。ぼくがそばにいるときは、いっさいそういった話はしなかったけどね」

エマはハンカチで涙をぬぐった。驚きだわ。地下牢で飢えに苦しんでいると思っていたのに、兄は自分を拘束している男の客と夕食を楽しんでいたなんて。

エマはふたたびロバートをじっくり見つめた。「髪型を変えたのね。すてきよ」

兄は今流行の、カールした短い髪に手をやった。「そうか？　ルプラージュの近侍が切ってくれたんだ。フランスではもう数年前から、長髪は流行っていないんだよ」

「その上着もすてき。よく似合っているわ」

ロバートは上着を見おろしてほほ笑んだ。「ぼくも気に入っているんだ。ルプラージュは腕のいい仕立屋を抱えていてね」

エマはサウスウェイト卿と彼の友人が銃を構えて屋敷に突入していく光景を思い浮かべた。なんとそこで彼らが目にしたのは、すてきな食堂でごちそうを食べている、すてきな上着を着てすてきな髪型をした兄なのだ。

「お兄さんがつらい目にあっていなくてよかったわ。命をかけて救出してくれた人たちに、なんてお礼を言えばいいのかしら。だって、その人たちがいなかったら、お兄さんはまだミスター・ルプラージュのところにいたのよ」エマの涙は完全に乾いていた。「そもそも、どうして拘束されたの？」

兄は顔を赤くした。「おまえにはちゃんと説明しないとな。サウスウェイト卿には話したんだ。だがあまりにも恥ずかしくて、ほかの人には言えないよ」

すでになんとなく予想はついている。「誰にも言わないわ」

ロバートはため息をついた。「さっき伯爵の屋敷に監禁されていたと言っただろう？　その伯爵は亡命したんだ。誰も住んでいない屋敷に、絵画が大量に残されたままだという噂を聞いてね。それもすばらしい作品ばかりだというから、お父さんに取りに行ってくると言ったんだ。お父さんにはあっさりだめだと言われたけどね。エマ、お父さんが転落死したという知らせを受けたときは悲しかったよ。やたら頑固で、考え方が古くさい人ではあったけど」

「泥棒をするなというのは古くさい考えでは――」

「伯爵は絵をほったらかしにして亡命したんだぞ。それにフランスとは戦争中だ。別に敵からものを奪ってもかまわないと思ったんだよ。お父さんには何度言っても、まったく通じなかったけど。だが、エマ、ぼくはもう子どもじゃないんだ。自分でなんでも決められる。ぼくが仕切るはじめてのオークションだったし、出品する商品もすべて自分で用意しようと思ったんだ。だから、一緒に向こうへ行って絵を運んでくれる仲間を見つけたのさ」

「その仲間って密輸商人？」

「ぼくは何も訊かなかったよ。ただ男たちが大きなガレー船を持っていることしか知らなかったんだ。彼らは一日ですべて運びだしてやると言ってくれた。そのお礼に絵の売上げの二五パーセントを渡す約束をした」

「もしかして、屋敷に残された絵の話もその男の人たちから聞いたんじゃないの？」

「そうだよ！　なぜ知っているんだ？」

兄の突拍子もない話を、エマはとりあえず黙って聞いていた。ロバートはもともと軽はずみなところがあったのだ。父が絵の見方を教えているときも、身を入れて聞いていたためしがなかった。

「それから何があったの？」

ロバートは大きく息を吸いこんだ。「その男たちに裏切られたんだ。信じられるか？　屋敷に着いたら、人が住んでいたのさ。逃げようとしたら、やつらは助けてくれるどころか、ぼくをルプラージュに引き渡したんだぞ。そんなわけで、そこに住むはめになったというわけだ。男たちはぼくを残して、さっさとイングランドに戻っていった。ルプラージュはわりとまともな男だったけどね。逃げようとしなければ、敷地内を自由に動きまわってもいいと言ったんだ」

「それでサウスウェイト卿はお兄さんを見つけやすかったのね」

「そうだと思う。サウスウェイト卿がぼくを救出しに来てくれたときは雨だったから、屋敷の中にいたけどね。彼に絵画を持って帰るのはだめだと言われたよ。そうだった、まだあそこにあるんだ。本当に逸品ぞろいだったのにな。帰りはずっと雨続きで、何日も海岸で足止めを食ったよ。フランス軍の攻撃を避けながら。あれはきつかったな」

「でも、とらわれているよりはいいでしょう」

「そうだな、そのとおりだ」なんだか、あまりそうは思っていない口ぶりだ。

エマは店に目を向けた。「ここへはケンデール卿に連れてきてもらったの？」

「いいや。まあ、一緒に来たのは確かだが、ケンデール卿は自分の馬に乗ってきた。ぼくはサウスウェイト卿の馬車で来たんだ。最初に家へ戻って、メイトランドにおまえの居場所を聞いてからここに来た」

サウスウェイト卿……。「もう中に入りましょう。みんなにお礼を言わなくてはいけないわ」

ロバートは立ちあがりかけた彼女の手をつかみ、ふたたび座らせた。

「中へ入る前に、もうひとつ言っておきたいことがある」

兄は顔を赤くしている。エマはロバートが先を続けるのを待った。

「ぼくはひとりで戻ってきたわけじゃないんだ。フランスで結婚したんだよ」


その日の午後、〈フェアボーンズ〉ではささやかだが愛にあふれたパーティが開かれた。壁に絵画はなく、音楽もなかったけれど、客たちはワインを最後の一滴まで飲み干して、午後のひとときを楽しんだ。ワインの入手先を訊いてくる者は誰もいなかった。

兄の突然の結婚報告には、しばらくベンチから立ちあがれないほど驚いてしまった。ようやく衝撃から立ち直り、店に戻りかけたところで、遅まきながらもやっとロバートが自分の軽率な行動を恥じる言葉を口にした。

「エマ、ぼくは世間知らずの愚か者だった。後先も考えずうまい話に飛びついて、あげくの果てにだまされたんだからな。ぼくはただ男たちに利用されただけだったんだ。そのせいで、お父さんやおまえが何を強要されたのかも知っている。サウスウェイト卿が、嵐がおさまるのを待っているあいだにすべて教えてくれたよ。本当にすまなかった」

今、エマは急いで女性のもとへ歩いていく兄のうしろ姿を見ていた。兄はその若い女性と話しはじめた。奥さん……。庭で兄が自分に向かって歩いてきたときもかなり驚いたけれど、結婚したことも大きな驚きだ。

サウスウェイト卿が隣にやってきて、ふたりで兄夫婦を眺めた。

「大佐に剣で脅されて結婚したのだとロバートが言っていたよ。奥さんは大佐が雇っていたメイドだ。ふたりはまずい場面を見られてしまったらしい」

「つらい監禁生活でなくてよかったわ。まったく危険な目にはあわなかったみたいだもの」エマはワインをひと口飲んだ。「人柄のよさそうな女性ね。きっとふたりは幸せな結婚生活を送るでしょう」

サウスウェイト卿が手を大きく動かして店内を指し示した。

「きみの頑張りのおかげだよ、エマ。きみがロバートのために〈フェアボーンズ〉を守りきったんだ」

「でも、なんだか少し寂しい気分なのはどうしてかしら？」

彼はエマに温かいまなざしを向けた。「それは、きみのほうがロバートよりうまく〈フェアボーンズ〉を切り盛りしていけると思っているからだろう。ロバートとはいろいろな話をしたよ。きみはロバートよりも真剣に父上のそばについて絵画の勉強をしたんだろう？」

たぶんそうだと思う。兄は認めないだろうけれど。それでも、もしかしたらこれからも〈フェアボーンズ〉で自分の居場所はあるかもしれない。少なくとも、兄はわたしに銀製品の目録作りはさせてくれるだろう。

エマは背筋を伸ばした。「きっと奮闘した日々を懐かしく思うでしょうね。あの最後のオークションのことは忘れられないと思うわ。でもこの先は兄にまかせないと」

「エマ、実はロバートの役割はほんの一部分なんだ。きみはぼくが共同経営者であることをすぐに忘れるんだな」サウスウェイト卿はワイングラスをかたわらに置き、彼女のグラスも取りあげた。「わたしと一緒に来てくれ。ここは人が多すぎる」

それほど多くはないけれど。そう言い返す間もなく、サウスウェイト卿に手を取られて庭へ通じる扉を通り抜け、緑が生い茂る人目につかない場所へと向かった。彼はエマを腕の中に包みこみ、激しく唇を奪った。

「会えなくて寂しかったよ、エマ」そうささやいて、ふたたび唇を重ねる。

愛に満ちたキスの雨が降り注ぎ、弾けんばかりのうれしさがこみあげてきた。

「無事に戻ってきてくれてありがとう。兄を救出してくれてどうもありがとう。もしあなたが――」

結婚報告のあと、どんな危険に遭遇したのかロバートがすべて教えてくれた。もう二度とサウスウェイト卿に会えなくなっていたかもしれないと思うだけで背筋が冷たくなり、彼の姿をこの目で確認するまでは安心できなかった。

「危険な目にあったのはほんの数回だ」サウスウェイト卿が言った。「そういうときはケンデールにまかせたよ。彼は百戦錬磨の達人だからね」

ケンデール卿とアンベリー卿には直接感謝の気持ちを伝えられたけれど、兄の救出作戦に加わった人はまだほかにもいる。今日ロンドンに来なかったその人たち全員に、お礼を言わなければならない。

サウスウェイト卿がふたたび唇を重ねてきた。独占欲をあらわにしたキスで唇を封じられて、ざわめきが体じゅうを駆けめぐった。

「サウスウェイト」すぐ近くで静かな声がした。

彼は唇を離したが、エマを抱く腕はゆるめなかった。「なんだ、アンベリー？」

「ぼくたちは帰るよ。フェアボーン夫妻もたった今、帰ったところだ。ふたりはミス・フェアボーンの馬車に乗っていった」

「明日〈ブルックス〉で会おう」

今のふたりの何気ない会話に、ふいに胸が引き裂かれるような悲しみを覚えた。

またキスをしようとしたサウスウェイト卿を、彼女は止めた。

「深刻な顔をしてどうしたんだ、エマ？」

「兄が帰ってきたから、わたしの生活も今までとは違ってくるわね。兄はわたしの馬車に乗っていったんじゃないわ。自分の馬車に乗っていったのよ。奥さんを、わたしの家ではなく自分の家に連れて帰ったの。にぎやかなロンドンを離れたくなったら、兄はいつでも海辺の自分の別荘に行ってくつろぐことができる。わたしは今、家も馬車もない。自分のものはもう何もないんだわ」

エマの嘆きをサウスウェイト卿は笑みを浮かべて聞いている。友人ならもっと心配してくれてもよさそうなのに、笑うなんて。

「そのとおりだ、エマ。人生は不公平だな。だが、たまたまわたしはロンドンに屋敷を持っている。海辺の別荘より豪華だ。それに馬車も何台も所有している。なんなら、きみも一台使っていいぞ」

「わたしに取引を持ちかけているの?」

「極めて特別な取引だ、エマ」サウスウェイト卿は店のほうに目を向けた。「わたしがオークションハウスの所有権を半分持っていることは知っているだろう? 実は、健全な経営がなされているかどうか見張ってくれる人が欲しいんだ。経営業務のすべてを共同経営者にゆだねるつもりはないんだよ。別にロバートを信用していないわけではないが」

サウスウェイト卿がエマの頬を包み、目をじっとのぞきこんだ。

彼女はほほ笑もうとしたが、唇が小刻みに震えてうまくいかなかった。

「責任を持って、あなたが〈フェアボーンズ〉に出資していることは誰にも知られないようにします」

彼はエマにやさしいキスをした。そのやさしさがかえってつらかった。やっぱりだめだわ。

これ以上苦しみが増すのは耐えられそうにない。

エマは唇を離した。でも、まだ彼の腕の中からは離れられなかった。最後にもう少しだけ、このぬくもりを感じていたい。彼女は言った。「わたしが兄に頼らなくても生活できるように考えてくれているあなたの厚意と友情には感謝します。けれど、たとえひとときでも情熱を分かちあったことのある人のもとでは働かないほうがいいと思うの。働きたくないと言っているんじゃないのよ。ただ、わたしはあなたを愛しすぎるほど愛しているから、こういう取引は心が痛くなるだけなの」

サウスウェイト卿が戸惑った表情を浮かべた。「どうやら今度はきみが勘違いをしているようだな、ミス・フェアボーン」

「どういうこと？」

「わたしはひとときしかきみと情熱を分かちあえないなんていやだね。きみが勘違いしないように、はっきり言えばよかったな」

「でも、はっきり言わないほうがいいときもあるわ」

「エマ、ぜひとも今日は受け入れてほしい。わたしが満足できる取引はひとつしかない。そしてきみに求めるものもひとつだけだ。わたしと結婚してくれ、エマ。わたしの望みはこれだけだ」

驚きのあまり、彼女は大きく目を見開いた。まさかもう一度求婚してくれるとは思っていなかった。今日だけでなくこれから先も、彼の口からこの言葉が聞けるとは思わなかった。

あんなに大きな迷惑をかけたのに。

今日の求婚は前回とは違う。サウスウェイト卿は責任を感じる必要はないのだから。わたしが彼の体面を汚したのであって、彼がわたしの体面を傷つけたのではない。彼が自分の評判を気にする人なら、わたしとは完全に手を切るはずだ。

涙が出るほど幸せだけど、夢を見ているとしか思えない。

「本気なの？　本当にわたしでいいの？　正気ではないわ。だって、わたしとの結婚があなたのためにならない理由なら思いつくけれど、ためになる理由は思いつかないもの」

「それで、結婚してくれるのか？」

「でも、その前に――」

彼は人差し指をそっとエマの唇に当ててさえぎった。「正直で率直なきみを愛しているよ、エマ。だが、説明してくれなくてもいい。わたしのためにならない理由なら、すべてわかっている。取るに足りない、どうでもいいことばかりだ」

「そうなの？」

「ああ」

「でも、わたしのしたことを知っている人もいるわ」

「きみの手助けがなければ諜報員の組織を見つけだすことはできなかった。アンベリーとわたしがひとたびこの話をしたら、たちまちきみはわたしたちの計画を成功に導いたヒロインになるだろうな。疑う者がいたとしても、そんな噂はきみを称える声にかき消されてしまうだろう。いいかい、エマ、男は愛する女性と一緒に生きていきたいから結婚するんだ。しかし唯一の問題は、その女性も同じように男を愛していて、これからもその男と一緒にいたいと思っているかどうかだ。きみの返事を聞かせてほしい。わたしと結婚してくれるかい？」

サウスウェイト卿はじっとエマの目を見つめ、不安そうな顔で答えを待っている。わたしが返事をためらっているのは、この結婚が彼のためにならないのではないかと思うから。だけど彼は、すべて取るに足りないことだと言ってくれた。わたしの彼に対する気持ちは一点の曇りもない。わたしは心の底から彼を愛している。

「結婚します。あなたもわたしを愛してくれているのなら、結婚するわ」

サウスウェイト卿が満面の笑みを浮かべた。すばらしい笑顔。心からの喜びにあふれた表情だ。

「きみのすべてを愛しているよ、エマ。きみのすべてが欲しい。何よりも今欲しいのは、この唇だ」

限りない愛をこめたキス。エマは彼に身をまかせてその甘い口づけに酔いしれ、愛する人と一緒にいられる幸せに浸った。

訳者あとがき

ＲＩＴＡ賞受賞作家、マデリン・ハンターの『愛に降伏の口づけを』をお届けします。

ときは一七九八年、ロンドン。

エマ・フェアボーンは急逝した父、モーリスが築いたオークションハウス〈フェアボーンズ〉を継ぐ決意をします。

ですが、いくら能力があっても女性が経営者になるのは認められないこの時代、エマはいきなり窮地に立たされてしまい前途は真っ暗です。それでも、こうと決めたら梃子でも動かない頑固な面を持ちあわせている彼女はめげません。亡き父の思い出と、二年前から行方不明になっている兄、ロバートが帰る場所を維持するために、親友のカサンドラや従業員オバデヤの力を借りて、ひたむきに頑張りつづけます。

そのエマの前に立ちはだかるのが〈フェアボーンズ〉の共同経営者、サウスウェイト伯爵ダリウス・アルフレトンです。伯爵はフットワークも軽やかにエマの邪魔をしはじめます。しかし頭の回転が速く、口も達者な彼女に、サウスウェイト伯爵のほうがいつも丸めこまれてしまう始末。そんなふたりのことですから、顔を合わせれば、はじめはなごやかでも結局は言い争いで終わります。サウスウェイト伯爵にとって、エマのように自分に歯向かってくる女性ははじめてでした。いつしか彼はいつも強気なエマを降伏させたいと思うようになります。とはいえ、彼女の弱いところを見ると、つい守ってしまうのですが……。一方エマのほうも、サウスウェイト伯爵を疫病神だと思いつつも、いつも堂々としていて自信にあふれている彼に惹かれていきます。

ふたりの会話の場面は、ときに辛辣に、ときにユーモアやウィットを交えて生き生きと描かれています。また、全編を通してふんだんにちりばめられている友人同士の歯切れのいい会話や、独特の存在感を放つ謎のフランス人女性、密輸商人などの脇役陣も物語にさらなる魅力を添えています。

著者のマデリン・ハンターは二〇〇〇年のデビュー以来、数々のヒストリカル・ロマンスを発表しています。その作品は世界一二カ国で翻訳され、ＲＩＴＡ賞にノミネートされること七回、受賞二回の栄誉に輝いている、今や押しも押されもせぬ人気ロマンス作家ですが、美術史の博士号も持ち、執筆のかたわら現在も大学で教えています。

オークションハウスを舞台に繰り広げられる本作品には、絵画の作家名や作品名が数多く出てきますが、作者自身が専門家なのですから、知識が豊富なのもうなずけます。

それでは、葛藤や衝突を繰り返しながらも少しずつ距離を縮めていき、身分の違いを越えてゆっくりと愛をはぐくんでいく、エマとサウスウェイト伯爵の恋の物語をどうぞお楽しみください。

二〇一四年七月

ライムブックス

愛《あい》に降伏《こうふく》の口《くち》づけを

著　者　マデリン・ハンター
訳　者　桐谷美由記《きりたにみゆき》

2014年8月20日　初版第一刷発行

発行人　成瀬雅人
発行所　株式会社原書房
〒160-0022東京都新宿区新宿1-25-13
電話・代表03-3354-0685　http://www.harashobo.co.jp
振替・00150-6-151594
カバーデザイン　松山はるみ
印刷所　中央精版印刷株式会社

落丁・乱丁本はお取り替えいたします。
定価は、カバーに表示してあります。
　ISBN978-4-562-04461-0　Printed in Japan